시대문학
詩 등단
30주년 기념

汐葉 이성남 에세이

사는
까닭

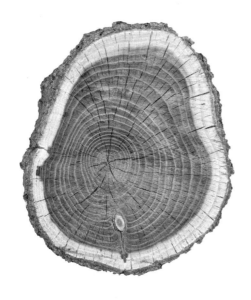

청어 도서출판

사는 까닭

汐葉 이성남 에세이

한(恨)스러움이 시(詩)적 동반자로

봄이면 문경 앙친(仰親) 문학 서실 별채 뜰에는 오월 덩굴장미가 한 창이다. 앞마당까지 늘어진 느티나무 가지엔 여린 잎들이 제법 청순미 를 자랑한다.

살아온 시간만큼이나 삶의 편린들이 구석구석에서 토를 달고 세월 의 모퉁이를 돌아서고 있다.

나를 태어나게 한 함경도를 도망치듯 등진 것은 일곱 살 무렵이다. 문경 산골짝 작은 협곡으로 이어진 강줄기가 동그라미 그리듯 마을을 품고 흐르는 곳에서 성장기를 보냈다.

높은 산자락 아래 시뻘건 황토 빛깔로 꿈틀거리며 흐르는 장마……. 수백 년 자란 아름드리 느티나무가 뿌리가 뽑힐 듯 몰아치는 거센 바 람……. 하얀 주렴을 친 듯 폭우를 동반한 생동감 넘치는 자연…….

지금도 질펀한 자갈길을 지나 골짜기로 들어서면 빨간 산딸기가 군 침을 돌게 한다.

여고를 졸업하며 밀어닥친 불운을 비껴가기 위해 불가(佛家)에 몸을 담았다. 행자 생활을 하면서도 그 또한 인연이 닿지 못하고…….

숱한 울음과 회오(悔悟), 절망을 감지하며 시(詩) 습작기를 보냈다. '님

5

에게'를 마지막으로 시상(詩想)조차 메말라 절필하였다.

현실과 이상의 괴리감 속에 방황하던 젊음, 아픔을 망각하기 위해 술로 벗을 삼기도 했다. 그러나 또한 해결책은 아니었다.

긴긴 세월 속에 옹이로 박힌 한(恨)……. 좀처럼 지워지지 않는 지난 세월 속 잔영들은 나에게 시(詩)적 동반자로 다가왔다.

하늘과 땅 / 드넓은 사이 / 뉘있어 / 한껏 보듬기랴 //

오늘 / 지친 마음 따스히 감싸는 / 눈길이 있어 / 한 가닥 바람이고져 //

님의 / 옷자락 끝에서 / 지는 해 모르고 / 삼매(三昧)에 드노니

('삼매' 전문)

불교 인연으로 전국 사찰에 불교용품을 판매하면서, 수행이 높은 주지 스님들과 교류하게 되었다. 삼청동 도사님 말씀처럼 나를 둘러싼 인연들이 예사로운 만남이 아니란 얘기도 들었다. 숙명(宿命)이라면 당면한 현실에 충실하기로 마음먹었다.

깊은 산 속 절, 덕망 높은 노장 스님은 말했다.

"세월이 많이 흘러 부처님 인연이 진하게 들어오면 뿌리치지 말고 받아들여라."

"저요, 게을러서 새벽 3시에 못 일어납니다."

문경서실에서 포교당 절을 운영하라고 말씀하셨다. 사찰운영 또한 새로운 어려움의 시작이다. 나는 조용한 노년 안식처로 문학 서실을 택했다.

생업에 전념하던 차 뜻밖에도 〈원효대사의 광명진언〉을 접하게 되었다. 수행이 높은 법사 스님 가르침을 접목시키고 '자시(子時)기도'를 실천

하였다. 그 후 꿈속에서 하얀 화관을 쓴 분들이 나타나서, "책으로 엮어라. 왜 안 쓰느냐!"고 다그치기도 하였다.

　나는 '자시 기도 체험'한 신도들 경험들을 기록하기 시작했다. 그렇게 '광명진언 자시 기도'를 안내한 지도 21년 되었고, 많이 망설이다가 몇몇 사례를 대중 앞에 내놓기로 했다.

　자칫 사이비로 인식될 수도 있는 염려를 무릅쓰고, 내가 이번 생애 꼭 해야만 하는 필연적 인연이라면, 그것이 내가 '사는 까닭'이라면 애써 용기를 가져 본다. 독자들께 마음의 불편을 안겼다면 양해를 부탁드린다.

앙친문학서실에서

석엽(汐葉)

1부

뿌리 편

1. 함흥차사 해결한 이백(李伯) 할배

IIIII **개요(概要)**

1398년경 이태조는 옥쇄를 간직하고 고향인 함흥궁궐에 있었다. 이 태조를 한양 조정으로 모셔오는 과정에 일어난 행위가 '상왕을 짐승에 비유했다'는 죄목이 되었다.

조정 근심을 해결하고도 영덕에서 함흥으로 쫓겨 가야만 했던 엄연한 역사적 진실은 과거 속에 묻혀 있었다. 참혹했던 역사를 새롭게 들추어 진실성을 알리고자 족보 인(人) 말미(末尾)에 유사록(有司錄) 원문을 싣는다.

'단종 복위 모의' 발각으로 금성대군과 함께 영주 순흥부사 영천이씨 보흠(甫欽)이 참수(세조 3년-1457)되고 가솔들은 노비로 전락 되었다. 숙종(1674~1720) 때 복권되기까지 300여 년간 노비로 전락 되는 바람에 영천이씨 집안 조상 내력 문서도 불확실해졌다.

1765년 예조정랑 이창례(李昌禮-입북 판서공 영덕이씨 11세손)가 지참한, 관북 가승보(家乘譜)에 의해서 선세계보(先世系譜)와 각파의 계보가 고증되었다.

14   사는 까닭

- 입북(入北) 영천이씨 족보 발행-판서공파관북(關北) 〈가승보(家乘譜)〉-1539년
- 예조정랑(繡衣之行-李昌禮, 판서공 11세) 지참 〈선세계보〉 고증-1765년
- 관북보(關北譜) 선대(先代) 계보 정확도 확인 〈갑자대동보〉 발행-1924년
- 영천이씨 대종회(02.736.0202) 〈영천이씨 유적총람〉 발행-2009년

(참고: 문경문원 9집, 2019 발행, 영천이씨 족보, 100p)

1) 입북시조(入北始祖) 이백(李伯) 족보

'입북(入北) 영천이씨 족보'는 천(天), 지(地), 인(人), 3권으로 나누어 있다.

함흥차사(咸興差使) 사건(1398년경)을 해결한 후, 영덕에 살던 이백(李伯)은 태조(이성계) 고향 함흥으로 살림집을 옮겼다.

영천이씨(永川李氏)에서 영덕이씨(盈德李氏)로 관향(貫鄕-본적)을 바꾸었다. 성조(聖祖) 개국 초(開國 初) 원종공신(從從功臣) 공조판서(工曹判書) 겸(兼) 도제조(都提調) 휘(諱) 이백공(李伯公) 집안 내력이 족보에 기록되어 있다.

족보 천(天)

100페이지 분량으로 후손 9개 파 이름이 기록되었다. 함흥(咸興), 도동(道洞), 덕산(德山), 고산(高山), 영천(穎川), 북주동(北州東), 동가평(東加平), 주서(州西), 통천(通川) 파로 분류되어 후손들 인명이 기록되어 있다.

족보 지(地)

124페이지로 인제(麟蹄), 서고천(西高遷), 조양(朝陽-33페이지), 도동(道洞), 덕산(德山), 고산(高山), 주동(州東), 가평(加平), 송오(松塢) 파 등 9개 파로 분류된 후손들 이름이다.

아버지는 족보 지(地) 33페이지에 기록된 조양 파 소속이다. 조양면에는 말이 넘어갔다는 마너미와 탑동리 마을과 옛 궁궐터가 있다고 자주 말했다.

족보 인(人)

200페이지로 영천(潁川), 천포(泉浦), 하천포(下泉浦), 오계(梧溪), 인제(麟蹄), 고천(高遷), 운전(雲田), 조양(朝陽-135페이지), 영천(潁川), 송여(松興), 둔전(屯田) 파 등 11개 파 후손들 인명(人名) 기록이다.

족보 인(人) 말미 유사록(有司錄)에 〈관북 영천이씨 족보 400년 창거지사(刱擧之事)〉 '입북(入北) 영천이씨 족보 서(序)' 편찬(編纂) 연유(緣由)를 밝혔다.

‖‖‖ 입북(入北)시조 묘산수도(墓山水圖)

■ 족보 천(天) 64페이지 묘산수도(墓山水圖-무덤 터 약도)

입북시조(入北始祖) 공조판서 이백(李伯) 묘산수도(墓山水圖)이다. 백세봉(百歲峯) 함흥부(咸興府) 북(北) 90리(里) 서고천사(西古川社), 도동(道洞) 분토치와(分土峙臥) 우형(牛形)으로 신좌향(辛坐向)으로 기록되어 있다.

■ 중시조 영양군 묘산수도(墓山水圖)

경상북도 영천군 북 5리 석현 오미동 임좌향(壬坐向)으로 기록되어 있다.

||||| 단종 복위 모의 발각 멸문 후 중시조 실묘(失墓) 사건

　세조 3년 영주 순흥부사 이보흠(李甫欽, 1397~1457, 중시조 7세손-족보 天 '개관발문' 참고)이, 단종 복위 모의 사건으로 금성대군과 함께 참수를 당했다.

　노비로 전락한 영천이씨 후손들은 300여 년간 돌보지 못한 '중시조 산소'를 잃어버렸다.

　입북시조(入北始祖) 판서공 이백(李伯)의 11대손, 예조정랑(禮曹正 郎) 창례(昌禮-당시 영덕이씨, 중시조 18세손)공이, 1765년 영조(재위 기간 1724~1776) 명(令-繡衣之行-암행어사)으로 영남 순시에 나섰다.

　휴대한 가첩(家牒) 유묵(遺墨) 묘도(墓圖)로 '중시조 산소'를 확인하고, 관향(貫鄕)을 다시 영천이씨(永川李氏)로 되돌렸다고 기록되어 있다. (개 관 발문) 그 후 300여 년간 돌보지 못하여 잃어버린 '중시조 무덤 찾기' 싸움이 시작되었다.

　1765년(영조 때) 시작된 소송은 1812년 순조(재위-1800~1834) 때까지, 47년간 37회의 소장과 연서명자(聯書名字) 1,450여 명이 동원되었다.

　'영천이씨 중시조 영양군 무덤 찾기' 송사는 성씨 집안과 이어졌다.

　중시조 무덤을 되찾은 후손들은 당시 소송기록을 〈중시조 영양군(永 陽君) 심묘록(尋墓錄)〉이란 책자로 발간하였다.

(참고: 영천이씨 유적 총람, 2009, 영천이씨대종회 발행)

||||| 입북시조 18세손 아버지 유지(遺志)

　'입북(入北) 영천이씨 족보'는 6·25전쟁 때, 족보를 머리 위에 얹고 분 실을 염려하여 보자기로 얼굴을 싸매고, 생사 갈림길에서 홀로 피난길 에 올랐던 후손이 가져왔다.

입북시조 판서공 18세(世) 손(孫)이며 중시조 영양군 24세손(世孫) 인 부친(이유호李裕祜)이, 1960년경 충주에서 온 족보 원본을 복사하였다.

아버지는 족보를 펼쳐 놓고 손가락으로 글자를 짚으며, "우리는 피난 온 것이 아니다. 할아버지 고향으로 돌아온 것이다."라고 늘 말씀하셨다.

조선 초기(1398)부터 영조 재위(1724~1776) 때인, 1765년 영천 중시조 무덤 확인 이후까지 기록된 족보는, 목판활자(木版活字-나무에 글자를 새겨 만든 인쇄용 활자) 형식으로 찍어낸 붓글씨체이다.

‖‖‖‖ 유사록 추발(追跋-자취 살핌)

수백 년 전, 함흥궁궐에 옥쇄를 품고 있던 이태조를 조정으로 모셔 온 후 '상왕을 짐승에 비유했다'는 죄목으로, 영덕에 살다가 함흥으로 쫓겨 가야만 했던, 엄연한 역사적 진실은 과거 속에 묻혀 있었다.

참혹했던 역사를 새롭게 들추어 진실성을 알리고자, '족보 인(人)' 말미 기록된 유사록(有司錄) 원문을 싣는다.

유사록(有司錄-기록을 주장) 문장(門長), 도유사(都有司), 교정(校正), 참교(參校), 감인(監印)에 참여한 인명(人名)이 나열되었다.

상(上)의 18년 신사(辛巳-1881) 여름에 입북 판서공 17세손 유화(裕華)
는 삼가 발문(跋文) 씀.

숭정(崇禎) 기원후(紀元後) 네 번째 신사(辛巳-1881)년 4월 초 함영천
(咸穎川) 송상재(松上齋)에서 새로 간행함.

주소감간(鑄所監刊) 청주후인(淸州后人) 최달명(崔達明) 삼가 갖추어 쓰다.

IIIII **유사록 족보 원문**(족보-人, 197p)

〈관북(關北) 영천이씨 400년 창거지사(刱擧之事)〉

粤我關北永李之刊譜卽四百年 刱擧之事也往在 憲廟癸卯 不肖之先考
월아관북영이지간보즉사백년 창거지사야왕재 헌조계묘 불초지선고

號潁坡諱寅
호영파휘인

泰躬往畿海歷訪古籍而歸與 蓮峯丈所編舊譜瓦相叅考 則間有先諱之訝
태궁왕기해역방고적이귀여 연봉장소편구보와상참고 즉간유선휘지아

錄故慨然
록고개연

與感改修家牒以戒後裔之 追明故惟余蔑識志在慕先逡巡 多年矣往歲庚
여감개수가첩이계후예지 추명고유여멸식지재모선준순 다연우왕세경

辰秋適到
진추적도

楸下則族叔寅杞氏國煥氏 裕恒氏以慕先積久之誠囑余以採 葺南北世系
추하즉족숙인기씨국환씨 유항씨이모선적구지성촉여이채 즙남북세계

不避途塗
불피도도

之夐遍閱畿慶之譜史自 平章事公以下曁于入北
지형편열기경지보사자 평장사공이하기우입북

始祖判書公 十八世以上君公爵謚 忠烈旌表可謂益彰而明矣余欣然眸開
시조판서공 18세 이상군공작시 충렬정표가위익창이명의여흔연모개

而歸與同
이귀여동

1부 뿌리 편   19

이귀여동

志寅恒裕暎慶益埰煥 明欽注議於宗丈而遂設梓于司正公齋舍 嗝歲而落

지인항유영경익채환 명흠주의어종장이수설재우사정공재사 격세이락

成盛且噫

성성차희

希豈有疊架於諸宗長贊銘 哉然不肖淵源餘裔敢冒猥僭略記 周行之顚未

희기유첩가어제종장찬명 재연불초연원여예감모외참략기 주행지전미

以激後賢 之起感云爾

이격후현지기감운이

上之十八年 辛巳孟夏判書公 十七世孫 裕華謹跋

상지 18년 신사맹하판서공 17세손 유화근발

崇禎紀元后四 辛巳 四月初 吉咸潁川松山齋新刊

숭정기원후사 신사 4월 초 길함영천송산재신간

鑄所監刊淸州后人 崔達明謹撰

주소감간청주후인 최달명근찬

關北永川李氏族譜 卷之三終

관북영천이씨족보 권지삼종

2) 함흥차사 내용

‖‖‖ 입북 시조 이백(李伯)

함흥차사(咸興差使)는 '왕자 난'을 일으킨 태종 이방원을 못마땅하게

여긴 태조 이성계가, 옥쇄를 가지고 함흥 고향에 머물고 있을 때(1398 경), 태종이 부친을 한양으로 모셔오라고 보낸 임시직 사신(使臣)을 뜻 함이다.

입북시조(入北始祖) 판서공(判書公) 이백(李伯)은, 고려 공민왕 21년 (1372)에 등과(登科)했으나 벼슬에 뜻이 없어 영덕에 은거 중 이성계 장 군을 만났다.

그 후 이성계를 돕고 개국 공신이 되었다.(입북 영천이씨 족보 원문 참고)

太祖禦倭寇時嘗見知至 恭讓王議立初
태조어왜구시상견지지 공양왕의 입초

太祖爲謨主公亦叅謨議 自是常從
태조위모주공역참모의 자족상종

太祖而爲左右侍衛後領副將
태조이위좌우시위후령부장

太祖開國時不替舊職叅從勳受錄券 陞正鄕
태조개국시불체구직참종훈수록권 승정향

판서공 이백(李伯)은 태종(이방원)의 사신으로 태조(이성계)가 있는 함 흥 궁으로 출발했다. 함흥궁궐 도착 후, 꾀를 내어 궁궐담장을 사이 두 고 망아지와 어미 말을 서로 못 보게 하니 그 울부짖음이 비명처럼 요 란하였다.

太宗爲東宮時爲侍講及
태종위동궁시위시강급

卽位拜承文提調兼藥房時

즉 위배승문제조겸약방시

太祖避位於速邑本宮公以

태조피위어속읍본궁공이

太宗使臣乘馹北來與諸從臣出諷諭

태종사신 승일북래여제종신 출풍유

回戀之策縶將駒之馬於 宮搞內使之不見其駒則母馬跼願 而悲鳴

회연지책집장구지마어 궁고내사지불견기구즉모마국원 이비명

상왕 이성계는 “말이 어찌 우느냐?” 물었고, 공은 “어미 말과 망아지를 나눠놓으니 운다.”고 답하였다.

이태조는 즉시 한양궁궐로 돌아왔다. 신하들은 ‘상왕을 짐승에 비유한 것에 대한 부당함을 꾸짖는 상소’를 올렸다.

개국 초 원종공신이며 공조판서 겸 도제조 이백(李伯)공은, 함경도 용흥(풍패읍)에 토지를 하사받고 영덕에서 함경도로 살림집을 옮겼다.

上指馬曰彼鳴何意 公對曰母子之馬分在兩處故戀其子而鳴也

상지마왈피명하의 공대왈모자지마분재양처고연기자이명야

上卽悟返駕于漢陽大臣延議以 微物之喩貶遷諸從臣

상즉오반가우한양대신연의이 미물지유폄천제종신

聖祖 開國初 原宗功臣 工曹 判書兼 都提調公 諱 伯

성조 개국초 원종공신 공조 판서겸 도제조공 휘 백

沿盈 咸咸州是 豊沛 龍興之地也

연영 함함주시 풍패 용흥지지야

태조는 “함흥은 내 고향인데 사직지신이 어찌 풍속을 지켜갈 것인가." 하며 특별히 공을 함흥으로 보내어 영흥(함흥) 본궁을 관리하게 하였다.

태종은 의복의 금대(金帶)를 풀어 주며 "세신(世臣) 집안 가보로 쓰임에 이용하라." 하였다.

함흥으로 전답(田沓)을 하사받고 이주(移住)한 공(公)은 '영덕이씨'로 관향(貫鄕)을 바꾸었다고 기록되고 있다.

太祖下敎曰 咸興是予故鄕而非子社稷之臣 其奈頑俗乎特以公定遷于咸興
태조하교왈 함흥시여고향이비자사직지신 기나완속호특이공정천우함흥

辭退之日
사퇴지일

太宗特賜金帶曰 受此永傳以表世臣之家無忘東宮之誼因掇盈德
태종특사금대왈 수차영전이표세신지가무망동궁지의인철영덕

本家卜居于
본가복거우

咸興川西古石里高遷社 道洞子孫因居焉始以盈德 爲貫鄕
함흥천서고석리고천사 도동자손인거언시이영덕 위관향

(입북 판서공 실적 참고)

입북 시조 판서공은 향년(享年) 78세 졸금(卒今-사망) 하였다. 영락(永樂) 정유(丁酉) 시년(是年) 9월 장(葬-족보 天. 27p)하였다.

백세봉(百歲峯) 함흥부(咸興府) 북(北) 90리 서고천사도동(西古川社道洞) 분토치와(分土峙臥) 우형(牛形) 신좌향(辛坐向)으로 판서공(判書公) 묘산수도(墓山水圖)가 있다.

(구묘지 참고)

太祖臨御本宮時以 工判奉 命侍從而以諷諫終致

태조임어본궁시이 공판봉 명시종이이풍동종지

回鑒之慶仍被 恩譴謫居 咸山遂爲北人嗚呼公之居玆州也 以女學倡教則

회견지경잉피 은견적거 함산수위북인명호공지거자주야 이여학창교즉

天眷北入之荒莽 必遺找公也 享年七十八卒今

천권북입지황망 필유조공야 향년칠십팔졸금

永樂丁酉是年九月葬于府 北九十里許高遷社道洞分土峙臥 貧幸之原

영락정유시년구월장우부 북구십리허고천사도동분토치와 빈행지원

(구묘지 참고)

3) 암행어사 수의지행(繡衣之行) 무덤 소송
-입북 시조 11세손 창례(昌禮)공

1765년 영조 (재위 1724~1776) 41년 관북(關北)에 살던, 입북시조 11대손 예조정랑(禮曹正郎) 영덕이씨 창례공(昌禮公)이, 영조 명(令) 받고 암행어사(繡衣之行-수의지행)로 영남 순시 길에 나섰다.

암행어사 임무를 마친 후 영양읍지(永陽邑誌)를 살피고 종인(宗人-문중 사람) 낙징(洛徵)을 만났다.
입북 시조 족보에 기재 된 '중시조 묘산수도 유묵가첩(遺墨家帖)'을 품속에 간직하고 영천 오미동으로 갔다.
'영덕이씨 중시조 무덤' 유묵 묘도와 '영천이씨 중시조 무덤'을 비교해보고, 같은 조상임을 알게 되었다.

그때부터 중시조 무덤 턱밑에 조상 무덤을 쓴 성씨 집안과 47년간 (1765~1812) 중시조 무덤 찾기 소송이 시작되었다.

영조 재위 때 시작된 송사는 정조 재위(1776~1800)를 거쳐 순조(재위 1800~1834) 9년(1809), 군수 서유교 공이 확인 판결하고 이어서 경상감사도 영양군 산소임을 판결하였다.

37회 솟장과 연서명자 1450여 명이 동원되었다.

1804년(순조 4년) 겨울 후손 중채(仲彩)와 복양(復陽)이 지석(誌石-무덤 주인 인적사항 기록)을 찾으려고 무덤을 팠다.

한밤중 무덤을 파다가 발각되었고 성씨 고발로 무주에 2년간 유배까지 되었다.

유배지에서 돌아온 중채와 복양은 1809년(순조 9년) 정월 17일 밤 다시 묘를 파헤쳤다.

광중(壙中-무덤)에서 이대영(李大榮)이라는 지석을 발견하고 군수에 보고하였다.

무덤 찾기 송사가 시작된 것이다.

(영천이씨 유적총람 참고)

'입북 시조 판서공 영덕이씨'로 사용하던 창례공(영양군 18세손)은, 이때부터 문중에 '중시조(中始組-영양군永陽君) 영천이씨(永川李氏)'로 본관 변경(개관-改貫)을 알렸다.

英廟乙酉追湘永川本源而以 永川改貫鄕推明世系之所自出也
영조을유추상영천본원이이 영천개관향추명세계지소자출야

(구보서 참고)

當姓貫之改盈從永也故騎者卽昌禮公以 繡衣之行 行過盈永之間抄傳北

당성관지개영종영야고기자즉창례공이 수의지행 행과영영지간초전북

來家秉與 嶺南派譜收單成譜

래가병여 령남조보수단성보

(개관 발문 참고)

'단종 복위 모의' 발각으로 순흥부사 이보흠(李甫欽-1397~1457, 영천이씨 중시조 영양군 7세손-족보 天, 13p, 세조 3년 1457) 집안은 노비로 전락되었다.

금성대군을 비롯한 부사 이보흠과 순흥의 65개 크고 작은 집안의 자손 300여 명이 역모로 죽임을 당하며, 죽계구곡의 죽계천을 타고 흐른 피가 20리까지 가서 '피 끝'이란 지명에 멈추었다고 한다.

정축(丁丑)년 지변(地變)으로 순흥 도호부가 폐부 되었다.

사방 십 리 비를 맞지 않고 갈 수 있을 정도로 고래 등 같은 기와집 180여 채가 줄지어 있었다 한다. 순흥도호부 경계가 지금의 영주, 강원 영월, 태백 삼척, 경북의 봉화 울진, 예천 안동, 충북 단양까지 이르렀다고 한다.

(한국일보, 2016. 11. 10. 참고)

永陽君榮域在於本郡矣 七世孫大田先生 甫欽爲 順興府使時與錦城大君

영양군영역재어본군의 7세손대전선생 보흠위 순흥부사시여금성대군

謨復

모복

端廟同柀拏戮以永李爲 姓者諱名屛迹未得守護遂失基傳云 聞甚痛嘆

단묘동피나륙이영이위 성자휘명병역미득수호수실기전운 문심통탄

乙酉余以禮郎奉 命 嶺南 啓事後委訪 先墓歷訪宗親又採 永陽邑誌則

을유여이예랑봉 명 영남 계사후위방 선묘역방종친우채 영양읍지즉

永陽君墓所地名坐向與 入北始祖判書公 所傳家牒若合符節 遂與本郡

영양군묘소지명좌향여 입북시조판서공 소전가첩약합부절 수여본부

宗人洛徵倡尋墓誌回路抄南北

종인낙징창심묘지회로초남북

家乘通諭諸宗譜成一卷改盈 貫永者盖追永陽君之本系也自 今以後關北

가승통유제종보성일권개영 관영자개추영양군지본계야자 금이후관북

之有盈德 李氏爲永川李氏者

지유영덕 이씨위영천이씨자

(개관 발문 참고)

숙종(재위 1674~1720) 때 단종 대왕 복권되면서, 1793(숙종19)년 영주 순흥에 단(壇)을 쌓고 금성대군과 순흥부사 이보흠, 함께 순절한 선비들을 모셨다.

노비로 떠돌던 영천이씨 후손들은 300여 년간 '영천이씨 중시조 산소'를 잃어버렸다.

입북시조 후손 창례(昌禮)가 영조 을유(乙酉)년 왕명으로 영남 순시 도중, 후손 낙징(洛徵)과 영천 오미동 중시조 무덤을 찾았다. 품속에 간직한 입북시조 묘도(墓圖)로 산세를 비교 확인하고 '영덕이씨'와 '영천이씨'가 중시조 영양군 같은 뿌리임을 알게 되었다.

그때(1765)부터 '영천이씨 중시조 영양군 무덤 찾기' 소송이 47년간 이어졌다.

1812년 '영천이씨 중시조' 무덤임을 경상감영으로부터 확인받게 된다.

후손들은 당시의 소송기록을 '영양군 심묘록(永陽君 尋墓錄)'이라 명명하고 한 권의 책자로 발간하였다. 예조정랑 창례공과 낙징 공은 〈영양군 이대영(李大榮) 묘표석(墓表石)〉을 증표로 무덤 찾기 소송에 승소한 감회를 쓴 시(詩)가 있다.

(영천이씨 유적총람 참고)

4) 무덤 찾기 승소 후손의 시(詩)

■ 서계 낙징공(西溪 洛徵公)의 시(詩)

二水泱泱激我思 荒凉塋域有誰知
이수앙앙격아사 황량영역 유수지
이수의 물 넘실넘실 나의 생각 북돋을 새
거칠어진 묘역을 누가 있어 알까 보냐

來雲嶺外尋遺跡 香火壇前待後期
래운령외심유적 향화단 전대후기
북관에서 온 후손이 유적을 찾음에
단 앞에 향만 사르고 후일을 기약했네

傳設碑留千載口 禮儀誠備百年巵

전설비류천재구 예의성비백년치

입으로 전한 비석 천년 넘어 남았지만

예의 정성 갖췄으니 백년의 술잔일세

桑鄕倍切同根誼 回首秋山落葉時

상향배절동근의 회수추산 낙엽시

관향 후손들의 정분 배로 더욱 도타운데

돌아보니 가을 산은 낙엽의 때로구나

■ 대곡 창례공(大谷 昌禮公)의 화답시(和答詩)

謀始由余事 克終子有功

모시유여사 극종자유공

중시조 묘 찾는 일은 나로 말미암았으나

마침내 일 이룸은 그대의 공이로다

團圓樓月夕 恨不一筵同

단원루월석 한불일연동

단원루에 올라 보니 저녁달은 밝은데

자리 함께 못함을 못내 한탄하노라

■ 복양공(復陽公)의 복양가(復陽歌)

갑자(甲子) 동(冬)에 상봉이화(霜蓬李花)

기사(己巳) 춘풍(春風)에 만발하여

가지가지 중채(仲彩) 하니

만고장춘(萬古長春) 하리로다

후세에 전하기를 복양(復陽)이라 하소서

('영천이씨 유적총람' 참고)

5) 입북 영천이씨 족보 원문

세월에 묻힌 '함흥차사' 역사적 진실에 정확성을 기하고자 '함흥차사' 관계되는 족보 원문을 옮긴다. 이해를 돕기 위해 9단락으로 분류하였다.

①영천이씨 입북족보서

②족보서 추서(보충)

③개관 발문(본관 고침-암행어사 창례)

④추서(본관변경 보충)

⑤구보서(옛 계보 기록)

⑥추서(옛 계보 기록 보충)

⑦중시조 영양군 실적(자취)

⑧입북시조 판서공 실적(자취)

⑨구묘지(입북시조 판서공 이백李伯 산소 기록)

단종 복위 모의 발각으로 금성대군과 함께 영주 순흥부사 영천이씨 보흠(甫欽)이 멸문지화를 당하면서, 숙종(1674~1720) 때 복권되기까지 300여 년간 노비로 전락되는 바람에, 영천이씨 집안 조상 내력 문서도 불확실해졌다.

1765년 관북(入北)파 예조정랑 이창례(李昌禮-입북 시조 판서공 영덕이씨 11세손)가, 지참한 관북 가승보(家乘譜)에 의하여 선세계보(先世系譜)와 각파의 계보가 고증되었다.

■ 입북영천이씨 판서공파 〈관북 가승보발행(1539)〉
■ 관북파 예조정랑(판서공 11세)지참 〈선세계보 고증(1765)〉
■ 관북보 선세계보 정확도 확인 〈갑자대동보 발행((1924)〉
■ 영천이씨대종회(02.736.0202) 〈영천이씨유적총람발행(2009)〉

('문경문원 9집 영천이씨 족보' 참고, 송산제松山齋)

▒ ① **영천이씨 입북족보서**

永川李氏 族譜序(영천이씨 족보서)

先王 六行之教衰而基遺風餘 教猶有寓於譜牒夫人之身自一人而 至於來
선왕 6행지교쇠이 기유풍여 교유유우어보첩부인지신자일인이 지어래
仍之後則
잉지후즉

已疎矣自兄弟而 至於祖免之外則已遠矣況以若疎遠之 親而隔之以山河
이소의자형제이 지어단면지외즉이원의황이약소원지 친이격지이산하
之阻因之
지조인지

以道路之卓雖生幷一世 未嘗一見則疎者日疎遠者 日遠然其親愛之心出
이도로지탁수생병일세 미상일견즉소자일소원자 일원연기친애지심출
於天理而
어천리이

人情之所不能已者眉山 漁氏所謂孝悌之心油然而生者而 周禮小史之所
인정지소불능이자미산 어씨소위효제지심유연이생자이 주례소사지소
以奠系世
이전계세

辨昭穆使人不忘本者也 永川李氏自羅麗以來簪纓望族而入
변소목사인불망본자야 영천이씨자라려이래잠영망족이입
本朝有若原從功臣工曹判書 承文提調公佐
본조유약원종공신공조판서 승문제조공좌
聖祖策開國
성조책개국
聖祖畀以豊沛之邑乃 移家赴北子孫遂爲北人而後孫裕華 甫懼其同祖而
성조비이풍패지읍내 이가부북자손수위북인이후손유화 보구기동조이
不辨昭穆
불변소목
將收緝成譜興族人 寅杞國煥詢議穿關河數千里問序於余余 以老弊無文
장수집성보흥족인 인기국환순의천관하수천리문서어여여 이노폐무문
辭至再三
사지재삼

사지재삼

旣不獲已乃復之曰 自古君子於敍譜之中每寓箴警之 意其意豈徒然哉今
기불획이내복지왈 자고군자어서보지중매우잠경지 의기의기도연재금

李氏上世
이씨상세

有永陽君文貞公之茂德焉 中祖有原從功臣提學公之 華蹟焉南鄕有南谷
유영양군문정공지무덕언 중조유원종공신제학공지 화적언남향유남곡

先生大田
선생대전

忠莊公之貞忠焉有聾巖 孝節公之耆德焉有艮齋紫巖諸君子之經學焉關
충장공지정충언유농암 효절공지기덕언유간재자암제군자지경학언관

北有臨皐
북유림고

大谷蓮峯諸賢輩之 文學焉則今日李氏子孫者當思祖先之 積德累仁益勉
대곡연봉제현배지 문학언즉금일이씨자손자당사조선지 적덕루인익면

於忠孝惇
어충효돈

睦之風而不忘其所自生則 根深而葉茂源遠而流長其理有不可 誣者然則
목지풍이불망기소자생즉 근심이엽무원원이류장기리유불가 무자연즉

永興咸雖
영흥함수

山河阻隔道塗修敻而一氣相感無異 於合堂同席矣子其勉謹哉 於是乎序
산하조격도도수형이일기상감무이 어합당동석의자기면근재 어시호서

上之十七年立冬節 通政大夫前行 承政院同副承旨兼
상지십칠년입동절 통정대부전행 승정원동부승지겸

經筵參贊官春秋館 修撰官韓山李敦禹書

경연참찬관춘추관 수찬관한산이돈우서

||||| ② 족보서 추서(보충)

盖譜者所以譜其族也 惟我永川李氏之淵源實自平章事諱 文漢公而爲始

개보자소이보기족야 유아영천이씨지연원실자평장사휘 문한공이위시

祖七傳而

조칠전이

益陽君諱克仁在 麗初以討叛統合之功位至光祿追封 三代又 六傳而永陽君

익양군휘극인재 려초이토반통합지공위지광록추봉 3대우 6전이영양군

諱大榮

휘대영

在麗朝以佐命股肱之勳秩至 大匡輔國諡文貞公爲 中始祖子孫以永川爲

재려조이좌명고굉지훈질지 대광보국시문정공위 중시조자손이영천위

貫鄕者益

관향자익

陽永陽封君之地皆 永川郡舊號也華閥之顯著簪纓之繼承 爲南土右族而

양영양봉군지지개 영천군구호야화벌지현저잠영지계승 위남토우족이

曁夫

기부

聖祖開國初原從功臣 工曹判書兼都提調公諱伯 沿盈入咸咸州是豊沛龍

성조개국초원종공신 공조판서겸도제조공휘백 연영입함함주시풍패용

興之地也以

흥지지야이

恩譴卜居于西皐事載咸山誌 關北之有永李自此實基焉嗚呼公之 積累餘
은견복거우서고사재함산지 관북지유영이자차실기언명호공지 적루여

澤雲仍
택운잉

繁衍文學苑興有若臨皐生員公 諱英女大谷正郞公諱昌禮蓮峯生員公 諱
번연문학완흥유약림고생원공 휘영여대곡정랑공휘창례연봉생원공 휘

克恒相繼
극항상계

而出益彰吾門其實蹟昭載於 譜牒而又有所編家承以傳後裔 可謂纖悉無
이출익창오문기실적소재어 보첩이우유소편가승이전후예 가위섬실무

疑往年不
의왕년불

肯余與族兄寅采氏繼述譜書而 常恨未刊矣今秋族侄裕華以板譜 之意請
초여여족형인채씨계술보서이 상한미간의금추족질유화이판보 지의청

往嶺南祥
왕영남상

采世系來歷各波實蹟而來今以後可 知尊祖親族之道而免其塗 人之相視
변세계래역각파실적이래금이후가 지존조친족지도이면기도 인지상시

也夫氏之
야부씨지

有譜猶國之有史 也其凡例首末自有先君子之制規而不 敢贅辭於其間則
유보유국지유사 야기범례수말자유선군자지제규이불 감췌사어기간즉

況公議嚴
황공의엄

整者乎設始鋟梓事 甚浩鉅當興五六同志晶勉謹愼一以 倣蘇老泉譜敍中

정자호설시침재사 심호거당흥오륙동지정면근신일이 방소노천보서중

仕某娶某

사모취모

卒某之規一以依宋約軒考 狀中諱某字某葬某之例則可知 祖宗之實蹟而

졸모지규일이의송약헌고 상중휘모자모장모지례즉가지 조종지실적이

以示後裔之壽傳也云爾

이시후예지수전야운이

上之卽位 十七年 庚辰陽月上澣 判書公 十六世孫 鱗和謹序 / 寅恒謹書

상지즉위 17년 경진양월상한 판서공 16세손 인화근서 / 인항근서

‖‖ ③ 개관 발문(본관 고침-암행어사 창례)

畧曰余自登第之後宦遊京師每逢 嶺南宗人則先問永陽君行蹟俱言 永陽

약왈여자등제지후환유경사매봉 령남종인즉선문영양군행적구언 영양

君榮

군영

域在於本郡矣 七世孫 大田先生甫欽爲順興府使時興錦城大君謀復

역재어본군의 7세손 대전선생보흠위순흥부사시여금성대군모복

端祖同被拏戮以永李爲姓者諱 名屛迹未得守護遂失其傳云 聞甚通嘆

단조동피노륙이영이위성자휘 명병적미득수호수실기전운 문심통탄

乙酉余以禮郎奉 命嶺南 啓事後委訪 先墓歷訪宗親又採永陽邑誌

을유여이예랑봉 명영남 계사후위방 선묘역방종친우채영양읍지

則永陽君墓所地名坐向與入北始祖 判書公所傳家牒若 合符節遂與

즉영양군묘소지명좌향여입북시조 판서공소전가첩약 합부절수여

本郡宗人洛徵倡尋墓誌 回路抄南北家乘通諭諸宗譜成一卷改 盈貫永者

본부종인낙징창심묘지 회로초남북가승통유제종보성일권개 영관영자

蓋追

개추

永陽君之本系也自今以後關北之有 盈德李氏爲永川李氏 自明矣

영양군지본계야자금이후관북지유 영덕이씨위영천이씨 자명의

嗟余不肖責在繼述故追承 生員公傳授之家乘弁載

차여불초책재계술고추승 생원공전수지가승변재

直長公附錄之序文以爲 吾家之私藏云爾

직장공부록지서문이위 오가지사장운이

皇明記元后丙戌春正月 判書公 十一代孫通訓大夫前行

황명기원후병술춘정월 판서공 11대손통훈대부전행

禮曺正郎 昌禮謹跋 / 通德郎 昌悌謹書

예조정랑 창례근발 / 통덕랑 창제근서

‖‖‖ ④ 추서(본관 변경 보충)

略曰人之有祖而有孫也如木之 有根而葉茂水之有源而派流也 自其一本

약왈인지유조이유손야여목지 유근이엽무수지유원이파류지 자기일본

之生而言

지생이언

之則强近也遡其百代之裔而言之 則疏遠也若非修譜記實之擧將何以 箇

지즉강근야소기백대지예이언지 즉소원야약비수보기실지거장하이 개

箇詳知耶

개상지야

況世降年積家牒荒茫 傳說然疑每欲通古合譜逡巡未果者久矣

황세강년적가첩황망 전설연의매욕통고합보준순미과자구의

乙酉宗丈大谷先生昌禮以 繡衣之行 行到嶺南編閱 先祖古事倡尋

을유종장대곡선생창례이 수의지행 행도영남편설 선조고사창심

永陽君塋域抄南北譜系 瓦相傳授盖其年代

영양군영역초남북보계 와상전수개기년대

則自羅麗以來簪纓世族而況我 入北始祖公以國初從勳爲

즉자라려이래잠영세족이황아 입북시조공이국초종훈위

太宗祖侍講而當

태종조시강이당

太祖嘔御本宮時以 工判侍從 入北事載咸山誌 當時朝腹中

태조임어본궁시이 공판시종 입북사재함산지 당시조복중

御賜金帶至今寶藏好作 吾家之靑檀舊物噫惟我永李之蕃 衍可謂盛昌而

어사금대지금보장호작 오가지청천구물의유아영이지번 연가위성창이

皆是同祖

개시동조

之支裔則當合諸路通作一譜而相去迢隔物力且殘但書直系 一派此乃 可

지지예즉당합제로통작일보이상거초격물력차잔단서직계 일파차내 가

慨也已踵

개야이종

記未盡之意以待後人之 通譜云耳

기미진지의이대후인지 통보운이

崇禎紀元后丁亥三月上巳 判書公 十二代孫 暎謹序 / 燧謹書

숭정기원후정해삼월상사 판서공 12대손 영근서 / 수근서

略曰關北永川李氏世譜 譜永川李氏世居于關北者也

략왈관북영천이씨세보 보영천이씨세거우관북자야

太朝組原從臣水部正卿公訟 盈德入咸興故關北之有永川李氏 從玆始焉

태조조원종신수부정경공송 영덕입함흥고관북지유영천이씨 종자시언

而以盈德

이이영덕

爲貫鄕者盖北來始祖自 盈德入來故也往在

위관향자개북래시조자 영덕입래고야왕재

英廟乙酉追溯永川本源而以 永川改貫鄕推明世系之所自出也 當姓貫之

영조을유추소영천본원이이 영천개관향추명세계지소자출야 당성관지

改盈從永

개영종영

也故騎者卽昌禮公以繡衣之行 行過盈永之間抄傳 北來家乘與嶺南派譜

야고기자즉창례공이수의지행 행과영영지간초전 북래가승여령남파보

收單成譜

수단성보

可謂精該也余升庠之 後一年僉宗君子屬余以世譜編次之責余 於譜學見

가위정해야여승상지 후일년첨종군자속여이세보편차지책여 어보학견

淺聞寡

천문과

奚敢當也辭之至再終 不能得謹與五六同志相議編譜 僉君子恕其僭而壽

해감당야사지지재종 불능득근여오륙동지상의편보 첨군자서기참이수

其傳也

기전야

崇禎后三己未冬抄水部 正鄉公 十四代孫 生員克恒謹誌 / 克勛謹書

승정후삼이미동초수부 정향공 14대손 생원극항근지 / 극훈근서

IIIII ⑥ **추서(옛 계보 기록 보충)**

李氏之先本永川也 一轉而至于盈德再轉而至于咸興則咸之 李本盈之李

이씨지선본영천야 일전이지우영덕재전이지우함흥즉함지이본영지 이

盈之李本

영지이본

永之李也而其在 關北始以盈德貫鄉者盖從

영지이야이기재 관북시이영덕관향자개종

國初從勳典書 公沿盈入咸故也往在

국초종훈전서 공연영입함고야왕재

英廟乙酉故宗丈正郎公 昌禮追溯嶺南本系始改盈貫永其於譜系也 可謂

영조을유고종장정랑공 창례추소령남본계시개영관영기어보계야 가위

纖悉無疑

섬실무의

而但恨所恨者南北愛遠諱字 行減不得一統而書之也嗚呼前譜之 作將至

이단한소한자남북애원휘자 행감부득일통이서지야명호전보지 작장지

一甲後裔之

일갑후예지

蕃幾近千數功緦旣盡文獻無徵則 一根之孫不無越視之嘆 宗議僉同鳩

번기근천수공시기진문헌무징즉 일근지손불무월시지탄 종의첨동구

財修譜屬

재수보속

余以編次之責余於譜系之上固 俔俔然一墒埴也雖然先儒有 言曰父作之

여이편차지책여어보계지상고 창창연일적식야수연선유유 언왈부작지

子述之前

자술지전

譜卽我王考

보즉아왕고

蓮峯生員公所制也今余不 肖繼以述之則私不墜王考之蹟公 可塞諸宗之

연봉생원공소제야금여불 초계이술지즉사불추왕고지적공 가세제종지

責故凡例

책고범예

首末一從前譜後之明世系 者恕其僭而壽其傳也

수말일종전보후지명세계 자서기참이수기전야

崇禎三己未后丁巳上元 水部正鄕公 十六代孫 人采謹識 / 鱗和謹書

숭정삼기미후정사상원 수부정랑공 16대손 인변근식 / 린화근서

|||| ⑦ 중시조 영양군 실적(자취)

公姓李氏諱大榮高鬱府沙川里人也生於 大德乙酉 四月甲子年 十九 以

공성이씨휘대영고울부사천리인야생어 대덕을유 4월갑자년 19 이

鄕貢進士登

향공진사등

第乙科調南京府書禮移 晉州錄司江陵府通文署復遷 通禮門祗侯轉爲禮

제을과조남경부서예이 진주록사강릉부통문서복천 통예문지후전위예

賓門內給

빈문내급

事出知陜川牧入爲祕書 承調奉成大夫入政當階至藝文進賢 大提學侍

사출지합천목입위비서 승조봉성대부입정당계지예문진현 대제학시

忠烈王赴北京以諫 有名拜奉議大夫征素行中書省神虎衞 大將軍兼授文

충열왕부북경이동 유명배봉의대부정소행중서성신호위 대장군겸수문

學侍中賜

학시중사

號誠謹翊忠佐命功臣三重 大匡輔國永陽君之爵

호성근익충좌명공신삼중 대광보국영양군지작

忠肅王贈謚文貞卒于至正 辛未 享年 五十七 葬于 本郡北石峴五味洞

충숙왕증익문정졸우지정 신미 향년 57 장우 본군북석현오미동

壬坐原

임좌원

右實蹟昭戰於入北始祖 所傳家乘而今按 嶺南譜牒則漏闕此蹟意者

우실적소전어입북시조 소전가승이금안 령남보첩즉루궐차적의자

忠莊公 遭變之後永李屛迹失傳之致歟

충장공 조변지후영이병적실전지치어

ⅢⅢ ⑧ 입북시조 판서공 실적(자취)

公諱伯自盈德入咸興故因 貫盈德而永川其先鄕也考諱宣挨校 護軍祖諱

공휘백자영덕입함흥고인 관영덕이영천기선향야고휘선애교 호군조휘

天令同正

천령동정

曾祖諱松賢判衞侍事高祖諱 文慶保勝護軍玄祖諱得樞密使 六代祖諱 大

증조휘송현판위시사고조휘 문경보승호군현조휘득추밀사 6대조휘 대

榮麗朝

영려조

佐命功臣 三重大匡輔國封 永陽君

좌명공신 3중대광보국봉 영양군

贈諡文貞妣淑夫人延日鄭氏 護軍揆臣之女公生于至元庚辰洪 武壬子以

증시문정비숙부인연일정씨 호군규신지여공생우지원경진홍 무임자이

鄕貢登弟

향공등제

佽餘少監典籍正言叅議等官皆辭 不赴遂卜築于盈德縣幽谷中 盖避世絶

급여소감전적정언참의등관개사 불부수복축우영덕현유곡중 개피세절

塵之意也 在我

진지의야 재아

太祖禦倭寇時嘗見知至 / 恭讓 王議立初 / 太祖爲謀主公亦 叅謀議自是

태조어왜구시상견지지 / 공양 왕의입초 / 태조위모주공역 참모의자시

常從

상종

太祖而爲左右侍衛後領副將 / 太祖開國時 不替舊職叅從勳受錄卷 陞正卿

태조이위좌우시위후령부장 / 태조개국시 불체구직참종훈수록권 승정경

太宗爲東宮時爲侍講及 / 卽位拜 承文提調兼藥房時 / 太祖避位於 沛邑

태종위동궁시위시강급 / 즉위배 승문제조겸약방시 / 태조피위어 패읍

本宮公以

본궁공이

太宗使臣乘馴 北來與諸從臣出諷諭 / 回戀之策縶將駒之 馬於宮

태종사신승일 북래여제종신출풍유 / 회연지책집장구지 마어궁

牆內

장내

使之不見其駒則 母馬跼顧而悲鳴 / 上指馬曰彼鳴何意公對曰 母子之馬

사지불견기구즉 모마국원이비명 / 상지마왈피명하의공대왈 모자지마

分在兩處故戀其子而鳴也

분재양처고연기자이명야

上卽悟返駕于 漢陽大臣延議以徽物之 喩貶遷諸從臣

상지오반가우 한양대신연의이미물지 유폄천제종신

太祖下教曰咸興是予 故鄕而非子社稷之臣其奈頑俗乎特以 公定遷于咸

태조하교왈함흥시여 고향이비자사직지신기나완속호특이 공정천우함

興辭退之日

흥사퇴지일

太宗特賜金帶曰受此永傳以表 世臣之家無忘東宮之因掇 盈德本家卜居于

태종특사금대왈수차영전이표 세신지가무망동궁지인철 영덕본가복거우

咸興川西古石里喬居于 高遷社道洞子孫因居焉始以盈德爲貫鄕 判書金

함흥천서고석리고거우 고천사도동자손인거언시이영덕위관향 판서금

公德載

공덕재

以同來之誼撰行狀 文敬公許稠送誄詞觀察使朴公守良 選墓銘事載咸山誌

이동래지의찬행상 문경공허조송뇌사관찰사박공수량 선묘명사재함산지

此實蹟昭載於處士 漢柱所編 / 家乘而煩不盡記略擧其槩云

차실적소재어처사 한주소편 / 가승이번부진기략거기개운

||||| ⑨구묘지(입북시조 판서공 이백李伯 산소 기록)

略曰 世系見 實蹟 公在

략왈 세계견 실적 공재

太祖臨御本宮時以 工判奉 命侍宗而以諷諫終至 回鑒之慶仍 披恩譴謫居

태조임어본궁시이 공판봉 명시종이이풍동종지 회견지경잉 피은유적거

咸山遂爲北人嗚呼公之居 玆州也以女學倡教則 天眷北入之荒莽 必遺栽

함산수위북인오호공지거 자주야이여학창교칙 천권북입지황망 필유재

함산수위북인명호공지거 자주야이여학창교즉 천권북입지황망 필유재

公也

공야

亭年 七十八 卒今 永樂 丁酉是年 九月葬于 府北 九十里許 高遷社道洞

향년 78 졸금 영락 정유시년 9월장우 부북 90리허 고천사도동

分士峙貧幸之原

분사치빈행지원

配與子孫 見傍註 守良適按是道則 公歿旣逾年而公之 孫司直重誠請

배여자손 견방주 수량적안시도즉 공몰기유년이공지 손사직중성청

以墓記素所景慕而 不敢固辭況是道之去京華千有餘里則 公之名節行蹟

이묘기소소경모이 불감고사황시도지거경화천유여리즉 공지명절행적

不可泯滅於後世故畧抄終始之 萬一以塞孤請云

불가민멸어후세고략초종시지 만일이새고청운

喜靖 十七年 戊戌春二月 觀察使 朴守良謹記

희청 17년 무술춘2월 관찰사 박수량근기

('영천이씨 족보, 국학연구회 문경문원 9집' 참고, 경북기획, 2019)

6) 시조공 제단소 참배

2007년 4월 26일(丁亥 3월 10일) 경인(庚寅)일 영천 오미동 '영천이씨 시조공(始祖公) 제단소(祭壇所)'를 찾았다. 아흔셋 아버지는 지팡이에 굽은 허리를 의지하고 난생처음 시조공 제단 고유제(告由祭)에 참석하였다.

백여 명의 같은 뿌리 피붙이들과 수인사를 나누며 반가워했다. 동석한 일가의 안내로 '오미동 중시조 산소'를 찾은 아버지는 패찰을 놓고 좌향을 살폈다. 족보 천(天)에 기록된 중시조 묘도(墓圖) 좌향과 같은 임좌(壬坐)향이었다.

먼먼 옛날 영조 명(命)으로 암행어사가 되어 입북시조 가첩(家牒)으로 중시조 무덤을 확인하려 했던, 예조정랑 창례(昌禮) 공이 살폈을 무덤 좌청룡 우백호를 설명하는 아버지는 비장함까지 엿보였다.

새로 단장한 '중시조 무덤' 턱 밑에 뭉개 져버린 3개의 무덤이 보였다. 안내하는 일가 어른은 성씨 집 무덤이라 했다. 남의 집 명당 무덤 자리를 도둑질하려 한 불명예를 안고 망자는 참으로 부끄러울 것 같다.

아버지는 술잔을 채우고 예를 갖추었다. 수백 년 전 함흥차사 마무리 사건으로 하여 영덕에서 함흥으로 쫓겨 가면서, 마지막 올렸을 입북시조 판서공 이백(李伯) 할배 술잔처럼, 아버지는 처음이자 마지막 술잔을 올렸다.

정해 삼월 초열흘날
영천이씨 시조
고려 평장사 벼슬
이(李)자 문(文)자 한(漢)자 할배
제단소가 있는
영천으로 나들이 갔지

아흔셋 등 굽은 내 아비
가녀린 지팡이로 몸 가누며
수수 백 년 전에

입북(入北) 할배가 그랬을

조상을 찾아

영천 오미동 나들이 갔지

두고 온 함경도 땅

꿈에도 선한 고향

타향살이 육십여 년

할배 고향에 돌아와

머리 조아리는

늙어 볼품없는 내 아비

(시조 '할배 제단소 나들이' 전문)

세조 3년 1457

7세 손 순흥 부사 보흠(甫欽)

단종 복위 모의로

금성대군 변란에

집안 절단 났다지

영조 41년 1765

관북 살던 후손 창례(昌禮)가

중시조 산소 좌향 유묵(遺墨) 읽고

영천 후손 낙징(洛徵)과

영천 석현 오미동 무덤을 갔지

순조 4년 1804
후손 중채(仲彩), 복양(復陽)이
지석(誌石)을 찾아
무덤 파헤치다가
무주로 유배되었다지

1809년 기사 정월 열이레
찬바람 몰아치는 야밤
장정 일군들 무덤을 팠지
남쪽 석 자 땅 아래
옛 지석 찾았다지

1812년 11월
군수 서공(徐公)이 감탄하고
-석곽에 용이 새겨지고
하얀 흙으로 봉(封)한 것은
봉군(封君) 한 분의 예장(禮葬)이라

풀만 무성한 잃어버린 삼백 년 무덤
정월 스무사흘 날 고유(告由)하고
지석 묻어 봉분하니
신명의 돌봄 있었다지

(중시조 '영양군 산소' 전문)

정해 삼월 초열흘날
함흥차사 시퍼런
칼날과 마주 선
내 아비의
입북 시조 무릎 꿇었네

모자(母子) 말과 함께
상왕(上王) 이태조 생환시킨
공조판서 백(伯) 할아버지
입북(入北) 18세 손 내 아비
어깨에 실렸네

상왕(上王) 말 모자(母子) 비유 죄
강제 입북(入北) 당하며
오미동 중시조 무덤에
머리 조아렸을
판서 공 할아버지

육백여 년 지나
따사로움 가득 한 향리
아흔셋 등 굽은 후손 어깨에 실려
다시 무릎 꿇는
영천이가 입북 시조 할배

(입북 시조 '할배' 전문)

2. 1985 고등법원 항소

1) 함정
-거절 못한 인정

영하 15도 오르내리는 추운 겨울밤 동두천행 막차 버스를 탄 것은, 구치소에 들어가 있는 둘째 오라비 주변에 무언가 음모가 있음을 짐작했기 때문이다. 나는 칠흑 같은 어둠 속 차창 밖을 내다보며 구치소에서, 추위와 공포에 떨고 있을 오라비를 생각하였다.

그러니까 40여 년 전 일이다. 1947년 12월 하순, 그날 밤은 하늘에서 눈덩이가 쏟아붓듯 내렸다. 둘째 오라비와 나는 어머니를 따라 보초병을 피해 산길로 접어들었다. 빼곡히 들어선 아름 들이 참나무 시커먼 등걸을 보고 어머니는 보초병인가 싶어 놀라곤 하였다. 먼저 남하한 아버지를 찾아 삼팔선을 넘던 길이다.

1945년 8월 15일, 해방되면서 장진면 신하리 산골 마을을 버리고, 우리 가족은 장진에서 하갈이 고토리를 지나 큰집이 있는 함흥으로 이사를 했다.

집안 장손은 단원을 모아 공산당 반체제 운동을 시작했다. 서른한 살 아버지는 비밀요원을 피해 도망치듯 함흥을 떠났다.

어머니가 생계수단으로 큰집 과수원 자두를 광주리에 이고 함흥 만시게다리 근처에서 파는 것을, 비밀요원은 '남조선에서 도망친 가족이 파는 물건이다'라며 빼앗아 사람들한테 나눠 주었다.

젖먹이 아기가 홍역을 앓는데도 '반동분자 가족'이라며 여름 뙤약볕 강제 노역을 시켜 아기를 잃게 했다.

당시에는 삼팔선을 몰래 넘나드는 물물교환 상인들이 있었다. 연천 쪽 접경지대 댐 공사장에 취업한 아버지는 상인들과 교분을 쌓았고, 함흥으로 기별을 보낸 것이다. 비밀요원들은 상인들 속옷과 양말까지 벗기며 북조선 탈출자를 캐려고 조사를 했다.

아버지는 상인 옷고름 속에 증명사진을 증표로 넣고 기별을 보냈다. 아버지 사진을 받은 어머니는 가다가 죽는 한이 있더라도, 찾아갈 테니 그곳에서 기다려 달라고 부탁하였다.

그 당시 열두 살 큰오라비는 홍원 큰고모 댁 소몰이꾼으로 숨어 있었다. 아침에 주먹밥과 물통을 허리춤에 매달고 소 등에 함께 묶인 채, 소를 모는 소년들이 십수 명이라 했다.

소는 들판을 돌아다니며 풀을 뜯어 먹고 해거름께 집으로 돌아가는데, 소년들은 소등에서 종일 내려오지 못하고 용변까지 해결한다고 말했다.

할아버지는 함흥에서 부자였다고 한다. 만취한 할아버지 양어깨를 부축하고 들어오는, 기생들을 자주 보았다고 했다.

어머니는 함흥집에서 낳은 첫아기를 병으로 잃고, 둘째 아기인 큰오라비를 1936년에 신하리에서 낳은 걸 보면, 1930년 초에 장진에 정착했다고 볼 수 있다. 할아버지는 막내인 아버지 부부를 일본 징용으로부터 보호하기 위해 장진 신하리 산골로 들어간 것이다.

어머니는 장진 신하리 집에서 낳은 3남매만 병치레 없이 잘 키울 수 있었다고 말했다. 갓 태어난 내가 밤낮으로 극성스럽게 울어대니까 할 아버지는 '까마귀밥이나 되게 풀밭에 내다 버리라'고 말했다면서 어머니는 명절 아침이면 북조선 이야기를 들려주었다.

아버지는 신하리 집에서 수십 리 산으로 들어가면 넓은 들판이 있다고 했다. 이른 봄이면 마른 잡초가 무성한 들판에 불을 지르고 감자 귀리를 심었다.

이듬해엔 다른 곳에 불을 질러서 재를 밑거름으로 곡식을 심는데 참잘 되더라고, 아버지는 구순이 넘어서도 장진, 고토리, 함흥에서 일어난 일들을 자주 말했다. 넓은 들판은 개마고원 쪽이 아닐까 싶다.

어머니는 홍원 고모 댁으로 전보를 치고 큰오라비를 함흥으로 오라고 했다. 하지만 큰오라비가 함흥에 도착했을 때 우리는 이미 떠난 뒤였고, 열두 살 소년은 기차 철길에 엎드려 울부짖었다 한다.

일곱 살인 나는 열 살인 둘째 오라비와 어머니를 따라 강가에서 배를 타려다가 비밀요원에게 붙잡혔다. 감옥에서 밤을 지내고 재차 시도할 때는 산속 길로 숨어 들어섰다. 배고픔을 달래려고 얼어 버석거리는 콩개떡을 먹고, 와들와들 떨면서 저녁연기 피어오르는 마을로 뜨거운 숭늉이나 얻어먹자고 내려갔다.

안주인은 커다란 바가지에 김이 무럭무럭 나는 숭늉을 가득 담아 주며 "빨리 먹고 여기를 떠나시오. 시동생이 연락병이오."라고 했다. 우리는 대문께서 시동생한테 잡혀 또다시 이틀 밤을 감옥에서 보냈다.

널빤지 틈새로 찬바람이 들어오는 임시 감옥은 남자 감옥과 여자와 아이들을 감금한 두 칸이었다. 어머니는 오라비와 나를 무릎에 누이고 눈물로 밤을 지새웠다. 어머니의 눈물이 차갑게 뺨을 적시곤 하였다.

비밀요원은 기차역까지 따라와서 함흥행 차표를 사고, 기차 객실까지 따라와 자리에 앉는 것을 확인하고서야 근무지로 돌아갔다. 우리는 재빨리 객차에서 내려 옆에 정차된 기차 바퀴 밑으로 기어서 개찰구 반대 방향으로 탈출하였다.

널빤지 감옥에서 귀동냥으로 들은 곳을 더듬어 어머니는 임진강 상류를 찾았다. 우리는 얼음 속에 갇힌 알몸 시신을 밟고 강을 건넜다. 나는 소스라쳐 비명을 질렀고, 어머니는 내 입부터 손으로 틀어막았다.

주먹 같은 눈송이가 어둠을 가리고 숲속을 희끄무레 비추다가, 앞서 간 사람들의 발자국 흔적조차 덮어 버렸다. 쌓인 눈은 무릎까지 묻어 버렸고, 걷지 못하는 나는 어머니 등에 업혔다.

얼마를 갔을까. 어머니는 탄식하며 털썩 주저앉았다.

"어느 길로 가야 안 잡히겠니."

함박눈은 그칠 줄 모르고 쏟아져 내렸다. 허벅지까지 파묻힌 두 갈래 길을 오라비는 껑충거리며 이리저리 살폈다. 나직이 소리쳤다.

"어마이, 저기 봄세. 움푹한 곳 있음메."

그곳에는 편편한 표면과 달리 푹 들어간 자국이 있었다.

"이 밤에 우리처럼 길을 가면서 넘어진 사람 자리겠지."

어머니는 주저 없이 그 길을 택하였다.

한밤중에 이런 길을 갈 사람은 역시 우리와 같이 자유를 찾는 사람일 거라고 단정한 것이다.

얼마쯤 걸었을까 불빛이 반짝였다.

"짐승 불은 파랗다는데 붉은 걸 보면 필시 사람 사는 곳일 거다. 눈 속에서 얼어 죽으나 비밀요원에 잡히거나."

눈 속에 파묻힌 통나무집 문 앞에서 주인을 찾았을 때, "어서 오기요. 자유요. 남조선이요."하며 안주인은 방으로 안내하였다. 방 안 가득 사람들이 쪼그려 앉아 졸고 있었다.

아버지를 만난 우리는 미군이 운영하는 의정부 수용소에서 1948년 1월 1일을 맞이했다. 미군은 설날이라고 자루 달린 양은 밥통에 특별식을 주었다.

어머니는 큰오라비를 데려오기 위해 다시 북쪽으로 떠났다. 그리고 함흥에 있는 어머니 친구 집 마루 밑 가마니 속에 숨어 있던, 큰오라비를 데려오는 데 성공하였다.

그때는 감시가 더욱 심했고 얼음이 녹은 강물 속으로, 옷은 홀딱 벗어 머리 위에 얹고 팔을 들어 올려 옷을 감싸 쥐고 알몸으로 강을 건넜다 한다.

옷을 입고 강물을 건너면 물살 소리에 발각될 수도 있지만, 알몸으로 건너면 맨살에는 물소리가 나지 않는다 하여, 안내자 지시대로 움직였다고 한다.

"피는 물보다 진하다더니."

나는 입속으로 눈물을 삼키며 동두천으로 달렸다.

KBS TV 뉴스에 포승줄에 묶인 둘째 오라비 얼굴이 나왔는데도 올케는 두 번째 방문했을 때까지 사건의 진상을 말하지 않았다.

나는 10년이나 연하인 올케 앞에 앉았다.

"형님. 부부는 돌아 누우면 남이 된다지만 자식은 남이 될 수도 없잖아요.

옛날에는 강 건너 고개 넘어 누구네 하면, 집안 내력을 다 알아서 혼인도 하지만, 요새는 호적에 빨간 줄이 있는가, 전과 기록이 있는가, 집안에 흉악범이 있는가를 살펴서 취직도 혼인도 한다잖아요.

어린 4남매 생각해서 진실을 말해 줘요.

아이들이 전과자 자식으로 낙인찍히면 출세에 문제잖아요."

나는 밤을 새우면서 간곡히 설득하였고 새벽녘에야 올케는 입을 열었다.

"늦은 것 같아요."

"늦지 않았어요. 말해 봐요."

나는 올케를 자꾸만 부추겼다.

"방 씨가 전과 5범이래요. 이번에 실형 받을까 봐서 애아범을 주범으로 몰았어요. 아범이 죄 없는 것은 모두 알아요. 그런데 변호사님이 그렇게 하라고 해서 했어요. 전 씨도 알고 있어요."

방 씨란 오라비 처제 남편을 말하며 전 씨는 방 씨 밑에서 심부름하는 사람을 말함이다.

오라비는 몇 년 전에 올케 성화에 못 이겨 이산가족으로 만난, 처제네 동네 동두천으로 이사를 했다. 미군 부대 내 한국인 취업자 감원 조치로 오라비는 일자리를 잃은 상태였다. 그러니까 이산가족으로 만나게 된 동서가 일을 저질렀고, 오라비는 그 사람을 구제하기 위하여 주범행세를 하게 되었다는 얘기다.

"일이 잘못되는 것 같아요. 구형 2년을 받았어요. 변호사님은 걱정하지 말라고 하는데요. 방 씨는 구형 1년을 받았어요."

2) 반전

-돈으로 변질시킨 법률

나는 수화기에 녹음기를 바싹 붙이고 다이얼을 돌렸다.

"여보세요. 의정부 안내죠? 김○○ 변호사 전화번호요."

나는 떨리는 손으로 가슴을 쓰다듬으며 애써 마음을 진정시켰다.

"여보세요. 변호사님이세요?"

"네, 누구십니까?"

굵고 가라앉은 목소리였다. 김 변호사인가 보다.

"저 변호사님 동두천 방○○ 씨 동생입니다. 안녕하세요."

"아, 네. 안녕하세요. 어쩐 일입니까?"

"방○○ 오빠가 전과가 많아서 실형을 받겠지요?"

"아니요."

"이 씨를 주범으로 했잖습니까? 오빠를 가볍게 하기 위해서요."

"네."

"검사 손에 저희가 400만 원을 드렸잖아요."

"전화로 그런 소리 마시오."

"저 혼자 있습니다. 그 후 300만 원 추가됐는데 700만 원으로 되겠습니까?"

"내가 최선을 다하고 있으니 나중에 사례나 하세요."

다음 날 의정부에 시외 전화를 다시 걸었다. 사무장이 전화를 받았다.

"이○○ 씨라는 사람을 주범으로 몰았잖습니까?"

사무장이 말했다.

"여보세요. 이○○도 주범으로 몰았으니까 사돈 보기에 민망해서 전과가 남을 거니까요."

"법정에서 재개 재판을 해야 하는데. 2주를 땡겨서 재개 재판을 않고 판사한테 증인으로 해서, 직접 앞에서 받아 버리고 다음에 선고해 버리려고 그래요. 안 되는 것 말이죠. 재판부에서 갖은 수단을 다한 거예요. 명목이 합의부 재판이기 때문에 법원에서 타협하고, 부장 검사가 말이죠, 무지무지 노력한 거예요. 검사 쪽에서 그렇게 노력을 해주고 해도 법률상으로 나올 수 없는 거예요. 돈 벌어서 민들레 회장한테 기금도 내고 사회사업에 참여했다고 말이죠. 증인으로 세우는 거예요. 오늘 어디 가지 마세요. 민들레 회장을 만나러 가니까요. 같이 가야 합니다."

사무장은 내가 정말 방 씨 동생인 줄로만 알고 말을 길게 늘어놓았다. 그러니까 검사한테 400만 원을 주고 변호사는 이○○를 주범으로 만드는 데 주력했다는 증거를 육성으로 담은 것이다.

나는 녹음테이프 외에 증거를 더 첨가하기 위하여 증인을 만들기로 하였다. 당시 나는 복덕방 직원으로 근무하고 있었다. 인정 많고 의협심이 있는 동네 복덕방 아저씨한테 전후 사실 이야기를 하고 일당을 주기로 하고 협조를 요청하였다. 아저씨는 첫마디에 쾌히 승낙하고 증인 확보에 참여했다.

아저씨와 나는 올케를 데리고 방○○의 집으로 찾아갔다. 넓고 긴 시장 골목 옷가게에는 사치스러운 옷들이 즐비하게 걸려 있다. 골목마다 낮은 추녀 밑으로 돌출된 유리박스 안에 앳된 여인들이 반라모습으로 인형처럼 있었다.

방 씨 집은 유리박스 옆 나무 대문집이다. 2층으로 연결된 블록 집은 마당 옆으로 방 씨 처가 기거하는 내실이 있다. 한낮인데도 방 안은 어두컴컴하였다.

방 씨는 육십을 바라보는 중년이라던데 그의 처는 삼십 초반인 것 같다. 가무잡잡한 얼굴에 살이 별반 없는 작은 키의 소유자였다. 본처를 밀어내고 들어앉은 둘째 오라비 처제이다. 식사를 마치고 방의 처는 사건에 대하여 말을 꺼내기 시작하였다.

"너무 걱정하지 마세요. 변호사님이 다 나오게 한다고 했어요. 700만 원이나 줬어요."

그녀는 묻지 않는 말까지 늘어놓기 시작하였다.

"어떻게 그렇게 되었어요?"

아무렇지 않은 듯 나는 말을 받았다.

"사실은 우리 집 양반이 전과가 많아요."

"얼마나 되는데요?"

"14범이에요."

"아— 예. 불리하겠네요."

나는 올케를 통하여 전과가 5범인 줄만 알았는데 그녀의 말을 듣고 더욱 놀라지 않을 수 없었다.

"전과가 많으니 징역을 살게 될 것 같아서 변호사님이 시키는 대로, 형부를 주범으로 만들고 우리 집 양반은 도와준 것으로만 하였어요."

나는 별 관심 없다는 듯 복덕방 아저씨를 쳐다보았다. 아저씨는 천장과 마당을 휘둘러보며 고개를 끄덕거렸다. 나는 그녀의 말을 가로막았다.

"집을 한 채 판다고 하셔서 복덕방 아저씨를 모시고 왔어요."

그녀는 한숨을 뱉어내듯 담배 연기를 뿜어대고 있었다.

"예. 언니가 사는 집을 팔려고 하는데요. 살 사람이 있을까요?"

"아, 그럼요. 동두천이 장사가 잘된다고 소문이 나서 장사할 분이 알아보라기에 아줌마를 따라 왔습니다. 대지가 몇 평이지요?"

복덕방 아저씨는 기다리기도 한 듯 수첩을 꺼내고 있었다.

"대지는 한 마흔다섯 평이나 오십 평쯤 될 거예요. 서류가 있을 텐데."

그녀는 몸을 일으켜 장롱 문을 열고 서류를 찾으며 말하였다.

"아저씨, 얼마나 받아주시겠어요?"

"아, 이곳에 땅값대로 해야지요. 집은 낡았으니."

"평당에 100만 원은 줘야 해요."

"아, 너무 셉니다. 싸게 해야지 팔리죠."

복덕방 아저씨는 아예 흥정으로 들어가려는 듯이 말하였고, 방 씨 처는 솔깃한 듯 아저씨 무릎 가까이 다가앉았다.

"그러면 사천 오백만 원만 받아 주세요."

"아줌마, 사천만 원만 하시지."

복덕방 아저씨는 사람 좋은 웃음을 껄껄 웃으며 서류를 보았다.

"아, 여기 근저당 설정이 이천오백만 원 들어있군. 새마을 돈도 이천 만 원 들어있고, 어허 이거 힘들겠는걸."

"아저씨, 팔아주시면 소개비 300만 원 드릴게요."

"그러나저러나 한번 부딪혀나 봅시다."

복덕방 아저씨는 등기서류를 잠바 속주머니에 꽂아 넣으며 말하였다.

"얼마 쥐지 못하겠습니다그려."

"빚이나 갚아야지요. 원금만 계산하면 남으니까요."

나는 진정서를 쓰기 시작하였다. 방 씨 처가 한 말은 복덕방 아저씨 가 증인이 되었다. 변호사와 사무장과의 대화 내용을 담은 녹음테이프 를 포함시켜, 서울 북부 지원 합의부 판사한테 등기로 보냈다. 진정서 를 넣기 며칠 전 나는 구치소로 오라비를 찾아갔다.

"오빠, 그 안에서 진정서를 써요. 사실이 아니라고. 그러면 재판이 뒤 집어진대요."

"싫어. 난 빨리 나갈 거야. 진정서 쓰고 또 연기되면 나는 죽을 것만 같아."

진정서가 우편함에 들어가고 9일째 되는 날 선고재판이 열렸다.

1985년 1월 24일 을씨년스러운 겨울바람이 목덜미를 파고들었다. 북 부지원 청사 뒤로 ○○호 법정이 있고 법정 주위에는 코트 깃을 세운 사람들이 삼삼오오 모여 두런거리고 있었다. 그들은 간간이 불어오는 세찬 바람을 등으로 막으며 모여 있었다. 올케의 말을 빌리면 저쪽 양

지쪽 건물 뒤편에 서 있는 사람들이 변호사와 차 형사, 방 씨 조카와 동생들이라 했다.

그들은 둥글게 마주 선 채 가끔은 우리 쪽을 쳐다보았다. 그들은 손가락질하며 고개를 끄덕거리기도 하였다. 작은 소음을 일으키며 죄수들을 실은 호송차가 법정 뜰 위에 멈추었다. 양손을 포승줄에 묶인 죄수들이 바지저고리 차림으로 차에서 내리며 길게 늘어섰다. 행렬 속에는 유달리 덩치가 커 보이는 남자와 키 작은 사내가 웅크리고 걸었다.

"저기 왔어요."

올케가 가리키는 쪽을 보며 법정으로 들어선 나는 작은 체구의 사내가 오라비임을 알았다. 방○○은 키가 크고 몸집도 큰 중년이었다.

죄수들은 일렬로 판사 자리를 마주 보고 서 있고, 뒤로 가족과 친지, 방청인들이 딱딱한 나무의자에 삐거덕 소리를 내며 앉았다. 죄수들은 손이 묶인 채 좌우로 뒤로 두리번거리기도 하였다.

이윽고 법정에는 세 사람의 판사와 직원들이 들어섰다. 법정 안은 물을 끼얹은 듯 조용해졌다. 나는 맨 뒤쪽에 올케와 같이 엉거주춤 의자 끝에 엉덩이를 걸쳤다. 사람들이 더러는 옆줄에 더러는 뒷줄에 서 있기도 하였다. 몇 사람의 재판이 진행되고 오라비와 방○○이 나란히 서 있다가 밖으로 나가는 모습이 보였다.

"집행유예다."

옆에 앉아있던 복덕방 아저씨 말에 나는 정신이 들었다.

"뭐라구요, 아저씨?"

"이○○가 집행유예요. 억울하면 항소하랍니다."

"방○○은 징역이래요."

복덕방 아저씨 말을 받아서 올케가 방 씨 형량을 말하였다.

"아저씨, 고마워요. 진정서를 써 주셔서."

나는 노인처럼 변해서 사복을 입고 나오는 오라비 앞에 두부를 내밀었다. 오라비는 얼음이 서걱거리는 두부를 씹으며 웃었다.

"나는 나왔는데, 동서는 왜 징역이지?"

3) 회유
─고문에 의한 조서

나는 따뜻한 온돌방 아랫목에 오라비를 앉혀 놓고 물었다. 여름까지만 해도 건강했는데, 몇 달 사이 몹시 변해버린 모습이었다.

"오빠, 처음부터 얘기해 봐요."

나는 변호사와 사무장과 방○○의 집으로 드나들며 재판 변론을 하게 된 녹음테이프 얘기를 들려주었다.

"주한이 엄마도 말했어요. 방○○이 전과 14범이라서 징역 살까봐 오빠를 주범으로 만들고, 벌금이나 집행유예로 나오게 하려고 꾸민 거라고."

"그래서 변호사가 아침저녁으로 와서 도장 찍으라 했구나."

오라비는 기력조차 없는지 꺼져가는 목소리로 겨우 말을 이었다.

"내가 그날 아침 자고 있는데, 처제가 깨우면서 주한이를 서울 학교 태워다주라 했어."

오라비는 뜨거운 보리차를 한 모금 마시고 다시 말을 이었다.

"주한이 학교 태워다 주고, 주차 키 주려고 주한이 아버지를 찾았지. 날 보고 상계 극장 앞에 있는 여자를 데려다 달라기에 데려다주고 왔어."

"그 여자를 주한이 아버지가 미군 부대에 팔아넘겼는가 봐. 황경숙이라고, 그 여자가 청량리 경찰서에 고발했어. 청량리 경찰서 형사 4부에 운 형사가 지휘해서 동두천으로 왔어. 주한이 아버지도 나도 집에서 끌려갔지."

"그때 청량리 경찰서에서 이백만 원만 가져오면 풀어준다고 했어요. 갑자기 돈을 만들지 못하고, 그 이튿날 돈을 만들어 가니까 운 형사가 넘겼다고 하데요."

올케가 말했다.

"운 형사하고 네 명이 내 손을 묶고 두 발도 묶고, 숙직실 방바닥에 자빠트리고……, 나 물 좀."

오라비는 두어 모금 물을 마신 후 다시 말을 이었다.

"얼굴에 수건을 두 겹 덮어 놓고는 주전자로 얼굴에 물을 부었어. 한 놈은 얼굴을 꼭 붙들고, 한 놈은 주전자로 얼굴에 물을 붓고, 또 한 놈은 발목을 잡고, 한 놈은 방망이로 발바닥을 마구 때리며 실토하라더군. 나는 죄가 없다고 하니까 콧구멍에 대고 물을 부었어. 내가 기절을 했나 봐. 정신을 차리고 보니까 한 놈은 등을 두들기고, 한 놈은 팔, 다른 놈들은 다리를 비비고 주무르고 하더군. 거기서 두 번 정신을 잃었어. 나중에는 죽을 것 같아서 당신들 쓰고 싶은 대로 하라고 했지. 그다음에는 '진작 그럴 것이지'하며 고문을 중지하고 '기본 월급은 25만 원 받고 한 건당, 차로 실어 줄 때마다 2만 원씩 3만 원씩 받았다' 하고. 그대로 조서를 꾸미더군. 다음 날 아침에 다시 조서를 쓰는데, 내가 아니라고 했어. 어제 고문이 심해서 그렇게 말했다고 했지."

"응. 그래서?"

"내가 의자에 앉아있는데 운 형사가 내 무릎 위에 올라가서 구둣발로 허벅지를 구르더군."

"저런 죽일 놈들."

"내가 그래도 항복을 안 하니까. 겨드랑이에다가 내 목을 끼워서 뺑뺑이를 돌리더군. 서너 바퀴 돌리다가 내동댕이치니까 나는 맥없이 시멘트 바닥에 나뒹굴어졌지."

"아이구, 저런."

"그 일을 계속 두 번 세 번 반복 당하니까 보호실에 있던 사람들까지도 저 사람 저러다 죽겠다고 했어. 그 소리가 희미하게 들리더라고. 아무래도 안 될 것 같아서 마음대로 쓰라고 했지."

"억울해서 어떡해."

"그날 하도 맞아서 구치소에서 사람들 보고 봐 달라고 했더니, 먹물처럼 까맣다고 한쪽 다리가 완전히 마비됐어."

"검사한테 얘기했어요."

"응. 검사한테 바지를 벗어 상처를 보이면서 이렇게 고문을 당했다고 하니까 검사는 그냥 나가 버리데."

"거봐. 김 변호사가 검사를 400만 원 줬대. 그놈들이 방○○ 편을 들지, 그러게, 구치소에서 진정서를 쓰라니까."

"안 통해. 다 소용없는 짓이야. 변호사가 아침저녁으로 와서 나가는 것은 틀림없는데, 말이 새어나가면 불리하니 절대 비밀로 하라고. 또 재판부에서 번복하지 못하게 자꾸 안심시킬 때는 좀 의심도 갔지만. 변호사는 나를 볼 때마다 그랬어. 그 안에서 누가 무어라 해도 귀 기울이지 말고 자기 말만 들으라고."

"변호사가 방○○을 빼내려고 오빠를 주범으로 한 거요. 그러니까 방○○도 죽일 놈이고 변호사는 말할 것 없고."

피로에 지친 오라비는 이불에 기대며 비스듬히 누웠다. 나는 항소할 것을 권하였다.

"세상이 다 귀찮아."

"모든 일은 내가 할 테니 승낙만 해요. 평생 억울해서 어떻게 살 거요. 허락만 해주면 내가 다 처리할게. 도장만 찍어요."

끈질긴 설득에 오라비는 마지못해 승낙하였다.

4) 항소
-증거물 확보

고법에 항소를 신청한 나는 전과 14범인 방 씨 행적을 추적하여 증거물로 확보한 다음 고법에 제출하기로 하였다.

의정부는 미군 부대 전용 술집 촌으로 유명한 곳이 있다. 비탈진 산길을 올라가면 작은 촌락이 있고 사방으로 높은 산이 마치 광주리처럼 마을을 에워싸고 있다. 산은 하늘에 닿을 듯 높았고 의정부로 이어지는 길이라곤 턱걸이 동네로 가는 길뿐이다. 차 한 대 정도 빠져나갈 수 있는 좁은 언덕길이다. 산세를 돌아본 복덕방 아저씨는 벌써 두려운 눈치였다.

"이 길만 막으면 빠져나갈 길이 없겠는데……."

방 씨로부터 미군 부대 술집으로 팔려온 여자가 머물렀던 마을이다. 그녀는 방 씨 말대로 술만 부어주면 한 달 백만 원씩 받는 줄만 알고 이곳으로 따라왔다가 도망친 것이다.

나는 이태원에서 복덕방을 운영하는 아저씨로 가장시켜 그녀가 있었던 술집 포주를 찾았다. 그녀가 있었던 '메아리' 술집은 쉽게 찾을 수 있었다. 십칠팔 세 되는 청년이 우리를 안내하였다.

살림집인 듯 철 대문을 밀고 들어서니 마당에는 장독대며 화단이 있었다. 별로 크지도 작지도 않은 마당에 나지막한 기와집이다. 여남은 평 되는 마루에는 소파가 놓여 있고 환갑쯤 되어 보이는 할머니가 커다란 실뭉치를 굴리며 뜨개질을 하고 있었다. 어린아이가 소리를 쳤다.

"엄마! 누가 왔어!"

30대 초반쯤 되는 젊은 여자가 물방울무늬 원피스를 입고 방에서 나왔다.

"어떻게 오셨나요?"

"누나, 이 분들이 '메아리'를 찾기에 같이 왔어."

우리를 따라온 청년이 대신 말을 해주었다.

"안녕하세요."

나는 웃으며 허리 굽혀 인사를 하였다.

"네, 올라오세요."

그녀는 한쪽 소파를 권하며 마주 앉았다.

"아니요. 여기가 더 좋아요. 날씨가 벌써 덥네요. 아저씨, 여기 앉으세요."

나는 복덕방 아저씨한테 자리를 권하며 마루에 털썩 주저앉았다.

"음. 조선 사람은 맨바닥이 좋아."

뜨개질하던 할머니가 말을 거들며 웃어 보였다.

우리를 따라온 젊은이는 마루 끝에 걸터앉았다.

"주한이 엄마 아시죠?"

나는 웃으며 안주인의 환심을 사려는 듯 말을 붙였다.

"그럼요. 친구인데요. 잘 있지요? 재판 끝나지 않았지요?"

"예, 참 걱정이에요."

나는 별 관심이 없는 듯 말을 흘리며 본론으로 들어갔다. 여기는 오래 머물 곳이 아니기 때문이었다.

"주한 엄마도 커피 세트랑 그릇을 샀어요. 겸사로 왔지요."

얼마 전까지 부업으로 하던 본차이나 도자기 설명을 하면서 권하였다. 물론 그녀는 거절하였다. 나는 갑자기 생각난 듯이 아저씨를 쳐다보았다.

"아 참, 아저씨. 이태원에 아이들 있다고 했잖아요? 물어보세요. 이 댁은 안심해도 돼요. 주한이 엄마 친구예요."

나는 복덕방 아저씨를 끌어들이며 작전을 진행하기 시작하였다.

"무슨 아이들요?"

그녀는 반문하며 나를 쳐다보다가 복덕방 아저씨를 보았다.

"이 아저씬요. 이태원에서 복덕방을 하는데, 마침 주한이네 집 한 채를 판다고 해서 모셨거든요. 그런데 이태원에 한 아가씨가 미군 부대 쪽으로 가고 싶다고 하더래요."

"예, 있어요."

복덕방 아저씨는 무료함에서 벗어난 듯 서둘러 얘기를 꺼냈다.

"애들이 예뻐요. 나보고 알아보라고 하던데, 이런 일 소개 잘못하면 큰일 나잖아요. 겁이 나서 원."

아저씨는 손가락으로 옆머리를 긁으며 능청을 떨었다.

"백체요?"

뜨개질만 하며 묵묵히 있던 할머니가 끼어들며 물었다.

"예?"

나는 사실 백체가 무슨 뜻인지 몰랐다. 당황했지만 태연한 척했다.

"예, 참 예뻐요. 날씬해요."

"아저씨 복덕방 하세요. 데리고 오세요. 백체는 100만 원 줄게요."

나는 속으로 빚이 없는 여자를 말할 때 쓰는 이들의 은어임을 짐작했다.

"못생긴 아이는 50만 원, 빚이 조금 있고 잘 생겨도 50만 원 드릴게요."

안주인의 말을 받으며 나는 잽싸게 물었다.

"주한이네 그때 그 아이는 얼마 주었어요?"

"50만 원. 볼품이 없잖아요."

'죽일 놈. 50만 원씩이나 받아 챙기고 내 오라비한테 3만 원 주고 저는 2만 원 먹었다고?'

나는 1심 판결문에서 소개비 5만 원으로 적혀 있던 것을 보았다.

"그리고 아저씨 우리 가게가 둘인데 하나 정리하려고 하니까 팔아주세요."

우리를 믿기 시작한 그녀는 부탁까지 해왔다. 그때 대문으로 30대 후반의 덩치 큰 장정이 들어왔다.

"아빠. 여기 와보세요. 주한이 엄마한테서 오신 분들인데 애들이 있데요. 그리고 가게를 팔아달라고 부탁했어요. 아저씨가 이태원에서 복덕방을 하신대요."

나는 일이 좋지 않게 벌어짐을 느끼며 자리를 뜰 생각을 하였다.

"평수를 좀 적어주시오."

복덕방 아저씨는 수첩을 꺼내 들며 장정을 향해서 물었다.

"아, 예 건평이 백 평이고요, 홀이 말입니다, 방이 7개구요."

"보증금은요?"

"500만 원이고요, 월세는 30만 원요."

"권리금은 한 천만 원은 받아야 해요. 가게를 구경해 보시지요."

청년은 일어서며 가게 안내할 채비를 하였다. 나도 일어서며 인사를 하였다.

"안녕히 계세요. 다음에 또 뵙지요."

할머니를 향해 또 인사를 하며 일어섰다.

"참, 전화번호를 적어주고 가세요."

메아리 안주인이 말했다. 나는 난감했지만 적지 않을 수 없었다. 거짓 전화번호와 가명을 적었다.

우리는 주인 남자를 따라 대문을 나섰다. 청년도 우리를 따랐다. 골목을 한참 지나 커다랗고 두꺼운 문 앞에서 남자는 멈추어 섰다.

"이 집인데, 들어가 봅시다."

그가 손잡이를 끌어당기며 문을 열었다. 육중한 문은 천천히 열렸다. 100여 평 됨직한 홀은 완전한 방음장치 벽으로 되어 있었다. 홀을 가로지르는 주인 남자를 따라가면서 복덕방 아저씨는 중얼거렸다.

'사람 하나 죽여도 모르겠군.'

"이곳에 방이 7개 있어요."

남자가 가리키는 방들의 맞은편 쪽에는 2미터가량 높은 시멘트 담이 둘러쳐져 있었다. 두 사람 누울 정도의 작은 방들이었다.

'여기서 안양은 매 맞다가 도망을 쳤구나.'

나는 등골이 오싹해 옴을 느꼈다. 아까 들어오면서 아저씨가 한 말이 생각났기 때문이었다.

"이제 다 보았으니 갑시다."

아저씨가 서둘러 문 쪽으로 걸어 나갔다. 이제라도 안주인이 전화로 확인을 했다면 우리는 방음이 된 이 홀에서 초죽음 될 것이 뻔했기 때문이다.

"충분히 보시고 가세요."

남자 주인은 우리 속도 모르고 자꾸만 붙들어 두려고 하였다.

"이만하면 싼 가게지요."

주인의 거듭되는 말을 뒤로하고 우리는 문을 열었다. 그러나 어찌나 크고 무거운지 열리지 않았다.

"제가 열어 드리죠."

우리는 문을 나서며 안도의 숨을 몰아쉬었다.

우리는 주인을 보고 인사도 하는 둥 마는 둥 큰길가로 나섰다. 어느 쪽이 의정부로 가는지 방향조차 알 수 없었다. 마침 빈 택시가 보였다.

"택시!"

우리는 택시에 올라 의정부로 갈 것을 말하였다.

"이 차는 안으로 들어가는데요. 잘못 탔습니다."

나는 당황함을 감추며 천천히 말하였다.

"차 잡기가 힘들어서 그래요."

"아, 마침 저기 빈 차 오네요. 제가 세워 드리죠."

우리는 반대편서 오는 빈 택시를 타고 광주리 같은 촌락을 빠져나오는데 성공하였다.

"아줌마 때문에 10년은 감수 했수다."

복덕방 아저씨는 사이다를 병 채로 들이키며 껄껄 웃었다.

을지로 4가 국도 극장 맞은편 다방이었다. 턱걸이 미군 부대에 팔려 갔던 황양이 있다는 다방이다. 배달을 갔다는 황양은 3시간이 지난 뒤에야 옆의 다른 다방에서 만나줄 것을 허락하였다.

27세의 나이답잖게 그녀는 말라 있었다.

'얼마나 고통을 받았으면 저렇게 몸이 상했을까.'

나는 두려움으로 가득 찬 황양의 눈을 쳐다보며 조용히 웃어 주었다. 그녀를 안심시켜야 하기 때문이다.

"저는요. 방○○의 사람들인 줄 알았어요."

"마음 놓으세요. 아가씨 많이 놀라셨지요?"

"무서워서 요새도 밤에 헛소리를 해요."

그녀는 정말 떨고 있었다.

"걱정 말아요. 나는 이○○의 동생이에요. 아가씨가 얼굴을 보았다고 했기 때문에 이○○가 범인으로 몰린 거예요."

나는 그녀를 안심시키며 사실대로 말해 줄 것을 요청하였다.

"공장에 있었어요."

그녀는 차를 마시고 천천히 말하기 시작하였다.

"너무 힘들고 돈은 모이지 않고 해서 '선데이 서울' 잡지를 보았는데 '식모 구함'이란 광고가 있었어요."

"예. 그런 광고가 많지요. 그게 다 가짜예요."

나는 맞장구를 쳐주었다.

"두 식구에 50만 원 준다기에 전화를 걸었어요."

"예, 그래서……."

"영등포에 와서 전화하래요."

"예."

"영등포서 전화하니까 서울운동장에 와서 전화하래요."

"누가 따라올까 봐 시간을 보는 거지요."

"예. 서울운동장에서 전화하니까 상계동 극장에 와서 전화하래요."

"예."

"이 씨 아저씨가 나왔어요."

"예. 오빠가요."

"이 씨 아저씨는 저를 방 씨한테 데려다주고 가셨어요."

"예, 방 씨가 뭐래요?"

나는 그녀의 마음이 변하기 전에 방 씨 행적을 더듬기 위하여 재차 물었다. 그녀는 순순히 말을 이어 갔다.

"방○○이 식모살이보다 더 빨리 돈 버는 방법이 있다고 했어요. 술을 먹지 않아도 된다고요. 미군들한테 술만 부어주면 된다고. 한 달에 100만 원은 생긴다구."

"그래서 아가씨가 턱걸이로 갔군요. 그런데 참 잘했네요. 빠져나왔으니. 나도 가보니 무섭던데요."

"어떤 언니 도움으로 나왔어요."

"아, 그 언니 참 좋은 일 했군요."

"전에도 거기서 세 사람이 도망을 쳤대요."

"아, 그래요?"

"그런데 의정부 경찰서에 메아리 집을 고발했는데, 경찰서에서 다시 연락해서 아가씨들이 술집으로 붙잡혀 갔대요."

"저런 나쁜 놈들."

"그 아가씨들 어떻게 됐어요? 거기 있어요?"

"아니요. 미군들한테 팔아넘겨 살림한다나 봐요."

"아가씨, 그 세 사람 이름을 아세요?"

"네."

"이름을 알려 주세요. 그 세 사람을 건져볼게요. 내가 재판을 하는 중이니까 자신 있어요."

"아니요. 싫어요. 두려워요. 보복당하면 어떡해요. 방 씨는 동두천에 패거리가 한 삼십 명 있대요. 이 씨 아저씨 일은 도와 드릴게요."

"예, 아가씨 꼭 도와주세요. 방○○이 소개비도 나눠 주고 동업자라고 해서 오빠가 범인으로 몰리고 있어요."

"예, 도와 드릴게요."

"아가씨, 법정에서 증인을 서주세요. 네?"

"예, 그렇게 할게요."

"아가씨, 재판할 때 연락할게요."

"예, 하세요."

그러나 그 약속은 몇 달 후 물거품이 된 것을 알았다. 그녀는 방○○의 보복이 두려워 잠적하였다. 내가 방의 행적을 살피는 사이, 방 씨는 300만 원으로 변호사를 선임했다. 1심에서 징역이 선고되었는데도 돈을 써서 병보석으로 풀려났다.

5) 승소
-합동 변호사 노련함

1985년 1월 24일 합의부 재판 집행유예 선고 날, 항소장을 내면서 영수증을 요구했을 때 담당자는 항소 이유서를 써오라 했다. 대서소에서 쓴 항소 이유서를 제출하면서, 〈'85고 항소장 제출 영수증〉을 받았다.

1년이 거의 지나도록 고등법원에서 기별이 없어 항소장 제출한 북부지원으로 갔다. 담당자는 두꺼운 기록 책자를 펼쳐 보이며 항소를 하지 않았다고 말했다.

나는 접수 영수증을 내밀었다. 그는 다시 사무실 안쪽에 들어갔다가 나오면서 책자를 펴들고 기록되어 있노라 했다. 항소서류는 다시 고등법원으로 가고 재판이 재개되었다.

나는 고향 마을에 내려가서 진정서에 주민들 도장을 받기 시작하였다. 방○○이 주장하는 대로 주범이 아니라는 것을 밝히기 위해서, 방○○과 행동을 같이하지 않고 여름 내내 시골집에서, 다른 일을 하고 있었다는 증거를 확보하는 도장을 받았다.

나는 논에 연못을 만들고 식용개구리 올챙이 400여 마리를 사다 넣고, 그물을 쳐 뱀이 들어가지 못하게 철조망을 쳐 놓았기 때문에, 마을 주민들은 누구나 다 알고 있었다. 나는 식용개구리 연못 사진도 찍어서 고법에 증거물로 첨부하였다.

1심에 보냈던 녹음테이프와 해설문과 의정부 턱걸이마을 메아리 주인이, 황 양 소개비로 방○○한테 50만 원 주었다는 것을 참고로 썼다. 청량리 경찰서 형사 4반의 살인적인 고문도 진정서에 썼다. 방 씨는 300만 원으로 변호사를 샀고 나는 60만 원으로, 합동 변호사한테 변론을 부탁하였다.

6월 어느 날, 고법 재판이 재개된다는 통보문이 날아왔다. 합동 변호사는 사건의 복잡성을 이유로 1주일 연기를 시켰다.

다시 통지가 오고 나는 변호사 사무실로 갔다. 삐걱거리는 나무계단을 밟으며 3층으로 올라갔다. 먼지로 뒤덮인 복도에서 손때 묻은 손잡이 문을 밀고 들어섰다. 작은 공간에 사무장과 경리가 쓰는 책상이 놓여 있다. 안쪽으로 변호사 팻말 책상과 어두운색 회전의자에 나이 지긋한 남자가 몸을 파묻고 흔들거리며 앉아있었다. 우리가 온 것을 본 변호사는 손에 서류 뭉치를 들고 양미간을 찌푸렸다.

"변호사님, 안녕하세요."

우리가 인사를 하자 변호사는 육중한 몸을 일으키며 천천히 걸어 나왔다.

"변호사님, 잘 부탁드립니다."

"방○○이 누구요? 도무지 복잡해서."

"아니, 변호사님. 방○○은 동서이고, 황양은 고발한 여자고, 이○○는 선의의 피해자입니다."

"아니, 가만 좀 있어요."

변호사는 짜증스럽다는 듯 고함치며, 오른쪽 주먹으로 책상을 쾅쾅 울리도록 세차게 두드리며, 특유의 위압감으로 위엄을 보여 주려고 하였다. 나는 은근히 화가 치밀었다. 사건이 복잡하다는 이유로 1주일이나 연기해 놓고도 골격을 잡지 못하는 변호사였다. 아무리 보잘것없는 싸구려 합동 변호사라도 이렇게 무책임할 수 있나 싶어 나는 변호사와 맞섰다.

"변호사님, 무슨 말씀이세요. 우리를 변론해 주시는 것이 아니고 망하게 하실 작정입니까? 고발자가 누군지, 사건 중 주범이 누군지, 우리쪽 피고가 누군지…… 사건 전체가 어떻게 진행되는지조차 모르시면, 어떻게 변론을 맡으시려 하십니까? 벌써 10시인데. 재판 열릴 시간인데요."

나도 책상을 꽝꽝 치면서 맞고함을 쳤다. 고함치며 반박하는 소리를 듣던 변호사가 목소리를 낮추며 물었다.

"어떻게 하면 좋겠소?"

나는 너무나 어처구니가 없었다. 그렇다고 이 시간에 변호사와 입씨름만 하고 있을 수는 없었다.

"변호사님. 제 말씀 들어 보세요."

나도 음성을 낮추며 백지에 동그라미를 세 개 그렸다.

"이 사람이 고발한 황양, 이 사람은 황양을 인신매매 술집에, 팔아먹은 주범 방○○인데 전과 14범입니다. 이○○는 죄가 없는데 방 씨가 이○○를 주범으로 몰았습니다. 이○○가 무고하다는 증빙서류는 고법에 이미 들어갔습니다. 사무장님을 통해서요."

"이○○는 죄가 없다?"

"네, 변호사님. 이○○가 죄가 없다는 것만 변론하여 주십시오."

거듭 주장하는 내 말에 합동 변호사는 짧은 목을 갸우뚱하다가 결심이 선 듯 앞장서서 걷기 시작하였다.

"자, 갑시다."

이미 시계는 10시 30분을 가리키고 있었다. 법정 마당 곳곳에 죄수들을 실어 나른 수송차들이 있고, 사람들은 오가며 자기 법정 찾느라 부산한 움직임을 보였다. 재판은 이미 진행되고 있었다.

우리는 ○○호 법정을 찾아 들어갔다. 방청객들은 자리를 꽉 메웠고 죄수가 수갑을 차고 서 있었다. 판사가 무어라 가라앉은 음성으로 나직이 말하고 있었다. 방○○의 일행들이 어디에 와 있는지조차 살펴볼 겨를이 없었다.

죄수가 호송줄에 묶인 채 경찰관을 따라 밖으로 나가고 법정은 물을 끼얹듯 조용했다. 역시 합의부 재판이라서 판사가 세 사람이었다.

"'86노 738호. 서울 고형 합의부' 재판을 시작하겠습니다."

서류를 뒤적이던 판사가 이윽고 나직하게 말하였다.

"피고 방○○."

"네."

180센티미터 거구를 일으키며 병보석으로 풀려나온 방 씨가 대답하였다. 주변에 방 씨 여동생이 비대한 몸집을 뒤뚱거리며 길을 비켜주고 방 씨 처와 보조인 전 씨도 나란히 앉아있었다.

"피고 이○○."

"예."

나는 떨리는 가슴을 진정시키며 방○○과 이○○를 바라보았다.

"먼저 피고 방○○의 변론이 있겠습니다."

세 명의 판사 양옆으로 변호사 자리가 2개 마주 보고 있었다. 방 씨 변론을 맡은 변호사는 30대 젊은이로 회색 싱글에 얼굴부터가 깔끔하고 단단해 보였다. 300만 원짜리 변호사답게 책상에 두둑한 서류 뭉치가 놓여 있다.

합동 변호사는 뚱뚱한 체격으로 짙은 곤 색 양복을 걸치고 있었다. 7월 4일 날씨 탓인지 합동 변호사는 수건으로 연신 이마를 문질러댔다. 방 씨 변호사는 서류를 오른손에 단정히 들고 왼손은 책상을 짚은 채 변론을 시작하였다.

　"피고 방○○은 피고 이○○와 동서지간입니까?"

　"네."

　"피고 방○○은 피고 이○○와 동업을 했습니까?"

　"네."

　"피고 방○○은 피고 이○○와 이윤을 나누어 가졌나요?"

　"네."

　"피고 방○○은 피고 이○○가 주관으로 하는 업무를 옆에서 돕기만 했나요? 사무실을 빌려준다든지 전화를 빌려준다든지."

　"예."

　"이상입니다."

　방 씨 변호사는 간단명료하게 변론을 마치고 앉았다.

　"다음 이○○ 피고의 변론이 있겠습니다."

　"네."

　합동 변호사가 둔한 몸으로 느릿느릿 일어섰다. 그의 손에는 방 씨 변호사처럼 서류 뭉치도 있지 않았다. '아이쿠, 재판 졌다. 졌어.' 나는 탄식 하였다. 합동 변호사가 날렵한 방 씨 변호사에게 질 것만 같았다.

　'재판은 졌다.' 나는 맥이 풀려 세 사람의 판사와 두 사람의 변호사를 번갈아 멍하니 바라보고만 있었다. 합동 변호사는 둔탁한 음성으로 변론을 시작하였다. 그의 양손은 종이 한 장 없는 빈 책상 모서리를 잡고 있었다.

　"피고는 피고 방○○과 동서지간입니까?"

합동 변호사의 낮고 풀기 없는 일상적인 말투였다.

"예."

이○○는 작은 체구에 잠바 차림 후줄근한 모습으로 어깨를 축 늘어뜨리고 대답을 하였다.

"피고 이○○는 피고 방○○과 동업을 했습니까?"

"아니요."

"피고 이○○는 피고 방○○으로부터 소개비를 나누어 가진 일이 있습니까?"

"아니오."

합동 변호사는 고개를 갸우뚱하며 이○○를 보고 또 질문을 던졌다.

"피고 이○○는 주범이었습니까?"

"아니오."

이○○의 힘없는 목소리가 작동된 테이프처럼 '아니오.'라고만 반복하였다.

"왜?"

합동 변호사는 고함치듯 소리치며 주먹으로 책상이 부서질 듯 '쾅' 소리 나게 힘껏 내리쳤다. 둔탁하고 굵게 호령하듯 고함치는 갑작스런 질문에, 조는 듯 조용하기만 하던 법정 안 사람들이 엉덩이를 들썩거리며 놀라는 모습이었다.

높은 자리에서 위엄을 떨치고 조는 듯 무게 잡고 있던, 세 명의 재판관들도 눈이 휘둥그레지고 고개를 번쩍 쳐들며 놀라는 시늉을 보였다. 나는 어찌나 놀랐는지 평소에 좋지 않던 심장이, 마구 뛰는 것을 느끼면서 습관적으로 오른 손바닥을 왼쪽 가슴에 얹었다.

사람들은 뚱뚱하고 둔하고 시뻘건 얼굴을 한, 세련되지 못한 합동 변호사 입에서 나온 괴성에 놀라 긴장하였다. 합동 변호사는 빈 책상을 양손으로 짚고 시뻘건 얼굴에 노기마저 띄웠다. 이○○를 보고 다그치듯 큰 소리로 질문을 던졌다.

"왜 피고 이○○는 1심에서 자백을 하였습니까?"

이제는 노인이 아닌 마을 어르신의 우렁찬 음성이었다.

"예. 1심 변호사님께서 아침저녁으로 오셔서 '동서 좋다는 게 무언가, 자네가 도장 찍으면 다 좋게 되는걸. 동서도 나가고 자네도 나가고, 나만 믿고 자네가 주범이라고 하게.'라고 하셔서 어리석은 제가 도장을 찍었습니다. 판사님들께 번거롭게 해 드려서 죄송합니다. 잘 살펴 주신다면 시골에 가서 노부모님 모시고 농사짓고 살겠습니다."

이○○는 여태까지 풀 죽은 음성과 달리 억울함을 밝히려는 듯 또박또박 힘차게 말을 이었다. 법정에는 작은 술렁거림이 일기 시작했다.

"재판장님, 한 가지 부탁 말씀 있습니다.

"예, 말씀하십시오."

"피고 방○○한테 질문 하겠습니다."

"예, 좋습니다."

합동 변호사는 위엄을 갖춘 나직한 목소리로 판사를 정면으로 보며 제의를 하였고 주심 판사는 쾌히 승낙하였다. 법정의 긴장은 더욱 고조되었고, 이제는 작은 술렁임조차 없었다. 무엇인가 짙은 음모가 있을 것 같은 이 사건에 형광등도 떨고 있는 듯 보였다.

합동 변호사는 고함치듯 우렁찬 목소리로 다그치듯 방○○한테 질문하였다.

"피고 방○○은 피고 이○○와 동서지간입니까?"

"예."

"피고 방○○은 전과가 몇 번입니까?"

"14범입니다."

"피고 방○○은 피고 이○○와 동업을 하였습니까?"

"아닙니다."

"피고 방○○은 이○○에게 소개비를 나누어 주었습니까?"

"안 주었습니다."

"피고 방○○은 이 직업에 얼마나 종사하였습니까?"

"30년 정도입니다."

"피고 방○○에게 피고 이○○가 몇 번 갔습니까?"

"한 번 왔습니다."

"왜 갔습니까?"

"제 아들놈 자가용 등교시키고 자동차 키를 주러 왔었습니다."

법정이라는 위압감 속에서 엄숙한 분위기를 주체하지 못하고 방○○은 긴장 속에서 인간 본연으로 돌아가 양심의 소리로 대답하였다. 단 1초의 여유도 주지 않고 방○○의 양심에서 진실을 끄집어낸 노련한 변호사를 향하여 나는 큰소리로 외쳤다.

"우리 변호사님 만세!"

그 후 오라비는 명예를 되찾았다.

3. 아뢰야식(씨앗)과 윤회(輪回)의 고찰

불교교육대학-(서울 동작구 여의대방로 22 나길 86. 02,821,0541)

학장 김공철(金空徹) 김형준 철학박사-1993-지도교수

〈아뢰야식과 유전에 관한 고찰〉 중 학술적 전문성을 생략하고 핵심만 요약정리였다.

||||| **마음이란**

경전에 의한 스님들의 강론(講論)을 요약 정리한 것임을 먼저 밝혀둔다.

법구경에 이르기를 마음은 빠르고 가볍게 움직이고 좋아하는 곳에 머문다고 한다.

근본 바탕이 텅 비어 있는 마음은 어떤 인연을 만나느냐에 따라,

얼음보다 차갑기도 하고,

불꽃보다 뜨겁기도 하며,

독약보다 더 독하다고 한다.

인연에 따라 일어나고 사라지는 마음은 깃털보다 가벼워서 수시로 변한다고 한다.

하여 마음이 일어나는 것은 감정이다.

시시각각 일어나는 마음은 종자(아뢰야식) 속에 숨어있던 성질이 연(緣)이란 환경을 만나면서 선행과 악행으로 표출된다는 것이다.

나쁘게 형성된 종자(業-Karma)는 쉽게 바뀌지 않으며 제 맘대로 못 간다고 한다.

보고 듣고 냄새 맛 촉감은 뇌(6식-識)와 통하면서,

나(본성)라는 자존심이 집착 작용하여 결과물인 업종자식(業種子識-8식 아뢰야식-씨앗)이 된다는 것이다.

즉 마음은 생각을 일으키고, 생각은 행동이 되고, 행동은 습관이 되고, 습관은 팔자인 운명이 되어

다음 생의 종자로 결정된다고 한다.

▥ 요점

불교사전 동국역경원(윤허 용하 지음, 1961, 초판)에 의하면

아뢰야식의 아(阿)는 무(無), 뢰야(賴耶)는 멸진(滅盡) 몰실(沒失)이다.

즉 멸진 몰실 하지 않는 식(識)이다.

사람은 각자 아뢰야식(종자, 씨앗)으로서 우주 만유를 전개하는 근본이다.

현상(現相)인 실제를 말하는 진여 연기론에 대하여 진여(眞如)를 본체로 하고

진여에 즉 하지 아니한 가유(假有)의 현상을 인정하여
'뢰야 연기론'을 이루게 된 것이다.

(동국역경원, 윤허 용하 著 참고)

사람은 각자 소멸되지 아니하는 아뢰야식(씨앗)으로 늙음도 죽음도
없는 긴긴 여행을 한다.

다만 습관에 따르는 원인을 만들며, 그 원인으로 인하여 만들어지는
결과에 허덕이며 끊임없는 윤회를 한다.

석가세존께서는 연기에 의한 인연을 깨달음(알아차림으로 인용하는)으
로서, 지혜롭게 헤쳐 나가 종국에는 아뢰야(씨앗)로서의 윤회를 소멸시
키라고 성불론(成佛論)을 펼친다.

살아있는 자는 자신의 아뢰야식(씨앗의 의식)을 살펴, 육도(六道-지옥
도, 아귀도, 축생도, 인간도, 아수라도, 천상도) 윤회에 들어갈 원인을 만들
지 말아야 한다는 설(說)이다.

죽어서 중음신(중유-輪廻傳生할 때에 生을 끝내고 다음 생 받을 때까지의
중간존재)으로 구천을 떠도는 영혼에게는, 살았던 세상에 미련을 버리
고 새로운 인연 세계로 향하도록, 살아있는 자가 천도(薦度-명복을 빌어
주는 법식)를 해야 한다는 것이다.
윤회하는 아뢰야식은 고통스러울 뿐이라 한다.

이러한 내용들은 문자가 없던 당시 석가세존 제자들에 의하여 기억

처리된 제일결집(第一結集=합통, 여러 명이 함께 기억함-칠엽굴에서)과, 제이결집(第二結集-베사아리 城)과 제삼결집(第三結集-아쇼카 王代)과, 제사결집(第四結集-카니슈카 王의 도움으로 각 部波의異說-부파의 이설-을 통일)으로 현재까지 전해지고 있다.

결집(結集)에 의하면 우주의 종국적 실체는 마음 뿐으로서,
마음 밖의 사물은 마음의 변천이라 하였다.

1) 아뢰야식(阿賴耶識 alaya-씨앗)

인생은 어디서 오는가

사람이 죽으면 껍질처럼 몸은 버려지고,
그 정수만 '아뢰야식'이란 씨앗으로 남는다.
껍질인 몸과 정신인 씨앗이 분리될 때 "꽝!" 하는, 폭죽 터지는 소리가 나면서 씨앗이 빠져나온다고 한다.
불교에서는 죽음 순간을 폭류(瀑流)라고 한다.
오로지 마음은 밝고 맑아야 한다.
신(身-몸, 행동), 구(口-입, 언어), 의(意-의, 마음) 3업(三業)은 선과 악으로 생명(씨앗)에 각인 된다.
의식 개종운동 즉 종자 바꾸기 운동인 의식계(意識界) 운동으로 '씨앗'을 바꿔나가야 한다.

종자(씨앗)는 인연으로 얻어진 과보(果報)가 결정되면,
중음의 기간을 지나 다시 태어난다.

불교에서는 연기(緣起-연이 되어 결과를 일으킴)에 의한 윤회라 하며,
도교의 주역에서는 혼유변전(魂流變轉)이라 한다.

씨앗의 피막이 사라지고 육체는 의상처럼 벗겨지고 한 생(生)이 바뀌면,
종자는 새로운 생명으로 다른 옷(인연에 따라 선택되어진 삶의 옷)으로
바꾸어 입고 태어난다.

인생은 무엇인가

사람이 살아가는 현재란 전생의 인연 업장을 풀어내는 동시에,
내생의 새로운 인연 업장을 만드는 과정이다.

죽음은 새로운 인연을 찾아가는 것이다.

보통 사람은 다음 생의 과보가 결정되는, 중음의 기간인 칠칠일(七七
日-49일간)이 있다.

극히 악한 업을 지은 사람(자살자 포함)이나,
선한 업을 지은 사람은 중음의 기간이 없다고 한다.

죽으면서 곧바로 다음 생을 받기 때문이라 한다.

평범한 이들의 사후 영혼은 다음 생을 받을 때까지,
중유지여(中有之旅-떠도는 나그네)로 정처 없이 떠돌아다니며,
다시 태어날 연(緣-인연)을 기다린다.

살아온 습관과 집착으로 살았던 세월에,
머물고 싶어 허공에 맴도는 영혼도 있다고 한다.

살았던 생애에 머무는 영혼(중음신)은,
형체는 보이지 않으나,
춥고 배고픈 것을 감지하므로,
가까운 인연을 찾아 구걸에 나선다.

사람들은 5관(觀-시각, 청각, 미각, 후각, 촉각)으로도,
확인되지 않는다 하여,
대부분 무시해버린다.

바람은 눈에 보이지 않지만,
그곳에 머물고 있음을,
물체를 흔들어 알리듯이,
중음신(神)은 모습을 나타내지 못하지만,
존재감을 알리는 예가 있다.

2) 몸과 마음의 실체

몸은 무엇인가

사람의 구성은 몸과 마음의 집합이다.
몸은 물질이다.
물질은 시간적으로 변화하며,
공간적으로 장애 성을 가진 것이라고 정의를 내린다.

색법(色法-물질 전반을 총칭하는 명칭)은,
논(論)의 본송에서,
"색자유오근 오경급무표(色者唯五根 五境及無表)"라 했다.

근본적인 것이 5근(根-眼안-눈, 耳이-귀, 鼻비-코, 舌설-입, 身신-몸)과,
5경(境-色색-보는, 聲성-소리, 香향-냄새, 味미-맛, 觸촉-촉감)과 무표색
(無表色) 등 11종이라 한다.

무표색이란,
몸과 입이,
2업을 일으킬 때,
다음에 그 업의 과보를 받을 원인을,
동시에 자기 몸 안에 훈발(熏發-불길하게 쌓임)한다.

훈발한 원인은,
들을 수도, 볼 수도, 감촉할 수도 없는,

무형무상(無形無象)한 사물로서,

다른 이에게,

표시할 수 없는 뜻으로 이같이 말한다.

논(論) 12권에,

분근제색지일극미고(分根諸色至一極微故)로서,

1극미는 위색극소(爲色極小)라,

극미는,

물질의 최소한의 것으로,

육안으로 식별이 불가능한 것이라 한다.

(중략)

극미(極微)는,

최소한의 양이므로,

무방분(無方分)이다.

이 무방분한 극미가,

유방분(有方分)한 물질을,

구성하는 것에 대하여,

'대비바사론(아비달마대비바사론의 약칭-

불멸 400년 초 가니슈카 왕 도움으로 결집 해석한,

5백 대 아라한 편저-현장 번역),

권 13에 기록되어 있다 한다.

"하얀 극미가 점차 모여,
산하대지의 크기를 형성한다."

극미(極微–Paramanu–파라마나–波羅摩拏라 음역)란,
물질을 가장 작게 분석한 것으로,
과학에서의 분자(分子)와 같은 것이다.

극미는,
견(堅–굳은), 습(濕–습한), 난(煖–온기), 동(動–움직임),
4가지 성질을 가지고 모이며,
색법(色法–물질)을 이룬다고 한다.

극미의 견성은 지대(地大–땅),
습성은 수대(水大–물),
난성은 화대(火大–불),
동성은 풍대(風大–움직임),
4가지 성질을 가지고 있으며,
연에 따라 세의 증감이 있다.

어떤 때는 4대(大) 중에,
1대(大)만 강한 세력이 되고,
다른 3대(大)는 잠재 세력으로 남고,
때로는,

다른 1, 2대(大)가 커지고,
같은 세력이 되면,
다른 세력은 잠재세력이 된다.

액체에 습윤성이 풍부한 것은,
수대(水大)가 강하기 때문이고,
동일한 액체가,
응결하여 고체가 되는 것은,
견성(堅性-地大)이 나타나기 때문이다.

액체가 끓는 것은,
난성(煖性) 즉 화대(火大)가 나타나는 것이며,
액체가 증발하여 기체로 되는 것은,
동성(動性) 즉, 풍대(風大)를 나타내는 것이다.

이와 같이 1대(大)가 나타날 때,
다른 3대(大)가 숨은 세력으로 있는 것을,
"4대(大) 은현"의 원리라고 한다.

이 4종은,
일체 만물에,
두루 구유한 세력으로서,
하나하나의 극미는,
이 4대(大) 종으로 구성되어 있다는 것이다.

이 4개(大) 종은,

물질계를 구성하는,

4대 원소,

견(地), 습(水), 난(火), 동(風)은,

색(色), 향(香), 미(味), 촉(觸)으로,

감각적 소재가 된다.

사람으로 인식하게 하는,

겉모양의 물질을 세분화한 것으로,

5위 75법,

(5位 75 法-살바다종 5사론, 아비담 5 법행경-

중 5위에 속한 색법-현장문하 보광저서-법종원 참고)이 있다고 한다.

소승불교에서는,

원시불교 시대로부터 발달 된,

제법의 분류법으로 5위 75설이,

구체적으로,

색(色-물질)이 근원이라고 전하며,

대승불교에서는,

객관계의 일체법은,

심식(心識)이 가장 근원이 된다는 주장이다.

몸은,

지(地-견), 수(水-습), 화(火-난), 풍(風-동)을,

이루는 극미의 원소들이,
모여서 이루어졌다고 한다.

마음은 어디서

마음(정신)은,
우리가 소유한 감각적 기능,
6근(六根)인,
안(眼-눈), 이(耳-귀), 비(鼻-코), 설(舌-입), 신(身-몸), 의(意-의식)에,

응하는 대상인,
6경(六境),
색(色-시각), 성(聲-청각), 향(香-후각), 미(味-미각), 촉(觸-촉각), 법(法-의식)의,
관계이다.

우리의 주관적 근본 요소는,
일심(一心)이다.

마음이,
여러 가지,
정신적 작용을,
일으키는 것은,
감각적 기관을,

통하여야 한다.

감각적 기관에,
대응하여,
정신적 작용을,
일으키는,
객관 계 즉 6경(境)이 있다.

우주 간 물질적 제법은,
무한하지만,
근본적 요소로 분류하면,
주관계의 6근(根)과,
객관계의 6경(境)인,
12처(處)이다.

주관적인,
6종의 기관을 통하여,
객관적인 6종의 대상이,
통할 때,
정신적 작용이 시작된다.

6근 중,
전 5근(根 -안, 이, 비, 설, 신)은,
현재의 경계만을 인취(因取) 하는 것이고,

여섯 번째 근(根)인,

의(意)는 시간적으로,

3세(世)에 걸친,

제법(諸法)과,

공간적으로,

무위법(無爲法-생멸 변화가 없는 것)까지도,

소연(所緣-마음으로 인식하는 대상)의 경계로 한다.

우리의 정신적 작용이 발생하는 경로는,

정신적 작용을 일으킬 기관인,

6근(根-안, 이, 비, 설, 신, 의)이,

필요하고,

이 6근(根)이,

각각 6경(境-색, 성, 향, 미, 촉, 법)을 대할 때,

인식 작용을,

일으키는 주체가,

6식(識-알게 됨-안식眼識, 이식耳識, 비식鼻識, 설식舌識, 신식身識, 의식意識)이다.

불교의 인식론(論)은,

객 관계를 대표하는,

6식(識)이 있다.

근(根-근본), 경(境-보고 듣는 기관), 식(識-인식) 3자가
화합하는 것이,
정신을 일으키는 필수 조건이다.

이상 18계(界-6근 6경 6식)의,
제법으로서,
몸과 마음의 생성을 알 수 있다.

일심(一心)에는,
사물의 근본을 추구하여,
정신적 수요를 충족시키려는,
지적 욕망이 있다.

일심(一心)에는,
유한의 경계에서,
무한의 것을 갈망하는,
정신적 욕구가 있다.

일심(一心)에는,
사람의 관계 행위에서,
악을 제지하며,
선을 권장하며,
추구하려는,
의적 결행의 본능이 있다.

석가세존께서는,

자신이 지배당한,

일심(一心)을,

도리어 지배함으로써,

일심(一心)의 자유 경지에,

도달한 것이다.

3) 저승 갈 때 마음은 어디로

마음은 윤회한다

사람의 주관적인 근본 요소는,

어떤 정체(正體性-identity-사물 본래 형체)가 있는 것이 아니고,

그 작용에 의해서만,

그 존재를 알 수 있는,

일심(一心) 뿐이다.

달마대사와,

제자 혜가스님의 일화가 있다.

달마대사에게,

제자인 혜가 스님이 말하기를,

"일심이 불안하니 안심(安心)을 달라."고,

청하였다.

"일심을 내놓아라."하는,
스승의 대답에,
혜가는,
"내놓을 일심이 없노라."고,
하니까
달마는,
"이미 너에게 안심을 주었노라."고,
답하였다 한다.

내놓을 일심(一心)이,
없다는 것은,
마음의 실체가,
없다는 것이다.
다만 일심의 작용만,
있다는 것을 의미한 것이다.
마음의 작용만 있듯이,
영혼은 보이지 아니하나,
분명 작용을 한다.

결국 인간은,
지수화풍(地-견, 水-습, 火-난, 風-동)의,
집결체인 물질과,
그 물질에,
6근(根-안, 이, 비, 설, 신, 의 / 눈, 귀, 코, 입, 몸, 의식)이,
만나고,

6경(境-색, 성, 향, 미, 촉, 법 / 보고, 듣고, 냄새, 맛, 느낌, 의식)을,

작용시켜,

6식(識-안식, 이식, 비식, 설식, 신식, 의식)으로 알아차림을,

이루면서,

구성된 몸과,

순간순간 상속하는,

마음에 의해서,

과거에서 현재를 거쳐,

가상으로 나타나는,

정신의 혼합체이다.

죽음을 맞이하면,

몸은 물질이므로,

눈으로 보이지 않는,

미세한 입자로 흩어져,

우주 공간에,

극미(極微-최소한의 양, 분자 같은 것)로,

분명 남아 있다.

마음(영혼)도,

몸을 빠져나와,

또 다른 곳으로,

갈 인연을 기다린다.

생을 마치고,

저승길(중음신-中陰身)에 서면,

물질로 가지는 것은 없고,

생애 동안,

습관으로 인한,

낯설지 아니한,

사람들과의 인연 고리만,

나이테처럼,

영혼에 입력되어 있을 뿐이다.

즉 아뢰야식(阿賴耶識-종자, 씨앗)이다.

한평생 온갖 경험을,

가졌던 영혼(마음)은,

억울하고 원통함에,

집착되어,

살았던 세월의,

습관대로 머물면서,

먹고 싶어 하고 입고 싶어 한다.

집착하는 것은,

업(業)이다.

업(業-업장-Karma)은,

진리(윤회의 원리)에,

무지(無知-알지 못함) 하므로,

무명(無明-어둠-어리석음)으로,

만들어진 덩어리(집착-욕심)다.

무명을 시원(始原-시작)으로,

노사(老死-일생)에 이르는 과정은,

내적 경험(종자)의,

분석(풀어헤침)이며,

업의 구조(쌓여있던 덩어리)를,

경험적으로 해명(밝혀냄)한 것이다.

업은,

심리 작용으로(의식 현상이 아닌-마음)

중요한 과제를,

능동적으로 제공하고 있다.

심리 작용의,

연기(緣起-이어짐)는,

십이지(十二支-6근과 6경 접촉 정신작용) 무명(無明-어둠 덩어리)에서,

신업(身業-몸으로 짓는 업),

구업(口業-입으로 짓는 업),

의업(意業-의식으로 짓는 업)인,

행위의 세계가 전개된다.

행위는,

의지를 동반한다.

행위의 외면적 움직임은,

소멸 되도,

내면적인 성격의 힘은,

잔존한다.

6근(根-뿌리, 눈, 귀, 코, 입, 몸, 뜻)과,

6경(境-깨달음, 보이고, 들리고, 냄새로, 맛, 감촉, 느낌)에,

6식(識-알아차림, 눈의 의식, 듣기 의식, 냄새 의식, 혀의 의식, 몸의 의식, 마음의 의식)이,

작용하면서,

본연의 모습인 상호관계를,

파악하는 것이 심리 작용이다.

"물리학의 원리"인,

"에너지 보존 법칙"에,

물질과 에너지는,

서로 물고 물리며,

존재하는 것이므로,

육신은,

의식이 없어도,

마음은,

영혼(에너지)으로 존재한다.

진리(실체와 自性이 없고 연기만 존재)를,

모르는 중생에게는,

눈, 귀, 코, 입, 사대육신과,

마음(안, 이, 비, 설, 신, 의식으로 일어나는)이,

통제하기 어려운 문이 있다.

6가지 주체인 마음은,

사랑에 대한 애착이나,

물질에 대한 집착을,
뜻대로 분풀이하지 못하고,
임종을 맞이하기 때문에,
죽은 다음에도,
습관에만 매달려 고통스러워한다.
한의 고리에 집착된 영혼은
고통스러워하는 씨앗으로 윤회한다.

영혼은 고통스러운 한의 매듭을 풀어달라고
도움을 청할 때도 있다.
풀어가도록,
도와주는 것이 천도제이다.
천도제(薦度祭)란
영혼이,
살았던 세월에 집착을 끊고,
연기에 순응하여,
새 인연 길로 떠나도록,
안내하는 법식이다.
한두 번 해도 안 될 때는 열 번이라도 아기 달래듯 가르치라 한다.
법사 스님들은 업식이 두터우면 더딜 때가 있다고 한다.

마음이 상속되는,
물질의 이법(理法–자연법칙)을
깨는 주체는 없다.
단지 연기(緣起–연이 되어 결과를 일으킴)일 뿐이다.

연기설은,

인간적 존재,

또는 다른 여러 존재에도,

적응되는 일반 법칙이기도 하다.

무명에 연유하는,

고온(苦蘊-괴로움 덩어리)의,

집(集-원인)은,

무명(無明-집착에 가려진 어리석음)을,

멸(滅-소멸) 해야 한다. 그러므로

행(行-움직임)이 멸하게 되고,

모든 고(苦)의,

즉 고통의 소멸을 이루게 된다는 것이다.

살아가면서,

풀리지 않는,

악연을 만났을 때는,

끊임없이 몸을 낮추라고 한다.

보이지 않는 상대의,

상처 난 마음을 향하여,

잘못 한 것에 대한,

사과를 해야 한다고,

"참회진언"에서 가르침을 준다.

4. 한(恨)을 풀어줘라

보이지 않는 인연 한(恨)의 매듭을 푸는 것은, 제삿날에 제삿밥 올리는 것, 굿을 하는 것, 천도제(祭) 또는 천도재(遷度齋-수륙대재) 등 다양한 방법이 있다.

스님이나 무속인에게 의뢰하는 경우가 보편화 되어 있다. 격식을 차리지 않고 간소하게 합동 제사 경우도 있다. 나는 IMF 이후 1999년부터 법사 스님 가르침대로 신도 분들께 권하고 있다.

백미 3되 3홉 밥으로 수저 많이 꽂고 나물로 상차림 한다. 특수인쇄된 광면진언 대다라니 한지에 합동 지방을 쓴다.

〈망선대선망조부모백숙형제자매자질손영가신위〉

고조부, 고조모 등 4대 조상과 인연 영가 불명을 소광명(小光明) 진언에 올린다. 초, 향불을 밝히고 자시(子時)에 축원한다. 기제사 때, 명절때, 중양절 때 올리면 달라지더라고 말한다. 반야심경과 광명진언을 읽으며 제사처럼 올리는 방편이다.

참회자의 마음에 정성(간절함)이 담겨야 한다. 면옷 한 벌씩 준비하면 더 효과적인 것을 느낀다고 했다. 그래도 받아들이지 못하는 영가는 육자대명왕 진언 옴부도(符圖)로 제압하면 더 효과적이라고들 한다.

2000년 3월이었다. 비무장지대 근처 작은 암자 절을 찾았다. 비구니 스님은 꿈 얘기를 했다.

〈잿빛 누비옷 입은 사람이 법당으로 들어왔다. 관세음보살이 법단에 높이 앉았다. 순식간에 찬란한 관세음보살로 빛났다. 주지 스님은 3배를 올렸다.

관세음보살 말씀하기를, "우리나라 지도를 그리거라."

주지 스님은 황망히 지도를 그렸다.

또 말씀하시기를, "지도 안쪽을 옴마니반메훔으로 써라."

육자대명왕진언을 썼다.

다시 말씀하시기를, "백 가지 부적으로 가득 채워라. 나라도 구할 것이요 사람도 구할 것이니라."

3배 올리니 관세음보살 간 곳 없었다.〉

깜짝 놀라 잠에서 깨어난 주지 스님은 기이한 꿈이라 여겼다. 아미타 부처님만 모신 절에 관세음보살 다녀가시다니……

염주 보따리와 부적 펼친 걸 보고 스님은,

"보살 꿈이다. 보살이 만들어라."

"제가 만들면 제 낙관을 찍습니다."

"그래, 조건은 먼저 가져와서 법당에 신고하면 돼."

삼일 밤낮 조계사 큰 법당 부처님께 기도 올리며 완성하였다. 〈옴부도〉는 엉클어진 인연들을 다듬어주기도 했다.

번뇌가 많은 인생을 연기에 따라 규명해가면, 그 근거가 무명 무지에 이르게 된다고 했다.

"시간이 지나면서 오히려, 더욱 또렷해지고, 떠올릴 때마다 몸서리쳐지게 하는 기억, 극도의 스트레스, 공포를 동반하는 불쾌한 경험."

망자의 기억 속에서 지워지지 않고, 마음속 엉기고 맺힌 것은 풀어

내 주어야 한다. 속 깊은 대화로 열 번이고 백 번이고, 아이 달래듯, 아
픔을 어루만지며, 풀어내야 한다고 한다.

살아가면서, 본의 아니게, 모멸감을 느낄 수도 있다. 대항하지 말고,
참고 승화시키라 한다. 살다 보면, 감당 못할 욕망에 휘둘릴 수도 있다.

냉철한 마음가짐으로, 욕망을 조절하여, 근신하라고 한다. 그래야만
더 큰 불행을 모면할 수 있다고 한다.

5. 백일기도 인연

나는 조계사 큰 법당에서 총무원장 스님의 저녁 법문을 듣게 되었다.

"정신 똑바로 차리고 정확한 목표를 세워 봐! 목숨 내놓고 죽을 힘다해 노력해 봐! 안되는 게 없어! 그것도 못 하겠으면 당장 죽어삐리."

1980년 중반 창충동에서 복덕방 직원으로 있을 때였다. 당시 '복덕방 직원'으로 미래 세 아이 대학 학자금은 어림없었기에 어떤 묘수가 있을까 하여 퇴근 시간 '거사 불자회'에 참석하였다.

큰스님의 우렁찬 고함이 마치 내게 내려치는 몽둥이 같았다. 내가 할수 있는 방법으로 백일기도를 올리기로 하였다. 오늘도 내일도 일과를 마치면 조계사 큰 법당 부처님 전에 '지혜와 방법'을 찾았다. 100일 동안 세 아이 도시락은 물론 식탁에도 고기와 달걀을 금했다.

100일 회향하는 날 꿈을 꾸었다. 오십만 원 보증금에 오만 원 사글세방, 쪽마루에 냉장고를 놓고 부엌처럼 사용하고 있었다. 쪽마루에 올려진 냉장고가 마당으로 넘어졌다.

"아이고, 냉장고 안에 보물 들었는데."

"네? 보물요?"

힘센 장정 두 명이 넘어진 냉장고 좌우에 엎드려 안을 살펴보더니,

"보물? 그냥 있는데요."

그 후 나는 복덕방을 정리하고 염주 장사를 하게 되었다. 우연히 벽조목(霹棗木) 염주를 각 사찰에 납품하면서 세 아이를 대학에 보내게 되었다.

중국산 가짜 벽조목 염주가 난립하면서 무량사 주지 스님은 염주 공장을 중단하였다. 단골로 수년간 거래한 노장 비구니 큰스님은 '백일기도'를 시작하면 두 달쯤 지나서 새로운 제품이 나타난다고 했다.

스님의 예언대로 두 달 지나서 조계사 총무원 경비 하 실장한테서 연락이 왔다. 마침 총무원 강당에 '불교 미술전'이 열리고 '도실(桃實–개복숭아) 염주'가 전시되고 있었다.

하 실장 인연으로 도실 염주 사장을 만났다. 왜소한 체구의 남자는 인상이 매우 허약해 보였다.

조계사 직영 '찻집 산중 다원'에서 네댓 시간 담소하였다. 속리산 법주사 인근 마을에 거주한다는 사장은 유체이탈(遺體離脫) 경지에 이르렀다고 했다.

그는 자살을 생각하다가 철학관에 들러 '내 팔자가 왜?' 하소연 했다고 한다. 철학관에서 이르기를 '깊은 산 속에 들어가 수행하면 살 길이 열린다'고 방향은 태백산 쪽이 맞다 하여 그 길로 태백산으로 올라갔다고 한다.

산 중턱에서 바위가 굴러 내리더니 바위 굴 속에서 한 남자가 나오며 말을 걸었다.

"기도하러 왔수? 이 안에 물이 있어서 수행에 좋아요."

남자는 밖에서 바위로 출입구를 막아 주며,

"이래야 수행에 방해받지 않아요. 나는 한참 오지 않아요."

그렇게 수행한 지 6년 정도 지나니까 '유체이탈 경지'가 되었다 한다.

유체이탈이 필요할 때는 가족들로 하여 밖에서 문을 걸어 잠그게 하고, 보름쯤 지나 문을 두드리면 열어야 한다고 말했다.

"함부로 문을 열면 다른 혼(魂-넋)이 몸에 들어가게 되고 가족들은 내가 미친 줄로 알지요."

"유체이탈로 몸을 두고 혼은 어디로 가던가요?"

"아마 북극성인 것 같던데……."

"하느님 얼굴이 보이던가요? 목소리가 들리나요?"

"아니요, 여기다 싶으면 생각으로 질문을 던지고 느낌으로 답이 오지요."

"가난이나 고생을 모면하는 방법도 있던가요?"

"아주 진실 된 간절한 마음으로 무릎 꿇으면, 그 대상이 나무든, 정한수든, 십자가든, 부처든, 무엇이든 상관없이 조금씩 변화가 오는데, 거지 팔자는 겨우 굶지 않을 정도일 뿐이라고 답을 주었습니다."

그 후 나는 도실 염주 총판으로 전국 300여 사찰로 걸망을 메고 다녔다.

IMF가 닥치면서 도실 염주 공장도 문을 닫게 되었고 다시 큰 법당 부처님께 백일기도를 올리면서 또 다른 인연 지혜를 얻게 되었다.

봉암사 포교당 청량사를 갔다. 평소처럼 염주판매 거래하던 주지 스님을 찾았는데 낯선 스님을 만나게 되어 큰절을 올렸다.

"한 번만 하시오."

고양주 보살(주방 일하는 여인)이 내 온 차를 마시며, 돌아앉아 등을 보인 스님과의 대화가 시작되었다.

점촌 청량사 주지는 해임되고 봉암사 주지 부탁으로 임시주지로 와 있다고 말하는 스님은, 봉암사 승려 수행관에 머물고 있다고 본인 소개를 하였다.

나는 1963년경 봉암사 백련암에서 행자생활한 이야기와, 세 아이 양육책임 조건으로 1,200만 원 현금 통장을 주고 잘못된 동거를 정리하고, 마흔부터 세 아이 양육비 마련으로 염주 장사로 지금까지 이어온 삶을 얘기하였다.

수행 스님은 지리산을 맨발로 하루에도 수백 리를 맨발로 뛰어다니며 수행한 경험담을 들려주었다. 뾰족한 돌에 발바닥 용천혈을 찍으면 머리끝까지 전율이 느껴진다고도 했다.

다섯 시간 가까이 담소를 나누면서 수행 스님은 조상 천도에 관한 이야기를 들려주었다. 인간세계에도 각계각층이 있듯이 저승 세계에도 여러 층이 존재한다고……. 현생의 삶에 만족하지 못한 영혼들이 주로 유전인자를 공유한 살아있는 자의 생활에 방해를 하거나 도움을 청한다.

신도들이 천도 행사를 하면 도움을 청하는 영혼은 순순히 따라 들어가지만, 한이 많거나 악한영혼, 지능이 높은 영혼은 사찰 일주문 안으로 들어가지 않고 '내가 왜 천도 되냐. 여기가 더 좋은데……'하면서 일주문 밖에서 비껴 선다고 한다.

그러한 영혼을 때려잡으려면 법계(法界–우주 전체와 진리 자체)가 열리는 시간인 자시(子時–밤 11시~밤 1시)에 해야 된다고 말했다.

"그 시간에는 영혼은 뺑소니치지 못하고 무릎 꿇게 할 수 있지요. 그러나 모든 게 벌만 주는 게 능사가 아니듯, 영혼이 스스로 잘못됨을 뉘우치고 새로운 만남을 위해 기억 속의 집착을 버리고, 새로운 인연을 만나는 기회를 열어 주어야 한다."고 말했다.

IMF 이후 '도실 염주 공장'이 폐쇄되고, 나는 또다시 큰 법당에 백일기도를 올렸다. 몸이 많이 망가진 상태라서 '음식은 가리지 않겠습니다'라고 고하였다.

꿈속에서 결가부좌를 한 회색 옷차림의 남자를 만났다. 머리 위에 담배 연기처럼 빛이 둥근 원으로 회오리치고 가부좌 앞에 빛이 반짝이는 보석 같은 것이 보였다. 나는 공손히 합장하면서 보석 앞으로 다가

가서 예를 올렸다.

돌아서서 나오려는데 쪽문에서 한 여인이 나와 반짝이는 빛의 물체 하나를 손바닥에 놓아주며 손을 오므리게 하였다.

"이 귀한 것을 주십니까?"

그 후 광명진언(光明眞言) 다라니가 인연 되었다.

광명진언(光明眞言) 대다라니는 신라 원효대사(617~686)가 주장했다 는 설이 있다. 광명진언(光明眞言)이란 '옴 아모카 바이로차나 마하무드 라 마니 파드마 즈바라 프라바를타야 훔'이며, 짧은 글은 다라니 긴 글 은 경(經)이라 한다.

불교 서적에서 쉽고 간결하게 안내하는 뜻을 살펴보면,

옴—시작을 의미하며

아모카—북쪽을 의미하고

바이로차나—나 자신을 의미

마하무드라—동쪽을 의미

마 니—남쪽을 의미

파드마—서쪽을 의미

즈바라 프라바 를타야—햇살같이 밝게 솟으소서

훔—끝

나와 내가 있는 주변 북, 동, 남, 서쪽의 기운(氣運)이 햇살같이 밝게 솟으소서.

(한글로 반복해서 읽어도 긍정적 기운이 돌고, 자시[子時]에 읽으면 효과적임)

광명진언 대다라니는 햇빛으로 밝음에 의미를 두며, 나와 내 주변까지도 밝아진다는 뜻이다. 평소에도, 제사 때 산소에서도 반야심경과 같이 읽으면 마음이 편안해짐을 느끼게 된다.

'광명진언' 자시(子時) 기도한 지 20년이 넘었다. 어려움 닥칠 때마다 십수 년을 조상님께 또는 자신의 전생 영가 앞에 올리는 분들도 있다.

광명진언 자시 기도한 사람들의 체험담은 수도 없이 많이 있다. 광명진언 자시 기도 효험 사례는 '2부. 줄기 편'에서 읽을 수 있다.

반야심경(般若心經)은 모든 것이 진실 그 자체이며, 현상세계에 존재하는 것의 특성이란, 실체를 가지지 않았으며 존재하는 것에는 생(生)하는 것도, 멸하는 것(불생불멸)도 더럽고 깨끗하고(불구부정), 늘어나거나 줄어드는 것(부증불감)도 본래는 없으니, 사물에 마음을 빼앗겨 미혹되는 일이 없으면 사물을 거꾸로 보는 일도 없고, 편안함에 안주하게 될 것이라고 가르치고 있다.

"반야바라밀다심경"은 지혜의 완성과 그것의 정수를 의미하는 경전이다. 8만 4천 가지의 법문을 인도의 우수한 학승들이 요약 정리하여 불교 기본 사상인 공(空)의 이법을 교설하고 있다.

대승불교 초기에 성립된 경전인 "반야심경"은 서기전 1세기경부터 편찬되기 시작하여, 당나라 현장 스님이 번역한 "대반야바라밀다심경" 600권이 대표적이며 그 정수를 모은 핵심 사상이 공(空)이다.

성지순례 길에 봉은사 총무 스님이 알린 당나라 삼장법사와 반야심경에 얽힌 전설이 있다.

삼장법사가 서역으로 법을 구하러 가는 길이다. 하루는 날이 저물어 어둠을 피할 곳을 찾는데 저만치 산 밑에 쓰러질 듯한 초막이 있어 주인을 부르며 도움을 청하였다.

마침 문을 열고 나오는 사람은 호호백발 노승이었다. 노승은 삼장법사의 행로를 듣고 반야심경을 적어 주며 힘들 때는 읽으며 가라고 일러 주었다.

하룻밤 지나고 삼장법사 일행이 얼마쯤 갔을 때 식인종이 나타났다. 삼장법사 일행을 밧줄로 꽁꽁 묶어 놓고 잡아먹는다면서 칼을 갈고 있을 때 삼장법사는 반야심경을 소리 내어 읽었다. 삼장법사 일행을 묶은 밧줄이 느슨하게 풀어지기 시작하자 식인종들은 엎드려 살려 달라고 애걸복걸하였다.

삼장법사가 서역에 당도하여 서고(도서관)에 들렀을 때 반야심경을 발견하고 반야심경 쓴 분을 찾았다. 의외로 반야심경을 쓴 분은 허름한 초막에서 하룻밤 지낼 때 반야심경을 건네준 호호백발 노승이었다고 한다. 삼장법사가 당나라에 돌아와 반야심경의 위력을 승가에 알렸다.

원효대사가 해골 속에 물을 마신 후 마음의 근본을 깨닫고 당나라 유학길을 포기하였을 당시, 의상대사는 당나라 유학을 마치고 돌아오는 길에 반야심경을 신라로 모신 것이라 한다. 합천 해인사에 소장된 팔만대장경에는 반야심경이 견인차로 첫 번째 있다고 한다.

반야심경을 주야로 정신 집중하여 읽으면 잡념에서 벗어날 수 있다. 의식과 마음을 맑게 다듬을 수 있다. 뜻을 음미하면서, 볼 수 있는 눈도, 들을 수 있는 귀도 없는데, 냄새 맡을 코도 없는데, 맛을 느끼는 입과 혀도, 느낌을 감지할 몸도 없는데, 생전 습관 집착에 혼백은 착각하지 말라는 것이다. 또한 그러한 것은 유한(有限)이니 허상(虛想)이라는 것이다.

불교 TV 스님 강론(講論)에서 유정들이 반야심경 21번 듣기를 소원한다고 했다. 반야심경(般若心經)을 우리말과 그 뜻을 함께 안내한다.

摩訶般若波羅蜜多心經
마하반야바라밀다심경

〈모든 법이 다 공하다는 이치를 밝힘-불교대사전 참고〉

觀自在菩薩 行深般若波羅蜜多 時 照見五蘊皆空 度一切苦厄
관자재보살 행심반야바라밀다 시 조견오온개공 도일체고액
〈관자재보살이 깊은 반야바라밀다를 행할 때 오온(五蘊 -色受想行識-색
수상행식)이 공(空)한 것을 비추어 보고 온갖 고통에서 건너느니라.〉

舍利子 色不異空 空不異色 色 卽是空 空卽是色 受想行識 亦復如是
사리자 색불이공 공불이색 색 즉시공 공즉이색 수상행식 역부여시
〈사리자여! 색이 공과 다르지 않고 공이 색과 다르지 않으며, 색이 곧
공(비어 있으니)이요 공이 곧 색이니 수상행식(느낌 생각 움직임 인식
함)도 그러 하니라.〉

舍利子 是諸法空相 不生不滅 不垢不淨 不增不減
사리자 시제법공상 불생불멸 불구부정 부증불감
〈사리자여! 모든 법은 공하여 나지도 멸하지도 않으며 늘지도 줄지도
않으니라.〉

是故 空中無色 無受想行識 無眼耳鼻舌身意 無色聲香味觸法
시고 공중무색 무수상행식 무안이비설신의 무색성향미촉법
〈그러므로 공 가운데는 색이 없고 수상행식도 없으며, 안이비설신의(눈
귀 코 혀 몸 뜻)도 없고, 색성향미촉법(색깔 소리 향기 맛 촉각 구속)도
없으며〉

無眼界 乃至 無意識界 無無明 亦無無明盡

무안계 내지 무의식계 무무명 역무무명진

〈눈의 경계도 의식의 경계까지도 없고, 무명(밝지 않음)도 무명이 다함
까지도 없으며〉

乃至 無老死 亦無老死盡 無苦集滅道 無智亦無得

내지 무노사 역무노사진 무고집멸도 무지역무득

〈늙고 죽음도 늙고 죽음이 다함까지도 없고, 고집멸도(괴로움 모집 없
어짐 이치)도 없으며, 지혜도 얻음도 없느니라.〉

以無所得故 菩提薩埵 依般若波羅蜜多故

이무소득고 보리살타 의반야바라밀다고

〈얻을 것이 없는 까닭에 보살은 반야바라밀다(완성된 지혜)를 의지하
므로〉

心無罣碍 無罣碍故 無有恐怖 遠離顚倒夢想 究竟涅槃

심무가애 무가애고 무유공포 원리전도몽상 구경열반

〈마음에 걸림이 없고, 걸림이 없으므로 두려움이 없어서 뒤바뀐 헛된
생각을 멀리 떠나 완전한 열반에 들어가며〉

三世諸佛 依般若波羅蜜多故 得阿耨多羅三藐三菩提

삼세제불 의반야바라밀다고 득아뇩다라삼막삼보리

〈삼세 모든 부처님도 반야바라밀다를 의지하므로 최상의 깨달음을 얻
느니라.〉

故知 般若波羅蜜多 是大神呪 是大明呪 是無等等呪

고지 반야바라밀다 시대신주 시대명주 시무등등주

〈반야바라밀다는 가장 신비하고 밝은 주문이며, 위없는 주문이며, 무엇
과도 견줄 수 없는 주문이니〉

能除 一切苦 眞實不虛

능제 일체고 진실불허

〈온갖 괴로움을 없애고 진실하여 허망하지 않음을 알지니라.〉

故說 般若波羅蜜多呪 卽說呪曰

고설 반야바라밀다주 즉설주왈

〈이제 반야바라밀다의 주문을 말하리라.〉

揭諦揭諦 波羅揭諦 波羅僧揭諦 苦提 娑婆訶

아제아제 바라아제 바라승아제 모지 사바하

아제아제 바라아제 바라승아제 모지사바하
아제아제 바라아제 바라승아제 모지사바하

6. 윤회(輪廻)의 실상(實相)

1986년 홍법원(弘法院)에서 발행한 〈윤회의 실상(輪回의 實相, 저자—林明三)〉에서 '죽음과 영혼과 윤회의 세계'를 알리고 있다.

미국 신경과 의사 '레이몬드 무디' 박사는 진료상 내과 및 외과병동에서 임상연구 테마로 한 연구결과를 종합한 책 〈사후 생명〉을 발간하였다.

시카고 대학 정신과 의사였던 지금은 '의학 컨설렌트'로 활약하고 있는 '로스' 여사의 증언이 있었다.

천문학의 성운설(星雲說)을 처음 주장한 '스웨덴보로그'(1688~1772)는 생애 후반 30년간 방대한 〈영계 저술(靈界著述)〉을 남겼다.

1910년 런던 '국제 스웨덴보로그 회의'에는 세계 학자 종교가 400여 명이 참석, 각 20개 분야로 나누어 그의 업적을 20세기의 학문 수준에서 토의 검토했었다.

그의 방대한 〈영계 저술〉 대부분 지금도 런던 대영박물관에 보존되어 있다고 한다.

영계인(靈界人) '베데르니'의 영계 통신은 화가 '코르니리에'에 의한 것인데 영혼이 육체에 완전히 파고드는 것은 보통 출산의 찰나일 때 또는 아기 배는 순간부터 임신 전체 기간 동안 가끔씩 형성중인 육체에 들어온다.

독자적 개성으로 유전적 그림자를 부여하고 출산 때까지 드나들다가, 출산 때 육체로 들어가면서 기억을 떨쳐버린다. 예외로 기억을 가지고 태어나기도 한다.

수태 2, 3개월간 자유로이 태 속 육의 궁(肉의 宮)에 이따금 찾아오다가 7개월쯤이 면 인격의 낙인을 찍고 정주(定住)로 육체 주인이 된다.

저급한 영혼은 우연히 불명(不明)한 힘에 지배되어 무의식중 육체에 잡힌다. 고급으로 발달한 영혼은 의식적으로, 골라서 '다시 태어나는 법칙'을 알기에 섭리를 따르는 것이다. 무의식중 서서히 흡수되어가는 것이 고통이기 때문이다.

우수하게 진화된 영혼일 경우 자청해서 일정한 목적을 위해, 자기희생 행위에 의해 보다 높은 진화 권내로 데려가기 위함이라고, '스웨덴보로그'는 그 단계를 영혼의 각성(覺性)이라 했다.

'스웨덴보로그' 주장에 따르면, 인간이었을 때 생애가 죽은 후 인간의 영(혼백)이 갈 영원한 삶을 결정해 버린다고 한다. 최고로 중요한 근본적인 것은 종교인, 학자, 학문이나 지적인 그 어떤 높은 지위를 떠나 '정직하고 솔직한 마음'이 결정한다고 주장한다.

'스웨덴보로그'와 '베데르니'로 대표되는 진지한 '심령과학'에 대해서 치밀한 과학적 접근과 정성으로 거둔 공적은 대단하다고 〈윤회의 실상〉에서 서술하고 있다.

또 브라이언 와이스(Brian L. Weiss) 박사는 '최면상태에서 전생요법 (Past-Iife therapy-김철호 옮김)'을 통한 치료 과정의 상세한 기록들에 대하여 듀크 대학의 조지프 라인(Joseph B. Rhine) 박사, 버지니아 대학교 정신과 의사 이안 스티븐슨(Ian Stevenson) 박사, 뉴욕 시립대학 거트루

드 슈마이들러(Gertrude Schmeidler) 박사 등이 행한, 정밀하고 과학적 수용이 가능한 연구, 그밖의 많은 진지한 연구자들이 전생을 노출시키는, 과학적 작업이 가능하다는 것을 증명해 보였다고 한다.

정신과 학자 이안 스티븐슨 박사의 방대한 '환생에 대한 논문'들과 '환생과 관련된 기억이나 경험을 가진 어린이들의 사례'를 수집한 것이 2천 건이나 된다 했다. '브라이언 와이스'는 다른 많은 정신과 의사 들이 쓴 초감각적 지각 자료들을 보며, 한정적인 학문의 벽을 의심하기 시작했다고 한다.

죽음 이후의 경험, 중간상태(저승길에서 머무는 기간), 스승들(Master-낮은 수준의 영혼을 높은 단계로 안내하는 영체-靈體)이 밝혀 준 놀라운 지식과 죽음 이후 다시 태어날 때, 의식수준이 다른 여러 층을 거쳐 태어나는데, 어떤 층으로 가느냐는 것은 그 영혼이 얼마나 진보되었는가에 따라 보다 높은 층으로 태어난다고 한다.

어떤 사람은 능력을 빨리 찾아내는데, 그것은 악습을 빨리 끊기 때문이라고 한다. 악습을 끊지 않으면(집착, 습관), 그 집착함을 또 다른 생애로 짊어지고 간다.

오직 육체 상태에서만 쌓아 온 악습을 떨칠 수 있다. 죽음 이후 이끌어 주는 스승들이 대신해 주지 못한다고 한다. 현상계의 문제들을 강하게 해결하며 '육도윤회'에서 벗어나야 한다. 자신과 진동이 똑같은 사람들만 찾아가려고 하면 안 된다.

진동이 다른 사람에게도 찾아가야 한다. 도와주는 일이 중요하다. 직관적인 능력에 따라야 하고 저항하면 안 된다. 저항하면 위험에 빠지게 된다.

전생에 대한 보상으로 다른 사람보다 월등한 능력을 가지고 태어나는 사람도 있다. 평등하게 태어나지 않지만 평등해지는 때가 올 수도 있다. 남에 대한 멸시나 부정에 극히 신중하지 않으면 대가를 지불해야한다는 것을 알아야 한다. 참을성 있게 행동하고 타인의 감정을 이해할 줄 알며, 따뜻한 마음을 지녀야 한다.

오감(五感-눈, 귀, 코, 입, 몸)인 육체와 신체적 욕구로 대표되는 현상적 세계의 실체와 영혼(靈魂-정신세계)인 정신으로 대표되는 비(非) 물질의 세계, 이 두 세계는 연결되고 있으며 모두가 '에너지'이며 두 세계는 종종 분리되어 보이기도 한다.

브라이언은 '두 세계를 연결하고, 단일성을 신중하게, 과학적으로 규명하는 일'이 그의 임무라 했다. 지혜는 매우 천천히 얻어진다. 쉽게 얻어진 '이성적 지식'이 '감성적 잠재의식'인 지식으로 변형되고 영원히 각인되기 때문이다.

행동을 통한 실천이 없으면 개념은 바래지고 희미해진다. 그는 현대인은 너무나 바쁘게 살아가느라 자신의 뒤나 남의 모습을 돌아볼 여유를 가지지 못한다고 '지나치게 천박한 삶을 살아간다' 했다.

인간은 영원한 존재로 사랑, 자애, 신뢰로 육체적 행동과 실천을 통하여 진보해야 한다. 특별히 위대한 사람은 아무도 없다고 한다. 한 개의 다이아몬드에 천 개의 면이 있다면 그 하나하나의 면을 깨끗이 닦아서 반짝이도록 하는 것이 '영혼의 임무'라 했다.

모든 면이 깨끗이 닦여 빛을 발하면 본래의 순수한 에너지로 돌아가서 빛만 남는다. 빛이 의식과 지식을 소유한다는 것은, 영혼은 본래 무명(無明)하지 않았는데 탐, 진, 치(貪瞋痴-욕심, 성냄, 어리석음-3독)로 먼지가 가득 끼었다는 설(說)과 같다고 한다.

지금도 브라이언은 이따금 명상하다가, 고속도로를 달리다가, 공상하다가, 어구(語句)나 생각 영상들이 마음속에 떠오른다고 한다. 그것들은 시의적절한 때에 떠올라서 고민하고 있던 문제를 해결해 주는 경우가 많았고, 그것을 치료와 일상생활에 이용한다고 했다.

'브라이언'은 또 꿈과 직관력이 예의 스승의 영향인지는 모르나, 그렇게 추측하며 그런 사실에 힘을 얻고 스스로 올바른 방향으로 가고 있다는 징표로 받아들인다고 한다.

그는 10여 명의 환자를 최면상태에서 전생을 살피며 정신질환 치료를 하였다 한다. 현실 세계 삶에서, 내연관계인 유부남과 정리하고자 하는 여인이 치료를 의뢰하였다.

최면상태에서의 그 유부남은 불타는 방 안으로 책상 위 책을 가져오라고 떠밀은 전생에서 아버지였다. 그 전 전생 어느 삶에서 유부남은 '총을 쏴서 죽게 한 전쟁터 적군이었다'고 기록 되어 있다.

지금의 생이 유일하고 절대적인 한 번의 삶이 아니라면, 우리가 생(生)을 아끼고 사랑해야 할 이유가 있지 않을까? 했다. 불멸하는 우리의 영혼은 어디를 향하여 가는가? 이번 생의 목적은 무엇인가? 함께 현생을 사는 우리는 서로에게 무엇인가?

〈나는 환생을 믿지 않았다〉 등 다수의 번역 책들이 1990년 초 서점가에서 쉽게 접할 수 있었다.

7. 기인(奇人)

아침에 개운사 주지 스님께서 벽조목(霹棗木) 염주를 빨리 가져오라는 전화를 걸어왔다. 대만 수입 벽조목이 들어오기 전인 1992년 무렵은, 무량사 주지 스님 공방에서 벽조목 염주를 직접 만들었다.

영주 금봉사 신도회장은 벽조목 부적을 절에서 만들고 나는 전국 총판을 맡았다. 나는 조계사와 강남 봉은사 절 마당에서 사찰매점과 합동작전으로 판매를 하였다.

강원도 정선 높은 산 화전민 마을 터에서 벼락 맞은 대추나무를 옮겼다고 한다. 건축업에 종사하던 신도회장은 인부들 전기톱으로 작업을 하면 톱날이 떨어져 나간다고 말했다. 고목 대추나무가 벼락 맞는 순간 수천도 고열에 의해서 대추나무 속 철분이 엉겨 쇠처럼 단단해진다고 했다. 불덩어리로 녹아내린 벽조목은 귀신 눈에는 무서움의 존재라 한다.

쇠를 깎는 톱날로 작업 한다면서 작업장 아르바이트로 둘째 딸애가 영주 금봉사에 한 달 동안 아르바이트를 했다. 자질구레한 집안일들을 뒤로 미루고 납품할 물건들을 챙겨서 걸음을 재촉하였다.

요즘 시내 교통체증이 심해서 지하철이 오히려 빠르기에, 중간지점까지는 지하철로 가고 자투리 거리는 택시를 이용하기로 하였다. 그러나 중간 지점에서도 택시가 잡히지 않아 난감하였다.

그러던 중에 중형택시가 멈추어 선다. 개운사라고 소리쳤더니 타라고 한다. 고마운 마음에 운전기사 옆자리에 염주 보따리를 들고 앉았다.

"참 인연은 묘하군요."

운전석 앞쪽 백미러에 걸린 염주를 보고 나는 웃으며 말을 걸었다.

"저도 어젯밤 꿈에 선몽 받았는데 아침 8시 나한 기도를 하니까, 오늘 사시(巳時)에 귀인을 만날 것 같았는데…… 지금 사시가 약간 지났지만 달리 만난 분도 없고 이상하다 생각하던 중, 승복 색깔 옷차림으로 만(卍)자 새겨진 가방을 들었기에…… 방향은 다르지만 차를 세웠습니다."

운전기사 말을 액면 그대로 믿기에는 요즘 돌아가는 세태가 너무 혼란스러워, 경계하며 살피던 중 어느새 사문 앞에 도착하였다.

미터기 요금대로 천오백 원을 내밀었더니 한사코 거절하였다. 두세 번 거절하는 바람에 하는 수없이 요금보다 훨씬 더 비싼, 벽조목 단주 두 개를 주었다. 덕분에 스님이 제시한 시간을 맞출 수가 있었다.

일주일쯤 지났을 무렵, 운전기사로부터 벽조목 염주 주문이 왔다. 두 번째 만남인 운전기사와 나는 탁자를 마주하고 찻집에서 서너 시간이나 죽마고우처럼 이야기를 나누었다. 그는 마곡사에서 수년 전 황진경 스님 지도로 나한 기도를 3년 하였다 한다.

그가 기도하는 중 어느 한 곳의 동향을 알고 싶어 정진하면, 그의 영혼은 육신을 떠나 알고자 하는 곳에 벌어지는 상황과 말소리까지 현실처럼 들을 수 있다고 한다.

그러나 두려운 것은 그 행위를 수없이 반복하였을 때 본인의 영혼이 육신으로 들어오지 못할 것 같았다고 했다. 그럴 때는 큰스님이 곁에서 영혼을 불러들여야 한다고 말했다.

운전기사 이야기를 들려주며 기인이라고 말했더니, 천안 보명사 주지 스님은 오히려 그 경지는 아무것도 아니라 했다. 단식으로 3일 기도면 그런 경지가 온다고 한다. 매일 2시간 반으로 수면하는 주지 스님은 사람이 있는 공간에서 신(神)들의 움직임까지도 보인다고 말했다. 귀신을 보는 눈빛을 보라며 눈을 깜박거렸지만 나는 알 수가 없었다.

그 무렵 벽조목 염주 판 돈으로 문경 옛집을 매입할 수 있었다. 시사저널에서 마련한 자리에 세계적 물리학자 스티븐 호킹 박사를 보러 신라호텔로 갔다. 나는 호킹 박사를 보는 순간 "이거야말로 인간의 승리다."라고 외치고 싶었다. 인간이기에, 만물의 영장답게 좌절하지 않고 스스로 장애를 극복한 것이다.

그는 기인 중에 기인(奇人)이다. 입술을 움직여서 말할 수 없으니까 손가락으로, 컴퓨터 자판을 두드려 만든 합성음으로 완벽한 사람의 목소리로 말했다.

호흡도 코로 하지 못하고 호스를 폐에 꽂아 기계를 작동시켜 몸 세포 구석구석에 산소공급을 시킨다. 게다가 그는 그 누구도 근접할 수 없는 경지의 세계적 물리학자이다. 얼굴은 이미 달관한 인간으로서의 신비감이 넘쳐 있다.

그는 시공(時空)도 직선 아닌 약간의 곡선이라 했다. 아마 불교에서 말하는 육도윤회(六度輪回)와 맥(脈)이 같은 건지도 모르겠다. 우주를 '블랙홀'이라 하는데 비유한다면, 마치 커다란 목욕탕에 물을 가득 담고 하수도로 이어지는 구멍의 마개를 빼면, 탕 속의 물은 빙빙 돌아가면서 점차로 줄어든다.

물이 도는 것처럼 시공은 굽었으며, 물이 점차로 줄어드는 것처럼 블랙홀은, 일정한 비율로 빛과 입자들을 방출한다. 우주의 원소도 타들어 가 언젠가는 우주 대폭발이 온다.

그러나 아직 50억 년은 지나야 대폭발이 오니 안심들 하라고 말한다. 그는 또 인간이 우주를 빠져나가려면 빛보다 빠른 속도라면 가능하다고 말한다. 다만 신체를 구성하는 미립자는 원소와 질량이 달라져, 다른 모습으로 변하여 또 하나의 우주 블랙홀에 접근할 뿐이라고 한다.

나는 여기서 큰스님들이 추구하는 높은 선(禪)의 경지를 생각해 보았다. 빛보다 빠르게 선의 경지에 들어서면 한순간 모든 것을 얻을 수 있다고 한다.

호킹 박사의 연구는 고승들이 추구하는 선의 경지와 같은 것이 아닐까. 나는 호킹 박사의 평온한 얼굴을 바라보며 합성 목소리를 들으며 기인이 남긴 발표문을 읽었다.

그가 논문을 발표하고 나면 경쟁자는, 박사가 발표한 논문을 반박하는 논문을 발표하였다고 한다. 그는 경쟁자를 원망하지 않고 상대의 논문을 토대로 연구하고, 상대를 뛰어넘는 논문을 발표하는 식으로 경쟁자를 이겨나갔다고 말했다.

스티븐 호킹 박사(1942~2018)는 신경계에 나타나는 퇴행성 질환 루게릭병을 앓고 있었다. 하지만 그는 만물의 영장답게, 사람이기에 장애에 좌절하지 않았다. 끊임없는 도전의식으로 세계적 물리학 박사가 된 것이다.

8. 천형(天刑)의 비밀통로

　문경여고를 졸업한 후 여군에 입대하려고 원서를 내고 시험을 보았다. 신체검사로 오른쪽 시력 저하로 기회를 잃었다. 1960년 초 대도시에서는 고졸 이상의 경리사원 모집이 있었다.

　서울에 있는 모 회사로부터 근무 통지를 받았지만 큰오라비 방해로 취업을 하지 못했다. 어머니의 사업장이 되어버린 집 툇마루에서 큰오라비가 지시하듯 내뱉은 말을 엿듣게 되었다.

　"가시나 학교서 연락이 오면 날마다 저리 찔찔거리니 어찌하니."

　"대학은 무슨, 꼬마 아줌마 내보내고 부엌에서 요리나 한 3년 배우게 하여 시집이나 보내요. 대학 4년 보내야 시집가면 시집 좋은 일만 할 텐데 뭘."

　다음 날 아침 일자리를 갑자기 잃은 꼬마 아줌마는 '처녀 불상해서 어쩔까나'하며 나를 붙잡고 통곡하였다.

　나는 어머니 지시대로 부엌에서 종업원과 가족들 십수 명의 식사 준비와 새벽 1시까지 술손님 접시닦이 식모로 전락 되었다. 무쇠솥 뚜껑 아래로 흘러내리는 밥물은 나의 눈물 같았다.

　"저 간나, 아침부터 영업집에서 재수 없게 또 찔찔거리니."

어머니 특유의 함경도 사투리에 이어 오라비들 욕지거리와 몽둥이가 뒤를 잇기 일쑤였다.

"이 종간나, 책에서 밥이 나오니 돈이 나오니 어째 저녁밥을 아직 아이 했니."

벌컥 방문이 열리고 돌아볼 짬도 없이 어머니가 방 안으로 들이닥쳐 책상 위 책들을 문밖으로 마구 내팽개쳤다. 그제야 나는 '아~참!'하고 저녁밥 짓는 것을 깜박 잊고 있었음을 알았다. 수학 문제를 풀던 중이다.

어머니는 앉은뱅이책상 책꽂이에 놓여 있던 책들을 모두 마당으로 내던지고도 분이 안 풀린 듯 책들을 마구 짓밟고 있었다.

나는 벌떡 일어나 울면서 마당으로 나갔다. 학교 친구들도 '정말 친엄마 맞니?'할 정도로 어머니는 나에게 늘 냉랭하였다. 그런 어머니 밑에서 주눅이 들어 쩔쩔매기만 하던 나는, 난생처음 얼굴을 똑바로 보았다. 허리춤에 양팔을 짚고, 어머니를 향해 손가락질하였다.

"당신이 정말 내 생모가 만나요? 생모라면 자식 대접을 이렇게 할 수 있습니까?"

어머니와 오라비들로부터 무시당하고 매질 당하고 노예처럼 부려 먹힌 것에 대한 저항의 표시였다.

여섯 살쯤이었다. 함경도 함흥 변두리 수리조합 봇도랑 거센 물살 속으로 '죽어라! 죽어라!" 소리치며 두 번, 세 번 연거푸 물속에 처박아 넣던 어머니의 그릇된 태도를 지적했다. 오라비들이 잘못을 저질렀어도 유독 내게만 죄를 뒤집어씌운 부당함을 지적했다.

첫째, 둘째 손꼽으며 십수 년 전 치부까지 들추어내며 조목조목 따져 물었다. 평소 쥐죽은 듯 복종만 하던 나와는 달리 당돌하게 반격하는 모습을 보고 어머니는 급기야 기절하고 말았다.

1960년 초 은성광업소가 있는 문경 가은은 광산촌 노동환경 속에서 특이한 문화가 형성되고 있었다. 산업과 경제 발전의 에너지원이 되었던 은성탄은 전국에서 가장 높은 열량으로 착화용이란 불쏘시개 역할로 검은 황금 대접을 받았다.

지하 수직 800여 미터 아래로 오르내리며 목숨을 담보로, 공무원월급 세 배 준하는 노임을 받던 광부들에게는 퇴폐와 향락주의가 오히려 고된 일상을 잊게 했는지도 모른다.

재질이 우수한 은성탄의 확보를 위해서 전국 각지로부터 거래처 인력들이 모여들었고, 뒷돈 거래와 급행료 접대문화는 유흥업소의 번창을 부추겼다. 한 집 건너 술집이 있었고 저녁이면 노랫가락이 거리를 시끌벅적하게 달구었다.

일반 식당에서조차 작부를 고용할 정도이다. 일확천금을 노린 고급술집에서는 노래 기생, 화초(얼굴) 기생들을 앞세우고 각 부서를 기웃거리며 공공연히 호객 행위를 일삼았다.

당시 광업소에 종사하는 인력만도 천여 명이라 했다. 석탄거래를 위한 업자들과 그들을 접대하는 업소 종사자들까지, 입고 먹고 마시기 위한 각종 상거래 상인들이 커다란 공동체로 묶여 검은 황금을 노리고 있었다.

셋방 사는 사람들이 넘쳐서 농가마다 부엌 없는 단칸방도 동이 날정도였다. 가은 집값이 점촌과 맞먹는다고도 했다. (문경 문화원 향토 사료 23집 참조)

그 와중에 실향민인 내 어머니도 한몫 챙기려고 끼어들었다. 1962년, 내가 여고 졸업반일 때이다. 농촌 신작로 길 가집 작은 구멍가게에서 비누며, 과자며, 잡화와 됫박 막걸리를 팔던 어머니가 갑자기 요릿집을 차리겠다며 들썩였다.

이미 혈안이 된 어머니는 빚을 내어 아버지와 불화까지 일으키며, 요정에나 있을 법한 권반 출신 판소리 기생들을 대구에서 예닐곱 명 데리고 왔다.

하얀 버선을 달음질하여 신은 그녀들을 순박한 농촌 사람들은 인형 보듯 신기해하였다. 장구 치며 판소리 창을 읊조리는 기녀들의 춤사위에, 마을 사람들은 솔가지 울타리 사이로 구경하며 넋을 잃었다. 온갖 술꾼들이 기생들의 추파에 이끌려 우리 집으로 모여들었다.

나는 삽시간에 지옥으로 떨어졌다. 삼류 소설에서나 읽었을 법한 진풍경들이 눈앞에 펼쳐졌기 때문이다.

여고 시절 규율부장과 학급 반장, 문예부장으로 소설가의 꿈을 키우며, 교내 백일장에서 장원을 휩쓸며 두보의 시를 읊조리던 나는, 졸지에 고급술집 무임금 식모로 추락하였다.

얼굴에 바르는 크림은커녕 속옷이 없어서 낡은 이불 홑청의 성한 쪽을 골라, 가사 시간에 배운 대로 팬티와 브래지어를 만들어 입었고, 탈색되어 버려진 아버지 나일론 점퍼나 기생들이 버리고 간 낡은 스웨터를 주워 입을 정도였다.

실성한 듯 거품을 물고 욕지거리로 패악 부리던 어머니는 좀처럼 깨어나지 않았다. 실신한 어머니 주변에서 사람들은 아우성이다.

나는 집을 버릴 결심을 하였다. 아버지께 하직 편지를 남겼다. 봉암사 생각이 났다. 가끔 통학 기차를 같이 타고 안면을 튼 주지 스님께 여승이 되게 해 달라고 부탁하러 집을 떠났다.

달리 옷이 없으므로 낡은 검정 교복을 입고 석양을 바라보며 봉암사로 길을 재촉하였다. 장마로 인해 양산천 외나무다리가 떠내려갔기에 가뭇소 벼랑 비탈진 길을 미끄러지듯 걸어서 오구리 앞 돌다리를 건넜다. 석양이 무두실 골짜기로 빠져들고 붉은 석양이 주변을 감돌았다.

얼마 걷지 않아 어둠이 깔리고 인가도 없어 지척을 분간하기 어려운 칠흑 같은 산모퉁이를 굽이굽이 돌고 돌았다. 뺨을 적시는 눈물을 소매 끝으로 연신 닦으며, 호랑이가 스님들의 밤길을 옹호한다는 일주문 으슥한 숲길을 지나, 늦은 밤 절 마당에 도착하여 주지 스님을 찾았다.

잠자리에 들었던 주지 휴정 스님은 놀라며 눈물범벅인 얼굴을 보고, 공양 간 보살을 깨워 저녁 밥상을 차려 주었다. 주지 스님은 싸늘해진 날씨를 피해 주지실을 비워 두고 공양 간 옆방을 침실로 쓰고 있었다.

스님은 승려가 되려는 이유를 물었지만, 나는 오라비들과 어머니 학대에 관한 말을 할 수 없었다. 그저 '인생에 회의를 느꼈을 뿐'이라 했다.

"오늘 밤은 추우니까 나랑 여기서 자고 내일 아침에 백련암으로 가자."

스님은 큼직한 솜이불을 덮어주며 다독거렸다. 그날 밤 나는 주지 스님 이불 속에서 남자인양 나란히 누워 잠을 청했다.

"성남아, 빨리 일어나라. 똥 싸고 밥 먹어야 백련암으로 가지."하는 스님의 고함에 놀라 잠에서 깨어났다.

여승들이 있는 백련암으로 안내되었다. 봉암사 큰 법당 오른편쪽 골짜기에 안거(安居) 때만 여승들이 기도처로 쓰는 작은 암자가 있다. 숲 속 오솔길을 회색 장삼을 펄럭이며 성큼성큼 걸어가는 주지 스님을 뒤따랐다.

암자에는 세 분 여승이 있었다. 세 분 중 어른 승려를 원주스님이라 부른다. 나는 스님들 시중을 들고 잔심부름과 청소 일을 맡았다.

새벽 세 시가 되면 일어나서 옹달샘을 어림짐작하여 물통을 들고 간다. 나뭇잎을 떨군 빈 가지들이 검은 모습으로 하얀 눈밭에 도열하듯 서서 희뿌연 오솔길을 내어 준다. 옹달샘은 밤새 추위에 얼어 있었다. 바가지로 툭툭 두어 번 치면 얼음이 날카로운 모서리로 물길을 열어 준다.

얼음 조각 뒤범벅인 물통에서 먼저 부처님께 올릴 다기 물을 떠내고 세수를 한다. 댓돌 위에서 마당을 향하여 허리를 구부리고 손바닥을 오므리면, 바가지로 얼음물을 부어준다. 저녁 7시에 예불을 올리며 108번 절을 하고 난 후에 밤 10시까지 참선에 들어간다.

동안거가 지나고 봄도 지나고 강원으로 가기 위한 삭발식 준비할 때였다. 눈물이 왈칵 쏟아지기 시작하였다. 거의 반년 가까이 잊고 지낸 어머니에게 학대 당한 서러움이 되살아난 것이다.

"어인 눈물인고…… 인연 덜 되었는고…… 예사 눈물이 아니로고…… 누가 보고 싶은고?"

원주스님의 물음에 아버지 얼굴이 떠올랐다.

"집에 다녀올 수 있겠느냐?"

나는 그 눈물로 말미암아 어이없게도 하산하게 되었다.

앉은뱅이책상 위 수북이 쌓인 참고서들을 뒤적이던 아버지는 무릎에 엎드려 흐느껴 우는 내 등을 어루만져 주었다.

"내년에는 빚을 내서라도 대학에 꼭 보내 주마. 중이 되는 것은 어디 그리 쉬운 일이냐."

1964년 초여름 '님에게'를 쓰면서 마음속 나에게 다짐하였다.

'이처럼 얄궂은 살이…… 예서 너와 나 둘이…… 눈물처럼 끌어안고 걸음마를 배우자꾸나.'

고달픈 인생살이 다시 한번 더 도전해보리라는 나 자신에게 보내는 언약이었다.

그러나 모진 운명은 더욱더 큰 회오리바람을 일으켰다. 위안처럼 긁적거리던 독백을 쏟아 부을 여력까지 잃었다. 절필한 것이다.

식모살이는 계속 이어졌고 혹독한 시련이 다가왔다.

"고춧가루를 누가 넣으라 했니, 이 간나."

십수 명 넘게 밥 먹는 저녁밥 상머리에서 어머니는 뜨거운 국물을 내 얼굴에 끼얹었다. 저녁 밥상에 올라간 국물에 고춧가루를 심부름 아이가 넣었지만, 나는 항변할 말을 잊은 채 울기만 하였다. 성질 고약한 작은 오라비도 장작더미 곁에서 입맛을 쩍쩍 다시고 있었다.

그즈음 나는 자살을 여러 번 생각하였다. 매년 여름이면 익사 사고가 자주 일어나는 가뭇소 벼랑 위로 한밤중에 올라가 검은 물빛을 내려다보며 흐느껴 울었다.

둘째 오라비 몽둥이로 마당에서 까무러쳐 쓰러지고, 펌프 샘 양동이 물을 몸 위로 쏟아 붓는 어머니를 보고 나는 영원한 결별을 결심하였다. 나에게 치근거리는 요리사의 비위를 거슬렀다는 죄목이었다. 오라비 몽둥이에 허리를 다쳐 보름 동안 누워서 일어나지 못했지만 병원가자는 말도, 물 한 그릇 떠다 주는 피붙이도 없었다.

나는 서울로 가출하였고, 청량리 초등학교 2학년 아이 집에서 가정교사 겸 식모 일을 하며 숙식을 제공 받았다. 시집보내는 셈 치고 방 한 칸 얻을 돈만 마련해 주면 서울서 자립해 보겠노라는 편지를 어머니에게 보내고 일 년 만에 귀향하였다.

가은터미널에 도착하자마자 요리사가 손목을 잡아끌고 골목 안으로 뛰었다.

'아버지와 두 오라비가 처녀 때려죽인다고…… 집안 망신시킨다고…… 아버지와 두 오빠가 몽둥이를 자전거에 매달고 오니까 빨리 도망가야 한다고.'

요리사 부친 집 빈 방에 숨어들었다. 방문 밖으로 열쇠가 잠겼다.

"처녀 집에서 찾아오면 방주인이 고향에 가고 없는 빈 방이다"라고 말할 거라는 요리사 부친 말이었다. 3일 동안 방 안에 신발 들여놓고 요강단지에 대소변 보며 밥상을 받았다.

3일 후에 요리사 아비는 '초저녁에 비가 왔으니 지금 가은을 빠져나 갈 때'라면서 잠긴 방문 열쇠를 끌렀다.

새벽 두 시쯤이었다. 구랑리를 지나 마성까지 30여 리 협곡 같은 산 길을 요리사 아비와 걸으며, 신작로에 고여 있는 빗물 웅덩이에 반사된 허연 그림자에 놀라 걸음을 멈추곤 하였다.

마성 소야교 근처에서 상주 내서면 북장리 가는 새벽 버스에 올랐 다. 요리사 아비가 일러준 대로 요리사네 집성촌 마을로 찾아갔다.

며칠 후 요리사가 왔다. 동거를 요청했다. 나는 단호히 거절했다. 자 라온 환경도 학력도 이상도 다르기 때문이다.

집성촌 여자들이 모두 잠든 틈을 기다렸다가, 한밤중에 몰래 빠져나 와 큰길로 도망가다가 발각되었다. 긴 머리채가 억센 사내 손아귀에 휘 감겨, 방바닥으로 벽으로 수없이 반복적으로 부딪쳐지는 아픔에 시 달려야 했다.

두 번, 세 번 도망칠 때마다 같은 매질을 당하였다. 머리통이 깨지는 듯 극심한 고통 속에서 '이러다가 머리가 깨지고 숨이 끊어지면 집성촌 마을 산골짜기에 묻어 버리겠지.' 나는 한스러운 혼백이 되는 게 두려 워 25살에 동거를 묵인하기까지 이르렀다. 스물여덟 살 되던 해 늦가을 이었다.

저녁 내내 피를 토하고 극심한 복통에 시달렸다. 체중이 35킬로그 램이었다. 경주약국 한의사가 소개한 대구의 병원 의사 선생은 나에게 갈림길을 제시하였다. 병원 사무실 복도 유리창 너머 돌배기 아기를 안 고 있는 요리사를 지목하였다.

"아줌마, 저것도 사내라고 데리고 살아요?"

"아줌마, 죽어서 구천을 떠도는 원귀가 되겠소?"

"아니면, 살아서 저 사내를 버리겠소?"

나는 젊은 의사 선생의 권유대로 살아서 사내를 버렸다.

서울 중구 소공동 법원에서 법적으로 동거 생활을 청산하면서, 비로소 날개 달린 풍선인 양 하늘로 하늘로 날아오르는 기분이었다. 18년 동안 가슴을 찢는 듯 예리한 신경성 위경련도 멈추어졌다.

어머니는 그동안 내게 결혼식 올리자는 말 한 번 꺼내지 않았다. 어머니 자궁은 내게 있어 '천벌을 받는 비밀통로'일 뿐이었다. 악업의 인연으로 척박한 곳을 택할 수밖에 없었던 내 전생 씨앗(아뢰야식—alaya-vijnana)은 비밀통로에서 어머니를 만났나 보다. 그 통로는 악연의 고리로 이어졌고, 고리를 끊는 대가로 1200만 원의 현금통장을 주었다.

1980년 초, 살아서 사내를 버리는 데 나는 성공하였다. 그나마 내 생애 중 천만다행인 것은 '학교를 보내 세상 살아가는 방법을 모색하도록 해야 한다'며 여고까지 졸업시켜 준 아버지를 만난 것이다.

1988년 일공(一空) 스님의 범서 전시장(이도원 스님 유작 전시)에서 작품 판매를 안내하는 일을 맡았다. 종일 이어지는 독경 소리 들으며 머리는 새 같고, 몸은 물고기 배 같고, 꼬리는 뱀 같은 상형문자의 고즈넉함 속에서 마음의 상처가 상쇄 되어갔다.

시 '범서 전시장에서'를 한달음에 쓰면서 시상을 다시 찾게 되었다. 24살에 절필한 후 24년만이다.

1983년 여성 문예원에서 시작된 문학 강좌 수강은, 세 아이 교육비와 생활비 마련을 위한 바쁜 일상 속에서, 1992년 현대문학 부설 문예대학 시 연구반 수료까지 10여 년간 병행되었다.

둘째는 등록금 때문에 많이 울면서도 늘 날 선 평론을 해 주었다.

1992년 현대문학 부설 문예대학 시 창작 연구반까지, 문단 원로 선생님들 문학 강의를 찾아 들으며 마치 생의 끄나풀 인양 시상을 휘어잡고 안간힘을 썼다.

1990년 봄호 성춘복 선생님 발행하는 〈시대문학〉지에 '서대문 101번지'를 발표하면서 등단하였다. 시집을 출간하고 출판기념회를 가지면서 깊은 상처에 빛이 들기 시작하였다. 삶의 현장에서 인정해 주는 인연들을 만나게 되고, 그네들과 더불어 시적 영감은 더욱 불타올랐다.

　고향을 인식하게 되고 뿌리를 살피게 되었다. 6·25전쟁 무렵 아버지가 처음 마련한 집이다. 나의 소녀 시절이 배어 있는 옛집을 다시 매입하였다. 아버지 필체를 빌려 '앙친정사(仰親精舍)'란 현판을 달았다.

　예서 한스러웠던 지난 세월의 상흔(傷痕)들을 갈무리하며 안식을 찾으리라.

9. 노인의 초상
-덕토노인문학상 수상 작품

IIIII **줄거리 요약**

올해 여든셋인 노인은 고향을 북에 두고 온 실향민이다. 아내와 사별한 후 7년째 홀로 살고 있다.

마을 노인회장이기도 한 노인은 풍수지리에 밝아 묏자리를 보는 지관(地官)으로 생계를 꾸려가고 있다. 초상집에 갔다가 까닭 없이 사망하는 조문객의 원인과 묏자리로 인하여 후손의 흥망성쇠(興亡盛衰)가 결정되는 이유를 자세히 밝혀 준다.

노인은 사리가 분명하고 게으르지 않을 뿐만 아니라, 뚜렷한 가치관과 자기 중심을 소홀히 하는 마을 사람들에게, 옛것의 소중함을 일깨워주며 진취적 사고방식으로 살아간다.

노인의 딸 금희가 등장하여 저녁 밥상을 사이에 두고 노인의 과거가 화제에 오른다.

다음날 노인은 구례에 사는 당질(堂姪-조카) 집 잔치에 참석하기 위하여 나들이에 오른다. 김천을 거쳐 함양, 남원 등 영남과 호남을 오고 가며 노인과 금희는 6·25전쟁 당시의 기억을 떠올린다.

나들이에서 돌아오는 길에 산소 감정을 의뢰한 고객을 방문하여 산소 터가 잘못되고 잘됨을 상세히 이야기하며 무덤으로 인한 장단점을 노인 나름대로 피력한다.

1) 지관(地官)

"아— 여보시오. 이윤호입니다. 예. 안녕하시요. 늘 그렇지요. 아. 시에서. 예. 피할 수 없구만요. 그런데요. 이장(移葬) 하려면 그냥 아무렇게나 하면 안 되는데요. 중상운(重喪運)이 띄우는지 살펴봐야 하지요. 화장요? 화장도 마찬가지고 말고요. 일단 산소를 파헤치는 작업이니까 중상운을 무시할 수 없지요. 예. 그럼요."

전화 받는 노인의 목소리에 함경도 특유의 가락이 섞여 있다. 목소리는 마루와 봉당으로 흘러나와 바둑이가 있는 마당까지 가득 메운다.

까만 털의 바둑이는 하얀 얼룩 두 점을 이마에 박았다. 가죽 목 띠에 기다란 쇠줄을 매달고 노인이 있는 방을 향해 귀를 쫑긋 세운다.

커다란 사철나무가 블록 담장 옆으로 둥그렇게 퍼져 바둑이 집을 에워싸고 있다. 근처에는 여름 내내 바둑이가 피서를 즐긴 흔적이 있다.

더위가 극성을 부리면 앞발로 땅을 파고 흙구덩이 속에 몸을 처박고 열기를 식힌다. 개집 앞에는 먹다 남은 사료와 물통이 놓여 있다.

대문에서 마당으로 들어서면 개집과 경계를 짓는 철망이 둘러쳐 있다. 낯선 방문객을 향해 달려드는 바둑이를 제지시키기 위한 가느다란 막대가 망 위에 비스듬히 꽂혀 있다.

노인은 묏자리를 보는 지관(地官)이다. 노인은 할머니가 떠난 다음 7

년째 혼자 살고 있다. 처음에는 끼니 끓이는 일조차 난감했지만, 이제는 집안 살림도 잘한다. 압력밥솥에 단 몇 분간 끓인 밥을 전기밥통에 옮겨 담으면 밥하는 걱정은 며칠 동안 잊어버린다. 여든셋 나이가 무색할 정도로 노인은 젊은이 못지않게 생활이 바쁘다.

노인은 함경남도 함흥에서 삼팔선을 넘어온 실향민이다. 오십 년 가까운 세월을 한 마을에서 뿌리내리고 살아온 노인이기에 마을 사람들은 존경하고 있다. 노인은 마을에서 노인회장 일을 맡아보며 약간의 농사일을 곁들이고 있다.

친척이라고는 함흥에서 이웃해 살던 사촌 형님의 아들 하나가 구례에 살고 있을 뿐이다. 정이 그리운 노인은 마을 일을 돌보며 한결같이 따뜻한 인간관계를 유지하려 애쓰고 있다. 마을 사람들도 노인을 찾아 일상을 의논하므로 집은 늘 분주하다.

오늘도 지관 일로 전화 받는 중이다. 노인은 사람들에게 딱 얼마 주시요 요구하지 않는다. 그러나 사람들은 얼마씩이나마 봉투에 담아 정중히 예를 표시한다. 혼인 날짜며 궁합이나 토정비결까지도 보러 온다.

인근 마을뿐만 아니라 상주 대구 등 외지에 사는 사람들도 선산을 돌보기 위하여 노인을 찾는다.

"중상운을 보려면, 산소 좌향을 알아야 합니다.

"선친 산소 좌향을 아시는가요? 예. 예. 기미(己未)생에 간(艮) 좌라구요? 예. 미생에 간 좌면 지혈(地穴)인데 산소는 참 잘 앉았는데. 그럼요. 지혈이면 흉살도 없을뿐더러 다부귀여재만창고(多富貴餘財滿倉庫)라. 귀하게 되고 재산도 늘지요. 그러나 이장 공고가 났다면 파서 옮겨야 하는데 금년 운이 정축년이라. 간 좌향은 중상운이 띄는데. 내년은 소리(小利)니까. 내년은 괜찮겠는데. 예, 내년 무인(戊寅)년에 하지요. 화장해도 무인년에 파묘를 해야 자손에 해를 덜입지요. 산소가 여럿 있으면 감정할 수 있습니다. 그러지요. 예. 안녕히 계시오."

노인은 수화기를 놓고 메모를 한다.

중상운이란 노인이 자주 인용하는 말이다. 중상운이란 산소를 다룰 때 꼭 피해야 하는 운을 말한다.

산소 좌향과 흐르는 연운을 살펴야 한다. 좌향이란 망자의 생년과 생기를 맞추어 무덤의 방향을 놓는 것이다. 모든 망자의 무덤은 명당에는 놓지 못하더라도 좌향은 생기에 맞게끔 하는 것이 자손의 도리일뿐더러 해됨이 덜하다는 논리다.

또 무덤에 좌정하고 있는 시신의 주인인 망자는 다른 곳으로 이장하거나 수리할 때, 무덤의 좌향과 흐르는 연운의 기운을 살펴보아야 한다.

인신사해(寅申巳亥-범, 원숭이, 뱀, 돼지) 띠 년(年)에 중상운을 당하는 산소 좌향이 있다. 자오묘유(子午卯酉-쥐, 말, 토끼, 닭띠) 띠 년(年)에 중상운을 당하는 산소 좌향이 있다. 진술축미(辰戌丑未-용, 개, 소, 양띠) 띠 년(年)에 중상운을 당하는 산소 좌향이 있다.

산소 좌향을 먼저 알고 난 후에 중상운에 해당되는가, 연운을 살펴야 한다. 중상운 드는 해에 산소를 건드리면 산바람이라 하여 자손들이 해(害)를 본다고 한다.

가장 좋은 기운은 대리(大利) 운이고 중간 정도가 소리(小利)며, 중상(重喪)일 때 이장, 합장, 또는 비석을 세운다든지 사초(莎草-잔디 입힘)를 하면 집안에 변고가 생긴다.

이러한 자료는 '명문당 발행 대한 민력' 음택대요(陰宅大要)에서 이장(移葬), 사초(莎草), 입석(立石) 란을 참고로 볼 수 있다.

예문으로 산소 좌향이 계(癸)좌이면, 인신사해(범, 원숭이, 뱀, 돼지) 띠 해에는 중상운이 들기 때문에 이장, 잔디, 비석 일을 하면 자손이 나쁜 일을 당할 수 있다고 명문당 발행 대한민력 책자 '음택대요'에서 당부하고 있다.

처음 산소를 정할 때(화장 때 관계 없음)는,

첫째: 망자의 띠를 알고

둘째: 택혈(宅穴)에 맞춰서 좌향을 놓고

셋째: 나침판 놓고 산 모양을 맞추고

넷째: 좌향 흉살을 살피고(천기대요-天機大要 참고)

다섯째: 좌청룡 우백호 이치를 살피고

여섯째: 물줄기를 보되 나침판 둘째금의 물, 바람살을 살피고

일곱째: 조부 조모와 부모 묘 좌향을 살펴본다.

여덟째: 입석, 이장, 사초는 중상(重喪) 운이 없어야 한다.

노인은 주장하고 있다.

또 산소 위치서 나침판 놓고 ①지하수 ②바람 수, 물 ③오행 ④24방위 ⑤분금 앞 ⑥24방위 배합 뒤 ⑦분금 배합 ⑧24배합 ⑨분금 배합을 살피라 한다. (황천살이 비치면 집안 걱정 많다.)

가끔 장지에 다녀와서 까닭 없이 사망하는 사람이 있다. 장지에서 하관(下棺)하는 모습을 보지 말아야 하는 사람이다. 장례일의 일지(日支-날짜)와 참관하는 이의 생년지지(支支-띠)가 충(沖-충돌)하는 사람은 정충(正沖)이라 하여 안치(安置-시신 모심)하는 순간을 보지 말아야 한다.

갑자 일 갑오년생 자(子)와 오(午)가 충돌하므로 피한다. 또는 순충(旬沖)이라 하여 장례 일과 천간(天干) 지지(支支)가 모두 충 하는 사람, 즉 갑자 일에 경오생은 피해야 한다. 갑(甲)과 경(庚), 자(子)와 오(午)가 각각 '갑과 경 충돌, 자와 오 충돌'하므로 장례 날에 '안치'를 보면 크게 낭패한다는 뜻이다. 마치 독감이 유행할 때 몸이 허약한 사람이 감기에 걸리는 것처럼 운세가 약한 사람이 나쁜 살(殺)에 희생이 되는 경우와 같은 이치이다.

노인이 사는 집은 이백여 평 남짓하다. 두 채의 집에 비어있는 방이 여럿이다. 마당 가운데는 낡은 재래식 펌프가 옛 모습으로 작동을 멈추고 수도와 나란히 있다. 펌프 위로 고목이 된 포도나무가 힘에 겨운 듯 가지를 늘어뜨리고 있다.

옛 토담집을 개량하여 입식 부엌과 욕실을 곁들여 기름보일러를 놓은 전형적인 개량 농가이다. 아래채는 할머니가 거처하던 곳이었지만, 지금은 비워진 채 고추를 말리거나 멀리서 자식들이 오면 임시 처소로 쓰인다. 큰길가로 출입문이 있는 가게방은 할머니가 살았을 때 잔돈푼을 벌어들이던 곳이다.

할머니는 열다섯 살에 시집을 왔다. 6·25전쟁 전 남편을 따르기 위해, 동기간을 버려야 했던 할머니는 임종할 때까지도 외로움에 울었다.

명절 때마다 차례상 앞에서 훌쩍이던 할머니를 앞산에 묻고, 노인은 마루에 천막으로 앞산을 가렸다.

추녀 끝에서부터 마루 밑까지 하얀 천막으로, 피난 시절 집처럼 가리고 마루로 통하는 문짝을 달았다.

"아버지, 계세요? 저예요."

녹색 철문을 들어서는 중년인 금희를 보며 바둑이가 꼬리를 흔든다.

"바둑아, 잘 있었니? 녀석 기억하는구나?"

금희는 마루로 올라서며 방문을 기웃거린다.

"오, 너 왔구나? 그래, 어서 오너라."

노인은 방문을 열면서 반긴다.

깡마른 체격과 자잘한 주름살로 노인의 고생스러움을 짐작할 수 있다.

방 안에는 노인이 펼쳐 놓은 '민력'과 '천기대요' 책이 메모지와 함께 흐트러져 있다.

"아버지, 점심 드셨어요?"

금희는 노인 앞에 앉으며 노인의 얼굴과 옷매무새를 살핀다. 노인은 늘 낡은 옷을 입고 소일한다. 새 옷은 외출할 때나 명절 때 입는다.

노인의 작업복은 낡은 평상복을 꿰매서 입는다. 노인의 의상을 보면 어떤 일을 하려고 하는가를 짐작할 수 있다. 지금 노인의 옷은 평상복이다. 집에서 쉬는 옷이다. 방문객을 기다리는 옷차림이다.

"응. 그래, 먹었다. 나물국이 있으니 가서 먹어라."

"아버지, 어떻게 지내셨어요? 농사일에 많이 힘드시지요?"

노인의 초췌해진 얼굴을 들여다보며 금희는 측은한 표정을 짓는다.

"응, 난 괜찮다."

"이제는 몸을 아끼셔야 해요."

금희는 혼자 말처럼 중얼거리며 부엌 쪽문을 연다. 욕조와 세탁기가 놓여 있는 욕실을 지나면 부엌이 있다. 보일러를 놓기 전에 물을 데워 내던 전기 온수 보일러 통이 허수아비마냥 싱크대 위에 매달려 있다.

할머니가 쓰던 찬장이 그릇을 보듬고, 개수대 옆에 파란 소쿠리에 임시로 사용하는 하얀 사기그릇 몇 개가 포개지고, 사발 대접에 수저 한 쌍이 담겨 있다. 노인은 늘 개수대에 그릇을 담가 놓는 일이 없다.

입식 부엌 바닥에는 노인이 대하던 밥상이 낡은 보자기로 덮여져 있고, 가스레인지 위에 국 냄비가 올려 있다.

금희는 냉장고 문을 연다. 냉장고에는 노인이 아끼는 농작물들이 조금씩 자루에 담겨 빼곡하게 놓여 있다. 벌레로부터 곡식을 보호하기 위하여 냉동실조차 냉장 온도로 내려놓았다.

노인의 치아는 김치를 거부한 지 오래다. 잇몸이 망가져서 틀니도 모양새에 불과하다. 노인은 늘 나물국으로 식사를 한다.

금희는 빨간 전기밥통 뚜껑을 연다. 노란 콩이 섞인 밥을 공기에 담는다. 상 보자기를 벗긴다. 연두색 플라스틱 통에 된장과 고추장이 있을 뿐이다. 간장 종지와 맛소금 접시가 양파를 잘게 썰어 담은 그릇과 가지런히 놓여 있다.

노인의 식탁을 아침저녁 보살펴주는 사람이 없으니 당연하다. 팔순이 넘은 노인이 힘든 농사일을 하며 바쁜 일상 속에서, 반찬 없는 식사로 연명을 한다는 것은 마음 아픈 일이다. 자주 찾아오지 못하는 현실이 안타까울 뿐이다.

금희는 노인이 끓인 나물국에 노인이 그랬듯이 밥을 쏟아 붓는다.

"당면한 일에만 충실 하자."

금희는 아버지의 밥을 먹으며 슬픈 현실을 쓸어내리듯 냉수를 벌컥벌컥 들이킨다.

마당으로 이어진 출입문과 욕실로 이어진 문턱 옆에는 가지런히 접은 마른 수건이 놓여 있다. 조금 때가 묻어 있지만 발닦이 수건을 보면 노인의 깔끔한 성정이 돋보인다.

노인이 거처하는 방에는 둘째 아들이 쓰던 호마이카 장롱과 앉은뱅이책상이 있다.

구학문에 밝은 노인은 '정감록'이라든지, '동의보감'을 비롯하여 지관 일에 필요한 '만세력'과 '천기대요' 등의 보조 자료가 비치되어 있다. 요즘 들어서는 '고려왕조실록'과 조선왕조에 관련된 책에 관심이 많다. 노인이 소장하고 있는 족보에는 '함흥차사'와 깊은 연관이 있는 조상의 기록이 있다. 그래서 '용의 눈물' 시청을 낙으로 삼고 있다.

책상 위에는 혈압약이며, 혈압을 측정하는 기구도 있다.

"방문을 열어놓지 마라. 파리가 자꾸 들어온다."

노인은 허름한 작업복으로 갈아입으며 금희가 열어놓은 문을 닫는다. 잠을 방해하기 때문에 단 한 마리의 파리도 방 안에 있으면 안 된다. 노인은 한여름에도 방문을 열지 못하게 한다. 열기가 방 안에 들어와 흙벽에 흡수되면 밤에 그 열기를 다시 토하므로, 방 안 기온이 올라가서 밤잠을 설치게 된다는 논리다.

그러나 금희는 노인이 없는 틈을 타서 문을 활짝 열어놓고 대청소를 한다. 그동안 밀폐되었던 공간에 신선한 바람을 넣으려는 것이다. 금희가 시골집에 오면 노인과 무언의 알력이 생기는 첫 번째 요인이다.

안방에서 통하는 골방은 노인의 생필품 창고다. 천장에는 할머니 살아생전에 지어둔 노인의 명주 수의가 매달려 있다. 바닥에는 선물세트로 발 디밀 틈이 없다. 버려도 좋을 음료수 박스와 경주약주 종이팩들이 어지럽게 널려져 있다.

"아버지, 어디 가시려구요?"

"응. 갱변 밭에 갔다 올게. 집에 있어."

노인은 작업복에 모자를 눌러 쓰고 가냘픈 체구로 자전거를 끌며 마당을 가로지른다. 바둑이가 끙끙거리며 노인을 올려다본다. 혼자 우두커니 집에 남아야 하는 것이 싫은가 보다. 바둑이는 누구든 방문하는 사람은 본 척도 않고 조용히 받아들인다. 그러다가 방문한 사람이 나가려고 하면 길길이 날뛰며 금세라도 물어뜯을 듯이 사납게 짖어댄다.

마당 한쪽 편에 텃밭을 일구어 채소를 심었다. 텃밭 구석에는 돼지를 키우던 낡은 움막이 있다. 할머니는 돼지를 키워 예금통장을 두 개씩이나 남겼다.

돼지우리 앞에는 커다란 단감나무가 주먹만 한 열매를 가지에 주렁주렁 매달고 있다. 금희가 여학교 시절 묘목으로 가져와 심은 단감나무 접붙인 것이다. 원목은 여기저기 옮겨 심으면서 밑동이 부러지고 새로운 순이 나와 겨우 회초리 정도로 자랐는데, 접붙인 나무는 병도 없이 거목으로 자라 해마다 많은 단감을 따게 한다.

텃밭에는 개량 복숭아가 여름 과일로 입맛을 돋우고, 근년에 노인이 심은 배나무는 누런 열매를 추석 차례 상에 올리게 한다. 과일나무 사이로 작약과 천궁, 도라지, 구기자 등 약초가 어우러져 자라고 토종 벌통에서는 일벌들이 날렵한 몸짓으로 들락거리고 있다.

2) 일상(日常)

노인이 농사일하는 밭은 강물이 휘감듯 돌아 흐르는 산자락에 있다. 군에 소속된 하천부지이다. 오백여 평 남짓한 모래땅에 흙을 뒤덮어 할머니랑 함께 개간한 땅이다.

농업용 전기를 끌어들여 지하수를 퍼 올린다. 가을 가뭄이 극심하여 가뜩이나 모래땅인데다가 비까지 오지 않으니 결실을 앞에 둔 농작물 잎이 타들어 간다. 고추며 콩이며 깨, 녹두 등……

자식들을 생각해서 노인은 과일나무 묘목을 심었다. 밭둑을 따라 수십 그루 나무를 심었다. 산 두릅도 꽤 자랐고 백여 주 가까운 배나무도 조금씩 열매를 달고 있다.

노인이 재배한 것 중 가장 성공적인 것은 취나물이다. 취나물은 이른 봄에 돋아나기 때문에 벌레가 없다. 비료도 주지 않지만, 약도 뿌릴 필요가 없다. 그래서인지 취나물 향이 살아있다.

수년 전에 심은 체리 나무 묘목은 실패작이다. 열매도 별반 달리지 않을 뿐 아니라 묘목도 부실하여 뽑아 버려야겠다고 노인은 생각한다.

노인은 밭골에 물이 가득 고일 때까지 호수를 대고 있다. 가뭄으로 시들어 가는 농작물이 임시로 퍼 올려주는 물로 얼만 큼 목마름을 해

소할 수 있을는지. 그래도 이 마을은 아주 농사를 버릴 만큼 가뭄이 들지 않는다.

홍수가 나도 마을이 물에 잠기는 사고가 없다. 팔십 년도에 마을이 잠시 물에 잠겼던 것은 콘크리트 다리가 끊기면서 물줄기를 마을로 돌렸기 때문이었다.

노인은 젊을 때부터 많은 곳을 다녔다. 평생 이 동네서 만큼 오랜 세월을 산 곳은 없다. 그래서 노인은 이곳을 고향이라고 생각한다. 오십여 년 전 이 고장에 올 무렵의 맑은 공기와 맑은 물은 예나 지금이나 별반 다를 바가 없다. 마을은 산세가 가파르고 골짜기가 깊다. 산에는 송이버섯이며 머루, 다래며 복분자 등 야생 약초도 많다.

노인이 이곳에 정착할 무렵은 삼십 대 초반이었다. 북쪽은 이미 전쟁 준비가 한창이었다. 해방을 맞이하면서 좌익과 우익의 소용돌이 속에 남북 간 왕래도 자유롭지 못하였다.

6·25전쟁 때 도리실 동네는 순식간에 대포 소리와 총탄이 오가는 아수라장이 되고 마당에서 아침밥 먹던 노인 가족은 낙동강으로 피난길에 올랐다. 마을에 다시 돌아왔을 때는 미군도 잔류하고 있었다. 아낙들은 성폭행이 두려워 얼굴에 숯 검댕이 칠을 하고 흰 수건으로 얼굴을 가리고 할머니로 위장하였다.

노인은 광산에 취업하면서 자식들을 학교에 보내기 시작하였다. 노인의 아들은 도시에서 자랐다. 노인도 그러기를 바랐다. "고기를 먹이는 것보다 고기를 낚는 방법을 가르쳐야 한다."고 아내를 설득시키곤 하였다.

노인은 아들을 믿었다. 노인 큰아들이 노량진에 사진관 차릴 때 노인은 빚을 내서 아들을 도왔다. 그러나 아들은 아버지의 뿌리를 흔들었다.

1961년 5·16 군사혁명이 일어났다. 실향민 만남의 장소에서 만난 친척 벌 누이 남편은 자유당 이승만정부 문관인 사진기자였다. 이승만정부 부정선거로 인해 문관인 처남 사진관도, 부정축재 재산으로 "5·16 자동 케이스"로 압류 처분되었다.

아들은 폐인이 되고, 노인은 많은 빚을 지게 되었다. 그때부터 노인은 세상을 믿지 않았다. 그러한 마음은 지금도 변함이 없다.

노인은 자식이 있어도 의탁할 수 없음을 안다. 구(舊)학문에 밝고 사리가 분명하고 게으르지 않은 노인이다. 읍에서도 노인회장 장부를 이렇게 잘하는 마을은 없다고 감탄한다.

경북도청에서 정초에 정종 한 병씩 보낸다. 그럴 때는 가슴이 뿌듯함을 느낀다고 노인은 말한다. 어른 예우를 할 줄 아는 모양새가 아름답기 때문이다.

도지사가 노인회장들에게 정초 문안차 술 한 병 올리는 것은 좋은 본보기라고 말한다. 노인은 아들딸 손자들 앞에서 도지사가 준 술이라며 한두 잔씩 마시고 시름을 잊는다. 노인은 자식들과 만나는 날을 위해 부지런히 밭일을 한다.

마을 근처 폐광 지역에 카지노가 들어온다고 한다. 시에서는 주민들에게 찬반 투표를 하게 하였다. 동민 전체가 찬성하는 투표였다. 외부에서 돈이 흘러들어오니 마을은 살판났다고 찬성표를 던졌다.

그러나 노인은 반대표를 던졌다. 누군가 노인을 향하여 반대 까닭을 물었다. 노인은 서슴지 않고 대답하였다.

"이보시오. 카지노란 것은 도박이 아니오. 놀음하기 위해서 장소를 공식적으로 허가하는 것인데 동네에 덕이 될 일이 뭐 있겠습니까. 불량배도 몰려올 것이고, 순한 사람들이 나쁘게 물이 들 터인데."

노인이 염려해도 마을은 그들 뜻대로 이행될 것이다.

노인은 밭골에 물을 대며 물끄러미 바라본다. 쭈그리고 앉아 있지만 허리도 몹시 아프고 무릎도 아프다.

요즈음 노인은 더욱 불안하다. 병이 들어 몸져눕게 되면 도시에 나가 있는 자식들에게 병든 몸을 의지하게 될까 봐서 마음이 불안하다.

노인은 그저 이렇게 육신을 마음대로 움직이며 지은 곡식을, 자식들이 가지고 가는 것을 바라보는 것이 더할 나위 없는 낙이다. 노인은 묏자리 일을 보러 가는 날이 아니면 늘 이곳에 와 농작물을 가꾼다. 풀을 뽑는다든지 쟁기로 밭골을 탄다든지 비료를 준다든지.

노인이 일을 열심히 하는 데는 이유가 있다. 몸을 고단하게 하므로 곤한 잠을 잘 수 있기 때문이다. 오랜 세월을 살아오며 노인이 터득한 생활의 지혜란 그저 열심히 일에 몰입하는 것이다.

마을 사람들은 "얼마나 사시겠다고 그토록 힘들게 농사일을 하시냐." 고 말한다. 그러나 노인은 일손을 놓는 그 순간이 죽음이라고 생각한다.

높다란 산 날 망 위로 하늘은 언제 비를 내릴지 전혀 기색이 없다. 내일은 구례에 있는 당질 집을 향해 아침 일찍 길을 떠나야 한다. 당질의 막내아들이 장가를 들기 때문이다.

노인은 먼 길이라 주저하였지만 살아생전에 다시 찾기란 어려울 듯하여 금희를 데리고 길을 나서기로 하였다. 노을이 붉은 것으로 보아 날씨는 화창할 것 같다. 노인은 하늘을 물끄러미 바라보다가 농기구를 챙기기 시작한다.

자전거를 끌고 마당으로 들어서는 노인의 얼굴이 초췌하다. 수도꼭지를 틀어 철철 흐르는 물을 대야에 퍼 담고 손발을 씻는 노인의 몸놀림은 느릿느릿하여 일에 지쳐 있음을 보여준다.

노인은 마루에 걸터앉아 손발을 닦으며 큰기침으로 고달픔을 뱉어낸다. 작업복을 벗어 사랑방 문 앞 벽에 걸어두고 평상복으로 갈아입는다.

방으로 들어와 앉는 노인의 앞에 밥상이 놓인다. 노인은 수저를 들어 국물의 간을 보다가 두리번거린다.

"싱거우세요, 아버지?"

"응, 그래."

"가람소금 가져올게요."

가람소금이란 은행잎과 솔잎을 소금에 섞어 죽염을 만든 무공해 소금을 말한다. 짠맛은 있어도 인체에 해로움이 없다고 하여 지역신문에 기사화된 것을 읽고 맛소금 대용으로 쓰고 있다.

"전에는 싱겁게 드셨는데요."

금희는 상머리에 소금종지를 놓는다.

"아니다. 네가 싱겁게 반찬을 했구나."

노인은 빙긋 웃으며 소금을 국그릇에 넣는다.

"그런가요."

텃밭에 자라던 부추며 호박이며 가지 등의 채소가 상 위에 올랐다. 노인은 호박나물이며, 졸임 한 가지나물이며, 물기가 낙낙한 북어찜이며, 부추를 송송 썬 계란찜을 맛있게 먹으며 만드는 방법을 묻는다.

"가지는 끓는 물에 삶아서 참기름에 무쳐 먹는데 이건 어떻게 만드니?"

가지의 독특한 향이 잇몸이 부실한 노인의 입맛을 돋우었나 보다.

"식용유 조금 붓고요. 간장 약간 넣고 멸치 맛나와 물을 약간 넣고 졸이면 금방 익어요."

"……"

"아버지, 반찬 만들 재료는 있는데 만들지 못해서 못 드시니까 누구 시켜서 며칠에 한 번 국이라도 끓이도록 할까요?"

"아니다."

"아버지, 몸 생각해서 반찬을 이것저것 만들어 드셔야 해요."

"국 한 가지면 밥 한 그릇 다 먹는다."

"젊은 사람 말이지요. 아버지 연세는 영양이 고루 섭취되어야 해요."

금희는 애써 노인을 설득시키려 하지만 어렵다는 것을 안다.

"그래도 야, 국 하나 끓여 밥 먹는데도 설거지까지 마치면 꼭 30분이나 걸린다. 당초 시간이 아까워서."

"저 아랫담에 풍으로 앓는 어른 네 할머니요 부지런하신 것 같던데 부탁해볼까요?"

노인은 손을 내저으며 완강히 거부하는 표정을 짓는다.

"아니다. 당초 그런 생각하지 마라."

"아버지, 국물 더 드릴까요?"

"응, 그래. 더 다문."

노인은 국이며 반찬을 가리지 않고 잘 먹는 편이다.

아침저녁 따스한 음식을 끓여 밥상을 올려도 여든이 넘은 나이에 버티기 힘들 터인데 손수 끓여 드시는 노인을 생각하면 가슴만 아플 뿐이다.

"아버지, 섭뒤 광산은 어렵지요?"

"그래. 너 오빠가 동자부 직원을 데리고 보링 했는데 광맥이 약하다더라."

"고향에 있을 때 중석광산은 장진에 있었던가요?"

"그럼, 장진에 동백광산이라고 중석을 내가 발견해서 한 것이다."

노인은 지난 세월 속에서 기억을 더듬으며 잠시 말을 멈춘다.

"장진에서 형님하고 광산 하다가 처분하고 함흥으로 내려와 살았지. 통천 가서도 못 옆에 버려둔 땅이 있어서 나를 빌려줄 수 있느냐고."

노인은 젊었던 시절을 회상하며 말을 잇는다.

"그래, 거기다 벼농사를 시작했는데 수확이 월등히 좋았지 군에서 농사를 짓는 방법을 물어왔고 모범 청년으로 대우도 받았지만 밥 먹는 정도뿐이지 더 이상의 것은 없겠더라."

노인의 젊은 날은 야망이 있었다. 노인은 여러 곳을 다니며 견문을 쌓았고 진취적인 발상이 지금의 노인을 있게 한 것이다.

"아버지, 흥남부두에도 살았잖아요."

"그래, 통천에서 다시 함흥에 들어갔다가 구례에 사는 당질의 아버지를 따라서 흥남에 갔다. 네가 네 살인가 다섯 살일 터인데 어쩌 기억하니?"

"옆집에 가서 고등어 새끼 얻어온 기억이 나요. 뒷도랑에 고기를 씻은 기억도 나구요."

"그때는 비료공장에 다녔다. 해방 전에는 그 좋은 광산이랑 일본사람한테 다 내주고 그저 싼 값으로 사기 당하다시피. 거덜이 났다. 무슨 일이든지 장래성이 있어야 하는데 어려우니 자주 옮겨 다닐 수밖에 없지 않니?"

"아버지는 어쩌 먼저 나오시게 됐어요?"

"살기가 모두 어려우니 남한으로 가자고 의견이 돌았지. 공산당 세력에 쫓기고 발붙일 곳이 없으니 나온 거지."

"그래도 아버지가 나오시니까 우리도 따라 나왔지요. 안 그러면 지금 그곳에 있었지요. 생각만 해도 끔찍한 일이지요."

금희가 북한에 남아있었다면 맹렬 여성이 되었을 거란 말을 가끔 듣는다. 어쩌면 출신 성분 때문에 맹렬 계열에 끼지도 못하고 탄광촌으로 쫓겨 갔을지도 모른다. 종갓집 장손이 김일성 반체제 운동 주모자였기 때문이다.

"마침 이웃에 월남하고자 하는 사람이 있었고, 같이 가자고 제의했기 때문에 나선 것이지. 튀밥 튀는 기계를 장만해서 어깨에 메고 위장하였지. 안내자하고 조를 짜서 그 집 아들을 내가 맡기로 하고. 산등성이를 넘는데 발각되어서, 총소리가 나고 모두 흩어졌지. 나는 아이를 데리고 조팝나무가 하얗게 핀 틈새에 숨었다. 한참 지나서 아이를 데리고 짐작으로 길을 더듬어서 나왔는데 다음날 낮에 서로 만나게 됐다. 천행으로 살은 거지. 그런데 그 집 할머이를 놓쳤는데. 그 참 용케도 다시들 만났다더구나."

노인은 웃음과 한탄을 섞으며 옛 생각에 잠긴다.

"아버지, 우리도요 두 번 붙들렸어요."

"너 어마이도 고생했다. 큰아는 홍원 고모 집에 있었는데 기별을 보냈는데도 오지 않아서, 그때는 차표를 구할 수 없었다더라. 그래 너 둘만 데리고 왔다더라. 그래도 요행히 다시 데리고 왔으이망정이지. 그참."

노인은 그 당시를 생각하면 긴장되나 보다. 수십 년 전 당시의 일들이 생생한 듯 목소리에 힘이 들어가 보인다.

"나중에 그 사람들은 서울로 가고 나는 가족들 데리고 나와야 한다하고 다시 삼팔선 근처 수리조합 댐 공사장에서 일을 했지. 공사장에서 발목을 다쳤는데 당최 움직일 수가 있어야지. 골짜기 넘어 폭포수에 가서 물을 맞으며 발을 씻으며 문지르니 조금 나은 것 같아 며칠을 그렇게 하니까 아픈 게 다 풀렸어. 숱해 고생했지. 산판 하는 데가 있어서 나무를 잘라 깎으며 북조선으로 오고 가는 상인들을 사귀었다. 한 아즈마이가 함흥에 간다 해서 밥값을 대신 내주고 여비를 주고 사실 얘기를 하니 증표로 사진을 옷고름 속에 넣고 갔다. 다시 기별이 왔는데 아들 데리고 나간다고 어디 가지 마라더라고. 그래 너들이 오고 의정부 수용소에서 보름 더 기다려서 너 큰 오빠도 데리고 왔지 않겠니."

"참, 아버지. 그때는 정말 무서워서 두려움 때문에 추운 것도 잊었어요."

금희는 일곱 살이던 해 겨울, 어머니를 따라 임진강을 건넜다. 그 후 다시 대구 수용소에 갔다가 문경으로 정착하게 된 것이다.

노인은 긴긴 세월을 되새김질하며 시간을 본다. 예나 지금이나 스스로 홀로서기 해야 한다는 자신의 철학을 믿는다. 그래서 서두르지 않는다.

한 가지 일을 마치면 다음 한 가지 일을 궁리하기 시작한다. 그리고 끊임없이 움직인다.

"아버지, '용의 눈물'할 시간이네요."

"오, 참, 벌써 그렇게 됐나? 시간이."

노인은 텔레비전 앞에 앉으며 시간을 본다. 그리고 노인은 책꽂이에서 족보를 꺼낸다. 천지인(天地人)으로 된 세 권 책 중에 천(天)을 펼친다.

"보려무나. 우리 할아버지와 조선 태조의 대화가 나오지 않니? 함흥차사 해결한 영덕 할아버지다."

노인이 가리키는 손가락 끝에 목판활자로 성글게 찍힌 한문이 나열되어 있다. 노인은 영천을 본관으로 중시조(中始祖) 영양군의 24세손이다.

상지마왈 피명하의

上指馬曰 彼鳴何意

- 상왕은 말을 가리키며 우는 뜻을 물었다.

공대 왈 모자지마 분재 양처 고 연기 자이 명야

公對曰 母子之馬 分在 兩處 故戀其子而 鳴也

- 공이 대답하기를 말의 모자를 양쪽으로 나누어 둔 연고로 그 새끼를 염려하여 운다.

상즉 오반가우 한양

上卽 悟返駕于 漢陽

- 상왕은 즉시 깨달은 바 있어 어가를 한양으로 돌렸다.

성조 개국초 원종공신 공조판서겸 도제조공 휘백

聖祖 開國初 原從功臣 工曹判書兼 都提調公 諱伯

영입 함함주시 풍패 용흥지지야

盈入 咸咸州是 豊沛 龍興之地也

- 태조 개국 초 원종공신이며 공조판서 겸 도제조 휘 백

경북 영덕에서 함경도 용흥(서고천 땅)으로 토지 하사받고 들어가다.

조상님은 비록 '함흥차사' 비화는 중단 시켰지만 상왕을 짐승에 비유
한 죄목상소로 인하여 함경도로 강제 이주 당하였다.

3) 나들이

금희는 시외버스 앞을 가로막으며 노인 집 대문을 가리킨다. 버스 기
사는 영문을 모른 채 금희의 손가락 끝을 바라본다. 노인이 사다리를
타고 블록 담을 넘으며 훌쩍 아래로 뛰어내린다. 노인과 금희는 버스에
올라서며 사과를 한다.

"미안합니다."

"고맙습니다. 상주 가는 데 얼마지요."

노인은 금희와 나란히 앉았다. 몇몇 낯익은 사람들이 노인을 보고

인사를 한다. 버스 안은 등교 길 학생들로 가득 차 있다.

"여덟 시 반에 오는 줄 알았는데 이십 분에 왔구나."

노인은 손목에 찬 시계를 들여다보며 가쁜 숨을 몰아쉰다.

"다행이네요. 차를 탔으니."

"상주 가서 김천 가는 걸 타문 된다."

노인은 빙그레 웃으며 안도의 숨을 내쉰다. 정류장에서 학생들을 내려놓은 버스는 좁은 협곡을 빠져나와 농암으로 달렸다.

"저기가 돌마래미다. 저기로 너희들 데리고 가은으로 넘어갔다."

노인은 마치 엊그제 일인 양 산맥처럼 우람한 산봉우리를 가리키며 말을 잇는다.

"저기가 은척초등학교다. 그때는 피난민 수용소로 썼지. 너들을 수용소에 두고 보국대로 지원했다."

"은척도 농암 정도군요. 마을 규모가 그렇지요?"

"그럼. 비슷하지."

추수가 끝난 들판에는 곡식을 털어버린 빈 껍질들이 흩어져 있다.

"수용소 근처에 계셨어요?"

"그럼 국군들이 수용소에 찾아왔더라. 지원자를 찾기에 갔지. 처음에는 죽은 사람 땅에 묻는 일 했다. 그러다가 밥을 해 본 일이 있느냐 해서 한 오십 명분은 했다고 하니 따라오라더라. 내 옆에 사람도 손을 들더니만. 허허."

노인은 무엇이 우스운지 말을 멈추며 웃는다. 금희는 그런 노인을 올려다보며 다음 말을 기다린다.

"그 사람 밥을 한 번도 못해 보았다문서 반찬 만들겠다더라. 허허."

아마 그 사람은 시체 처리하는 일이 몹시 싫었던가 보다. 노인은 수십 년 전 임기응변을 되새기며 빙그레 웃는다. 1950년 여름의 일이었으니 지금부터 47년 전 일이다. 그러니까 노인이 서른여섯 살 때 일이었다.

"밥을 어떻게 하셨어요?"

"커다란 가마솥에 쌀만큼 물을 펄펄 끓이다가 건져 놓은 쌀을 붓고 삽으로 쌀을 한 번 휘젓는다. 솥뚜껑을 닫고 밥을 끓이는데 솥에 물이 잦으면 아궁이 불은 하나도 남김없이 모두 끌어내서 솥뚜껑 위에 올려놓고 뜸을 들이지. 처음에는 군인들이 밥하는 것을 가르쳐주더라."

"그러니까 아래위로 열을 가하는군요."

"그렇지, 밥이 참 잘 된다."

"그러다가 낙동강으로 내려갔지요."

"응. 그래, 같이 따라가자는 걸 나는 가족을 돌보아야 한다고 말하고 다시 수용소에 와서 낙동강으로 피난 갔지."

"아버지. 그때 낙동강 건넜을 때 그 동네 골짜기에 늑대가 참 많았어요."

"응, 늑대는 꼭 개하고 비슷하다."

"요즈음에는 늑대가 없는가 봐요. 등산객이 그렇게 많은데 늑대한테 피해 보았다는 뉴스는 없잖아요."

"다 죽었나 보다."

"예, 전쟁 통에 다 잡아먹혔나 보네요."

버스는 어느새 상주에 다다랐다. 노인과 금희는 김천행 버스에 다시 올랐다.

상주는 들이 넓다. 산도 저만치 멀찌감치 나앉고 자동차가 지나는 길 양쪽에 들판이 넓게 이어져 있다.

김천에서 버스를 갈아타고 거창에 도착하였을 때는 열두 시가 지나서였다.

길을 나서면 부딪치는 첫 번째 불편은 음식이다. 특히 노인 같은 고령자는 더욱 음식을 경계해야 한다. 구내식당 콩가루 섞어 끓인 우거짓국은 상한 듯하여 상머리에 밀쳐놓고 동태찌개로 점심을 마쳤다.

두 시 가까이 되어서야 남원으로 가는 차편에 오를 수 있었다.

"거창은 들도 넓지만 마을을 한가운데 두고 산이 저렇게 삥 둘러 있으니 지형적으로도 이해가 가네요. 신문에 공비토벌로 얼마나 시끄러웠어요."

금희는 좌우로 멀찍이 둘러선 산세를 가리킨다.

"그래, 참말 거창하구나."

"저렇게 거리가 먼데요. 어느 골짜기에 숨었다가 어디로 나올지 알겠어요. 그러니 주민들이 약탈을 당할 수밖에 없네요."

버스가 거창 들판을 빠져나와 함양을 거쳐 남원으로 이어지는 지리산 접경에 들어섰다. 산세는 다시 높아졌고 골짜기마다 촌락이 모여 사람의 흔적을 보여준다.

"아버지, 괜찮으세요? 너무 오랫동안 차를 타서 편찮으신 데 없어요?"

"응, 괜찮다."

"이쪽은 집 구조들이 별나군요. 검정 기와지붕이 날카롭게 용마루를 세우고 일괄적으로 각이 진 모습들이 다른 지방과 다르네요."

구례는 섬진강을 옆으로 끼고 남원에서도 한 시간가량 달려서야 다다를 수 있었다. 가을 가뭄으로 섬진강도 바닥을 드러내고 실개천으로 흐르고 있다. 구례는 산이 높고 골짜기가 깊어 화엄사, 쌍계사 이름난 사찰을 두고 있다.

노인이 구례를 찾는 것은 두 번째다. 그때도 당질의 아들이 장가 든다 하여 다녀갔다. 당질은 마을 어귀에서 노인을 기다리고 있었다.

"숙부님, 이 먼 길을 이렇게 오시다니요."

"응, 잘 있었나?"

"오라버니, 안녕하세요."

"응, 어서 들어가시지요. 금희도 이제 늙는구나."

노인을 부축하며 집안으로 안내하는 당질의 걸음이 중풍으로 뒤뚱거린다. 당질과 그의 처는 노인을 방에 모시고 큰절로 예를 올리며 환영의 뜻을 표시한다.

"먼 길 오시는데 시장하시니 우선 드시지요."

당질부는 음식상을 차려 내오며 극진히 대접한다.

당질의 집은 실개천이 흐르는 작은 마을이다. 뒤에는 깎아지른 듯한 청벽이 산을 이루고 있다. 당질은 1·4후퇴 때 월남하여 아군에 입대하고 장교가 되었다.

군 생활 월급으로 땅을 사고 농사일을 시작하여 가정을 일구었다. 다섯 남매를 슬하에 두고 다복한 생활을 하는 당질은 지역 예비군 중대장을 십여 년이나 했노라고 자랑이다. 당질은 북한 정치에 대하여서도 견해를 달리하고 있다.

"그쪽 아이들 굶주린다는 것도 선전 효과로 양면성을 보일 수가 있어."

당질은 그들 정책에 한 번쯤 의심해 봄직하다고 말한다. 노인과 같이 당질도 오직 눈앞에 놓인 현실과 당면한 문제에 대응할 자기 자신만 믿을 뿐이다.

당질은 아들과 딸 며느리와 사위를 불러서 노인한테 큰절을 올리게 한다. 노인은 당질의 손자 손녀에게 천 원짜리 지폐를 주며 답례를 한다. 결혼식은 섬진강 가에 세워진 오 층짜리 섬진강 호텔에서 치러졌다.

노인이 구례를 떠난 것은 점심 무렵이다. 다시 남원으로 갔다.

"대구로 가자. 병원에 들렀다가 가자."

대구에는 노인의 둘째 아들이 공사장에서 추락하여 병원에 입원해 있다. 노인은 아들의 상처가 어느 정도인지 직접 눈으로 확인하고 싶은 것이다.

"대구 직통이 두 시간이라는데요. 88올림픽도로로 간다는데요."

호남과 경북을 가로지르는 올림픽도로는 지방간의 편협한 감정과 문화를 희석시키는 윤활유 역할을 한다.

산과 들과 마을이 거의 같은 형태로 나타났다가는 사라지곤 한다.

"야, 참으로 멀다."

노인은 지루함을 느꼈는지 장거리 여행에 관한 소감을 솔직히 털어놓는다.

"멀지요. 정말 차를 많이 타네요."

"그래, 우리나라도 이렇게 넓은데 세계는 대단하겠구나."

"세계화니 국제화니 하는 것은 말로 지껄이는 것뿐 실제로 구석구석 보는 것과는 거리가 멀지요."

"그럼, 다르고 말고지."

노인은 텔레비전에서 말하는 세계화가 공연한 말장난이라고 혼잣말처럼 중얼거린다.

노인이 금희와 함께 대구병원에서 아들의 사고 경위를 살펴보고 점촌에 도착한 것은 다음 날 정오 무렵이다.

"아버지, 어떠세요. 고단하지요."

"오, 괜찮다."

"몸이 처지지 않으신가요?"

"아니, 괜찮다."

"아버지, 지난번 산소 감정한다는 집 있었지요?"

"응, 그래. 다시 나오느니 오늘 볼 일을 마치자."

노인은 이장 공고로 인하여 부득이 산소를 파헤쳐야 한다는 집을 방문하기로 하였다.

육순이 못 된 듯한 남자가 노인을 반기며 산소로 길 안내를 한다. 야트막한 산에는 많은 무덤이 흩어져 있다. 언덕으로 올라가서 연못이 바라보이는 한 산소에 이르렀다. 산소는 배불뚝이마냥 툭 튀어나온 산 모서리 쪽에서 연못을 바라보고 앉았다.

노인은 패찰을 꺼내 들고 위쪽에서 봉분을 향하여 좌향을 잰다. 작은 나무 막대를 봉분 위에 깃대처럼 꽂아놓고 하얀 실을 일직선이 되도록 팽팽하게 당겨 봉분 머리 쪽에서 잡아맨다.

노인은 관련 책자를 펼쳐 놓고 큰기침을 한 번 한다. 의뢰자에게 설명하기 위하여 목청을 가다듬는다. 노인은 손가락으로 패찰 바늘을 가리키며 말했다.

"에, 좌향은 잘 앉았습니다. 선친의 산소라 했던가요?"

"예, 저의 아버님이지요."

"기미생에 간(艮) 좌향이면 지혈이라 하여 택혈은 흉살도 없고 잘 앉았습니다."

"……."

"봉분과 똑같이 무덤 속에 있는 관도 같은 방향이던가요.

아니면 관을 조금 삐뚤어지게 놓았던가요?"

"아니지요. 똑같이 놓았지요."

"예, 그러 문 됐습니다. 만약에 무덤 안에 관을 축(丑)좌로 놓았을 경우 괴혈이라 하여 집안에 재산이 줄고 해마다 환자가 생기지요."

"그러나 이보시오. 패찰 간 좌 글자 앞줄에 갑계(甲癸)라는 두 글자가 있잖습니까. '천기대요'라는 이 책에 살펴보면 왼쪽에 또는 오른쪽에 청룡 백호가 뚜렷이 감싸주지 못하면 '황천바람살'이라 하여 집안이 시끄럽습니다."

"예, 아버님 돌아가시고 형제들 풍파가 많습니다."

"어쨌든 이장 공고가 났으니 옮기긴 해야 하는데. 금년은 정축년이라 간좌는 옮기지 못하는 중상운이 띄었습니다."

"금년에는 못하는군요. 내년에는 어르신 어떻습니까."

"내년은 소리(小利)니까 묘를 파헤쳐도 큰 탈은 없겠습니다."

"저쪽에 할아버지 할머니 산소가 있는데 감정해 주시겠습니까?"

"이장할 산은 있습니까?"

"예, 산을 하나 샀는데요. 화장은 어떠한가요?"

언덕을 다시 내려오며 노인을 향해 조심스럽게 말을 건네는 중년 남자의 표정이 어둡다.

"글쎄, 화장해도 산소를 파헤치는 것이니 연운을 보아야 하지요. 그런데 왜 화장을 생각 하시요?"

남자는 뒷덜미를 두어 번 긁적거리며 계면쩍은 듯이 웃는다.

"안사람이 집을 나갔어요. 뭐 산소를 돌보는 것도 그렇구요."

"어허, 거 참 안됐구먼."

"저기는 할아버지 산소이고 이쪽은 할머니 산소인데요."

"먼저 할아버지 산소부터 보세나."

노인은 아까처럼 위쪽에서 봉분을 향하여 패찰을 빙빙 돌리며 나침판 바늘을 북쪽 선에 맞추기 시작한다.

"무자생이라 했지요. 묘좌(卯坐)로 앉았으니 택혈은 생혈(生穴)이라 무병장수하고 재산이 왕성한 좌향인데. 흉살을 보면 그렇지. 묘좌향이라 고리 살이 있구먼."

"예? 고리 살."

"고리 살이란 재산이 솔솔 빠져나가는 살인데 약간만 돌려놓았던들."

"어른요, 할머니 산소를 좀."

"음택의 영향력은 본래 삼대로 보는 것인데 선생 대에서 환난이 유독 많았다는 것은 아버지의 산소 탈이 아니면 할아버지 할머니 산소의 영향력으로 볼 수 있지요. 증조부의 영향력은 아버지 대에서 끝이 났다고 봅니다."

노인은 잡목 사이로 급경사를 이루며 외톨로 있는 산소에 이르렀다.

"봉분에 띠가 살지 못하고 있군요."

노인은 다시 봉분의 좌향을 살피기 시작한다.

"무슨 생이 시라던가요?"

"예, 기축생입니다요."

"기축생이라, 그렇지. 이보시오. 나침반의 바늘이 손(巽)좌로 되어 있지요?"

"예."

"보시오, 손 좌는 절혈(絕穴)로 나오지요?"

노인은 자료 책자의 글자를 손으로 짚어 보인다.

"예."

"보시오. 절혈은 자손 곡(哭)이라 또 고향을 떠난다 하지 않았소?"

"예."

"또 보시오. 축생에 손좌는 흉살에 황천멸문좌(黃泉滅門坐)라 써있지요?"

"예."

"할머니 산소가 아주 잘못 앉았군요. 할머니 산소의 영향력이 선생 대에서 나타났다고 볼 수도 있지요."

"그럼 어르신 화장을 하는 것이 옳을까요. 이장을."

"화장해서 뼛가루를 흩어버리면 아무런 덕도 피해도 없다고 볼 수 있겠지. 삼혼칠백이 흩어지니까. 그러나 당신도 춥고 배고플 때 따뜻한

밥 한 그릇만 먹어 보았으면. 또 따스한 방에서 잠 한 번 자 보았으면 하는 바람이 있을 것 아니요? 누군가 당신의 춥고 배고픈 것을 해결하여 주었다면 당신은 그분한테 고맙다는 생각을 하겠소, 안하겠소. 그것이 바로 공덕을 쌓는 것이고, 공덕을 쌓으면 복을 받는 것은 천지간의 이치이지요. 화장하던 이장을 하던 알아서 하시되 선친 산소는 금년에 파묘 못하구요. 또 할아버지는 묘 좌향이었으니 축년은 역시 중상이라, 또 할머니는 손좌향이니 축년에 소리이니 할머니는 산소를 건드릴 수 있으나, 할아버지 산소는 금년에 못 건드립니다."

"할머니는 내년 운이 어떠한지요."

"내년은 무인년이라 대리이니 썩 좋습니다. 내년에 하시오. 세 분 모두."

"예, 어르신, 고맙습니다."

"이보시오. 부인이 집을 나갔다 문서. 얼마나 되었소."

"예, 한 반년 되었지요."

"혹 할머니를 이장할 생각이 있으면 이렇게 해보시오."

"예, 어떻게."

노인은 정색하며 남자에게 타이르듯 말을 잇는다.

"방 안에서 북쪽으로 상을 놓고 정한 수를 한 그릇 상에 받쳐놓고 내년에 좋은 날을 택하여 옮겨 드릴 터이니 다소 불편하시더라도 몇 달만 기다려 주십사 하고. 산소 탈이라면 부인이 돌아올 수도 있지요."

"아, 예, 어르신 그럴 수도."

"죽음이란 살아있는 우리와 헤어지는 것이지만 더 넓은 우주 법계 시각으로 본다면 새로운 인연의 시작이라 볼 수도 있으니. 무덤을 잘못 정해 준다는 것은 망자의 새로운 인연법에 험난한 족쇄를 채우는 것과 같으니. 잘못 정한 음택(陰宅-무덤)은 아예 화장하여 삼혼칠백의 기운을 흩으러 놓는 것만 못하지요."

노인은 남자가 건네주는 봉투를 받아 손가방 안에 넣는다.

노인이 집 앞에 도착한 것은 하루가 거의 지나는 저녁 무렵이다.

"어르신, 어디 다녀오십니까. 제가 담 위에 올라가서 대문 열어드리지요."

이웃집 젊은이가 집 안으로 들어가서 대문을 연다.

바둑이가 꼬리를 살랑거리며 노인을 반긴다.

4) 덕토노인문학상 당선소감(1997. 12. 27.)

전례 없던 한파(寒波)가 마음을 춥게 한다. 대외적으로는 IMF 국제통화기금 급전을 쓰기 위한 빗장 없는 국내 개방의 강요가 그러하다.

개인적으로는 금융실명제로 인하여 돈 씨가 뒤통수를 감추는 바람에 가난이 들기 시작하여 더욱 춥고 배고프다.

시나 수필은 몇몇 기획 축시를 제외하고는 크게 보탬이 되어주지 못했다.

먹고사는 글쟁이가 될 수 있을까 저울질해 본다.

마침 백발이 성성한 아버님의 족적을 수필로라도 남기려던 참이다.

당선되었다면 글재주가 아니라 아버님의 일상이 수준급 이상이었기 때문이다.

고민은 이제부터이다.

무엇을 어떻게 구상하여 독자를 내 앞에 모을까.

옛것의 습관들을, 선인들의 지혜를 우리 아이들에게 대물림 할 수 있을까가 관건이다.

여하튼 '일본강점기' 때 태어나서 구학문 교육을 받으시고 좌익과 우익의 이념(理念) 소용돌이에서도 좌절하지 않고 홀로서기를 하신 아버지.

그 아버지를 팔아 문학상을 받게 되니 아버지께 죄스러울 뿐이다.

구상과 발상법 기승전결(起承轉結)이 서툴렀을 첫 번째 단편소설 '노인의 초상'을 뽑아 주신 '덕토노인문학상 운영위원장' 이병수 선생님과 운영위원회 관계분들께 머리 숙여 고마움을 전합니다.

2부

줄기 편

1. 시와 수필로 쓴 독백

옛사람들은 산이나 바위, 강 또는 하늘이나 태양을 대상으로 자연 속에서 의지 처를 찾았다. 현실이 주는 고통이 너무 크기에 대상을 정하여 호소하는 것이리라. 나 또한 그들과 다르지 아니하여 삶 자체를 고통스러워했고 또한 고통스러움을 호소하고자 하였다.

나의 종교는 처음에 알코올이었다. 매일 밤 이 홉들이 소주 한 병씩 꿀꺽꿀꺽 마시지 않고서는 미쳐버릴 것만 같았다. 30일 내내 마셔댔다. 스텐 국대접에 소주 한 병을 부으면 넘칠 듯이 가득 찬다.

마당 한가운데 설치된 펌프 샘 난간에 올라가서 청포도 몇 주저리를 치마폭에 담고 아래채 처소로 들어간다. 문을 걸어 잠그면 나만의 공간이다. 굳이 등불을 밝힐 이유도 없다.

봉창으로 들어오는 달빛이 희끄무레 방 안을 밝힌다. 나는 치마폭에 담아 온 포도송이를 신문지 위에 놓는다. 갈증에 몹시 목이 마른 양 소주를 단숨에 들여 마신다. 소주 기운은 빠른 속도로 몸 구석구석 미친 듯이 돌아다니며 세포 조직을 흥분시킨다.

나는 천천히 엎드리며 청포도를 한 알씩 입속에 넣는다. 훌쩍거린다. 현실과 이상의 괴리감에서 오는 허탈감…… 피붙이로부터 받아야 하는

모멸감…… 나는 피해망상에 젖어, 날마다 똑같은 짓거리로 날밤 새우
며 독백을 백지 위에 떨군다.

꿈이 부서지면
하얀 꿈이

나는 가야만 되리

내 아닌 것
잡는다 해도

꿈이 부서지면
나는 가야만 되리

청보라 젊음으로

내 꿈
묶어야 되리.

(꿈' 전문, 1961)

문경여고를 졸업한 후 국문학을 전공하려던 소망은 여지없이 무너졌
다. 그 무렵 나는 마음에 둔 사람이 있었지만 따라주지 못하는 현실이
더욱 슬펐다.

내 마음에 첫사랑으로 불을 지피며 다가왔던 사람은 사춘기 때 흔히
들 있는 가벼운 바람 같은 몸짓이었다. 환경이 불우한 나는 그의 말에

가슴 졸이며 여학교를 다녔고, 또 문학도로서 진학의 꿈을 키워 왔다.

졸업반 겨울방학 무렵이었다. 통학하는 기차 여학생 칸에 불쑥 나타난 그는 주소 적은 쪽지를 주며 "대학에 꼭 가야 한다. 서울에 오면 꼭 연락하라."고 했다.

그는 법대생으로 장학금을 받기 위해 군사혁명정부 당시, 은성광업소로 보증인 만나러 가는 길이라고 말했다. 대한극장에서 상영된 '벤허' 이야기로 손짓 발짓까지 하며 다정히 굴었다.

내가 여중생이었을 때부터 그는 이미 친숙한 사이로 자리매김 되었다. 고등학생이던 그는 커다란 다래끼를 어깨에 걸친 채 황소 고삐를 잡고, 우리 집 근처를 지나면서 나를 불러내곤 하였다.

강줄기를 따라 즐비하게 서 있는 느티나무 오솔길을 지나, 질펀한 자갈이 널려 있는 강변에 들어서면 패랭이가 붉게 피고 있다. 푸른 잔디가 능선을 이룬 강둑을 지나 강줄기를 따라 기다랗게 이어진 돌담 끝자락에는 무성한 아카시아 숲이 하늘을 가리고 있다.

푸른 잔디 능선 아카시아 숲 언저리에는 소담스러운 찔레 넝쿨 한 무더기가 향기를 뿜고 하얗게 웃고 있다. 소년인 그는 찔레 넝쿨 근처에 황소 고삐를 매어 놓고, 나로 하여금 숙제를 하게 한 다음 논둑길을 따라 낫으로 소 꼴을 베어 다래끼에 담았다.

커다란 다래끼에 소먹이 풀이 가득 담기면 그는 내게로 와서, 영어 숙제 필기체 오백 번 쓰기에 늘 빠져 있는 T 자의 가로 줄 긋기를 지적해 주었다.

그 무렵 나는 '내가 넘어온 삼팔선'이란 제목으로 작문을 썼고, 그는 "너는 작문 제목이 이것밖에 없니?"하며 핀 찬을 주기도 하였다.

그러던 어느 날 밤, 느티나무 등걸에 비스듬히 기대서서 나를 부르는 그를 만나게 되었다. 그는 내 손을 살포시 잡아주며 말하였다.

"어른들은 사랑을 어떻게 하는지 모르지만 우리는 아직 상아의 탑을 쌓는 학생의 몸이니, 열심히 공부하여 어른이 되거든 꼭 만나자. 예쁜 백합꽃을 피워라."

나는 사뭇 얼굴이 달아올라 화끈거렸다. 하늘에는 열이레 달이 밝디밝게 구름 속을 오갔다. 느티나무 가지에 소쩍새 우짖음도 더 명료하였다. 화려한 달빛 조각을 담고 여울져 흐르는 시냇물 소리도 정겹게 들렸다.

나는 아무런 말도 하지 못하고 있었다. 그는 나의 태도에 무안했던지 시문잎 가시나무(주: 가시나무 종류로, 6·25 전후 구황救荒 식물로 먹음) 어우러진, 개울 옆 오솔길을 팔랑개비처럼 달음질쳐 갔다.

그날 이후 내게는 첫사랑이란 신기루 같은 설렘이 일어나기 시작했고, 그의 말대로 '백합을 피우기 위하여' 안간힘을 썼다. 다시 만나자고 한 말은 추억에 머물렀을 뿐, 시간은 새로운 일상으로 화살처럼 흘렀다.

그가 법조인이 되고자 법조인의 무남독녀와 약혼식을 올렸다는 소식을 접하고 나는 날지 못하는 시름에 젖어 들었다.

울새가 둥지서
새김질 한다

구름 따라
남으로 갈까

천둥 바람
길 흐리니

어제도 오늘도
마음 접는다.

('사모' 전문, 1963)

등불 꺼지고
세찬 바람
몰아칩니다

희끄무레한 구름덩이
사납게 덤비면
소나기 뇌성이
땅을 뒤 흔듭니다

풀꽃은
하늘 보고
두 손 모읍니다.

('그늘' 전문, 1963)

눈물 뿌리며 좌절하는 내 모습을 보고 오라비는 몽둥이를 들었다. 몽둥이에 허리를 다쳐 보름이나 자리에서 일어나지 못한 적도 있었다. 병원에 가 보자는 말도 물 한 모금 떠다 주는 피붙이도 없었다. 횡폭한 비바람은 나의 환경이었고 풀꽃은 나약한 나의 전신이었다. 그저 종이 위에 독백을 쏟아낼 뿐이었다.

가싯길 가싯길
어제도 오늘도
몸 가득히

가싯길 가싯길
앞 뒤 산에도
세월 가득히

가싯길 걷노라면
설음은 갈까
간 날은
그리워 올까.

('가싯길' 전문, 1963)

스산한 바람 일고
차가운 눈길 번뜩 인다

별똥 바라보던
떠돌이 마음

하얀 솜털
발갛게 벗겨져
승려길 가려는데

수탉의 홰치는 소리
갈림길
훼 집는구나.

('갈등' 전문, 1963)

어느 여름날 저녁 밥상을 차려 방 안으로 들여간 직후였다. 어머니의 노여운 고함에 놀라 방에 들어갔을 때 어머니는 콩나물국 대접을 가리켰다.

국 대접에 파리가 빠졌나 싶어 목을 내밀고 국 대접을 내려다보고 있을 때였다. 어머니는 국 대접을 번쩍 들어 내 얼굴에 사정없이 끼얹었다. 순간 뜨거운 느낌과 함께 얼굴이 화끈거리기 시작했다.

"이 간나…… 누가 국에 고춧가루 넣으라 했니!"

나는 아무런 대꾸도 못하고 아래채 장작더미 공간에 쪼그리고 앉아 서럽게 울었다. 얼굴 씻을 생각도 잊은 채 울다가 보니, 성질 고약한 둘째 오라비도 옆에 와 있었다. 접대부 종업원들도 옆에서 훌쩍거리고 있었다.

나는 하루에도 몇 번씩 '자살'과 '가출' 생각을 했지만 무모한 짓임을 잘 알고 있었다. 그러나 나는 결국 가출하기로 결심하였다.

그날도 잡다한 생각에 잠기다가 앉은뱅이책상에 엎드려 참고서를 펼쳐 놓고 수학 공식을 풀고 있었다. 저녁밥 지을 시간을 놓치고 있었다. 어머니는 책꽂이에 가지런히 있던 책들을 모두 마당으로 내팽개쳤다.

"책에서 돈이 나오니 쌀이 나오니…… 이 종간나…… 어째 저녁밥을 아직 아이 했니."

석판광업소 경기가 좋은 시절이라 어머니는 한밑천 잡으려고 요정을 차렸다. 여고 3학년 때 일이다.

권반 출신(기생학교)으로 판소리 기생, 춤사위 기생, 대중가요 기생, 얼굴 예쁜 화초 기생 일곱 명을, 대구 기생소개소에서 요리사와 심부름 어린소년을 곁들여 종업원으로 데리고 왔다.

여고 졸업 후 큰오라비는 그 불길에 기름을 끼얹듯, 주방아줌마 월급 줄이는 대책으로 나를 식모 자리에 세웠다.

사람들은 멀뚱히 서서 바라만 보고 나는 울면서 난생처음 어머니에게 달려들었다. 여학교에서 규율부장으로 활약할 때 교칙 어긴 후배를 나무라듯 부모로서 부당함을 지적하였다.

친구들도 '정말 친엄마 맞니?'할 정도로 어머니는 나에게 늘 싸늘하였다. 그런 어머니 밑에서 쩔쩔매기만 하던 나는 처음으로 얼굴을 똑바로 쳐다보며 첫째, 둘째 따져 묻기 시작하였다. 함경도 청주 한씨 여진족계 다혈질 어머니는 기절하고 말았다.

나는 평소 다정하셨던 주지 스님 생각이 나서 봉암사를 향해 가출을 시도한 것이다. 주지 스님께는 여학교 때 기차 통학하면서 천당과 극락의 차이점을 질문하였다. 살생하지 않으려면 채소도 먹지 말아야 하는 것 아니냐고 반전을 펴기도 하였다.

주지 스님이 읍내로 갈 때면 길가 우리 집 앞에서 큰소리로 이름을 불러 함께 기차역으로 걸어갔다. 때로는 뜯어진 승복 옷고름을 들고 손질해 달라 기도 하였다.

그런저런 관계로 스님은 내게 소중한 분으로 인식되어졌고, 승복을 걸친 파르스름한 두상의 모습은 어느새 동경심까지 일게 되었다.

산사로 가는 외진 길에는 어둠이 깔려 한 치 앞을 분별할 수가 없었다. 숲은 희끄무레 길을 갈라놓았고 봉암사 일주문으로 향하는 길가 개울은 어둠에 가려져 물소리만 요란하였다. 너무나 슬픈 나머지 나는 무서움도 잊고 걸었다.

빗속으로 한껏
동댕이쳐
내 기운
되찾고 싶구나

네 두고 간 정
굼벵이 땅 뒤집듯
전신을 파는데

오늘도
멍이 든 마음
너를 잡는다.

('아쉬움' 전문, 1962)

주지 스님은 잠자리에 들었다가 놀라 일어나며 나를 반겨 주었다. 공양주 보살을 시켜 늦은 저녁을 먹인 다음 스님은 나를 회유하기 시작하였다.

"네가 나를 사모하는 마음이 있느냐. 말해 보려무나. 나도 너의 마음 그러하면 환속해 볼란다."며 이런저런 말로 떠보았지만, 육친으로부터 서러움을 당한 나로서는 스님의 말씀이 마음에 닿지 않았다. 다만 '인생에 회의를 느꼈어요.'라는 말을 반복할 수밖에 없었다.

그날 밤 나는 주지 스님 이불 속에서 남자인 양 나란히 누워 밤을 지냈다.

"성남아, 빨리 일어나라. 똥 싸고 밥 먹어야 백련암으로 가지."

고함치는 소리에 놀라 일어났다.

주지 스님 안내로 백련암으로 갔다. 세 분 여자 스님 계신 곳에서 행자 생활이 시작되었다. 새벽 3시에 일어나면 옹달샘을 어림짐작하여 물통을 들고 오솔길로 가서 물을 담아 온다. 부처님께 다기물 올리고 얼굴을 씻는다.

부처님 전에 108번 절을 올리며 독경을 하고 아침 7시까지 가부좌를 틀고 참선에 들어간다.

아침 7시에 죽을 끓여 식사를 마치고 청소를 한다.

사시(巳時)에 부처님께 밥공양을 올리고 점심으로 밥을 먹는다.

오후는 빨래를 하거나 산에 지게를 지고 올라가서 땔감 나무를 한다.

저녁 7시에 예불을 올리고 다시 108번 절을 하며 밤 10시까지 좌선에 들어간다. 온갖 잡다한 생각이 망상으로 떠오른다.

매일 반복되는 일상에 젖어 요람 같은 행자 생활을 보내게 되었다. 드디어 스님들께서 동안거(冬安居)를 마치고 큰 절에 가게 되었다.

"너를 삭발시켜 경남 석남사 강원에 보내주마."

스님께서는 면도날과 가위로 삭발시킬 준비를 한다. 스님들 두상이 면도날에 의하여 반들반들하게 드러났다. 나는 그 모습을 보며 나의 모습을 연상시켰다.

'내가 승려 되기 위한 것은 무엇인가.'라는 생각이 떠올랐다. 순간 어머니가 책을 마당에 내던지며 포악하던 모습이 떠올랐다. 눈물이 쏟아지기 시작했다.

"어인 눈물인고, 인연이 덜 되었는고, 누가 보고 싶은고, 아버님 뵙고 오겠느냐."

나는 어이없게도 하산하였다. 속가에는 더 혹독한 시련이 기다리고 있었다.

바램은 꺼지고
잿더미로
갈바람에 몸 둘 곳 모르오

박꽃 순박한 삶도
한낮의 폭염에 주저앉았소

행여
은하수 성긴 틈새
내 별 끼우고 싶소

아직은
눈물 나는 일들
낱낱이 꿰일 뿐이오.

('패도의 자세' 전문, 1961)

구름 속 더듬고
보아온 건
재(災)

강물이
뼈 드러내고
굽이쳐 흘러도

나날

부질없는

한숨 뿐

현란한 고뇌 접고

나

불러오리.

('님 떠나간 뒤' 전문, 1961)

한 가닥 맑은 햇살이

미소 지은 그로부터

마음이 허한 들국화는

얼룩이 엮이었습니다

물빛 하늘이고 구름이 좋다던

숲속의 풀꽃처럼

가득한 꿈 있었지만

들녘을 헤집은 화염으로

서러움 지피웠습니다

거처할 자리 잃은

끝없는 나날은

방랑자를 닮고 팠습니다

그러나 아……

그러기엔
앳된 나이가 있어
예서 쓸리운 맘으로
생의 대열에 넋을 끼우렵니다.

('들국화' 전문, 1960)

또 오늘
떨면서
몸부림 하였소

삶에 힘겨워
조물주를
나무랐소

가을이 가고
메마른 가지 잎새
하나, 둘
비명은 들리는데

이듬해 기다려
호-
입김을 세웁니다.

('풍향' 전문, 1961)

하늘이 울고 간 계곡
하루를 또
햇살과 속삭이고 있습니다

솜털 얼굴 내민
버들개지도 진달래꽃
그늘 사이로
밀려들었습니다

얼마가 지나면
길모퉁이에
사람 하나 갈라진 모습
버려지고

그늘 속 멍이 든 자국
소나기 발 구르며 지나간 뒤
진홍가슴 조그만 울새
창가에서
옛이야기 들려줄 테지요.

('표정' 전문, 1962)

같이 살자던 말
생각 속에 머물고
구름은 마냥 흐르네

조각달 무리 진 사이
바램은 굽이쳐도
들녘의 꿈
잡히지 않네

우뚝 솟은 봉우리 따라
산정에 오르면
같이 살고픈 마음
초원에 안기네.

('약속' 전문, 1962)

님아
차라리
슬픈 음 자리 그리자

행복하다는 말
너무 흔하다

목숨조차 우습게 들리는
요즈음
사랑은 아예 말을 말아야지

님아
불가피한 그리움 따위는

시작을 않는 게다
잊는다는
공식이 있더구나

시간을 짜깁기 하고
어쩌다 오늘
잠깐
일회용이 되고

님아
세월은 변함이 없는데
공연스레
우리네가 둔갑 부리는가 보다

이처럼
얄궂은 살이

예서
너와 나 둘 이만
눈물처럼 끌안고
걸음마를 배우자꾸나.

('님에게' 전문, 1964)

이후 나는 시상을 떠올리는 것조차 힘에 겨워 절필을 하였다.

2. 블랙홀

봉암사 백련암에서 사시(巳時) 마지 올린 후 삭발식 도중 하산하여 집에 도착한 것은 저녁 무렵이었다. 어머니와 종업원들은 광업소 호객행위에서 돌아오지 않았는지 집 안은 고요하였다.

나는 마당을 가로질러 아래채 거처하던 방문을 열었다. 아버지는 앉은뱅이책상 앞에 앉아 수북이 쌓인 참고서를 뒤적이고 있었다.

아버지께 큰절 올리고 무릎에 엎드려 흐느껴 울었다. 아버지는 어깨를 어루만져주며 말했다.

"중이 되는 것은 어디 그리 쉬운 일이냐. 내년에 빚을 내서라도 꼭 대학에 보내주마."

아버지는 경제권이 없었다. 아버지의 광업소 막장 기술자 퇴직금은, 큰오라비가 영등포 상도동 사진관 운영에 투자되었다가, 5·16 혁명정부에 "부정축재"로 몰수당하였다.

이승만 대통령 정부 문관인(사진기자) 처남이란 이유로 혁명 정부에 '5·16 자동케이스'로 흡수되었다.

평생 모아둔 재산을 몰수당한 아버지는 상실감이 큰 나머지 집을 떠나 광물 채집으로 소일하였다. 북한에 살 때 중석 광맥을 발견하여 재미를 본 아버지는 일확천금을 노리고 광맥 찾기에 분주하였다.

아버지가 보름씩 한 달씩 집을 비운 사이, 어머니는 구멍가게를 열고 동네 주민을 상대로 비누와 잡화 됫박 막걸리를 팔았다. 여고 3학년 가을에 어머니는 '용해관(龍海館)'이란 요릿집을 차렸다. 병진(丙辰)생인 어머니는 용띠라서 용은 큰물에 놀아야 한다면서 바다 해(海) 글자로 간판을 달았다.

나는 기생들의 간드러진 웃음소리를 피해 옥녀봉 산 중턱 '어거지골'에 올라가 도시락을 먹으며 하루하루를 보냈다.

광주리 닮은 산촌
말갛게 드리운 하늘가
오뚝 청솔 잎

오늘 종일
청솔 잎 사이
비올 롱이 울고

오백 고지
산 위에 누워
산정(山精)을 씹는다.

('산정' 전문, 1964, 주: 비올 롱―바이올린)

백련암 비구니 세 분이 봉암사에서 삼십여 리 길을 걸어 기차역으로 가면서 나를 찾았다고 한다.

"당신네 중 만들라고 고등학교 공부시킨 거 아닙네."

함경도 어머니 앙칼진 사투리에 머쓱해진 승려들은 말없이 떠났다고 이웃 사람들이 내게 귀띔해 주었다.

요릿집 부엌 식모살이로 아침밥 짓는 일에서부터 자정 넘어서까지 접시를 닦았다. 광업소 술손님들 외상 술값 장부 정리와 오백여 장 술값 청구서 작업을 하였다. 무임금 노동이었다. 기생들을 비롯한 요리사까지 어머니 갑(甲)질에 동조하여 홀대하며 수군대기 일쑤였다.

내 의식은 점점 오염된 환경에 물들어 무기력함에 빠져들었다. 자살을 생각했다. 마을 뒷산 기슭 오구리로 가는 길섶 가뭇소 벼랑 바위에 올라 강물을 내려다 보았다. 거적 대기로 덮인 내 몸에 사인(死因)을 조사하기 위한 경찰관 손이 더듬거려진다는 것은 생각만 해도 끔찍했다.

부엌문 옆에 연탄과 솔가지 겨울 땔감이, 헛간을 가득 채우고 옆에 빈 쌀가마니가 불룩하니 세워져 있다. 나는 빈 가마니 안에 들어가 앉았다. 가마니 속에서 얼어 죽으면 경찰이 사인을 조사한다고 몸을 만질 이유가 없기 때문이다.

이 방 저 방에서 흘러나오는 노래와 젓가락 장단에 이어 요리를 청하는 취객들, 기생들의 간드러진 웃음소리, 대답하는 심부름 소년의 뜀박질 소리…… 시끌벅적함 속에 파묻혀 가마니 속에서 나는 동장군과 씨름하고 있었다.

정신은 점점 명료해졌고 추위에 와들와들 떨다가 연탄아궁이가 있는 뒤곁으로 기어들었다. 시뻘건 연탄아궁이 철뚜껑 위에 손을 쪼여 보았지 만 몸은 더욱 떨려 왔다.

나는 거처하던 방 안으로 들어가 아랫목에 손과 발을 디밀었다. 떨림은 좀체 풀리지 않았다. 결국 나는 너무 추워 얼어 죽지 못했다.

아버지가 구독하는 한국일보 구직란에 "고졸 경리 구함" 광고를 보고 이력서를 넣기 시작했다. 서울 회사에서 취업 통보가 왔지만 비협조적인 큰오라비로 인해 무산되고 말았다.

나는 기생들이 버리고 간 낡은 옷가지를 주워 입으며 철저히 부엌데기에 길들여지고 있었다. 경제권 없는 아버지의 대학 약속은 실천될 리가 없다. 어머니의 성격은 점점 더 단호해졌고 그 기세는 등등하기가 하늘을 찌를 정도였다.

그날은 광업소 월급날이었다. 술손님들이 외상값을 갚으면, 주인은 사례 표시로 술과 요리로 대접하고, 손님들은 다시 술과 요리를 청한다. 방마다 술손님들로 꽉 들어차고 마루와 마당 평상에서도 잡담과 웃음소리로 떠들썩하며, 부엌에서는 요리사 손놀림이 분주하였다.

나는 심부름 소년과 더불어 상차림에 여념이 없었다. 요리사는 무엇이 신이 났는지 휘파람을 불면서 내게 접근하며 성희롱을 일삼았다. 나는 강하게 거부하였고 머쓱해진 요리사는 어머니를 향해, "마담 월급 정리합시다."하며 짐을 쌌다. 상황을 읽은 어머니는 특유의 고함을 쳤다.

"저 종간나, 어째 비위를 안 맞추니."

어머니는 이미 알고 있었고 요리사 요구를 들어주라며 윽박질렀다. 마당에 서성이던 둘째 오라비는 몽둥이를 들고 달려들었다. 나는 도망을 쳤다.

집을 한 바퀴 두 바퀴 돌며 몽둥이를 피하다가, 앞마당 펌프 샘가에서 맞닥뜨렸다. 나는 정신을 잃고 마당에 쓰러졌다.

"이 간나, 꾀병 한다 이."

어머니 욕지거리와 함께 펌프 샘가 양동이 물이 얼굴에 폭포수처럼 쏟아져 내렸다.

'아— 정말 떠나야겠구나.'

순간 나는 어머니와 피붙이에 대한 실낱같은 끈마저 버려야겠다고 생각했다.

대청마루에서 요리상을 기다리던 손님이, 새하얀 양말 발로 흙 마당에 뛰어내렸다. 오라비 손에 들려있는 토막 난 몽둥이를 빼앗아 팽개쳤다.

"다 큰 동생을 이럴 수 있나."

기생들은 울부짖으며 버선발로 뛰어내려, 머리와 발과 허리를 양옆에서 받쳐 들고, 아래채 처소로 옮겨 모래 범벅인 긴 머리를 감겨주었다. 물을 퍼 나르는 기생들 말소리가 흐릿하게 들려왔다.

나는 그 후 허리를 다쳐 한 걸음도 방에서 걸어 나갈 수 없었다. 내게 물 한 그릇도 병원 가자는 말을 건네는 피붙이도 없었다. 아버지는 출타 중이었다.

나는 보름씩이나 움직이지 못하고 누워 있었다. 나는 가출을 결심했다. '님에게'를 마지막으로 절필하였다. 님은 나 자신이다.

경찰관이 와서 동태를 살폈다. 고소 고발을 상담했지만 결혼 전 남매는 성립되지 않는다고 말했다. 내 처지를 안타깝게 여긴 술손님 한 분은 서울 영등포 경찰서 여경한테 취업 부탁 안내장을 써 주었다. 여경은 교도소 교도관 자리를 제의하였다. 어리석게도 나는 "그 또한 감옥살이 아니냐."고 거절하였다.

결국 서울 청량리 초등생 아이 집에 가정교사 겸 식모로 취업하게 되었다. 월급 대신 숙식 제공이었다.

1년이 지나 초등생 성적이 오르게 되었을 때 월급 요청을 하였다. 숙식 제공이 취소되었고 나는 자립할 자금 지원을 부탁하는 편지를 보내고 시외버스를 탔다. 가은 터미널에 도착한 것은 오후 3시경이었다.

"처녀요, 빨리 빨리 도망가요."

요리사가 버스에서 내리는 내 손목을 잡아끌고 골목길로 뛰어들었다.

"왜요?"

"오빠들하고 아버지가 자전거에 몽둥이 매달고 때려죽인다고 내려오고 있어요. 빨리 숨어야 해요."

다급한 요리사 말에 놀란 나는 마당 넓은 집 아래채 방으로 숨어들었다. 마당에 있던 영감님이 방 안에 요강을 들여놓고 밖에서 방문 열쇠를 채웠다.

"왜 문을 잠그나요."

"오빠들이 오면 이 집엔 고향가고 없다고 말해야 들키지 않으니까."

나는 방 안에서 요강에 똥오줌 싸면서 아침, 점심, 저녁, 하루 세 끼 밥상을 받았다.

삼 일이 지나고 밤중에 영감님이 방문 열쇠를 끌렀다.

"처녀, 지금 나가야 하네. 초저녁에 비가 와서 길목을 지키지 않을 거네."

영감님은 옷 가방을 들고 앞장을 섰다. 가은은 마성 문경 점촌으로 가는 길목인 섭밭재 길과 농암 은척 함창으로 가는 성저길과 북부로 빠지는 완장 길목이 있다. 많이들 이용하는 길은 마성으로 나가는 섭밭재 길이다. 영감님은 요리사 아버지였다.

"상주 가서 내서면 가는 버스 타고 북장리 사촌 집에 묵고 있게나."

수중에 돈 한 푼 없는 나는 영감님 말에 따랐다.

초저녁 내린 비에 신작로 물웅덩이가 히끄무레 하늘빛을 담고 오라비 인양 놀라게 하였다. 인적이라곤 하나 없는 구랑리 산모퉁이를 돌고 돌며 삼십여 리 길을 걸어서 마성에 도착한 것은 새벽 5시 무렵이었다. 영감님이 주는 여비를 가지고 첫 버스에 올랐다.

상주 내서면 북장리는 작은 산촌마을이 었다. 사촌은 농사 지으며 어린 자녀들과 살고 있었다. 며칠 지나서 요리사가 왔다. 같이 살자고 했다. 나는 거절했다. 교육수준과 자라온 환경과 이상이 달라 안 된다고 말했다.

나는 북장리를 탈출하기로 마음먹었다. 수중엔 돈 한 푼 없지만 요리사 요청을 받아들일 수 없기 때문이다. 한밤중에 사촌 집을 몰래 빠져나와 길을 가다가 뒤쫓아 온 요리사 손아귀에 끌려 매질을 당했다.

요리사는 배 위에 걸터앉아 긴 머리채를 손에 감아쥐고 뒤통수를 방바닥에 수없이 난타를 가했다. 나는 머리를 양손으로 감싸 쥐고 버둥거리며 일어나 앉았다. 요리사는 휘감은 머리채를 빙글빙글 원을 그리며 휘둘렀다. 어지럽고 목이 빠질 듯 아파 왔다. 안간힘으로 벽 쪽에 붙어 앉았다. 다시 벽으로 난타질 당했다.

나는 며칠씩 누워 못 일어났고 그러하기를 서너 번이나 반복되어졌다. 사촌들은 방문 밖에서 엿보기만 할 뿐이다.

'이러다가 뇌진탕으로 죽을 수 있겠구나.'

'죽으면 집성촌 마을 산골짜기에 묻어 버리겠지.'

'내 혼백은 구천을 떠돌며 원통해 하겠지. 여기서 죽을 수는 없어.'

1) 동거
-내동댕이쳐지는 목숨

나는 동거 조건으로 아이를 낳지 않겠다고 말했다. 요리사는 북장리를 떠나 요릿집에 취업을 하고 동거생활이 시작되었다.

아이가 생겼다. 수소문 끝에 낙태약을 먹고 유산 시켰다. 낌새를 알아챈 요리사는 부엌 식칼을 목에 겨누며 아이 낳을 것을 강요했다.

요리사는 초등학교도 입학해 보지 못한 무학자이다. 6·25 전쟁 무렵 어머니를 잃고 계모가 싫어 집을 뛰쳐나와 불량배와 휩쓸려 다니며 소년기를 보내고, 요릿집 심부름 소년으로 자라면서 어깨너머로 요리를 배웠다고 말했다.

나는 신문을 구독하면서 요리사의 무지함을 일깨우려 했지만, 자신의 무지함 속에 갇혀 폭음을 일삼았다. 시멘트 공장 마을 요릿집에 요리사로 취업했을 때 일이다.

새벽녘 집 앞에서 웅성거리는 소리를 듣고 나갔다. 마을 사람들이 곡괭이 삽 갈쿠리 몽둥이를 들고 "이놈 나와라!"하며 아우성 치고 있었다.

나는 돈을 챙기고 잠들어 있는 요리사를 방에 둔 채 사람들을 따라나섰다. 당시에는 혁명정부 시대로 공장 마을에 부엌 없는 문간방에 살림 차린 집이 많았다.

아기 낳고 3일도 안 된 길가 집 방문을 발로 걷어차서 부서진 문살 고치는 값, 산모가 놀란 약값, 장독대에 몽둥이를 휘둘러 깨트린 항아리 값 등등…… 모두 17집을 요구하는 대로 배상해 주었다.

결국 마을에서 쫓겨나고 이사를 했다. 석탄 광업소가 번창하던 문경 지역은 기생을 둔 요릿집이 많아 취업은 쉬웠다. 당시에는 초등생 과외가 성했다.

나는 한 달 과외비를 오백 원 받고 7명을 모았다. 삼천오백 원으로 한 달 생활비 하고도 저축할 수 있었다. 요리사의 고약한 성품에 미래가 없음을 알고 나는 한복 바느질 기술을 배웠다.

요리사는 걸핏하면 "도끼 들고 너 집에 가서 자는 식구들 대가리를 수박처럼 팍팍 깨부술 거야."라고 말했다.

나는 몰래 아이를 몇 번 낙태시키다가 자궁 천공으로 인한 생명 위험을 지적당한 후 낳기로 하였다. 태교 겸 장편 소설 200자 원고

1,200장을 한국일보 신춘문예로 응모했지만 낙방하였다.

요리사 음주 버릇은 상상을 초월하였다. 늦은 밤에 집에 오면 세간살이를 집어 던지고 고함을 질렀다. 심지어는 한낮에도 술 범벅이 되어 실성한 사람 행세를 하고 다녔다.

아이들이 몰려다니며 막대기나 돌을 던지며 조롱하였다. 찢은 셔츠 앞자락을 펄럭이며 벗겨진 슬리퍼 한쪽은 맨발로, 중앙시장 넓은 길바닥을 휩쓸고 아이들을 향해 입에 거품을 물기도 하였다.

나는 아기를 업고 돌발 상황 사고를 예의주시하며 멀찌감치 뒤따라 다니기도 하였다. 한번은 방 가운데 돌 지난 아기를 카시미론 이불로 뒤집어 씌워놓고, 팔과 다리로 이불 가장자리를 누르며 못 나오게 하였다. 아기는 소스라쳐 놀라 울부짖었고, 나는 요리사의 웅크린 등을 밀쳐 이불 속에서 아기를 끄집어냈다.

요리사는 괴성을 지르며 아기와 내게 덤벼들었고, 우리는 옆으로 피했다. 짐승 같은 괴성을 내지르는가 싶더니만, 어느새 내 몸은 강인한 요리사 양다리 사타구니에 끼여 가슴이 조여 들기 시작했다. 요리사 억센 손아귀가 목까지 졸라서 말도 나오지 않았다.

아이는 자지러지게 울부짖고, 요리사의 고래고래 술 취한 고함소리로 집안은 난장판이 되었다. 나는 목이 졸린 상태로 겨우 "사람 살려요."를 외쳤다.

한복 삯바느질을 하기 위해 마루 달린 큰 채를 빌려 쓰고 있었다. 아래채 살던 중년 아주머니가 마루 끝에서 방 안 동정을 살피다가, 구원을 요청하는 말을 듣고 뛰어 들어왔다.

예부터 부부싸움에는 간섭을 안 하는 풍습이 있어 문 밖에서 동태를 살폈다고 한다. 키가 크고 건장한 아주머니는 도움을 요청하는 소리를 듣고 방 안으로 뛰어들었다.

목을 감아쥔 요리사 손아귀를 풀고, 가슴을 조이고 있는 요리사 한쪽 다리를 아주머니가 밟고, 다른 한쪽 다리를 손으로 들어올렸다. 요리사 다리에서 풀려나고도 숨쉬기조차 힘들었던 나는, 기진맥진한 나머지 사타구니에서 빠져나오지 못하였다.

아주머니가 한쪽 발로 몸을 떠밀어 내주면서 빠져나올 수 있었다. 겨우 정신을 차리고 보니 아주머니가 요리사 몸에 걸터앉아 양팔을 제압하고 있었다. 요리사 얼굴이 피범벅이었다. 옷장 모서리에 부딪쳐 상처를 입은 것이다.

"고이 죽이소. 안 아프게 죽이소."

나는 버둥거리는 요리사 얼굴을 물수건으로 내리 문질러 피를 닦았다. 왼쪽 눈썹 가운데가 움푹 패여 피가 솟구쳤다. 집에 있는 가정상비약 빨간 약으로 소독하고 마이신 가루를 뿌리고 응급처치를 했다. 요리사는 금세 코를 골며 잠이 들었다.

그날 밤 나는 아기를 데리고 요리사 손아귀에서 도망치려 했지만 아래채 아주머니가 만류하였다.

"아이를 데리고 돈 준비 없이 어디를 가는가. 몇 달 지나면 곗돈을 타니까. 그때 가서 생각하게나."

요리사는 아침에 일어나 늘 그랬듯이 잘못을 빌었고 다짐을 했다. 하지만 아기 옷이나 양말 속에 숨겨둔 바느질 품삯 돈을 양주머니에 넣고 나가서 고주망태가 되도록 술을 퍼마시고 실성한 사람처럼 거리를 휩쓸고 다니기 일쑤였다.

장미 뜰 넓은 집에 살 때 주인아주머니 권유로 술주정을 피해 안집 마루에 이불 깔고 아기와 잠든 날이 있었다. 요리사는 장롱 서랍 속옷가지를 모두 꺼내 마당에 던지고 양동이 펌프샘 물을 옷 위에 쏟아 붓고 발로 짓밟으며 괴성을 지르기도 하였다.

2) 토혈
-저것도 사내라고…… 살아서 버려라

현실의 암울함을 어쩌지 못하는 나는 점점 쇠약해져 갔고, 결국 토혈하는 고통을 겪어야 했다. 스물여덟 살 되던 해 십일 월 말일 날 밤이었다.

초저녁부터 시작된 극심한 토악질이 자정을 넘기면서까지 이어졌고, 붉은 핏물까지 비추는 걸 보고 심상찮음을 감지했다.

이웃에 거주하는 경주 한약국 선생님이 밤중에 불려왔다. 인중이랑 여러 곳에 침을 놓았고, 커피 찌꺼기 같은 검은 색깔 밥을 토하기도 하였다.

경주약국 선생 주선으로 대구에 있는 친구 내과 의사를 찾아갔다. 스트레스로 인한 신경성 위경련, 십이지장궤양, 위산과다, 위하수증 등의 진단이 나왔고, 체중은 35킬로그램이었다. 진료실 벽면에는 위장 상태를 찍은 십여 장의 사진이 심각성을 증명해 주고 있었다.

의사는 돌배기 아기를 안고 있는 요리사를 진료실 문 밖으로 내보냈다. 유리창을 사이 두고 요리사는 진료실 안쪽을 바라보고 있었다. 나는 의사 앞 의자에 앉아 창밖의 요리사와 아기를 쳐다보았다.

"아줌마 저것도 사내라고 같이 살아요?"

의사는 유리창 밖에 서성이는 요리사를 턱으로 가리키며 물었다. 나는 뜨거운 눈물이 볼을 타고 흐름을 느꼈다.

"아줌마, 살아서 저 남자를 버릴 거요, 죽어서 저 집 귀신이 될래요?"

"살아서 버려요?"

내가 할 수 없는, 가능하지도 않을 것 같은 질문이었다.

"그럼요. 죽어서 저 집 귀신이 되면 구천을 떠돌 텐데, 그 한을 어쩔

려구요."

어느 누구도 꺼내지 못한 한스러움을 염려해 주는 말이었다.

"임금님 귀는 당나귀 귀…… 소리 지르는 것도…… 부엌에서 접시 깨뜨리는 것도…… 다 도움이 돼요. 결심만 한다면 살아서 버릴 수 있어요."

의사는 10가지 생활 규칙을 적어주었다. 나는 살아서 요리사를 버리기로 결심하였다. 병원 약과 한방 침 치료를 병행하면서, 100명 중 한 사람 정도만 살아날 수 있다는 점촌 내과의사의 격려를 들었다.

몇 년 지나면서 둘째 아이를 가졌다.

"아- 살아서 버릴 수 있겠구나. 아이를 잉태한다는 것은 살아날 수 있다는 징조다."

둘째 아이를 출산하였다. 둘째 아기 백일 무렵 서울로 이사를 하게 되었다. 경주 한약국 선생님은 한약 100첩을 이삿짐 속에 넣어 주었다.

3) 위암 진단
-홋잎나무(화살나무)

장충단 공원 진입로에 허름한 족발집들이 많이 있다. 1971년 북한 적십자회담 관계로 1년 후, 미관상 철수 대상인 음식점 건물을 권리금 없이, 보증금 10만 원으로 요리사 여동생으로부터 인수 받았다. 방 두 칸에 주방 딸린 홀이 여남은 평 정도이다.

장충단 공원은 밤낮없이 붐볐다. 공원에는 술병을 손에 들고 다니면서 호객행위를 하며 술도 팔고 몸도 파는 공원 산 색시가 많았다. 그녀들 중에는 가족의 생계를 짊어진 미성년 소녀도 있다고들 하였다. 상주

집이란 상호를 보고 고향 사람도 왔지만, 불량배들도 드나들고, 검정 베레모 특수부대 젊은이들도 왔다.

단골도 늘어났지만, 외상도 불어났다. 외상값 받으러 단골손님 집에 갔다 오면 아기 업은 내 목에, 요리사는 부엌 사시미 칼을 들이대며 금방이라도 찌를 듯이 달려들었고, 홀에 있던 손님들은 놀라서 계산도 않고 밖으로 뛰쳐나가곤 하였다.

늦은 밤 가게 문을 닫고 아기 기저귀를 빨아 홀에 널려고 일어서는 등 뒤로 소주병을 깨트려 던지는 바람에, 유리 파편이 왼쪽 장단지에 꽂혀 뼈가 하얗게 드러나 보일 정도로 살갗이 오그라드는 상처를 입기도 하였다.

밤마다 요리사의 고성방가 행패가 심해서 이웃 주민들이, 잠 못 자겠다고 장충동 파출소로 밤에 7번씩이나 신고한 적도 있다. 함경도 고향인 순경은 나를 보고 '함흥 아줌마 불쌍해서 어떻하냐'고 무척 안타까워했다. 1년 지나고 건물 주인으로부터 보증금만 10만 원 돌려받고 이사를 하였다.

요리사의 음주 버릇과 폭행은 멈출 줄 모르고 점점 심해졌다. 예비 군복을 입고 한밤중에 골목을 뛰어다녀 소란을 피우는 바람에, 동민들 신고로 잡고 보면 상주집 아저씨라고…… 방범들이 푸념을 했다.

아침에 일어나면 다시는 안 그런다고 후회와 다짐을 하였다. 속앓이 고통은 점점 심해졌고 음식은 물론, 우유도 미음도 심지어는 물 한 모금까지도 삼키지 못하는 지경에 이르렀다.

을지로 6가 국립의료원에서 위암 진단이 나왔다. 칼로 저미는 듯 예리한 아픔과 메스꺼움이 예사롭지 않았다. 화양리에서 국립의료원으로 택시에 실려 다니며 검사를 받았다. 국립의료원 의사가 수술을 권유했지만 그럴 여력도 없을 뿐더러 현실의 냉혹함에 지쳐 죽음을 받아들이기로 마음먹었다.

국립의료원 복도 나무의자에 찡그리고 누워 있는 한복 차림을 한 내게 "어디가 아파 그러냐."고 묻는 머리 하얀 할머니가 있었다.

"위암이래요."

"우리 집 시조부님 때부터 한의원을 하는데, 위암에는 홋잎나무 뿌리가 약이라던데…… 홋잎나무 가지에 암덩이를 걸어 놓으면 녹아내린다는데."

할머니는 서른네 살인 내가 안쓰러웠는지, 두세 번 연거푸 혼잣말처럼 중얼거렸다.

담당 의사는 당부의 말을 하였다. "몹시 메스껍던지, 게 춤이 나오던지, 구역질이 나면 즉시 위암 수술을 받아야 한다."고……. 나는 생애 마지막을 마무리하는 의미로 세검정 작은 암자에서 백일기도를 올리기로 하였다.

백일기도 입제 하는 날, 법당 부처님 전에 불공을 드리고 암자 뒤 컨 산신당으로 갔다. 붉은 황토 흙이 흘러내린 산 절개 지 아래 돗자리를 펴고 제물을 가지런히 놓고 스님은 목탁을 치며 독경을 하였다.

나지막한 평상 음으로 독경하던 스님은 목탁 치는 것을 멈추고 내게 물었다.

"무얼 원하는고."

목소리가 예사롭지 않았다. 갑작스러운 물음에 평소 품고 있던 말을 하소연 했다.

'돈 줄 잡도록 해주십시오. 이 남자는 동거생활을 정리하자고 말하면 나는 뭘 먹고 사느냐고 합니다. 마치 나를 생활의 방편으로 내세우니까요. 이 남자 먹고 살 만큼 떼어주고 저도 사람답게 살도록 돈 줄 잡게 도와주십시오.'

세 살배기 아기를 안고 있는 요리사가 들을 세라 나는 마음속으로 외쳤다.

"야! 이놈! 고연 놈!"

세검정 산 중턱 암자에서 내지르는 스님의 호령은 골짜기를 타고 쩌 렁쩌렁 커다란 산울림으로 퍼져 나갔다. 수행 중인 스님이라선지 맘속 말을 알아차린 것 같았다.

예상치 못한 갑작스러운 고함에 나는 소스라쳐 놀라 몸을 떨었다. 아 기를 안고 있던 요리사는 몸을 움찔거리며 놀라는 기세다.

"돈은 있다가도 없고 없다가도 있나니라. 네가 의지할 옥동자를 주마."

'옥동자요? 위암인데요? 사형선고인데요. 어떻게 잉태를 해요. 어림 없는 말씀요.'

나는 흠칫 놀라면서도 마음속으로 대꾸를 하였다.

"두고 보거라."

스님은 평상시처럼 목소리를 낮추어 독경하며 목탁을 두들겼다. 그 러는 와중에도 요리사 여동생 부부는 밤 12시 통행금지 사이렌 울림 직전에 들어왔다.

온갖 욕지거리로 고함치고, 패악을 떨며, 싸움을 걸었고, 새벽 4시 통금해제 사이렌 울리면 나갔다. 여동생 부부는 날마다 날마다 일과처 럼 반복하였다.

장충동 식당 가게 권리금으로 300만 원을 내놓으라고 다그쳤다. 1971년 당시 장충단 공원 진입로 옆에는 나무판자로 지은 일본식 2층 집이 많았다.

때마침 북한과의 적십자회담 관계로 1년 후에는 철거될 개고장이 발 부되었기에 권리금을 받을 수 없었다. 당시 여동생한테는 본인 요구대 로 보증금 만 10만 원 지불한 상태였다.

나는 일주일 넘게 물 한 모금도, 미음도, 우유도 마시지 못하여 국립의료원을 찾았다. 칼로 저미는 듯한 아픔과 헛구역질로 몸조차 가누기 힘들었다.

동거하는 유부남과 같이 온 여동생은 인정사정없이 막무가내로 달려들었다. "천금 같은 우리 오빠 몸을 팔아서라도 봉양하라."고 달려들었다. "그럴 가치나 있는 남자냐?"고 되받아쳤지만 부질없는 말싸움이었다.

여동생은 소주병을 들고 다니던 장충단 공원 '들병장수'였다. 동거하는 아버지뻘 영감도 그렇게 만난 사이다. 여동생은 "택시 타고 다닐 돈으로 장충동 가게 권리금을 내놓으라."고 윽박질렀다. 요리사는 여동생의 행태에 묵인하고 있었다.

날마다 밤이면 통금시간 해제 때까지 4시간 동안 욕지거리와 고함치는 소리에 시달려야만 했다. 견디다 못한 나는 제안을 했다. "장충동 가게는 1년 후 철거 대상으로 권리금을 포기한 상태서 넘겼지만, 이제 와서 꼭 받겠다면 오늘 밤에 300만 원 줄 테니까 꼭 받아 가라."고 말했다.

요리사와 여동생과 동거하는 영감 앞에 나는 백지를 내놓고 '각서'를 썼다.

-일금 300만 원 정-

상기 금액은 동거생활 중 가정에 충실하지 않고 폭행, 음주 행패로 인해 마음고생과 스트레스로 위암에 걸렸으니 치료비 겸 300만 원을 이혼 위자료로 지불하겠음.

1974년 0월 0일 이름 서명인

요리사 이름을 쓰고 서명란에 도장을 찍으라 했다. 나는 요리사한테 물었다.

"첫째, 처음 동거할 때부터 내가 병든 환자였나?"

"둘째, 동거생활 중 직장 다니며 월급을 생활비로 준 일이 있었느냐?"

"셋째, 살면서 술주정과 욕지거리와 폭행을 안 하고 생활에 협조했는가?"

요리사는 모두 "아니다"로 대답하였다.

나는 "내 젊음과 건강은 어떤 돈으로라도 되돌릴 수 없다. 나는 죽어가는 마당에 위자료라도 300만 원은 꼭 받아야 하겠다"고 말했다.

요리사는 "돈이 없다."고 대답했다. "벌어서 갚겠느냐."고 다시 물었다. 요리사는 "그렇다."고 대답했다.

나는 요리사가 이름을 쓰고 손도장을 찍은 '각서 종이'를 여동생 앞에 내놓았다.

"이 사람이 벌어서 갚는다고 하니까 한꺼번이 아니라도 받으세요."

여동생은 '각서 종이'를 가져갔고, 그 후로는 오지 않았다.

화양동 가게를 정리하고 충무로 골목에서 닭개장 식당을 열었다. 세 검정 스님 공수대로 '옥동자'를 얻었다. 위암도 잦아들었다. 국립의료원 복도에서 조언해준 할머니 말대로, 아버지는 엄동설한에 산에 올라가서, 훗잎나무(참빛살나무-화살나무) 뿌리를 캐고 작두로 잘라서 택배로 보내주었다.

외화 획득 바람으로 서독으로 사우디로 노동력이 한창 빠져 나가던 시절이다. 공사장 십장을 만나 10만 원 수표 한 장을 주었다. 요리사 노동력을 시험해 달라고 부탁하였다. 십장은 꾀는 부리지 않는데 힘이 없다고 말했다.

그 무렵 나는 식당을 정리하고 동대문 포목 시장에서 한복 바느질

감을 얻어 생계를 이어갔다. 요리사는 여전히 육두문자와 취중 고함으로 행패를 부렸고 이웃의 눈살을 찌푸리게 하였다. 요리사에게 제의를 했다.

"천만 원을 손에 쥐게 해주겠다. 정리하자. 천만 원이면 먹고 살 수 있잖은가."

당시 천만 원이면 산동네 집 두 채 값이다.

"아이들은?"

"아이들도 내가 맡겠다. 생활비 교육비도 내가 해결한다."

"그렇다면."

"아이들 출생 신고한 호적서류 정리부터 먼저 해주면 천만 원을 손에 쥐게 하겠다."

요리사와 결혼식은 올리지 않았지만 아이들 출생신고로 사실혼이 되어 있었다. 요리사는 이혼 절차를 승낙하였다.

건설업체 십장의 주선으로 미륭건설 해외근무자로 취업하게 되었다. 취업 보증을 서 줄 수 없다는 요리사 여동생 대신 공사장 십장 친구들이 보증 도장을 찍었다. 요리사가 노무자로 사우디 파견 나가기 직전 소공동 법원에서 법적 절차를 진행하였다. 큰아이와 막내는 소공동 법원 복도를 웃으며 좋아서 뛰어다녔다. 둘째는 엄마 이혼 안 하면 외가에 살겠다면서 방학 때 시골 외가댁으로 갔다.

숭의여중, 계성여고 다니는 아이들은 골목길에서 만난 주정뱅이 아버지를 외면하였다. 판사는 요리사를 흘끔 쳐다보았다.

"곗돈을 말아먹었나……. 아이들은……."하며 내게 물었다.

나는 단호하게 말했다.

"제가 키웁니다."

"그러면 몰라도."

판사는 쾌히 서류에 법적 이혼 도장을 찍어 주었다.

처음 보는 대서소 영감님도 이혼 보증란에 도장을 찍어 주었다.

이이들은 "이혼했다"고 떠들며 좋아했다.

나는 양어깨 날개가 달려 하늘로 오르는 기분이었다.

"살아서 사내를 버렸다."

아이들과 자장면 집에 들렀다. "그 많은 나날 왜 협조적이지 못했나."고 물었다. 요리사는 손바닥을 검지로 가리키며 말했다.

"이 속에 들어오지 않으니까."

교육수준이 달랐고 자라온 환경 가치가 달랐으니 요리사의 수준 입장에서는 술주정 행패가 당연했나 싶다.

그 후 3년, 귀국한 요리사 손에 1,200만 원 현금 통장을 주고, 나는 50만 원 보증금에 월 5만 원 사글세방을 얻어 세 아이를 데리고 나왔다.

4) 회생
-금강산 산신기도

나는 장충동에서 복덕방 직원으로 일하며 세 아이 학비와 생활비를 마련하였다. 위경련도 멎었다.

1983년 낙원동 '여성 문예원' 문학교실 수강 신청을 하였다.

안국동 조계사 법당으로 거사 불자회 저녁 법문을 들으며 나를 살폈다.

"목표를 똑바로 세워!"

법사 스님의 나무라듯 단호한 음성이 귀청을 울렸다.

"죽을힘을 다해! 목숨 내놓고 노력해 봐! 그것도 못하겠으면 이 자리에서 당장 죽어 삐리!"

나는 머리를 한 대 얻어맞은 양, 띵 하는 통증을 느꼈다.

내가 근무하는 복덕방은 사무실 제공자와 현장에서 활동하는 두 남자와 4명이 그날그날 수입을 나누어 가졌다. 당시 강남권 개발이 한창이던 무렵이라 장충동 단독 주택 매물이 많았다. 셋방 살던 사람은 집을 산다든지, 작은 주택 소유자는 좀 더 큰집으로 늘려서 이사를 다니는 추세였다.

복덕방 사무실마다 고객 접대 다방커피값을 월말 계산하던 때였다. 교활한 직원은 마담과 짜고 삥땅을 하기도 하였다.

복덕방 알선비용인 복비도 삥땅하는 예가 허다하고 지적할라치면 멱살 잡고 욕지거리와 재떨이가 날아온다. 그럴 때 나는 등 떠밀려 사무실을 나오지만, 맥주 서너 병 사들고 다시 들어가 먼저 화해를 청하곤 하였다. 나로서는 세 아이 양육비가 걸려 있기에 선택의 여지가 없다.

아침 일찍 각 복덕방을 돌며 매물을 확보하는 작업을 시작으로 업무가 진행 된다. 장충체육관 언덕배기 복덕방에서 일찍 와 보라는 전화가 걸려 왔다. 복덕방 주인은 장충단 공원 산책 노인들과 커피를 마시면서 아침 해장술에 얼큰해진 중년 남자를 소개하였다. 전직 등기소 소장이었던 주인은 40대 초반인 내게 충고인 양 늘 권했다.

"장충동 아줌마 애들 셋 중 한 놈은 필시 지애비 성질 닮아요, 늙어 고생하지 말고 나이 젊을 때 팔자 고쳐요."

맞선을 보라고 아침 일찍 불러낸 것이다.

"다방에 가서 두 사람이 얘기 나눠 봐."

몇 번의 권고에도 꿈쩍 않는 내게 얼큰 남은 화가 치미는지, "이 아줌마 거시기 털도 나지 않았겠어."하고 퍼부었다. 복덕방 사무실 네댓

명 좌중들은 찬물 끼얹은 듯 조용해졌다. 내 눈치를 살피며 긴장하고 있었다.

난감하기는 나도 마찬가지다. 어떻게 대응해야 할지……. 그냥 밖으로 뛰쳐나가기에는 복덕방 직업이 걸렸다. 다시 만나야 하는 사람들이기에 묘책을 찾아야 했다.

"아참! 그렇죠, 맞아 깜박했네. 어젯밤 껌꺼무리한데서 만져보니, 아저씨도 털이 없더구만. 부인도 없지, 아마? 아저씨 팔자네요."

순간 사무실 안 영감들은 발을 구르며 박장대소하였다. 얼큰 남은 무안했던지 밖으로 나가 버렸다.

권모술수가 심한 복덕방 일로는 세 아이 교육비 충당이 역부족이다. 복덕방 일을 접기로 하고 초등 4년생 막내를, 은평구 갈현초등학교로 전학시키고 이사를 했다. 문교부 연구 지정 학교였다.

막내가 중학교 졸업반 무렵 고등학교 학군이 우수한 독립문 쪽으로 이사를 했다. 단칸 월세방 구하기는 쉬웠으나 산기슭 가까운 곳은 산지네가 이불 속으로 들어오는 예가 허다하였다. 당시 외국어대 다니는 큰아이 팔과 다리가 물리고 신문지로 검푸른 지네를 이불 속에서 잡아 마당에서 태워 죽이곤 하였다. 불길에 휩싸인 신문지 속에서 지네는 바스락거리며 최후를 맞이하였다.

"정신을 바짝 차리고 목표를 똑바로 세워! 목표를 정확히 세웠거든 죽을힘을 다해 목숨 내놓고 노력해 봐! 안되는 게 없어! 그것도 못하겠으면 이 자리서 당장 죽어 삐리!"

조계사 큰 법당 스님 법문이 문득 떠올랐다. 그로부터 날마다 오늘도 내일도 안국동 조계사 큰 법당 부처님 전에 "돈 벌 수 있도록 지혜를……." 발원하였다.

고기도 멸치도 계란도 밥상에 올리지 않고 100일간 날마다 날마다 부처님께 엎드려 지혜와 용기를 구했다. 세 아이 도시락은 100일 동안 나물 반찬이었다. 콩 조림, 우엉 조림, 두부 조림, 콩나물 무침 등등…….

내가 불교를 처음 접한 것은 1962년 문경여고 3학년 여름방학 때였다. 아버지가 준 쌀 3말 값으로 문경 주흘산 중턱 혜국사로 올라갔다. 1말은 밥값. 1말은 반찬값. 1말은 방 빌리는 값이다. 대학 입학을 위한 공부가 핑계였지만 남녀 후배들과 방 두 칸을 나눠 공동생활을 하였다. 즐거운 여름방학이었다.

조계사 큰 법당 부처님께 100일 동안 날마다 기도 발원을 하였다. 백일기도를 마치면서 염주 장사 인연이 되었다. 큰아이 대학 졸업하고 둘째도 막내도 대학을 졸업하게 되었다. 여성 문예원을 거쳐 월간문학 문예대학, 현대문학 부설 문예대학 등등……. 10여 년간 시, 수필, 소설 특강을 들으며 습작을 하였다. 넉넉하지 못한 살림에 늘 동분서주하면서 문학을 접하는 것으로 삶의 위안을 삼았다.

허름한 술집에 들어가 생맥주 500cc 4잔을 시켜놓고 두 잔을 냉수 마시듯 벌컥벌컥 들이키면 저녁밥을 거른 뱃속에서는 금세 술기운이 요동치고 석 잔을 마시면 그냥 몽롱한 기분이 되어 '현재의 나'를 직시하게 된다.

"한없이 불쌍하고 가여운 너……. 어쩌다가 이 모양이 되었니…….."

자문자답하면서 과거 과거로 생각을 돌려놓다 보면, 매 순간 절박했던 일들이 매듭으로 떠오르고 눈물이 금세 볼을 타고 흐느낌이 정적을 깬다.

주변 탁자에서 삼삼오오 모인 취객들이 수군거린다. 그들은 애당초 500cc 넉 잔을 시키고 연거푸 들이키는 것에 주목하고 있었다.

자리를 떠야겠다는 생각을 하면서 남은 4번째 술잔마저 단숨에 들이키곤 일어선다. 순간 몸이 휘청거림을 감지하게 되고 나는 주모의 거스름돈을 손사래로 거절하면서 행길로 나온다.

　내가 아니고 싶어
　거리 어둠에
　나를 버린다

(술도락에서)

　1990년 성춘복 교수 발행 시대문학에서 시 신인상을 받고 등단을
했다. 1991년 여름 '시대 시 동인' 이십여 명이 1박 2일로 문경 도리실
마을 회관 마당에서, 돌 마당 심사장 배려로 주민들과 '시 낭송 밤'을
가졌다. 그날 저녁 동민 도움으로, 비어있는 옛집을 아버지 입회하에
매입하였다.

　그 와중에도 어머니는 "집 사면 집안 망한다고 큰오빠가 못 사게 한
다"며 동인들 있는 곳으로 따라 다녔다. 동인들은 '무슨 엄마가 딸이 집
을 산다는데 왜 못하게 하냐'고 핀잔을 줬다.

　마침 아버지 집에 와 있던 둘째 오라비도 사지 못하게 했다. 나는 그
연유를 물었다. 둘째 오라비는 '1주택 2가구'에 걸리기 때문이라 했다.
아버지를 호주로 우리 삼 남매는 각자 세대주인데, 한 세대가 주택 둘
을 허용 안 한다는 정책 설명을 했다.

　특수 재질 염주를 걸망에 지고 전국을 돌며 300여 사찰 주지 스님들
께 납품한 이익금으로 문경 옛집을 매입하였다. 그 옛날 아름드리 느티
나무가 줄지어 언덕을 이룬 개울 옆에서 나는 밤마다 소쩍새 소리 들으
며 유년시절을 보냈다.

　6·25전쟁 무렵 지은 초가삼간(9평) 흙벽돌집이다. 이천 환으로 아버
지가 피란 후 처음 장만했던 옛집이다. 그 무렵 떠꺼머리총각이 몇 권

의 책을 겨드랑에 낀 채, 가까이 와서 두 손으로 공손히 내게 건네는 꿈을 꾸기도 했다.

1999년 3월 문학회에서 동해 뱃길로 1박 2일 예정으로 '금강산 유람선'에 올랐다. 금강산 천선대에서 산신제를 올렸다. 이듬해 '동양 문학 백두산 탐방'으로 천지(天地) 앞에서 백미와 소주 명태포를 놓고 반야심경 독송으로 산신제를 올렸다.

조계사 큰 법당 3차 백일기도로 인연 된, 광명진언(光明眞言) 기도 용품 주문이 각 사찰로 이어지고 금세 목돈이 모여졌다. 난생처음 들어오는 뭉칫돈이라 큰 법당 부처님께 21일 기도를 올렸다.

"이 돈을 어디에 쓸까요." 하며 지혜를 구했다. 문경 옛집 화장실 벽에 벽지를 바르는 꿈을 꾸었다. "부처님 고맙습니다. 시골집 수리부터 할게요."

다시 꿈을 꾸었다. 떠들썩하니 집에 대하여 설명을 하는 남자가 있는가 하면 "미장일 잘 하는 사람 데리고 옵니다."라며 요란을 떠는 남자도 있었다.

하천부지까지 70여 평인 좁은 마당 안에 빨간 띠를 사선으로 두른 흰색 대형 관광버스가 남쪽을 향해 주차되었고 빈 트럭도 있었다. 시냇가 뚝 큰 느티나무 옆길 담장 안쪽에 건장한 말 한 필이 두 다리를 탁탁 구르며 검붉은 꼬리를 좌우로 흔들고 서 있었다.

말이 서 있던 자리로 대문을 옮기고 6인치 블록으로, 무너져 가는 흙벽을 덧 씌워 보완하고 용마루도 높이 올렸다. 옛 서까래와 대들보는 황토흙 속에서 전혀 낡아 보이지 않았다.

6·25 전쟁 무렵 지은 50년 가까이 된 옛집이다. 안장을 올린 흙도 튼튼하여 장정들 네댓이 올라 다니며 서까래를 걸어도 동요됨이 없었다. 느티나무 아래 돗자리를 깔고 시루떡과 막걸리를 짝으로 들여놓고

마을 사람들이 정담을 나누게끔 준비를 하였다.

아버지가 대들보 머리 쪽에 상량식(上梁式) 글귀를 붓으로 올렸다. 용(龍) 자를 머리글로 개축년도월일시간 건물주 생년과 천상 3광명, 인간 5복 구(龜) 자를 쓰고 상량식(上梁式)을 올렸다.

[龍 庚辰年八月二十六(甲申)日未時辛巳生上樑 應天上之三光 備人間之五福 龜]

ⅢⅢ 상량문(上梁文)

－앙친정사(仰親精舍) 상량(上樑)에 올리는 글

경진(庚辰)년 중추가절 팔월 스무이레, 천지신명과 불보살과 제신들께 고하나이다.

신사생 구월 초 열흘 생 이성남이 불교 관계 물품을 각 사찰에 납품하는 일을 하며 동시에 문인(文人)으로 활동하며 글을 쓰고 있습니다.

금일 상량(上樑)을 올리면서 고하나이다.

위로는 신라 옛 가야 6국 알평공의 핏줄을 받고, 고려국 상장 벼슬을 하신 이(李)자 문(文)자 한(漢)자 할아버님과 중시조(中始祖) 대(大)자 영(榮)자 영양군(永陽君) 할아버님을 뿌리로 모십니다.

조선조에 이르러 영덕에 거주하며 공조(工曹)판서를 지내신 자(字)를 백(伯)으로 칭하신 할아버님께서, 조선조 초기 이태조(李太祖) 함흥차사(咸興差使) 사건에 연루되었습니다.

강제 입북(入北) 당하신 지 수수 백 년이 지나, 1948년 봄 할아버님 고향인 경상도 문경에 입북시조 18세손 아버지가 정착하였습니다.

이(李)자 유(裕)자 호(祜)자 중시조 24대손인 아버지께서, 일천구백 오십년 6·25 한국전쟁 후 마련한 최초의 집터이옵니다.

많은 사람에게 귀감이 되고, 혼탁한 시대를 정화하는데 뜻을 세우고져, 조상님을 우러러 지혜를 본받고 승계하여, 좀 더 나은 양질의 삶을 지양하고져 앙친정사(仰親精舍)라 명명(命名)하였습니다.

신령(神靈)들께서 선몽(先夢)을 주신대로 개축보수 하며 지금에 이르렀습니다.

진행과정에 기술자들 집안에 초상이 나서 부정이 들고, 담쌓는 일로 이웃과 언쟁이 있었더라도 천지신명과 불보살과 제신들께서, 너그러이 용서하시고 나머지 공사에 차질이 없도록 도우소서.

앞으로는 앙친정사를 기점으로 천지신명과 불보살님들의 기를 모아, 고통에 시달리는 중생들의 해원(解冤)경탑과 광명진언 기도발원과, '옴마니반메훔' 육자대명왕 진언 부도를 주력할 것이므로, 모든 사기(邪氣)는 부처님과 정법(正法)으로 단호히 물리치시고, 오로지 정법과 정도(正度)로만 갈 수 있도록, 지혜와 용기 주시고 좋은 글 쓰도록 영감을 주소서.

또한 핏줄 이어주신 영천이씨 집안, 아버님이신 이(李)자 유(裕)자 호(祜)자 이후 번창하고, 연로(年老)하시더라도 오래 강녕하시도록 도우소서.

또한 도리실 마을이 더욱 풍요롭고 번창하는 마을이 되고, 무병장수하는 밝은 마을이 되도록 도우소서.

천지신명과 불보살과 제신들께 고하나이다.

경진(庚辰)년 팔월 수무이레 앙친정사 관리자

禮松 李成南 씀

지붕에 기와를 얹고 시멘트벽에 하얀 페인트칠을 하였다.

그 무렵 나는 토요일 아침에 서울로 가서 찻집에서 기다리는 고객들을 상대로 기도용 경탑 설명과 상담 판매에 정신이 없었다. 두 팀씩, 네

팁까지도 기다려주는 고객들한테 밤늦은 시간 인사동 밤샘 찻집으로 옮겨 다니면서 기도용 경탑을 팔았다. 공사하는 아저씨들은 "아줌마는 서울만 갔다 오면 돈을 가져오네." 하였다.

옛집 공사를 마칠 때쯤 꿈을 꾸었다. 마당과 댓돌에 발 디딜 틈 없이 수많은 사람들이 빼곡히 앉아 있고 마당 가운데 가마도 보였다. 아마도 기도용 경탑판매로 옛집을 개축하게끔 도움을 준 분들이 아닐까 싶다. 자칭 도인이라는 분은 '앙친정사' 터에 '비구니 승려'들 인연이 많다고 했다.

한국문인협회에서 발행한 '시인 등록 회원증'을 증거로 읍사무소에서 '근린생활 시설물 서실'로 등록을 마쳤다.

아버지 필체를 빌려 시문학서실 '앙친정사(仰親精舍)'라 현판을 걸고 시대문학 동인들과 지인들을 초대하여 아버지와 함께 개원식을 가졌다. 2000년 8월 1일부터 시작한 옛집 개축은 11월 8일 개원식(開院)일까지 100일 가까이 걸렸다.

가은 농협 조합장 김선생 신용대출과 둘째 딸 보탬으로 폐가였던 뒷집 터를 사들였다. 폐가를 헐고 터를 다듬고 지하수 우물까지 팠지만 자금관계로 신축을 엄두도 못 내고 있었다. 고민하던 차에 꿈을 꾸었다.

국방색 옷차림 청년이 "집을 지으면 누구 줄 건가요?"했고, 나는 대뜸 "아뇨 제가 가집니다."라고 대답하였다.

얼마 있다가 가은 농협에서 천만 원 대출 가능성 전화가 왔다. 아버지 집과 토지를 담보하라는 조건이었다. 아버지는 쾌히 승낙을 하였다.

2000년(庚辰年) 6월 1일부터 폐가 터에 '서실별채' 신축공사를 시작하였다. 기도용 경탑을 주말에 서울 가서 팔고, 월요일 내려와서 모자라는 건축비용을 충당하였다.

그 무렵 꿈에 냇가 옆 골목으로 밀려들어오는, 숱한 사람들을 21명씩 큰직한 함지박으로 퍼 담아 별채 마당 안으로 들였다. 신축건물을 세우고 기와를 올리고 안장까지 100일이 걸렸다. 그 후부터는 나를 찾던 그 많던 고객들 인연 줄이 멈추어졌다.

나는 큰 법당 부처님께 무릎을 꿇었다.

"부처님, 고맙습니다. 더 이상 욕심내지 않겠습니다."

유리벽처럼 크게 낸 샷시 덧문도 방바닥 난방도 이중벽 보온처리도 멈추었지만 만족하기로 하였다.

다시 꿈을 꾸게 되었다. 가사 장삼을 걸치고 하얀 장갑을 끼고 키가 훤칠한 스님이, 별채 뒤쪽 부엌문 앞에 서서 대문 쪽을 가리키며 말했다.

"저기 저것을 이리로 가져오면 크게 번창하게 도와주마."

대문 옆 수도 간에 수백 개 하얀 사기 접시가 네댓 줄로 포개져 있었다.

"스님, 무거워서 못 가져와요."

스님은 말이 없었고, 나는 다시 말했다.

"스님, 가져올게요. 사람 시킬게요. 인건비 주고요."

그즈음 청벽에 양각으로 돌출된 호랑이 머리 셋이 꿈에 나타나 보였다. 문학팀에서 또 금강산 1박을 가자고 하여 준비를 했다. 호랑이 얼굴 셋이 보였으니 세 곳에 산신제 올릴 준비를 했다. 처음 금강산 천선대에서 올렸다.

"큰 도움 주셔서 감사합니다."

두 번째 상팔담에서 올렸다. 세 번째 구룡연 폭포 앞에서 올리고 서울 집에 왔을 때 꿈을 꾸게 되었다.

산속 높고 낮은 바위에 수많은 호랑이들이 나를 향해 마주 보고 있었다. 광명진언 경탑에 108마리 호랑이를 불명(佛名)으로 이름 지어 자시(子時) 기도를 올리며 고마움을 전했다.

신축한 서실 별채도 '근린생활시설물'로 등기를 마쳤다. 별채를 담보로 천만 원을 대출받아 아버지 집과 땅 담보를 풀었다. 별채공사 중 아버지 집에 온 큰오라비는 서울 올라갈 차비가 없다고 돈을 달라고 했다. 나는 허리춤 돈주머니에서 지폐 한 장을 꺼내 주었다.

"이렇게 많이?"

당시 서울 가는 고속버스 차비는 오천 원 정도였다.

"그럼 수고하시게."

내가 61살까지 살면서 처음 듣는 말투였다. 유년시절부터 이어온 무시하고 홀대하던 말투가 아니었다.

문경 온천장 매표소에서 입욕표 삼십만 원으로 100장을 사서 큰오라비를 주었다. 핏줄로부터 당하는 모멸감을 이제부터라도 상쇄시키고자 함이다.

2018년 여름 광명진언(光明眞言) 기도용품 판매 인연으로, 근 이십여 년 가까이 중단되었던 안팎 내부공사를 마쳤다. 시집(詩集)을 출간하고 서실 별채 마당에서 시화전, 시낭송회, 출판기념회를 여러번 가졌다. 가사 장삼 걸친 스님 당부대로 백여 명분씩 음식을 준비하는 예를 갖추었다. 사나흘씩 묵으며 여생의 느슨함 속에서 나를 살피게 하는 추억이 깃든 옛집이다.

3. 자살

운명은 나에게 절대자이다. 운명이 원한다면 나는 따를 수밖에 없다.

나는 무엇인가. 나는 유한의 목숨을 산다. 한정된 생명임을 직시하면 살아있는 동안의 모든 행위는 부질없는 것이다. 모든 사물은 조금씩 소멸되는 과정이고 결국은 멸하여 아무것도 남지 않을 것이다. 흔적조차 없을 나이다.

내가 노심초사 하며 원하고 실행하였던 모든 것조차도 끝내는 사라지게 마련이다. 남은 것은 아무것도 없고 엊그제 일처럼 옛이야기로 아련히 령(靈)의 나이테에 입력되어 윤회를 거듭할 뿐이다. 보고, 듣고, 느끼고, 말하고, 행동하는 몸을 받아서 한정된 기간을 유지시킬 뿐이다. 기간이 지나면 지금의 몸은 떨어져 나가고 또 다른 유한의 생명을 받아 영위할 것이다.

지금을 사는 나의 몸은 죽음을 향하여 한 걸음씩 다가서고 있다. 한 걸음 한 걸음 걸어가는 과정은 인생살이다.

나를 진원지로 주변에는 많은 상황들이 물거품처럼 일어났다가 사라지곤 한다. 하늘과 땅 사이에 오로지 나라는 하나의 개체가 존재함으로써, 내 앞에 뒤에 옆에 아래위 삼라만상이 동시에 존재한다.

나는 영구적인 존재가 아니기 때문에 나의 주변에 있는 대상도 영구적이 아니다. 내가 없으면 동시에 아무것도 없기 때문이다. 나는 있지만 결국은 내가 없다. 유한의 목숨을 살고 있기 때문이다.

　죽음을 향하여 발걸음을 옮기는 나는 소싯적에 목숨을 끊으려고 깊은 시름에 잠겼었다. 하늘이 금세 무너질 듯한 뇌성 벽력을 들었다. 장대 같은 빗줄기가 사정없이 퍼붓고 번개가 섬광을 내뿜는 한밤중 나는 작은 풀꽃이었다. 아무 곳에도 의지할 수 없었고 존재하는 자체가 두려웠다.

　죽음은 몸과 정신이 결별을 고하는 상태이다. 유체이탈(遺體離脫), 몸은 타인 눈에 모습을 드러내지만 마음은 어디로 가는 것일까. 정신은 분명 육체 안에 있었는데 죽음을 맞이한 육신 주변에 정신도 서성이는 것일까.

　기독교 어느 종파에서 주장하던 휴거설도 정신인 영혼이 존재함을 시사한다. 불교에서도 중음신(中陰身-새로 태어나기 전)으로 영혼을 인정하고 유교에서도 도교에서도 인간에게는 혼(靈-령)이 있음을 인정한다.

　곰곰이 생각하면 몸속에 영혼이 삽입되어 명령에 따라 육신은 움직이는 것이다. 몸은 입다가 벗어 놓은 옷과 다름이 없다. 임종 후 영혼은 허름한 옷을 볼 것이다. 잘 개켜져 정갈하게 남겨진 옷을 볼 수도 있을 것이다. 아무렇게 흐트러져 악취를 풍기는 옷을 볼 수도 있을 것이다.

　비명횡사 당하였을 때 몸을 떠난 영혼은 거적때기에 덮여 마구 취급 당하는 육신을 바라볼 것이다. 더러움 탈까봐 씻고 손질하고 가꾸며 애지중지하던 몸이다. 힘들게 지내온 불쌍하고 가여운 몸이다. 시신을 바라보는 내 영혼은 비통함을 가누지 못할 것이다.

　나는 나의 몸뚱이가 마구 뒹굴게 내버려 둘 수 없어, 핑계 삼아 자살을 하지 않았다. 나는 반평생을 넘게 살아오며 이제껏 자살의 유혹을 물리치지 못한다.

산마루에 올라 골짜기를 내려다보면 저만치 벼랑 아래 잎을 피운 활엽수의 부드러운 몸짓이, 피곤에 절은 나를 포근히 감싸줄 것 같아 뛰어내리고 싶은 충동을 느낀다.

강둑에서 묵묵히 흐르는 강물을 보노라면 정체된 듯한 물빛이 요람처럼 상처를 감싸 줄 것만 같아 들어가고 싶은 충동을 느낀다.

바닷가 파도 기슭을 보면 해암에 부딪치는 청록색 고운 물결이 빛깔 사이로 어서 오라 손짓한다.

그 속에는 모든 시름이 잠들 것 같기에 나는 선뜻 마음을 주고 싶어진다.

그러나 자살, 거기에는 내 영혼이 감수해야 하는 함정이 있을 것이다. 남의 생명을 해치면 거듭되는 윤회로 대가를 치러야 하는데, 스스로 자신의 목숨을 해치다니, 얼마나 더 큰 업보를 받을지 모를 일이다. 다음 생에 무거운 사슬로 족쇄를 채울 수는 없지 않는가.

지금 생에도 힘에 겨워 중단하고 싶은 충동을 문득문득 느끼는데, 더 힘든 숙제가 다음 생에 주어진다면, 굳이 앞질러 목숨을 끊을 수는 없다.

지난 생애 죄업으로 힘든 일들이 지금까지 이어지는 것이라면, 다음 생의 나를 위해서라도 한 걸음 한 걸음 부딪치는 일마다, 열과 성을 다하여 수행하는 마음으로 살아야 함을 직시하게 된다.

필연으로 다가서는 무수한 일들의 교통정리를, 원활하게 처리할 수 있도록 세세생생 수억 겁을 살아왔을 나의 영혼 앞에 지혜를 모아야 하겠다.

4. 성폭력 위기

의상 대사 걸음 좇아
정방사에 오르니
대웅전 뜨락 수 백리

충주호 실개천
펄-쩍
뛰어 넘어

월악산 송계계곡
정한수 한 동이
부처님께 올릴까

우리네 번뇌
구름처럼
하늘을 날을까.

노모를 걱정하는 독신녀 부탁으로 자연 경관이 빼어난 사찰을 안내 하다 보니 정방사까지 오르게 되었다. 벽조목(霹棗木) 특수염주 납품 길 에 가끔 들르던 곳이다.

대웅전 뜨락에 서면 월악산 날 망이 울타리처럼 눈길을 끌고, 그 큰 충주호가 언덕에 걸려 실개천으로 변신하고 있다.

모녀와 더불어 주지 스님을 따라 저녁예불을 마치고 문밖을 나서려 는데 스님께서는 홀로 법당에 남아 기도를 더 하라고 당부 하신다. 평 소 범상치 않으시다는 소문을 들었기에 다시 법당으로 들어섰다.

전기 시설이 없어서 촛불로 어둠을 밝히는 법당은 금빛 불상에서 반 사되는 빛이며, 눈을 부릅뜬 신장들 그림이 전체 분위기를 가라앉게 한다.

나는 백팔 배를 다시 올린 후 무릎 꿇고 앉아 합장 하며 눈을 감았 다. 정신을 한 곳으로 모으고 애써 잡다한 생각들을 떨쳐 버리며 심연 으로 빠져들었다.

얼마쯤 시간이 흘렀을까. 눈을 감은 나의 의식 밑바닥에 바위틈새를 타고 흐르는 계곡물이 비춰지기 시작하였다. 인적 끊어진 깊은 산속 명산 특유의 바위틈에서 물은 해맑은 바닥을 드러낸 채 정갈한 모습으 로 흐른다.

나는 눈을 지그시 감은 채 의식 속에서 보이는 계곡을 거슬러 올라 가기 시작하였다. 계곡은 그 특유의 물살을 동반하고 한없이 흘러 내 렸다. 오르고 또 오르다보니 갑자기 짙은 활엽수 잎이 정글처럼 앞을 가로 막았다. 양옆에 우거진 잡목을 동반하던 계곡흐름은 보이지 않았 고 정글 숲으로 인해 더 이상 올라 갈 수 없었다.

나는 다시금 계곡 아래로 내려오다가 몇 번이고 위쪽을 향하여 물 흐름을 찾아 거슬러 올라 가보려 애썼지만, 정글 잎은 끝내 계곡을 가로 막은 채 한 치의 틈도 허용하지 않았다.

두 번, 세 번, 여러 번 아래서부터 계곡 물길을 따라 위로 치고 오르려 시도 했지만 더 이상 열리지 않았다.

나는 의식의 한계를 느끼며 좌선을 풀고 법당을 나섰다. 주지 스님은 법당 쪽마루에서 좌선의 모습으로 있었다. 나의 의식 밑바닥에서 계곡의 맑은 물과 숲을 보게끔 스님께서 배려해 준 것이다.

충주호 산기슭 정방사를 다녀온 다음 날이다. 군포에 있는 거래처 스님께 전화를 걸었더니 염주 값을 받아가라 한다. 지하철을 타고 시 외곽으로 한 시간 넘게 달리고 택시를 대절시켜 한참을 달렸다.

주지 스님은 급한 일로 출타 중이었고, 경리는 잠시 자리를 비웠으니 기다리라는 부전스님의 전갈이다. 무료함을 느낀 나는 사찰 뒤쪽에 있는 약수터를 향하였다.

산길을 걷노라면 우거진 숲이 포근히 감싸주는 것 같아 마음도 안정이 된다. 잔잔한 능선을 이룬 약수터 위에는 뱀을 막는 그물이 길게 가로 놓여 있다. 약수터 근처 작은 평상에 네댓 명의 남정네가 더위를 식히고 있다. 내장까지 서늘해지는 찬물을 양껏 마시고 포만감을 느끼며 천천히 산길을 걸었다.

사찰도, 약수터도 보이지 않는 한적한 숲 속 산길을 걸을 때다. 인기척을 내며 뒤따라온 남자가 어제 상량식 올린 사찰 목수라고 자신을 소개한다.

"보살님, 나하고 연애합시다."

그는 손목을 잡아끌며 숲속으로 들어가려 했고, 나는 그의 힘에 끌려 신발까지 미끄러졌다. 여름 내내 목장갑을 끼고 망치질을 한 탓인지 남자의 팔뚝은, 구리빛깔처럼 검붉었고 손목과 손은 하얗게 변해 있었다. 돌덩이같이 단단한 팔뚝에 매달려 안간힘을 쓰는 나의 뇌리에 치사

강간을 당했다는 신문보도가 스쳤다. 속절없이 당해야 하는 무기력함에 당황하였다.

아찔한 순간이다. 나는 커다란 소리로 너털웃음을 토하였다. 언제부터인가 나는 삶의 현장에서 기가 막힌 일이 벌어지면 습관처럼 너털웃음부터 토하는 버릇이 있었다.

"그런데 왜 숲 속으로 가요. 짐승처럼⋯⋯."

스스럼없이 커다란 웃음소리와 함께 나온 말투에 그는 주춤거리며 나를 쳐다보았다.

"짐승처럼?"

나는 남자를 설득시켰다. '그렇지 않느냐, 여관도 호텔도 있는데 짐승이지 뭐냐'고 반문하였다.

"그럼, 보살님, 정말 나하고 연애할거요?"

"그럼요. 선생이 남자고 내가 여잔데 못할 거 없잖소."

그는 두 번, 세 번, 다짐을 하고 염주가방을 빼앗아 든 채 성큼성큼 앞서서 걸어갔다. 상량식을 마친 사찰마당과 이어져 있는 오솔길을 다 내려와 그는 염주가방을 건네주며 기다린다는 듯 눈짓을 준다.

경리가 반기며 음료수를 내오고 과일을 깎는다. 나는 경리실과 이어져 있는 간이법당에 들어갔다. 이마에 녹색 띠를 두른 금빛모습의 지장보살 앞에 무릎을 꿇었다.

"업장이 두터워 여태껏 남들같이 금슬 좋은 남자 만나 단 하루도 아낙으로서의 행복한 삶을 살지 못하고, 아이들 셋 데리고 빚쟁이처럼 아침저녁으로 돈에 쫓기며 살아갑니다. 이제 겨우 딸아이 하나 대학 졸업시키고 아직 둘째 딸애와 막내 아들놈이 대학에 다닙니다. 아직은 돈을 벌어야 합니다. 얼마나 많은 죄업이 더 있기에 오늘 이와 같은 곤욕을 당합니까. 지장보살님께서 이 위기를 빠져나갈 수 있게끔 저에게 지혜를 주십시오."

일곱 번 절을 마치고 나니 다리가 후들후들 떨리기 시작하였다. 경리한테 특수염주 외상값 장부정리를 마치고 사찰을 나섰다. 마침 남자는 어디에도 보이지 않았다.

나는 마을길을 피하여 논둑길로 들어섰다. 버스길로 이어지는 지름길이었다. 논둑길을 벗어나고 안도의 숨을 쉬며 사람들이 많이 왕래하는 큰 길로 접어드는데 그는 헐레벌떡 뛰어 와 팔을 잡는다. 나는 소스라치게 놀라며 그를 경계하였다.

"보살님, 도망치는 줄 알았네."

그는 아예 염주가방을 빼앗아 들고 옆에 나란히 다가선다. 엊그제 상량식을 마친 절이므로 아직 목수가 해야 할 일이 많을 뿐 아니라, 법적인 문제가 생겨 소문이 나돌게 되면 청정해야 할 사찰과 주지 스님은 커다란 재정적, 명예적 손상을 입게 된다. 나 또한 많은 사찰의 도움으로 아이들 학비조달을 하는데, 나로 인하여 발생한 아름답지 못한 이 일이 소문 없이 해결 되어야 했다.

버스가 다니는 길가 횡단보도 옆에 여관이란 글자를 붙인 상가 빌딩이 보인다. 남자는 들어가자고 팔을 잡는다.

"금강산도 식후경이라고, 아직 점심을 먹지 못했어요."

그는 잘 아는 집이 있노라며 설렁탕집으로 안내하였다. 밥을 제대로 먹지 못하는 나에게 그는 맥주를 권하며 마시라 한다. 나는 술을 전혀 마시지 못하는 양 찡그리며 조금을 마셨다.

그는 과일 가게 앞에서 청포도를 한 아름 사서 맡긴다. 염주가방도 청포도와 함께 내게로 왔다.

다시 처음에 발견한 여관 앞에 왔다. 망설이는 나와 재촉하는 남자와 작은 실랑이가 일어나기 시작하였다. 교통순경은 교통정리에 여념

없이 보이지만 고발할 수는 없다.

　때마침 도로 확장공사로 차도는 붐볐다. 안양 쪽으로 향하는 직진 차선과 군포전철역 방향으로 좌회전하는 도로 입구에서 차들은 왕복 6차선으로 서행을 하였다.

　"저 많은 사람들이 여관을 배경으로 중년 남자와 여자가 실랑이를 하고 있으니 쳐다보잖아요. 선생님도 망신이고 나도 망신입니다. 다른 곳으로 가지요."

　"여기서는 택시가 하늘에 별 따기요."

　그 남자는 버스를 타야 한다면서 정류장 쪽으로 앞장 서 성큼성큼 걸어갔다. 나는 이마에 오른손을 짚었다.

　'묘안이 없을까?'

　마침 중앙차선에서 신호를 기다리던 빈 택시가 보였다. 염주가방과 청포도 비닐봉지를 왼손에 들고 이마를 짚은 오른손 검지를 꼬부라트리며 신호를 보냈다.

　기사는 고개를 끄덕이고 중앙차선에서 가운데 차선으로 운전대를 돌리며 나를 바라본다. 나는 고개를 꾸벅 절하고 종종걸음으로 천천히 지나가는 도로 옆 일차선 자동차들을 손으로 제지시키며 허리 굽혀 양보해 줄 것을 요청하였다.

　기사 옆자리에 문을 열고 앉으며 나는 감히 그 남자 쪽을 바라 볼 수 없었다.

　"빨리 중앙차선으로 변경시키세요. 군포역으로……."

　기사는 고개를 끄덕이고 중앙차선으로 진입하며 교차로에서 좌회전을 하였다.

　차들이 속도를 내기 시작할 때 비로소 나는 안도의 숨을 쉬었다. 남자가 금방 뒤쫓아 오는 것만 같아서 지하철을 타려던 계획을 바꾸었다.

안양 좌석버스 정류장에 내리며 나는 청포도와 함께 곱빼기 차비를 주었다. 눈이 휘둥그레지는 기사를 보며 말했다.

"선생님 아니었으면 저는 오늘 성폭행 당했습니다. 구해주셔서 고맙습니다."

그 후 2년 지나서야 그 절과 다시 거래를 시작하였다. 마침 주지 스님께서 불사를 마쳤으니 신도들한테 무보시해야 할 물건이 필요하다고 한다.

사찰 대문 앞에 택시를 대기시킨 채 납품을 마치고, 대웅전에 들러 참배를 하였지만, 지장보살님 모습은 보이지 않는다. 주지 스님은 "본래 우리 절에는 지장보살 모시지 않았는데."하신다.

벌써 몇 년이 흘렀다. 정방사 도량 범상치 않은 주지 스님이 지장보살 지혜로 위기를 모면케 하였나 보다.

5. 첫사랑 그림자

　가을밤은 점점 깊어만 가오. 그날 밤, 그대가 느닷없이 찾아와 던지고 간 몇 마디가 밤잠을 앗아가고 마음을 마구 헤집어 놓는구려.

　그대와 지내던 어린 시절이 눈앞에 선하게 떠오르오. 산이 높고 골짜기가 깊어 물빛이 무척 맑은 곳이오. 우리 집 앞에는 강물이 굽이쳐 흘러내리는 언덕에, 커다란 느티나무 두 그루가 수수 백 년 동안이나 파수꾼 인양 서로 키재기 하고 있소.

　교교히 흐르는 달빛을 머금고 반짝이는 개여울에 시샘이나 하듯, 무성한 느티나무를 오가며 소쩍새는 목청을 돋우어 밤마다 울어 대었소. 개여울도 지지 않으려고, 흰 물살 일으키며 소리쳐 흘렀소.

　일요일이나 방학 때가 되면 커다란 다래끼를 어깨에 걸치고, 황소 고삐를 느슨하게 잡은 소년이 느티나무 그늘에서 걸음을 멈추고 나를 불러내곤 하였소. 나는 늘 그랬듯이 오솔길로 뒤따라가곤 하였소.

　ㄱ자로 허리 꼬부라진 팽나무가 강물을 들여다보는 숲을 지나 펑퍼짐한 잔디들판에 도착하면, 수해를 막기 위해 백 년쯤 전에 강기슭을 따라 둘러쳐진 돌담이 있소. 긴 돌담을 따라 아카시아 우거진 숲이 하염없이 펼쳐지고, 하얀 꽃을 피운 찔레 넝쿨이 황소 고삐 맬 자리를 내

어 주곤 했소.

그 무렵 내가 쓴 글짓기 제목은 "내가 넘은 삼팔선"이었소. 그대는 같은 제목으로 반복되는 나의 작문을 보고 "너는 맨날 이것밖에 모르니?"하며 지적하곤 하였소.

나는 일곱 살에 삼팔선을 넘으며 임진강 얼음 속에 벌거숭이로 갇힌 시체들을 밟았소. 우리처럼 몰래 남하하다가 사살된 자유민이었소. 문경에 정착하여 어린 시절을 보내면서도 그 당시 악몽에서 헤어나지 못한 나는 글 제목조차 "삼팔선"에서 벗어나지 못했소.

우리는 산촌에서 자라며 청소년이 되었소. 자정이 가까운 어느 여름날 밤이었소. 나를 부르는 그대 목소리에 잠에서 깨었소. 나는 방문을 열고 뜨락에 쏟아진 새하얀 달빛을 밟으며 대문을 나섰댔소.

조약돌 어르듯 흐르는 개여울 물소리, 대낮처럼 밝은 달빛, 마을을 품속에 안듯 내려다보는 산봉우리들, 소쩍새와 온갖 풀벌레들의 합창은 한여름 밤 대자연의 작품이었소.

커다란 느티나무에 등을 기대고 비스듬히 서 있던 그대는 잠결에 나온 나의 손을 꼭 잡아 주었소. 포근하고 따뜻하였소. 그대의 다정한 목소리는 꿈결인 양 나지막하게 귓전을 울렸소.

"어른들은 사랑을 어떻게 하는지 모르지만, 우리는 상아의 탑을 쌓는 학생의 몸이니 열심히 공부하여 어른이 된 다음 꼭 만나자. 꼭 희고 고결한 백합꽃을 피워라."

그대가 말하는 동안 청아한 소쩍새 목청은 한층 더 맑았다오. 조각구름을 넘나드는 열이레 영롱한 달빛과 여울져 흐르는 물기슭을 바라보기만 할 뿐 나는 말을 잃었소. 첫사랑의 황홀함이 전신을 감싸 주었소.

그대는 아무 말도 하지 못하는 나를 남겨두고, 시문잎 가시나무 무성한 오솔길을 팔랑개비처럼 줄달음치며 순식간에 사라져 갔소. 짧은 순간 흘려 둔 그대 말을 가슴에 묻고 나는 백합을 피우기 위한 노력을 무던히 하였소.

그러나 이질적인 주변 상황으로 인하여 나는 끝내 백합을 피우지 못하였고, 그대는 백합을 찾아 멀리 떠나갔소.

떠나간 그대 잊기 위해 소주 한 병씩을 마셔댔소. 그대를 그리워하는 또 하나의 나를 잊기 위한 방편이었소.

봉암사 백련암에서 행자 생활을 하며 그대를 잊으려 하였소. 새벽 예불을 올리고 참선으로 들어가면 쏟아지는 졸음보다도 더 주체할 수 없는 것은 그대로 인한 온갖 망상이었소.

속가로 내려온 나에게는 뒤돌아볼 겨를도 없이 생활의 소용돌이가 덮쳤소. 그 숱한 형벌의 나날을 그대 어찌 짐작인들 하였겠소.

이제 수십 년이 지나 아팠던 지난 세월 잊히려는데…… 그대 느닷없이 꿈길에 찾아와 젊은 날의 아픔을 되새기게 하다니…….

그대, 푸르스름한 살빛을 보고 심상찮음을 느꼈소.

오늘은 그대가 일러준 대로 살던 마을을 찾아 종일 헤맸소. 삼십 년이 지난 그대 집안 소식은 새롭게 꾸며진 마을에서 알 길이 없구려.

이제는 그대 생사를 모른 채 천도식을 해야 할 것 같소. 그대도 구천을 더이상 헤매지 마시오. 안타까운 것은 그대와 함께 아내도 두 딸도 한꺼번에 낭패를 당하였다니……. 하늘을 나는 문명의 이기가 결국 지구촌에서 그대와 함께 숨 쉴 수 있다는 동류의식마저 앗아갔구려.

내 사정만 생각하고 그대 일가족의 천도제를 거절하려 한 나의 소행……. 그대 심연에 상처를 주었다면 용서하구려. 내 의식 속에 자리한 지난날 고뇌만 간직하고, 커다란 그대 의식 속에 들어가지 못한 나를 용서하구려.

생(生)과 사(死)를 초월하는 그대와 내가 한 곳에 머물 시차(時差)를 헤아려야 하겠소. 그제야 원초적 본질의 아픔에 끝막음이 될 것 같소.

내 작은 의식 속에
지난날 고뇌 되살아나고
님의 커다란 의식 속으로 끌려 들어가
삶과 죽음 본질의 슬픔이
같이 있음을
내 가슴 저미어 오는 아픔으로 알 수 있나니

얼마나 많은 날
많은 시간
님과 나
각기 다른 자리에서
아픔으로 살았던가

님을 떠나보내며
님의 눈길이 스러짐을 지켜보면서
애달파라 그 아픔
같이 나누지 못하는 지금……
떠나는 님을 보며
뒤따르는 나를 보노라

나는 슬퍼하노니
내 의식 속에 자리한
지고한 님의 의식 속으로

내가 자리할 수 없음을
그 본질의 시차(時差)를
슬퍼하노니

다시 또
내 영혼은
시공(時空) 속에
방황을 멈추지 않으리

님과 내가
한 곳에 머물 어
삶과 죽음을 초월할
시차를 헤아리며

그제서야
우리는
원초적 본질의 아픔에
끝 막음을 해야 하느니.

(령靈 전문, 1988)

6. 귀신과 백차

　사람들의 만남이란 다 그렇듯 일상적 거래 관계를 유지하다 보면, 자연히 한 사람 두 사람 알게 되고 따라서 쉽게 납득이 가지 않는 일들도 발생하게 된다.

　숭조(崇祖) 도장(道場)세계 영지(靈地) '백상원'이란 현판을 대로변에 내걸고 옥천 양지 어귀 산골짝 한 모퉁이를 운동장처럼 다듬어 〈이천만년유주무주고혼비〉를 세운 장소가 있다.

　일을 벌이고 있는 사람은 삭발한 머리를 보나, 의상을 살펴보더라도 노승(老僧)이라 할 수 있겠다.

　크고 작은 산봉우리들이 마치 연꽃잎인 양 뾰족한 모습으로 모여 있고, 아래 대청호 담수가 절경으로 이웃해 있다. 계곡을 끼고 우뚝 솟은 산봉우리 앞에 당(堂)집 한 칸을 지어 놓은 백상원이라는 곳이다. 오른쪽에는 단군 초상화를, 왼쪽에는 부처 그림을, 가운데는 선녀가 날아오르는 비천상 그림이다.

　당집 들어가는 입구 양옆으로 왕조시대 대신들 석재 입상이 다듬어져 즐비하게 놓여 있다. 당집 왼쪽 '숭조동산'에 150여 개 조상 비석이 세워 져 있다. 우측에는 커다란 〈해외동포유주무주고혼비〉와 〈순국선

열유주무주고혼비)가 세워져 있다. 비석 뒤쪽에 석가모니 불상, 관세음 보살상, 지장보살상 등 야트막하게 돌로 다듬어진 좌상이 있다.

산봉우리 옆 골짜기로 백여 미터 들어가면 산왕대신(山王大神)이란 대형글자 새겨진 받침 석재 위에, 지붕만 한 자연석이 올려 있고 갓 쓴 노인이 지팡이 짚은 채 호랑이를 걸터앉은 모습이 조각되어 있다.

노스님과 인연 있는 관계자의 요청에 따라 국내 단 하나뿐이라는 '숭조동산' 방문 길에 동참하기로 하였다. 생업으로 각 사찰에 납품하는 특수제품들이 사악함을 몰아내는 효험이 있다고 보면, 어떤 측면에서는 그들 고혼들에게 고통을 준 계기였으므로 속죄하는 의미로 참여를 하였다.

본 행사를 치르기 전에 예행연습을 하기로 정하고 영가 전에 올릴 음식은 내가 맡기로 하였다. 음식을 장만하여 정갈한 보자기에 싸 놓고 잠을 청하였을 때는 새벽 3시가 넘었다.

잠을 청하려고 눈만 감으면 저만치 앞에 갓 쓴 남자, 바지저고리 입은 남자, 치마 저고리차림 여자들이 뛰어오는 모습이 아물거려 단 10분도 잠을 이룰 수가 없었다.

뜬눈으로 밤을 새우고 행사에 참여하면서 무언가 어설픈 잔치를 치르는 것 같았다. '백상원 영가 집결소' 대형 규모에 비해 준비한 음식이 너무 적음이다. 다음 행사부터는 참여하지 않기로 하고 버스에 올랐다. 잠시 조는 사이 꿈을 꾸었다.

"이 선생, 나 좀 봅시다."며 팔을 잡는 이가 있어 흠칫 놀라 잠을 깼다. 버스에 동승 한 스님은 꿈 이야기 들으며 '배고픈 영가'라고 했다. 본 행사에도 음식이 초라하기는 마찬가지다.

'이천만 년 떠돌아다닌 영가, 순국선열 영가, 해외동포 영가, 150 비석주인 영가, 석재로 늘어 선 대신들과 불상들 산신에 한 수저의 밥도 돌아갈 수 없는 태부족의 음식 차림이었다. 고혼들이 몸을 보였다면 아마 백상원 마당에는 음식으로 인한 아귀다툼으로 일대 아수라장을 이루었을 것이다.

관광버스에 탄 사람들은 '산신제'라 하여 산신모형 앞에서 차례로 술잔을 부어놓고 넙죽 절만 할 뿐이다. 나도 그 틈에 끼어 고혼들을 달래는 시(詩) 두어 편을 읽었을 뿐이다.

나는 일행들과 행사를 마친 뒤 버스에 올랐다. 갑자기 뒷목이 뻣뻣해지고 머리가 욱신거리며 손바닥에 식은땀이 배었다. 버스 뒷좌석에 일자로 엎드린 등 위에 누군가 올라가서 밟고 열 손가락을 찔렀는데도 피가 돌지 않았다.

스님은 '음기(陰氣) 발동'으로 일어난 병이라 했다. 그 많은 영가들에게 눈곱만큼 음식으로 군침만 잔뜩 돌게 했으니, 깡패 고혼이 달라붙어 행패를 부린다고 했다. 사찰에서 '천도제' 올릴 때 목탁 치는 스님까지도 심기가 약하면 혼령한테 당하여 기절한다는 말을 듣기는 했지만, 나는 처음 당하는 일이라 방법을 찾지 못하고 쩔쩔매기만 하였다. 관광버스 앞쪽에서는 뒷좌석과 달리 마이크 잡고 춤과 노래로 떠들썩하였다.

탑골공원 근처에 버스가 도착한 것은 밤 9시경이었다. 관계자 안내에 따라 식당에 들렀다. 그날따라 아침도 점심도 변변히 찾아 먹지 못한 나는, 밥을 밀쳐놓고 맥주를 마시다가 소주를 한 병하고도 반 넘게 마셔댔다.

사람들은 뿔뿔이 흩어졌고, 비틀거리는 나를 부축하던 여인은 골목길에 꼬꾸라지는 모습을 보고 기절할 듯 놀라 백차를 불렀다 한다.

열한 시가 넘는 밤거리를 스무 번이나 넘게 횡설수설하며, 전화번호를 돌리기 위해 공중전화 박스로 뛰어 다녀야 했다. 동전만 날리던 그녀는 가장 많이 오르내린 국번을 짜깁기하고서야, 통화가 이루어진 다음 안도하였다 한다.

딸아이들은 집 근처 세란병원 응급실 앞에서 경찰관 두 명에게 부축되어 백차에서 내리는 나를 인계 받았다. 간호사와 의사는 CT 촬영을 해야 한다고 준비하였고, 그 와중에도 딸애들은 '술 취한 사람에게 CT 촬영을 해야 할 필요성'을 따졌다는 것이다.

결국 담당의사도 양보를 하고 팔뚝에 링거를 꼽았다고 한다. 회색 승복바지와 바바리에 술을 토하여 냄새가 코를 찔렀고, 새벽 한 시 반까지도 이름, 주소, 전화번호까지 기억하지 못하고, 머리며 팔과 다리를 휘저으며 응급실 침대 위에서 발광하듯 나뒹굴었다고 한다. 딸애들은 엄마가 죽음으로 가는가 싶어 긴장했다고 한다.

밤 1시 30분이 막 지나면서 불과 몇 초 사이에 파랗던 입술이 붉게 화색이 돌고, 그 다음부터는 이름도 주소도 전화번호도 정확히 말했다고 한다.

링거 한 병을 다 맞고 부축을 받으며 집으로 오는 길에는 오히려 딸애들한테 농담을 거는 여유를 보였다고 한다.

이튿날 아침 여덟 시 경에 나는 맑은 기분으로 잠에서 깰 수 있었다. 약간은 어지럼기가 있었지만 녹차 한 사발로 잔여분의 취기를 몰아낼 수 있었다.

가까운 거래처에 수금을 위하여 준비하는 옆에서, 딸애들은 간밤의 사건(?)에 관하여 배를 움켜잡고 웃으며, 눈물을 떨구기도 하며 염려스러웠음을, 하나씩 하나씩 흉내를 냈다.

나는 '음기(陰氣)'와의 만남으로 생사를 넘나든 모험을 하였다. 거래처 스님은 귀신은 음(陰)이고 소주는 술 중에서 양(陽)이므로, 본능적 작용으로 귀신을 몰아내야 하겠다는 마음에서, 음에 속하는 맥주를 먹다 말고 양인 소주를 마신 것이라고 풀이한다.

"귀신은 내 몸속에서 음이 발동하는 자시(子時)에 발광하다가, 축시(丑時)가 가까워지니까 맥을 못 추고 소주(陽)에 밀려 줄행랑쳤다."고 말한다. 거래처 주지 스님은 '해당 지역 행사'를 중단하라신다.

나는 가끔 혼자 술을 즐긴다. 그러나 경찰백차를 타고 병원에서 발광에 가까운 광기를 보였다는 이야기를 들은 후부터 술을 삼간다. 살아있는 사람에게 귀신이 작용하여 술을 먹일 수 있다는 것은 무속인들을 통해서 많이 들어 온 이야기다. 생각만 해도 아찔하다.

7. 삼청동 전생 점괘

영가(靈駕) 파장은 전생 인연에 의해 일어날 수도 있는 것 같다. 삼청동으로 '전생을 보는 도인 안 선생'을 만나러 가는 길이라고 고향 후배가 합석을 요청했다.

후배는 가정불화로 이혼 단계까지 갔고 큰아들도 부모 이혼을 동조할 정도였다. 후배는 건축업을 하였는데, 합의 이혼으로 전 재산을 가족한테 나누어 주다 보면 건축업 재기 밑천까지 날아갈 판이라 했다.

후배는 성당에서 틈틈이 성경 강론을 할 정도로 부인과 함께 독실한 천주교 신자였다.

후배는 집을 나와서 제3의 여자와 딴 살림을 차리기도 했다. 딴 살림 차린 동거녀가 온통 입 주변을 붕대로 감고 있는 것을 발견하고 까닭을 물었다. 전에 동거하던 남자가 찾아와서 손가락으로 입을 찢어 병원 가서 몇 바늘 꿰맸다는 말을 듣고 동거녀와 헤어졌다고 했다.

방황하던 후배는 양수리 근처 국수리에 법력 높은 승려를 만나, 두 달 동안 세 차례 조상 천도제 올리고 본 집으로 돌아온 후 건축업 재기로 이어졌다고 했다. 국수리 법력 높은 일각(一覺) 스님은 만돌린(Mandolin) 음률로 명상을 유도하는 분이다.

칠흑같이 캄캄한 지금은
숲의 술렁임도
작은 종달새
지저귐도 멈추었다

맑고 청아한
한 가닥 선율만
빛살같이
어둠을 가른다

가을 햇살에 농익은
검붉은 밤톨처럼
둥글게 선(線)을 품고

의식 저 밑바닥
짙은 무명(無明)
여명(黎明)으로
갈무리되는 흐느낌

선계(仙界)에서 다가와
검은 장막 걷어 내며
비파같이 튕겨 울리는
일각(一覺)스님 만, 돌, 린

삼라만상 고개를 든다

능, 제, 일, 체, 고(能除一切苦)
회오리바람에 안겨
어둠 살 벗겨져 간다.

('만돌린' 전문)

일각 스님 도반(道伴) 홍산 스님은 백월산 날 망에 은(銀) 지장 불을
모시고 수행하고 있다.

양수리 너른 물결
산수도(山水圖) 펼치니
북한강 숲 언저리
연꽃이 핀다

신라 왕자로 태어나
지옥 같은 인간사(人間事)
차마 눈물 겨워
몸부림치던 도령

구도(求道)의 길 걸으며
불꽃처럼 날 으 신
중국 구화산 등, 신, 불(等身佛)
신라 왕자 김, 교, 각(金喬覺-697~794) 스님

풍진에 그슬러
어른 아이 모르는

혼탁한 백의민족

헹굼 질 하시려

홍산 스님 손 잡으며

백월산 날 망

하늘 찌르는 정기(精氣) 보듬고

지장보살(地藏菩薩)로 금선사 오셨네.

90년 초 1인당 8만 원씩 하는 전생 보는 비용으로 후배 가족을 따라 삼청동을 찾았다.

후배는 짧은 기간에 가족 해체 고비를 넘기고 건축업도 스님의 도움으로 번창하여 만족스럽다고 했다. 가족과의 전생을 알고 싶다면서 합류할 것을 제안하였다.

삼청동 도인은 유리잔 속 수돗물에 기(氣)를 넣어 육각수 물을, 만든다고 TV 방송에도 나오고 교보문고 한쪽에 그의 많은 저서가 진열된 것을 보았다.

후배 가족보다 나를 먼저 보자고 한 도인은, 전생을 말해 주면서 그 특별한 인연들을 이번 생에 만날 것이라 했다. 큰 사찰을 관리하는 주지 소임을 맡고 있었을 때의 인연들을 만날 거라 하였다. 자녀들은 많은 도움을 받았던 인연으로 이번 생에서, 보살펴 주어야 할 빚을 지고 있다고도 했다. 배우자 또한 당시 행적에 관해 실망과 원망으로 만날 거라고 했다.

큰 절에 오는 부녀자들을 관리하는 여신도가 상주하는데, 절간에서는 화주 보살이라고 한다. 큰 절 법회가 끝나면 주지와 화주 보살이, 가마니 속 엽전을 쏟아내고 밤늦도록 돈 계산하다가 정분이 났다고 한다. 둘 사이는 너무나 간절한 마음이라서, 남자는 여자로 태어났고, 여자는 남자로 태어났는데 아마 이번 생애 만날 거라 말했다.

나는 염주 걸망을 어깨에 메고 양손에 들고 전국으로 주지 스님들을 만나러 다녔다. 나를 돕는 주지승 중에 아마도 남자가 많을 거라고 했다. 사실 전국 거래처 300여 주지 스님들은 대부분 비구 스님이었고, 비구니 스님은 다섯 분도 채 되지 않았다.

이번 생에 만나 염주 팔아주는 비구는 전생 도반이었다고 한다. 전생에 내가 그토록 사랑했던 여자는 작은 출판사를 운영하는 남자였나 보다. 순수함보다 잡스러움이 더 많은 출판사 사장을 알게 된 것은 임신(壬申)년인 1992년 11월이었다.

"동생 민족에 관한 시 한 편 써서 풍전호텔 대연회장으로 가라. 아마 원고료 삼십만 원은 줄 거야."

수필가인 함흥 동향 선배가 '김영삼 대통령 후보' 선거 캠프장 행사에 가라고 전화를 주었다. '나라 사랑 본부(나사본) 산하 예술총연합회'는 문인과 국악인 서예가 미술가들의 모임이다. 나는 방 회장(만화가)을 찾았고 '겨레의 서시'를 낭독하였다. 뒤풀이에서 출판사 사장을 소개받았다. 며칠 후 꿈결에 누군가 말했다.

"조심하세요! 저기를 보세요."

모습은 드러나지 않았지만 다급한 목소리로 속삭이듯 일러주는 이가 있었다. 검은 보자기에 가려진 사람 하나, 둘, 셋, 넷…… 여럿 보였다.

"살았나요. 죽었나요."

물음에 대답은 하지 않고,

"저기도 보세요."

그때였다. 느닷없이 뒤 목을 누르는 강한 힘에 의하여 상체는 U턴 되듯 구부러져 앞이마가 땅에 닿을 듯하였다. 억센 사내의 엄지와 검지 손바닥 힘이 목덜미로 가해 질 무렵, 뒤쪽에서 다시 또 다급히 나즉한 목소리로 "조심하세요"라는 속삭임이 들려왔다. 누군지 뒤돌아볼 틈도 없었다.

나는 물리적 힘에 눌린 채 몸 구석구석에 기(氣)를 보냈다. 통증이 있는 곳은 없었다. 귀띔해 준 사람의 염려처럼 아직 치명적 살기(殺氣)는 없었다.

나는 불가항력의 힘에 지배당한 채 위기를 벗어 날 궁리를 하였다. 나는 물구나무서듯 얼굴을 거꾸로 한 채 좌우를 살폈다. 아무것도 보이지 않았다. 어둠뿐이었다.

뒤를 살폈다. 바짓가랑이가 시야에 들어왔다.

'누구일까? 왜 내게 폭력을⋯⋯.'

그는 3일 전 '나사본' 산하 예술총연합회장으로부터 소개받았던 출판사 사장이었다. 나는 남자의 손아귀 힘에 눌려 꼼짝달싹 못하고 어리둥절해 있었다.

"잠깐 기다리세요!"

고함치듯 소리 나는 곳이 있었다. 오른편 저쪽에서 솔가지 불방망이를 들고 이쪽을 향해 달려오는 사람이 있었다. 그의 또 다른 한쪽 손에는 흰 종이가 불꽃과 함께 펄럭이며 다가왔다.

출판사 사장은 오른손으로 목덜미를 움켜쥔 채, 왼쪽 팔을 뻗쳐 흰 종이를 사내로부터 빼앗듯이 낚아채며,

"진작 가져올 것이지."

중얼거리며 오른 손아귀 힘을 풀었다.

예사롭지 않은 꿈을 꾸고부터 나는 한동안 그 환상에 시달려야 했다. 염주를 걸망에 지고 주지 스님들을 찾아 부지런히 납품 일에 몰두했다. 바쁜 나날을 보내던 중 출판사로부터 전화가 왔다.

"이 선생, 사무실로 한 번 나오세요."

사장은 사무실 출입 문짝 전면에 '겨레의 서시'를 한지에 서예가 필체로 써서 붙여 놓았다. 사무실에 걸어 놓은 '겨레의 서시'를 오가는 사람들과 음미하며 차를 나누곤 하였다. 가끔 전화를 걸어 초대해 주면 나도 싫어할 이유가 없는지라 참여하곤 하였다.

출판사장은 사교적이고 명랑 쾌활하며 유머러스한 면이 다분히 있었다. 사무실에는 늘 사람들이 모여들어 떠들썩하였고, 시국에 관하여 혹평도 가하면서 노래방도 가고, 때로는 늦은 시각까지 공평동 야외 포장마차에서 윤 선생의 '대금산조'를 들으며 여름 밤을 즐기곤 하였다.

아이들 셋을 중, 고등, 대학에 보내다 보니 생활도 바빴고 사찰 납품업도 바빴다. 집과 거래처를 맴돌며 정신없이 살던 나에게 출판사 사무실 일행을 만나는 것은 새로운 세계의 또 다른 체험이었다.

그 무렵 시정(市政)신문 사장의 알음으로 북악 팔각정 사장을 만나게 되었다. 팔각정 사장 재혼 결혼 축시를 쓰고 결혼식장에서 낭송까지 하게 되었다. 팔각정 사장은 답례로 50만 원을 내놓았다.

태초에
하늘과 땅이 열리고
햇살이 강물에 부딪쳐
눈 맞춤하면
물안개 살아나고
사랑은 피어오른다

강계에 떨구어진 씨앗 하나
한양성 언저리에

두 발 가지런히
동무들과 키 재기 하며
벼랑에 뿌리 두었다

숱한 세월 눈비 맞으며
태풍의 눈에 끄들려
휘어진 가지 송진 엉겨도
"길을 열어라 바람아" 몸부림으로
운명 앞에 마주 섰다

푸른 제복 세월 벗어나
장안을 굽어보다가
저만치
여수 바닷가 건너온
해풍에 절어 그윽한 동백 향기
빨간 각시 가슴으로 안았다

이제 한 그루 소나무로
북악 파수꾼 되어
동백꽃 뜨락에 심으니

달빛 저무는 밤이면
별무리만큼이나
동트는 새벽이면
북악숲 안개만큼이나

사랑은 펼쳐지리라.

('한 그루 소나무 되어' 전문, 1993. 5)

마침 "길을 열어라 바람아" 둘째 시집이 나왔기에 50만 원을 출판사에 맡겼다. 93년 7월 10일, 종로 공평동 고대 교우회관에서 열릴 출판기념회 비용으로 부탁했다. 출판사 사무실에 드나드는 사람들은 늘 새로운 일을 찾는 듯하면서도, 같은 울타리 안에서 맴도는 부류에 속해 있었다.

다급한 일도 없고 안 되는 일도 없고 늘 웃으며, 걸림이 없는 정규직 아닌 그런 사람들만이 교류하는, 그저 그런 종류의 일거리를 가지고 서로 주고받으며 소일하고 수입을 챙기고, 저녁에는 어김없이 인사동 골목 항아리 수제비집, 감자 수제비에 소주잔 기울이며 하루를 마감하는 사람들이었다.

어느 날 동석한 한 무녀(무속인)가 내게 다가왔다. "저 사람들과는 격이 맞지 않을 뿐 아니라, 얼마나 할 일이 많은데 여기서 허송세월 보내냐?"고 질책하였다. 그 후 나는 출판사 사무실에 발걸음을 중단하고 염주 판매에만 골몰하였다.

꿈을 꾸었다. 사람들과 뒹굴며 노는 나를 끌고 가서 침대에 눕히고, 팔과 다리를 쇠사슬로 네 기둥에 묶었다. 건장한 청년 4명이 부동자세로 침대 옆에 서 있었다. 나는 온몸에 기(氣)를 모아 끙 소리를 내면서 쇠사슬을 풀었다.

"누구 짓이냐"고 물었다. 청년들은 고개를 돌려 먼 곳을 가리켰다. 멀리서 나를 향해 달려오는 사람이 있었다. 그의 오른손에 크고 시퍼렇게 날을 세운 도끼가 들려 있었다. 그는 출판사 사장이었다.

"이미 이렇게 된 걸 어쩌겠소."

그는 내 왼쪽 어깨에 도끼날을 눕혔다. 그 후에도 가끔 출판사 사장으로부터 출판물 문장 정리하는 작업을 부탁받고 처리했다.

1994년 10월 '송파문화(松坡文化) 창간호'(원장-金忠植) 편집 일에 참여, 원고를 탈고하면서 사장과 나눈 음식 식중독으로 날마다 집 앞 행촌 병원에서 해독제 주사를 맞았다. 식중독은 나을 기미가 없고 점점 심해졌다.

꿈에 검은 갓을 쓰고 검은 도포 차림 남자가 부엌으로 방으로 따라다녔다. 나는 조계사 큰 법당 부처님께 7일 기도를 시작하였다.

"부처님 목숨 내놓겠습니다. 병원서도 못 고치나 봐요."

첫날 기도 올린 밤 꿈이었다. 온통 시뻘겋게 달아오른 얼굴에 이슬 같은 땀방울이 가득 보였다.

'얼마나 힘들면 저리 생 땀을 흘릴까요.'

다음 날도 다음 날도 기도를 올렸다. 꿈을 꾸었다.

목구멍으로 굴속같이 번들번들한 통로가 보이고, 넓은 공간에 포도송이처럼 둥근 물체가 빈틈없이 꽉 들어차 있었다. '돈이 있어야 큰 병원을 가던지 할 텐데요. 부처님.'하며 한탄하였다.

7일간 기도가 끝나고 꿈을 꾸었다. 검은 옷차림 저승사자가 멍석 위에 앉아 마루에서 마당으로 야트막한 삽작(나무울타리) 밖 허공으로 날듯 가버렸다.

그날도 더부룩한 가슴 속 압박감으로 잠을 설치고 조간신문을 펼쳤다. 신문하단 전면 광고란에 '근질근질 알레르기' 문구가 보였다. 깨알 같은 전화번호를 메모하고 9시를 기다려 제약회사에 전화를 걸었다. 자초지종 이야기를 듣던 직원은 위로하듯 말했다.

"지르텍 드시면 됩니다."

나는 집 앞 정원약국에 가서 알레르기약 지르텍을 샀다. 10일분에 팔천 원이다. 배 속에서 픽, 피 융, 뽀드득 묘한 소리를 내면서 수개월 간 위 속에 머물던 내장 두드러기가 소멸되는 마찰음이었다.

출판사에서는 아예 사무실로 출근해달라면서 성화다. 염주 납품하던 대자사 노장 스님께 상의했다. "내 말은 안 들을 것이고…… 부처님께 삼천 배를 해 보라"고 하신다.

"아마 한 번에는 못 할 거고 세 번 나누어 하루에 천 배씩 하면 답이 나올 거야."

나는 스님 말씀대로 하루 천 배씩 하기로 마음먹고 조계사 큰 법당으로 갔다. 무거운 염주 걸망으로 인해 무릎이 신통치 않았지만 시작하기로 마음먹었다.

"삼천 배를 올리겠습니다. 하루 천 배씩 3일간 올리겠습니다."

합장하고 머릿속으로 외우며, 하나, 둘, 셋, 헤아리며 절을 시작하였다. 구백구십칠을 헤아릴 때이다. 출판사 사장이 검은 서류가방을 들고 일행과 일주문으로 들어서는 게 보였다. 그들은 깔깔대며 웃었다. 품격 없는 웃음소리였다.

'저 맹랑한 웃음에 아이들 생계를 의지할 수 없지 않은가.'

나는 천 배를 마치고 다음 날도 그다음 날도 천 배씩 부처님과의 약속을 지켰다. 천 배 올리는데 두어 시간 남짓 걸렸다.

그 후에도 출판사에서는 출근요청을 해왔다. 나는 마음 흔들림을 직감하였다.

배를 타고 강화도 보문사 치마바위 부처님을 찾았다. 400계단을 밟으며 기도하는 마음으로 올랐다. 비좁은 공간이라 불전함 옆에서 반야심경 독송으로 108배를 올리고, 또 올리다 보니 몸이 나른해지고 기운이 없어, 좌선하고 명상에 들었다.

얼핏 스치는 영상이 보였다. 남자 가랑이가 내 머리 위에 보였고 앞에 됫박 쌀이 쭈루루 흐르는데, 쌀알 두세 개가 내 무릎으로 떨어졌다. '무슨 뜻인지요. 뜻을 알기 전에는 하산 않겠습니다.'하고 다시 108배를 올리며 반야심경 독송을 하였다. 불현듯 얼핏 스치는 생각이 있었다.

"부처님 고맙습니다"하고 하산을 하였다.

남자 바짓가랑이 밑에 내 머리가 있음은, '나를 대등한 위치 아닌 아래 직원으로 이용하려는 속셈'일 것이다. '쌀 두세 알은 푼돈'으로 볼 수 있다. 출판사에 생계를 의지할 수는 없다는 결론이 내려졌다.

가을이 지나고 겨울도 지나고 봄이 온 지도 한참 되었다.

"이 선생, 집 앞입니다. 점심 같이 먹어요. 어쩌면 그렇게도 매정하십니까."

출판사 사장과 점심 먹은 날 밤, 다시 꿈을 꾸었다. 화관을 머리에 쓴 흰 옷차림 여인이 옆에서 말했다.

"저―기를 보아라."

여인이 가리키는 쪽에 사람들이 쪼그리고 지그재그로 앉아 있고, 멀리 작은 점으로 보이는 곳에 흰 바지저고리 차림 남자가, 사람들에게 음식을 퍼 주는 모습이 보였다.

"이 많은 사람 줄이 없어져야 저 사람이 여기 올 수 있느니라."

나는 빠른 걸음으로 흰옷 남자 곁으로 갔다. 출판사 사장이었다. 나는 좀 더 손쉽게 일처리 하는 방법을 알려 주었다. 그 후 그 사장은 연락이 뜸했고, 출판사 외에 곁다리 사업을 한다는 소문을 들었다.

나는 삼청동 도인이 말해 준 '전생 인연'을 되새겨 보았다. 마음 내키는 대로 산다는 것이 얼마나 조심스러운가를 생각하지 않을 수 없었다.

8. 마산에서 온 전화

마산에서 전화가 걸려 왔다. 사투리 섞인 나긋나긋한 음성의 여인
이다.

"뭐 좀 물어봐도 돼예?"

그녀는 이웃 사람으로부터 전화번호를 받았다며 경위를 말하였다.

"남편이 철공장을 하는데 일도 안 되고 엉망인기라예."

"일이 어떻게 안 되는데요?"

"사람도 죽고, 재판도 걸려 있고, 돈도 안 돈다 아입니꺼."

"사람이 왜 죽었어요? 어디서?"

"공장에서예."

"재판은 민사로 걸렸나요?"

"형사, 민사, 다 걸렸다 아입니꺼."

"그럼 점집에 가 본 일이 있나요? 조상이 어떻다는 말을 들었나요?
집 나가서 소식 없는 영가라든지, 부인이 유산시킨 일이 있으면 우리
주변에 영가(靈駕-鬼神)가 맴돌 수 있고, 그들은 한(恨)의 매듭을 풀어
달라고 매달릴 수도 있거든요."

"방에 시조 할머니를 모셨습니다."

그녀는 기억을 더듬는 듯 잠시 머뭇거렸다.

"시아버지가 집을 나가서 소식이 없었답니다. 저도 7개월 돼서 유산 된 아이가 있고 또 그 밑으로 둘인가 셋인가."

"시아버지 옷을 한 벌 해드려야 해요. 유산아기 영가도 해주는데 대소변을 못 가리니까 기저귀 대신, 가제 손수건으로 대신 써도 된다고, 노장(老將) 스님께서 말씀하셨대요."

"또 있습니다. 내 위로 친정 오빠가 있었는데 다섯 살인가 됐을 때, 어른들이 상갓집 가면서 따라오지 말라고 했는데 상갓집에 따라와서 밥도 먹고 집에 와서 갓난아기한테 입을 맞추더랍니다. 아기가 숨이 막혀서 곧바로 죽어 버렸고, 그 오빠도 그런 후에 죽었답니다."

"무슨 병으로요?"

"하도 오래돼서 나는 엄마가 하는 말만 들었는데……. 다시 엄마한테 물어볼까예."

"아니요, 그럴 것까지 없구요. 아기영가는 돌 복을 사주고 다섯 살 오빠영가는 바지저고리로……. 불교용품 파는 데 가면 있어요."

"그리고 또 있습니다. 친정아버지 본부인이 엄마 시집오기 전 애기 놓다가 죽었다 합디더."

"아기는요?"

"그랑께, 죽었지요."

"그럼 그 본처부인 옷도 한 벌 사고 속옷까지 양말도 사세요. 불상하니까……. 우리는 살아있는 자로서 그들에게 해 줄 수 있는 것은, 그들의 아픔을 달래주고 위로하여 생전 습관에서 벗어나고 새로운 인연의 굴레로 들어가도록 안내하는 것입니다. 그들이 살아가면서 맺힌 원한이 저승에 가서도 '한의 덫'으로 꽁꽁 묶여져 있는 끈을 풀어주면, 그들은 자유로운 마음으로 다음 인연 길로 향하면서 공덕을 베푼 우리에게 70%의 재수를 주고 30%를 가진 영가들은 새 인연 만나러 간다고 불교 TV 강론에서 법사 스님이 밝히고 있어요. 영가들이 다른 인연 만나러 떠나면, 우리 주변은 청정해지므로 일도 잘 풀릴 수 있고 기도발도 잘 받게 된다고 합니다."

"공장에서 죽은 사람도 옷을 할까요?"

"그럼요. 젊은 사람이 자기 부주의로 사고를 당했다 하더라도, 못다 살고 간 생애 집착은 있으니까 속옷 양말 신발까지 마련해 주면 재판에도 도움이 될 거예요."

"그러면 기도는 어떻게 할까요?"

"경탑에 영가 이름을 수계식(受戒式) 불명(佛名)으로 지어서 자시(子時)에 올리고."

"낮에 쓰면 안됩니꺼?"

"영적(靈的) 급수가 높으면 낮에도 움직이지만, 급수가 낮은 영가는 제삿밥 먹는 시간에만 눈을 뜨고 귀도 열린다고 합니다. 급수 낮다는 건 한(恨)이 많다고도 볼 수 있다고 합니다. 영가 정신연령은 대부분 3살 아이 정도라고 합니다. 그래서 자시에 경탑에 쓰고, 자시에 기도하고, 자시에 음식을 주고, 살았던 인연에 집착 말고 다음 연을 찾아 이곳을 떠나라고 길 안내하는 것이지요."

"급수가 낮은 영가는 누군데예."

"아이들이 친구들하고 딱지 치며 놀이에 열중할 때 '밥 먹어라' 하고 부르면 대답만 하고 빨리 오지 않지요. 아이는 딱지를 따야 직성이 풀리는데 밥이 문제가 아니지요. 놀이에 빠져있는 아이처럼 혼(魂-넋)은 백(魄-몸)이 지, 수, 화, 풍(地, 水, 火, 風)으로 흩어져서 흔적도 없지만 자신이 몰입했던 생의 순간에 연연하여 다음 세상 새로운 인연을 만나기 위한 길을 떠나지 못한다는 것이지요. 그들은 생전(生前)에 몰입되어 있다 보니 스스로 지쳐있을 수도, 길을 몰라서 우두커니 있을 수도 있지요. 문제는 큰 얼음 덩어리 옆에 서 있으면 몸에 서늘한 기운이 스며들 듯이 우리가 하고자 하는 일 들이 음기(陰氣)로 인해 방해받는다는 것이지요. 방해받는 것은 영가 파장입니다. 영가들을 불쌍하게 여기고 다그치지 말고 10번이라도 아이 달래듯 하라고 법사 스님은 말하지요."

망우리 공덕사 주지 스님은 3년 지나도 돌아오지 않으면 나간 날을 제사날로 정하라는 유서를 쓰고 깊은 산 속으로 수행을 떠났는데, 수행하면서 얻은 답은 '핏줄 영가들 탓이 90% 이상'이라고 말했다.

"저급 영가는 한 곳에 정신이 팔려있는 영가를 일컬음인데, 그들이 옷과 음식을 보고 독경소리 듣고 나서 부질없이 허송세월 보냈음을 깨닫는다는 것이지요."

"깨닫지 못하면 어떡하지예."

"그래서 3주 동안 반복으로 자시에 기도하지요. 아이들 유치원 매일 데리고 다니듯이 습관 되도록 교육 시키듯 세 살 아이 달래듯 계속 진행하지요. 망자가 살았던 세월 한(恨)맺힌 사연을 발원문에 써서 '살풀이'에 넣어 주면서 자시에 읽어주며 위로하지요."

배고픈 영가는 밥을 주고 헐벗은 영가는 옷을 주고 새 인연 찾는 길을 모르는 영가를 위해 〈광명진언(光明眞言)〉을 읽어주면 밝은 빛에 의해 길을 찾아 떠난다는 원리다.

신라 고승 '원효대사'가 주장했다는 광명진언은 '사방이 햇살처럼 솟으라'는 뜻이다.

〈옴. 아모카. 바이로차나. 마하무드라. 마니. 파드마. 즈바라 프라바 룻타야 훔.〉

(나. 와 북. 동. 남. 서쪽이 햇살같이 밝게 솟으소서.)

햇살이 퍼지면 천지가 환하고 숲과 길이 보인다는 뜻이다. 음기(陰氣)

는 어둠이니 영가는 밝은 빛을 따라 새 인연을 찾아 길을 떠날 수 있다고 한다.

"어쨌든 밝음도 어둠을 이기는 것이고, 긍정적 사고방식도 자신감을 심어주는 것이지요."

"고맙습니더. 제가 경탑값을 부칠테니 보내주이소. 그런데예 경탑에 이름 곡 써야 합니꺼."

"말썽부린 영가들을 불교 이름을 지어서 경탑에 입력시키므로 그들 스스로 안정을 찾고 새로운 인연을 찾도록 배려해 주는 것이구요. 소각하기 전까지 경을 읽어주고 교육을 시켜서 새로운 인연을 찾아 떠나게 하기 위한 기도방법이지요. 험한 죽음 영가들이 많은 집안은 자시 기도 하면 영가들이 매달리기 때문에 무서움 증을 느끼기도 하고 무서움 증이 일어난다는 것은 한 많은 영가가 있다는 것이지요."

"그러면 오늘 저녁부터 〈광명진언〉 기도를 할까요?"

"예, 밤 11시에 초, 향 피우지 말고 물도 떠놓지 말고요. 음식은 가리지 않아도 되고요. 속옷 차림은 안 되고요. 잠자는 방 아무 쪽을 향하든 상관없고요. 처음에 〈반야심경〉 일독 하시고 합장하고 집 주소 번지와 본인 생년월일 이름을 자시(子時—밤 11시~1시까지 두 시간) 법계(法界)에 고하지요. 남편 생년월일, 이름, 직업과 사연을 고하고, 재판 사연도 말하고 소원을 말하면서 '지혜와 용기를 주십시오' 한 다음 경을 읽으면 되고요."

"고마워예. 그렇게 할께예."

그녀와 오랜 시간 통화를 마친 다음 날이었다.

"보살님, 큰일났어예."

"무슨 일 일어났는데요?"

경탑 도착 전이라 영가로부터 보호망이 없는 상태를 염려하였다.

"꿈에예, 청년이 보따리 작은 것 들고 나가고, 할머니 한 분이 방 안에 앉아 있어예."

"아 예, 벌써 부처님 법력으로 현실을 꿈에 보신 거군요. 보살님 집에 철공장 사고 청년과 시조모가 있다는 걸 〈광명진언〉 법력으로 보여 주었네요."

자시 기도 중 그녀는 여러 가지 꿈을 꾸고, 꿈에 나타난 인연들을 소(小) 광명진언에 올리며 매듭을 풀어 보려고 성성을 다하였다. 고맙다면서 또 다른 이웃을 소개까지 하였다.

고승대덕 스님들의 법문에도 간절한 마음으로 기도를 하면 꿈으로 상황을 알게 하는 예시몽(豫示夢)을 꾸게 된다고 한다.

민속자료의 중국 도교 이론에 의하면 사람은 '삼혼칠백(三魂七魄)'으로 구성된다고 한다. '삼혼'은 태광(胎光), 상령(爽靈), 유정(幽精)으로 정신세계라 한다.

'칠백'은 1백-시구(尸拘), 2백-복시(伏矢), 3백-작음(雀陰), 4백-탄적(呑賊), 5백-비독(非毒), 6백-제예(除穢), 7백-취폐(臭肺)로 육신 관할을 뜻한다.

삼혼은 수시로 우리 몸을 드나들 수 있는데, 잠잘 때는 모두들 나가 빈둥대다가 깨어날 때 되면 다시 돌아오는 데 삼혼 세 가닥 혼줄이 모두 끊어지면 보통 죽는 것이고, 한 가닥 두 가닥 줄이 끊어지면 기억상실, 백치 천치가 되는 것이라 한다.

칠백은 7줄 모두 끊어지면 사망이고, 칠백 7줄 중 몇 가닥 남아 있으면 식물인간이라 한다. 반대로 혼줄 3줄이 남아 있고 칠백 7줄 중 대부분 끊어지면 전신마비라 한다.

사망 후 3혼 중 태광(胎光)은 흙속에 들어가 정기로 되고, 상령(爽靈)은 하늘에 올라가서 신선이 되고, 유정(幽精)은 저승에 들어가서 귀신이 된다고 한다.

칠백(七魄)은 흩어져 흙 속 정기로 다른 식물과 동물들 사이를 오가게 된다고 한다. 사람의 혼(魂-정신)은 백(魄-육신)이 소멸된 것에 아랑곳하지 않고, 살아온 습관에 젖어 자기만의 소원인 한(恨)을 풀고 싶어 살아있는 사람 중 인연 있는 즉, 가능성 있는 곳을 노크한다고 한다.

실제로 한 예가 있다. 서울 중앙시장 상인이 상담을 의뢰했는데, 인천에서 큰 식당을 운영하는 딸이 어린 남매까지 버리고, 다른 남자와 서울서 동거생활을 하는데 사위가 찾아오니 어떡하면 좋으냐고 하소연했다.

나는 21일 간 자시 기도를 권했다. 가능성은 있을 수 있지만, 꼭 해결되는 조건부라면 경탑을 팔 수 없다고 했다. 상인은 달리 방법이 없으니 돈도 적게 드니까, 본인이 직접 기도하기로 했다.

딸쪽 친가, 외가와 동거남자의 친가, 외가, 남편 쪽 친가, 외가 3대 조상 면 옷으로 예를 갖추고 한(恨)을 풀어주는 발원문을 축문(祝文)으로 쓰고 자시 기도를 시작했다.

쌀 3되 3홉 밥에 108개의 수저를 꽂고, 미나리 무침과 두부전, 우유, 막걸리를 올리고 초, 향을 켜고 영가들한테 공양 올리며 반야심경과 광명진언 읽고 소원을 말할 때 사람이 어른거렸다 한다.

젊은 여인이 벽에 붙인 큰 광명진언 글자 앞에 나타났다. 엉겁결에 놀라며 소리쳤다 한다. "누구요?" 했더니 그 여인은 사라지고 영화관처럼 장면이 바뀌더니, 뿔갓을 머리에 쓴 옥색 도포 차림으로, 겨드랑 아래 놀이게 수실을 늘어뜨려 질끈 동여맨, 양반이 보였다고 한다.

양반은 곧장 젊은 여인을 방 안으로 끌고 들어가서 겁탈을 했는데, 나중에 젊은 여인은 멍석말이로 매타작 당하여 죽었다. 그 뒤 축 늘어진 시신을 개천가에 묻어버리는 장면이 나왔다고 한다.

다시 장면이 바뀌고 젊은 여인이 나타나더니만 "내가 이렇게 당했소. 남편도 매 맞아 죽었소."

"전주 이씨 자손이 그렇게 많은데 왜 하필…."

"내가 이 한을 품고 구천을 떠도는데, 한을 풀어 줄 사람은 당신밖에 없어서 당신 자손을 이용한 것이요. 많은 세월을 기다렸소. 당신 소원이 우리 자손과 딸을 떼어놓는 것이니 확실히 소원을 들어주겠소." 했다 한다.

21일 자시(子時) 기도를 마친 후, 상인은 딸이 동거를 청산했다면서 고맙다고 말했다.

9. 아들의 색정

일요일 오후 늦게 60대 초반의 부인이 지친 모습으로 찾아왔다. "달마 그림을 샀는데 방에 걸어 놓은 후부터 이상한 꿈을 꾸었다"고 한다.

부인이 말하는 이상한 꿈이란,

"내 등 뒤에서 승복 입은 사람이 성추행처럼 엉덩이를 붙이는 흉내를 하는데 날이 갈수록 그 횟수가 점점 불어나요."

부인은 달마 그림이 문제가 있는 것 같아 그림을 샀던 곳에 되돌려 주었다고 말했다.

"그 후부터 내가 자꾸 그 짓을 하게 되어서 굿을 했는데, 아들이 또 그래서 아들도 굿을 하고 괜찮았는데 또 재발했어요. 아들은 사귀던 처녀하고 헤어지고는 더 심한데."

"달마 그림에 문제 있는 게 아니고 달마 그림 도력으로, 현실 속에 감추어져 있던 문제점이 튀어나왔다고 볼 수도 있겠지요."

부인은 사찰에서 천도제 올리려고 계약금 걸고 돈 구하러 다닌다고 말했다. 아들은 포클레인 기술자인데 삼십 대 중반 나이에 폐인이 되었다고 한다.

"돈이 없어 천도제를 못하니까 집에서 직접 해요."

나는 부인이 '경탑 자시 기도' 할 것을 권했다. 밤 11시부터 1시 사이에 광명진언 108번 읽을 것과 경탑에 조상 영가 이름을 불명(佛名)으로 쓸 것을 당부하였다.

다음 날 아침에 부인으로부터 전화가 왔다.

"더 심하게 그래요. 밤새도록 '여자는 뒤로 빨고 남자는 앞으로 빨고'를 중얼중얼 하면서 색정이 올라서 눈동자도 빨갛고 얼굴도 빨개서 나중에 수면제를 물에 타서 먹였더니 늦게 잠이 들어서 지금도 자고 있어요. 큰일 났어요. 어떻게 해요. 발정난 개 같아요."

한 가정을 이끌 나이에 사정없이 무너져 가는 아들을 보는 어미 마음이 오죽하랴 싶어 측은하였다.

무엇이 신체 건강한 젊은이를 하루아침에 저리도 망가뜨릴 수 있을까. 나 또한 알 수 없는 일이다. 알 수 있는 능력도 없거니와 설령 안다 치더라도 무슨 수로 젊은이의 광증을 막을 수 있을 것인가. 정신병원에도 한 번 입원했었고, 지금은 그 관계 약을 먹는다고 한다.

나는 갑자기 시골 아버지 집 개 생각이 났다. 시골집에 거의 십 년 가까이 아버지 곁에서 집을 지키는 바둑이라는 검정개가 있다. 바둑이는 영리해서 개장수가 '개 파시오! 염소 파시오!' 방송하는 트럭이 오면 꽁알꽁알 속 앓는 소리를 낸다. 개장수 마이크 소리에 심기가 불편한가 보다.

얼마 전 바둑이 옆에 조카들이 아파트에서 키우던 털 많고 깜찍한 암캐 한 마리가 나란히 살게 되었다. 바둑이는 조그만 암캐를 향하여 이상한 몸짓으로 발정을 일으키곤 하여 민망스러웠다.

"보살님, 아드님한테 개고기 먹인 일 있나요?"

"예, 먹였지요."

"언제쯤인데요? 남편 돌아가신 다음인가요? 남편이 여색을 밝히는 편이던가요?"

부인은 집중적인 질문에 말을 꺼내기 시작하였다.

"남편이 간암으로 죽고 나서 집에 키우던 누렁이가 자꾸 울었어요. 팔아 버리라는 사람도 있고, 집에 키우던 동물이니 잡아서 몸보신으로 먹으라기도 했어요. 보신탕집에서 개소주를 내리고, 고기는 큰아들과 작은아들을 먹였지요. 개를 자가용에 태워 보신탕집으로 갈 때는, 그 큰 개가 눈물을 어찌나 많이 흘리는지 내가 손수건으로 개 눈을 가렸는데, 손수건이 흠뻑 젖었어요."

"개고기 먹고 나서 얼마쯤 있다가 그런 병이 생겼나요?"

"한 일 년인가 있다가 달마 그림을 샀어요."

"달마 그림 도력(道力)이 집안의 그림자를 알렸다고 볼 수도 있네요."

"어쩌면 좋지요?"

"사과를 해야지요. 남편 죽고 나서 개가 울었다는 것은 주인집에 닥쳐올 불행을 직감했을 수도 있지만……. 그때 집안에 한(恨)서림이 있는가를 살폈어야지요. 죽은 남편이 개를 통하여 메시지를 보낸 것일 수도 있고요."

"어떻게 그럴 수가 있을까?"

"충분히 그럴 수가 있지요. 빙의(憑依)라고, 신(神) 지핌이라고 귀신이 씌웠다는 거지요. 유산시킨 태아 영가가 부모나 형제한테 붙어서 광증을 내게 하는 경우도 있어요."

"참말로 그런 경우가 있어요?"

부인은 믿기지 않는 듯 반문하였다.

"예. 인천 주안 용화사 큰절 신도가 유산 두 번 시켰는데, 둘째 아들이 한 달에 두 번씩이나 광증을 일으켜서 사찰 조실 큰스님을 친견했더니 유산 태아가 빙의 되었으니 불명을 지어 평생 위패로 법당에 모시라고 말했대요."

"아─ 예."

"그 집에서 위패 올려도 차도가 없다고 하기에 '경탑 자시 기도'를 하시라니까 '태아 살풀이와 경탑'은 하지 않고, 자시에 아기 옷과 음식상만 차리고 광명진언 기도를 하는데, 옆에 앉아 있던 아들이 갑자기 간질 환자처럼 몸부림쳐서 중단했대요. 아들은 나중에 정신이 들어 말하기를 음식상 위에 알몸 아기가 누워 울고 있다고요. 다시 택배로 경탑을 받아서 기도를 하는데 아들도 옆에서 같이 기도를 했대요. 엄마 꿈속에서 강보에 싸여 아랫목에 누워있는 아기를 안고 대문 밖으로 나가는데 아기가 웃더래요. 그 후부터 아들은 조용했고 육군 입대로 복무마치고 제대도 했다는 전화를 받았어요. 사람도 그렇지만 개한테도 빙의가 될 수 있대요."

"어떻게 하지요?"

"이제 윤곽이 드러났으니 개 영가를 다스려야 하겠지요. 사람처럼 옷을 준비하고 '개 살풀이 경탑 자시 기도' 하면서 '조계사 큰 법당 부처님'께 7일간 기도하며 사과를 해야지요."

조선 후기 정조 때 문장가이자 실학자인 이덕무(李德懋–1741~1793) 선비는 첩의 자식이라 자살하려다가, 이왕 죽을 바에는 산천 구경이나 하고 마음에 드는 곳에서 죽으리라 작정하고 길을 떠났다. 그런데 조선의 방방곡곡이 어찌나 아름다운지 죽을 것마저 잊어버리게 되었다.

후일에 사람으로서 지녀야 할 덕목을 일괄적으로 집필하여 후세에 남겼다. 그 글 중에는 아이가 갖추어야 할 덕목과 부녀자 또는 남의 집에 손님으로 가서도 어떻게 해야 하는 가며, 자식을 대할 때 법도와 아내를 대할 때, 아내가 남편을 대할 때 어떻게 해야 한다는 예서(禮書)를 썼다.

그 글 중에 집에서 기르는 가축 이야기가 있다. 살아있는 짐승이 들는 데서 언제 잡아먹을 것이라는 말을 해서는 안 된다고 했다. 이덕무 학자의 글에는 '짐승도 말귀를 알아들으므로 주인을 원망하고 그 원망하는 살기(殺氣)가 주인을 공격할 수 있으니 경계하라고 했다. '살기'는 탁기(濁氣)이므로 몸을 상하게 할 수 있다고 한다.

다음 날 부인으로부터 다시 전화가 왔다.

"어제는 발정을 안 내고 잤어요. 그런데 내 꿈에 캄캄한 방에 파란 눈이 두 개가 있었고 누군가 손으로 얼굴을 만지며 입맞춤하려고 해서 몸부림쳤어요. 막내아들이 문 두드리는 소리에 잠을 깼어요."

"어둠 속에 파란 눈 두 개 보인 것은 개의 혼백이 큰아들 몸에서 떨어져 나왔나 봐요. 입맞춤은 죽은 남편일 수도 있고요."

"작은 방에 창고처럼 물건들만 있는데 아들이 자꾸 거기를 기웃거리고 들어가려고 해요. 술이 먹고 싶다고 난리를 쳐서 소주하고 막걸리를 샀는데 먹고 잤어요. 제가 시간제로 카페에서 주방 일을 아르바이트로 하는데, 그 집 딸이 죽어서 절에서 천도제를 지낼 때 일을 거들어 주었어요. 그리고 처음에 아들이 병이 날 때도, 검은 옷 입은 여자 집에 따라갔다가 정신병원에 들어갔어요."

"그 여자가 누군데요?"

"지하철역에 앉아 있는데 검은 옷 입고 노란 국화꽃을 든, 여자 두 명이 옆에 앉아서 가자고 해서 따라갔다고 말했어요. 그때부터 이상했어요."

"그러면 그 여자들이 사람이 아닐 수도 있네요. 아드님이 헛것(귀신?)을 보고 그것에 끌려들었군요."

몇 년 전 길음동 엄마의 하소연이다. 아들이 퇴근하고 집 현관 앞에서 들어오지 않고 뒤돌아보며 삿대질로 중얼중얼 한다고……. 가만히 들어 보면,

"야 이 새끼야 왜 자꾸 따라 와. 저리 안 가?"

날마다 이상한 아들 짓거리 때문에 무속인 찾아가서 굿을 하고, 사찰에서 천도제 올려도 아들은 여전하다고 한다.

지하철로 출퇴근하는 아들이 밤 8시쯤, 1호선 지하철을 타려고 난간에서 있으면, '야 이리 와, 여기 참 좋아, 뛰어내려!' 소리가 들린다고……

말하는 주인공은 얼마 전 직장 퇴근 후, 날마다 같이 술 마시며 잡담나눈, 아들의 술친구였다고……. 그래도 그 집 아들은 엄마한테 말하는 걸 보면, 철길로 뛰어내릴 기분은 아니었나 보다. 생전 술친구를 저승길로 유혹하는 걸 보면 망자는 생전 습관을 못 버리는 가 보다.

그 집에는 조상의 음덕(蔭德)이 있었나 보다. 악(惡)을 행하거나 한(恨) 있는 조상 기운은 오히려 위험으로 몰아갈 수 있기 때문이다. 당시 1호선 지하철은 요즘처럼 덧문인 안전문이 없던 시절이다.

길음동 엄마가 '조상 살풀이용 경탑' 제품을 집에 들였을 때 '헛소리로 중얼대던 아들'은 '엄마, 또 중 새끼한테 사기당했다고 당장 반납하라'고 펄쩍 뛰며 소리소리 지르던 아들 보고 '네 말대로 하마'했다고……

아들이 잠든 자시에 '살풀이 발원문' 읽고 광명진언 기도를 마쳤다고 한다.

엄마가 긴장하고 아침준비를 하는데, 아들은 출근하면서 조용하였다고 한다. 아들 눈에만 보인 따라다니던 영가는 아마 어떤 필연에 의해 도움을 청했던가 보다. 21일 기도 마치고 도선사 소각장에 소각한 다음부터 아들은 맑은 정신이라고 한다.

1999년 9월쯤일 것 같다. SBS에서 진행하는 '그것이 알고 싶다' 프로그램을 본 일이 있다. 3살짜리 아기 영가가 사십 대 중반 남자의 정신 속을 파고 들었는데, 중년 남자는 아기 영가의 끄들림 속에서 4년간이나 밖에 나가지 않고 방 안에만 뒹굴었다는 것이다.

보다 못한 부인이 가톨릭 신부와 인연이 되어 빙의를 제령하였는데, 신부가 촬영한 영상이 방송을 탔다. 그때 아기 영가는 신부의 질문에 "그냥 재미로 중년남자 영혼 속에 들어왔다."며 까르르 웃었다. 아기의 말소리는 중년남자 입을 통해서 나왔다.

임종을 맞이한 영가는 죽음을 인식하고 다음 세상으로 인연 찾아 떠나야 한다. 못다 살고 간 영가들이 강한 파장을, 산 사람에게 보내는 일이 빈번하게 되면, 산자의 특권도 하루아침에 기괴함으로 변하여 사회 질서가 무너지게 된다. 영가 파장은 전생 인연법에 의해 일어날 수도 있는 것 같다.

달마그림 부인에게서 전화가 왔다. 서울 북한산 높은 곳에 있는 암자에서 기도하고 왔다고……. 당일 날은 별 탈 없이 조용하게 잠을 잤는데 다음 날 문제가 생겼다고 한다.

"닭다리가 갑자기 먹고 싶어 사다가 몇 개 먹고 부엌 싱크대에 놓고 잤는데, 주방에서 닭다리를 와작와작 깨물어 먹는 소리가 들려서 아들이 먹는 가 보다 하고 문을 열어 보았어요. 아들은 먹지 않았다고 말하는데……. 분명 먹은 소리는 들었는데……. 이상해요."

그 또한 부인 머릿속에서만 들었을까. 먹고 싶어 하는 영가의 강렬함이 부인 정신세계로 비몽사몽 간 들어 와 알림을 준 것인가. 망자가 알림을 주었다면 그는 얼마나 간절히 먹기를 원한 것인가.

흔히 '경탑자시 기도' 올리다 보면 잠결에 문 두드리는 소리, 문틀이 흔들리는 것 같다고 말하는 분들이 가끔 있다. 그럴 때는 작은 광명진언에 '문 두드리는 영가'를 불명과 그의 원혼 살을 쓰면 조용해지더라고들 했다.

또 부인은 천도제 올리려고 계약한 절에서 기도하는데 구멍 뚫린 반

바지 입은 남자가 지나가는 모습, 검은 옷차림 사람도 얼핏 보였다고 한다. 흔히들 검은 옷 모습은 한 많은 영가라고 한다. 구멍 뚫린 반바지는 그만큼 헐벗었음을 알린 것인가.

며칠 후 부인은 다시 찾아와서 죽은 남편 얘기를 했다. 남편이 간암으로 세상 떠난 다음 화장하고 납골함에 모셨는데, 3일째 되는 날 저녁 7시경에 큰아들과 저녁상을 마주하고 있었다.

파란 대문 안으로 들어서는 사람이 있어서 무심히 보았는데, 뜻밖에도 삼일 전 죽은 남편이 산 사람처럼 느릿느릿 힘없이 들어왔다. "아이고, 어떻하냐. 너 아버지가 온다. 이게 무슨 변고냐"며 일어나서 마루로 나갔는데 남편 입술은 허옇게 말라 초췌한 몰골로 마루에 걸터앉았다고 한다.

"그때 내가 물이라도 떠다 주거나 어째 죽은 양반이 이리 집으로 왔느냐고 물어보고 밥이라도 차려 방으로 모시든지 했으면 집안이 이렇게 망가지지는 않았을 걸……. 나는 무서워서 내쫓을 생각만 하고 천수경을 옆에서 읽었더니 남편이 나갔는데……. 남편은 그 이튿날도 또 다음 날도 3일 연거푸 저녁 7시경에 왔었어요."

"그다음엔 안 왔어요? 그때 큰 아드님은 뭐라던가요?"

"아들은 나 보고 엄마 미쳤다고 야단이지요. 아버지 죽고 나니까 엄마가 실성했다고."

"아들 눈에는 안 보이고 엄마 눈에만 보였네요."

"예. 이상스리 산 사람처럼 들어오는 걸 쫓아냈으니."

"그러니까 그 양반은 집이라고 찾아왔는데……. 입술이 바싹 마른 것을 보면 목도 말랐을 것이고……. 집에서 49제를 올려도 되는데……. 죽으면 7일이 저승에서는 하루라고 하더라고요. 망자는 49일 동안 하루 한 끼씩 7일 먹고 재판 받는데요."

"집에서 어떻게 해요."

"저녁 9시쯤 나물 반찬이라도 차려 놓고 경을 읽으면 된다고 해서 어머니 때 그렇게 했어요. 마지막 제사만 절에서 하고요."

"대자리 화장터 극락사 주지 스님은 화장한 분의 칠칠재를 올리는데 처음 1재 올린 날 밤, 마나님 꿈에 죽은 영감님이 나타나서 '내가 여지껏 벌어다 준 게 이것밖에 안 돼?' 고함치며 밥상을 발로 걷어차는 바람에 놀라 잠에서 깼대요. 아들한테서 밤중에 전화가 왔는데, '엄마, 아버지가 밥상을 걷어차는 꿈을……' 두 모자는 날이 새자마자 극락사를 찾아와서 꿈 얘기하며 뭉칫돈을 내놓더라고, 마침 염주 판매로 방문했을 때 주지 스님이 얘기했어요."

예부터 삼오제는 사망한 날 포함하여 5일째, 발인날 포함 3일째 되는 날, 무덤에 가서 제사 올리는 옛 법이다. 원칙은 발인날 제사(초우-初虞), 다음 날 집에서 제사(재우-再虞), 무덤 가서 제사(삼우-三虞)라 한다. 사십 구제는 운명하고 7일마다 7번 제사 올리는 것이다. 100일 되는 날도 올리는 것이 원칙이다.

3년까지는 생일상을 올리면 자녀들 집안에 덕이 쌓인다고 한다. 절에서 할 여력이 없으면 집에서라도 하는 것이 자손들한테 덕이 온다고들 한다. 왕조시대 유교 법도는 집에서 올렸다. 요즘 간소화를 주장하여 무시하지만, 49제는 꼭 올려야 하는 이유가 있다고 한다.

운명하면 7일에 한 끼 만 먹으면서 7번 절차를 밟고 저승으로 간다고 한다. 49제를 무시하면 망자는 굶은 채 절차를 기다린다고 하니 자손 된 도리에 어긋나는 것이다. 살아있는 우리가 그곳에 갔을 때 떳떳해지는 거다. 도리를 벗어나면 예가 아니고 찜찜한 것이다.

달마 그림 부인은 삼오제는커녕 칠칠제도 무시했을 뿐 아니라 남편이 키우던 누렁이가 그토록 눈물을 쏟았는데도 몸보신용으로 잡아먹은 것이다. 큰아들은 개의 넋이 붙어 폐인이 되고, 악기 다루던 둘째 아들마저 실업자가 되었다.

아무리 '간소화'라지만 저승길 가는 망자에게 최소한의 예(禮)는 갖추어야 하지 않을까. 또 그렇게 함으로 해서 떠나는 분 마음이 흐뭇해지면 자손들한테도 훈풍이 나부낄 것 아닌가.

부인은 남편을 향한 소홀했던 점과 보신용으로 희생된 누렁이 한을 풀어주는 '살풀이' 발원문을 자시에 읽으며 진정성을 다하여 '경탑기도'를 하였다.

얼마 후 찾아온 부인은 큰아들이 산촌에서 양봉 일에 열중이라고 전했다.

10. 규명된 사실

　생업 수단으로 특수재질 염주를 걸망에 지고 산사 주지 스님을 찾아다닌 지도 십 년이 넘었다. 때로는 십 년 세월에 지기가 된 듯 절 운영에 관한 어려움을 주지 스님과 나누기도 하고, 다른 절 운영 방법을 전해 드리기도 한다.

　그럭저럭 단골 주지 스님도 전국에 삼백여 곳은 족히 될 것 같다. 처음에는 궁여지책으로 아이들 학자금이나 융통해 볼까 싶어 위탁판매를 시작하였는데 부수적으로 더 큰 것을 얻었다.

　그동안 아이들 셋은 모두 대학을 졸업하여 제 갈 길을 향하고 있다. 막내인 아들만 복수 전공으로 1년 더 해도 그만 안 해도 그만이다.

　돌이켜 보면 많은 주지 스님들이 음으로 양으로 도와주셨기 때문에 수월했던 것 같다. 주로 신도회에서 판매했지만 주지 스님께서 신도들한테, 행사용 답례품으로 나누어주는 예도 있다.

　그러던 중 알게 모르게 나는 초능력의 세계가 있음을 감지하게 되었다. 처음에는 걷잡을 수 없는 두려움이 앞서 물러설까도 생각하였다.

　여고를 졸업하고 대학진학이 좌절되었을 때 잠시 입산하여 행자 생활을 한 것 말고는 두드러지게 불교사상에 몰입해 본 일이 없다. 불교

용품을 주지 스님들께 납품하면서, 아이들 상급학교 합격 발원 백일기도를 몇 차례 했을 뿐이다.

예시적 꿈을 꾸면서 꿈은 현실에 좋은 결과로 나타나기 시작하였다. 사람은 누구나 어느 종교를 가지든지 또는 갖지 않더라도, 마음을 가다듬고 무의식세계로 몰입했을 때 통한다고 하였다.

통하는 능력의 속도가 빠르거나 더딜 뿐 누구나 능력을 보유하고 있디는 학설도 있다. 초능력 세계, 과연 얼마만큼 다가서야 초능력의 세계라 일컬을 수 있을까?

많은 선각자들이 석가세존 이전에도 깨달음을 찾아 구도의 길을 걸었다는 설이 있다. 그러나 대다수사람들은 법계로 들어서지 못하고 좌절한다고 한다.

도인(道人)은 영계(靈界)와 파장을 맞출 수 있고, 대 우주 정기를 받아 신인합일(神人合一) 경지에 도달하게 된다고 한다.

첫 번째 관문이 영계 파장이라 한다. 내가 영계 파장이 존재함을 감지하게 된 것은 수년 전 김제 금산사 목불(木佛) 부처님 점안식이 있을 때였다.

서울역에서 자정 무렵 기차를 타고 새벽녘 김제에 도착하여, 금산사 사문 길목에 걸망을 풀었다. 큰 행사가 있을 때는 주지 스님과 상의하여 사찰과 합동판매도 하지만, 여의치 못 할 경우 단독 판매를 한다.

전국에서 수십 대 관광버스가 금산사로 신도들을 실어 날랐다. 법회가 끝나고 신도들도 각기 타고 온 버스에 올랐다. 나도 염주 걸망을 꾸린 다음 아이들한테 몇 시쯤 도착할 것이라고 전화를 걸었다. 큰아이는 걱정된다면서 꿈 이야기를 하였다.

"너네 엄마가……, 너네 엄마 때문에……."

흰옷 차림 여자와 남자들이 몰려와서 삿대질로 항의하였다고 한다.

나는 섬뜩함을 느꼈다. '영계가 존재한다면 또 존재하여 살아있는 우리와 무관하지 않다면'하던 기우가 현실로 다가온 것이다.

실은 내가 팔고 있는 용품은 '요사한 기운을 물리친다'고 하는 벽조목(霹棗木) 염주와 '귀신을 쫓아낸다'는 산(山) 복숭아씨로 제품화 된 염주이다.

"괜찮을 거야……. 제사를 먼저 잘 지내고 방편으로 이 염주를 지니라고 했으니까……. 무조건 영가를 내쫓으라는 것은 아니니까……."라고 아이를 안심시키지만 마음은 개운치가 않았다.

산신기도처인 영주 금봉사에서 위탁받은 벽조목 부적은, 한 사찰에 삼백 개 오백 개 단위로 전국에 뿌려졌다. 무량사에서 개발된 벽조목 염주와 목걸이도 엄청난 숫자로 각 사찰에 납품되었다.

그 무렵 여학교 동창이 나를 어느 집에 안내하였다. 나는 그 집 내막을 전혀 모르고 재수한다는 학생을 엄마로부터 소개받았다. 학생은 자기 방이 무섭다고 말했다.

나는 학생 손에 벽조목 염주를 쥐어 주었다. 염주 알을 몇 번 굴리던 학생은 갑자기 손이 뜨거워진다면서 당황해 하였다. 학생 엄마는 아들로부터 염주를 돌려받아 굴리면서 아무렇지 않다는 표정을 지었다.

"어, 내 손가락을 누가 탁탁 치는 것 같아."

학생 어머니 말에 방 안은 긴장감이 돌기 시작하였다.

"이 집에 누구 젊어 비명에 간 사람 있나요? 벽조목은 영가들이 싫어하므로, 필연적 인연 영가는 자신의 존재 알림을 줄 수 있다는데요."

"숨기지 말고 다 말해."

나를 안내한 동창이 말문을 열었다.

학생 형이 대학 4학년일 때 일어난 일이라고 한다. 친구와 밀치기 장난치다가 뇌진탕으로 사망했는데, 형이 꿈에 나타나면 답안지가 전혀 보이지 않는다고 말했다. 나는 주지 스님들께 들은 얘기를 학생 엄마한 테 들려주었다.

"죽은 아들의 영혼결혼식을 올려주고 영혼을 달래주면 집안이 편해 진다고 하던데요."

말하는 순간 나는 얼굴이 화끈거려지고 갑자기 어지러움을 느꼈다. 나는 깜짝 놀라 손바닥으로 백회혈 부위를 탁탁 치면서 물었다.

"큰아드님인가요? 어머니께 무어라고 밀할까요? 영혼 결혼해 달라고 말씀드릴까요?"

학생 어머니와 동창생은 이상한 듯 나를 보았다.

"나도 그래……. 어지러워."

옆에 시집간 딸이 나란히 앉아 있다가 깜짝 놀란 듯 자신의 머리를 만졌다. 어지러운 시간은 극히 짧았다. 그러나 분명 까닭이 있는 듯하 였다. 나는 학생 어머니를 보고 간곡히 부탁하였다.

"우리도 백 년 못 가서 죽는데……. 그때 그들을 무슨 낯으로 대할 것인가를 생각해보자구요. 쫓아버리지만 말고, 죽은 귀신이라고 외면 하지만 말고요. 갈 곳을 잃고, 죽음도 인식하지 못한 채 평소처럼, 습 관대로 집에 머무는 큰 아드님을 영혼 결혼시켜서 좋은 곳(천도식)으로 보낸 다음에 벽조목 염주를 지니는 것이 엄마의 도리가 아닐까요?"

그런 일이 있고 난 다음부터 나는 영계가 존재함을 의심하지 않았다.

십여 년 넘도록 수백 곳 절간을 찾아다니며 주지 스님들을 만났다. 망우리 주지 스님은 특별한 주장을 펼쳤다.

주지 스님을 처음 만났을 때였다. 책상 옆에 걸려 있는 달력을 한 장 씩 넘겨 보았다. 달력 한 칸에 오전 팀 전화번호와 오후 팀 전화번호가 기록되어 있었다.

조상 영혼을 달래는 '천도제'가 하루 두 팀씩 석 달간 예약된 전화번호였다. 칠십 넘는다는 주지 스님은 목소리도 카랑카랑하여 법회 때, 마이크를 쓰지 않는다고 말했다.

주지 스님은 조상 천도제를 신도들에게 일 년에 두 번씩, 의무적으로 올리게 하는 이유를 설명하였다.

"법당을 운영하면서 의아심을 갖게 되었지. 매번 불공을 드리고 생일 불공이며 사업성취 불공을 올리는데도 느닷없이 일어나는 불상사의 원인을 알 수가 없어. 산속에 다시 들어갔지."

스님은 경험담을 얘기하기 시작하였다.

"3년이 지나도 내가 돌아오지 않으면 내가 나간 날이 제삿날이다."

스님은 가족을 앉혀놓고 유언을 남기고 산속으로 들어갔다.

"도대체 무엇이 불공으로도 막아지지 않는가⋯⋯. 산속 수행을 했지."

사망한 사람이 고통을 호소하며 살아있는 사람에게 보내는 영계 파장은 80% 이상이라 했다. 사람은 누구나 죽지만 어떻게 살다 죽었는가 하는, 마음(정신)이 문제라 했다. 죽었는데도 자리를 떠나지 못하고 고통스러움을 하소연하는 게 문제라 했다.

망자는 속상함이 덫인 장애가 되어, 오지도 가지도 못하고 공중에 떠 있더라고 한다. 영혼은 속상함의 덫을 풀 수 있는 가능한 대상을 향하여 신호를 보내는데, 우리는 무심히 지나쳐 버릴 뿐이라 한다.

생전에 삶 속 덫에서 벗어나지 못한 망자는, 중음신이 되어 구천을 떠돈다 한다. 살아생전 습성으로 먹고 입는 것을 최우선으로 바라더라는 것이다. 먹을 입이 없는데도 음식을 보면 습관적으로 좋아하고, 많이 굶주린 영가는 밥주발에서 뒹굴며 좋아서 어쩔 줄을 몰라 하더라고 말한다.

중음신이 된 영가의 파장이 산 사람의 불행을 초래할 수도 있다고 한다.

11. 외할머니 신살(神殺)

창원서 식당을 운영한다면서 전화가 왔다. 잠자다가도 느닷없이 발작이 일어나서 구급차로 응급실에 간다고 했다. 남편도 이유 없이 발작을 일으키고 부부가 번갈아 실려 간다고 말한다. 설악산 봉정암도 여러 번 다녔고, 사찰 불사도 많이 하는데도 마찬가지라 한다.

외할머니는 살아 계실 때 군 소재지에서 이름 날린 무당이었다 한다. 그 신줄로 인해 지금껏 고통을 받는다고 말한다.

창원 여인과 나는 문경서실 마당에서 오후에 휴대폰 통화를 하였다. 갑자기 가슴이 꽉 막힌 듯 답답하고 손 떨림이 와서 변화를 말했다. 창원 여인은 자기 팔에도 떨림이 온다고 말했다.

나는 '천도제 다라니'를 권했다. 외할머니와 외할머니 신줄 108명도 천도 대열에 올려야 하고, 조상님들도 함께 천도할 것을 말했을 때였다. 휴대폰 들은 오른쪽 팔이 아래위로 흔들리기 시작하였다.

"내 손이 걷잡을 수 없이 흔들려요. 자시 기도 한다든지 안 한다든지 결정을 해야 흔들리는 팔이 멈출 것 같아요."

"예, 할게요. 계좌로 입금할게요."

순간 내 손은 언제 그랬느냐는 듯 흔들림이 멈추어졌다. 가슴 답답

함도 멈추어졌다.

창원여인이 '다라니 경탑'을 펼치고 자시에 불명으로 외할머니 추종하던 신줄 이름을 쓰는데 '보라색으로 쓰라'는 말이 들렸다고 전화를 했다.

"보라색은 뭔가요?"하고 물었다. "북두칠성 자미두수 색깔이 보라색"이라고 여인은 말했다.

외할머니는 북두칠성을 향한 생전(生前) 기도 습관 집착에서, 이제껏 벗어나지 못하고 있는 것은 아닐까. 전에 '아들 색정' 때문에 자시 기도하던 여인도, 외할머니가 꿈에 하소연 했다는 말을 했다.

"외할머니가 갈기갈기 찢겨진 옷을 바람에 날리며 성황당 돌무더기 옆에서 소리치며 뭐라고 했대요."

여인의 외할머니는 아들 놓기를 원하며 산천기도를 했는데, 딸 여덟을 낳고 마지막에 아들을 낳았다 한다. 여인의 외할머니는 원하던 아들은 낳았지만, 살아생전 산천기도가 뼛골에 사무쳐 저승 길목을 서성이는가 보다.

외할머니의 살아생전 습관에 집착하는 마음을 풀어주는, '살풀이 발원문'을 자시에 올리는 기도를 하고 난 후에, 꿈에 나타난 외할머니는 말끔한 모습이더라고 말했다.

서울 도선사 스님은 천도제를 올리는데 상에 차려진 반찬만 33가지로 큰 행사였다 한다.

노장 법사 스님이 채를 들고 징을 울리는데 도무지 손을 움직일 수가 없었다고 한다. 두 번 세 번 시도해 보아도 여전히 팔을 움직일 수가 없었다 한다.

법사 스님은 영(靈)을 보는 특유의 시선(視線)으로 주변을 관(觀)하였다. 도포에 통갓을 쓴 노인이 왼손으로 오른쪽 도포 소매 자락을 걷어 올리고, 오른손 젓가락 끝에 부침개를 들고 무언가 찾고 있었다. 가만히 살펴보니 간장종지가 없었다. 간장을 다시 상에 올린 후에 막힘없이 천도제를 올렸다고 한다. 수행을 많이 한 법사(法師) 스님은 특이한 시선으로 영혼을 볼 수 있다고 한다.

1992년쯤 벽조목(霹棗木) 염주 거래처인 잠실 쪽 빌라에 무녀(巫女) 법당을 방문하였다. 불상을 모신 무녀 법당은 주변에서 용하다고 꽤 알려져 있었다.

무녀는 젊은 여인을 위한 굿을 하고, 며칠 지났다면서 말을 꺼냈다. 당시까지만 해도 소규모로 한밤중 한강 변에서 징을 치며 조상 천도굿을 할 수 있었다.

강물 모래 둔덕에 제물을 차려 놓고, 젊은 여인이 목적하는 것을 이루기 위한 굿판이 벌어진 것이다. 여인은 유부남과 살림을 차리고 매달 100만 원의 생활비를 받았다. 더 많이 받기 위해 유부남 조상 천도굿을 하는 행사였다.

무녀가 징을 치며 굿을 시작하려는데 징을 잡은 오른 손목이 움직여지지 않았다고 한다. 몇 번을 시도했지만 징채를 움직이지 못하게 하는 제삼의 힘이 있었다고 한다.

무녀는 심상찮음을 감지하고 신의 눈빛으로 주변을 살펴보았다고 한다. 여인과 동거하는 유부남 조상을 초대하는데, 다른 영가가 와서 막아섰다는 것이다.

젊은 여인은 본 남편과 살 때 다른 외간 남자와 교제를 했다. 남자 본부인이 눈치를 챘다. 남자 본부인은 외출에서 돌아온 남편에게 음료수를 권했다. 무심결에 받아먹은 음료수는 독극물과 섞여 있었다.

남자 본부인은 피를 토하며 고통스러워하는 남편을 보면서 젊은 여인집에 전화를 했다. "네 년이 우리 남편 독살시켜 죽게 했다"며 공격을 했다.

젊은 여인 남편은 한밤중 걸려온 전화에 황당하여 아내를 다그쳤고, 두 사람은 택시 타고 외간 남자 집으로 갔다. 외간 남자는 결국 죽었고 젊은 여인은 독살범으로 끌려갔다.

나중에 사건이 뒤집혀져서 젊은 여인은 풀려났다. 외간남자 본부인은 남편을 독살한 살인죄로 구속되었다. 젊은 여인은 남편과 이혼하였다. 젊은 여인은 유부남을 만난 것이라 했다.

무녀가 신의 눈빛으로 본 것은 피를 토하는 외간남자 혼백이더라 했다. 무녀는 굿상에서 '피를 토하는 이 사람은 누구냐?'고 다그쳤다. 젊은 여인으로부터 자초지종 이야기를 듣고, 아내로부터 독살당한 외간남자 혼백을 천도했노라고 무녀는 말끝을 맺었다.

대자리 화장터 입구에 신을 보는 큰스님이 상주하는 대자사 절이 있었다. 염주 가방을 들고 절에서 나오는데, 검정 승용차에서 나오며 말을 건네는 여인이 있었다. "용한 스님을 소개해 달라" 하였다.

남편과 이혼 하는 서류를 오늘 오후 5시 전에 동사무소에 넣어야 이혼 효력이 발생하는데, 갈등이 많다고 말했다. 나는 여인을 데리고 큰스님께 안내하였다.

"야! 이년! 언제까지 그 짓을 하고 다닐거냐!"

말도 꺼내기 전에 호통부터 치는 스님의 쩌렁 한 목소리에 나도 놀랐다.

"저녁에 이불 속으로 끌어들인 남자는 아침이면 걷어차 버리고, 밤이 오면 또 다른 남자를 끌어들이고."

스님은 담배에 불을 붙이며 흘끔 흘끔 여자를 쳐다보았다. 여자는 고개를 푹 숙이고 말없이 눈물을 떨구고 있었다.

"네가 그 버릇을 지금 고치지 않으면 네 어린 자식이 커서 밤낮으로 그 짓을 할 텐데……. 늙어서 그 꼴을 볼래? 고칠래?"

여인은 결정을 했는지 고맙다면서 차를 몰고 가버렸다.

대자사 큰스님은 특별한 점이 많았다. 인천 주안사 신도 한 분은 아들 형제를 둔 주말부부로 비구 스님께 마음을 빼앗겨 입맛도 떨어지고, 밤잠도 설치고 고통이 이만저만이 아니라고 하소연했다. 신도 여인은 비구승을 짝사랑하면서 '상사병'에 걸린 것이다.

신도를 만난 큰스님은 연필과 종이를 준비하고 절 한 번 하고 경(經) 한 줄 읽으며 바를 정(正)자를 이어 쓰기를 3천 번 하라고 일렀다. 아마도 상사 인연 줄을 끊으라는 가르침이었나 보다.

여름 아침나절 큰스님을 찾아 온 허름한 옷차림 남자가 있었다.

"인천에 사는데, 전에 절에 와서 아내가 아들 낳게 해달라고 했는데 아들을 낳았습니다."

몇 년 전에 남자의 아내가 찾아와서 아들 낳게 해 달라고 하였다. 큰스님은 "나는 모르니 법당에 올라가서 기도해보라고 했지."라고 말했다.

"소식이 없기에 인연이 없나보다고 생각했지. 그런데 아들 낳았으면 됐지 왜 찾아 왔소."

"어제 아들이 태어났는데 생식기 불두덩에 이슬처럼 말간 물집이 생겼습니다."

"그런데요."

"병원에서 물집을 빼서 검사 했는데 희귀한 성병균이 나왔다고 합니다. 일본에 흔하게 있는 성병균이라고요."

"예……."

"아내와 저도 검사에서 균이 없다고 합니다."

"그래요?"

"오늘 아침에는 물집들이 더 많이 퍼져, 팽팽해져서 아내가 큰스님한테 가라고 했습니다."

큰스님은 곰곰이 생각하다가,

"법당에 올라가서 3천 배를 해보시오."

큰스님 말대로 남자는 법당에 올라가서 3천 배를 시작하였다.

저녁나절에 땀에 흠뻑 젖은 모습으로 법당에서 내려왔다.

"큰스님, 3천 배를 마쳤습니다."

"빨리 아들한테 가 보시오."

남자가 허둥지둥 인천으로 가고 난 뒤 하루가 지났다. 인천 남자한테서 큰스님한테 전화가 걸려 왔다.

"어제 큰스님 말씀대로 병원에 왔더니 아들 불두덩에 팽팽했던 물집이 쭈글쭈글해졌습니다. 오늘은 물집에 검게 딱지가 앉았습니다. 큰스님, 고맙습니다."

"그래요. 다행이오. 부처님 가피가 내린 거요."

"그런데 큰스님, 일곱 시간 동안 3천 배 올렸는데요. 물 한 모금 주지 않고 쫓아냅니까? 목이 말라 애를 먹었어요."

큰스님은 지난 일들을 얘기하며,

"내 짐작에는 자식이 귀한 집인데, 아주 잡스러운 오입쟁이 인연이 아들로 태어난 것 같아."

십여 년 넘게 염주 판매 단골로 드나들던 대자사 큰스님은 껄껄 웃으시며 "부처님 인연법이란 참으로 묘한 거야."라고 하신다.

12. 내연의 시아버지

사십 대 초반 직장 여인을 만났다.

"상담할 수 있나요."

조심스레 차분한 음성이다.

"특별한 능력은 없어요. 염주장사 십오륙 년 하면서, 주지 스님들과 오랜 세월 교류하다 보니 들은풍월이 있어 전해드릴 뿐이죠. 무슨 근심이 있으신지 허심탄회 마음을 열어 보세요."

여인은 웃으며 말을 하기 시작하였다.

"하는 일이 잘되지 않아서."

"요즘 다 그렇지요. 사스 전염병으로 사회가 뒤숭숭하고, 절에 '천도제'를 올려 보지요."

"천도제 올렸는데."

"좀 달라졌나요?"

"남편 사업은 별로……."

낮은 음성의 여인은 기운이 없어 보였다.

"천도제는 금방 효험이 나타나기도 하지만 천천히 나타날 수도 있지요. 어느 방향으로든지 효과는 보게 마련인데, 우리 기대치가 높으니까 못 느낄 수도 있지요. 스님께서는 구천을 떠도는 혼령이 누구라고 하시던가요?"

"네, 물에 빠져 죽은 시누이가 있어서……."

"천도제 올려도 효과가 덜 느껴지는 것은, 구천을 떠도는 혼령이 접수를 하지 않았다는 것일 수도……. 한(恨)이 많은 혼령은 낮에는 보지 못하므로 자시(子時)에 청해야 온다고 해요. 스님 법력에 따라 낮에 움직일 수도 있지만."

나는 여인에게 '경탑 자시 기도'를 할 것을 권했다.

제사 지내고 굿을 하는 것은 넋을 달래는 방법이라고 한다. 한 맺힌 혼령은 자시(밤 11시~밤 1시)에만 눈과 귀가 열리기 때문에 제사는 자시에 지내야 후손한테 도움을 준다고 옛부터 전해진다.

불가(佛家)에서는 현세실조병(現世失調病)이라 하여, 음식이나 몸가짐 따위를 고르게 조절하지 못하여 생기는 44가지 병이 있다고 한다. 또 선세행업병(先世行業病)이라 하여, 과거 생애에 저지른 온갖 악업의 과보로 나타나는 병이 있다고 한다.

'현세실조병'이나 '선세행업병'으로 몸이 아프거나 하는 일이 어려울 때, 방편으로 적은 돈으로 할 수 있는 구명(救命) 혹은 구병(救病) 시식(施食) 의식이 있다.

타인을 괴롭히거나 미워하면 그 힘이 내재되었다가 병으로 나타난다고 하여 원한 관계로 쌓인 여러 가지 요인을 제거하기 위한 방법이 '천도제' 또는 '구병시식'이다.

'구병시식'이란 먼저 불(佛), 법(法), 승(僧), 삼보를 청하고, 장엄염불로 왕생극락을 발언하고, 붉은 팥을 던져 원기가 집착에서 떠나 극락왕생하기를 기원한다. 이러한 의식은 각 사찰에서 흔히 볼 수 있지만, 크게 하는 수륙대재(천도재)도 있다.

'다라니 경탑'은 '천도제'나 '구병시식' 차원에서 크게 벗어나지는 않지만 특이한 것은 낮에 하는 게 아니라 한밤중에 하며, 하루가 아닌 21일간 하며, 스님이나 무속인한테 의뢰하는 것이 아니라 본인이 직접 집에서 하는 것이다. 법계(法界)가 통하고 하늘 문이 열린다는 '자시'는 옛날부터 제사 지내는 시간이라 한다.

여인은 물에 사고 당한 시누이 몫으로 '다라니 경탑'을 가져갔다.

"어젯밤 자시에 밥 제사 올리는데 촛불 한쪽이 꺼져서 여러 번 불을 붙여도 안 붙어서 꺼진 채 기도 마쳤는데, 기도 끝나고 30분 뒤에는 불이 붙었어요."

그날 밤 여인은 꿈에 검은색 뱀이 발뒤꿈치를 물고, 가랑잎 속에 들어갔다. 막대기로 가랑잎을 헤치며 "피하지 마라, 도망가지 마라."고 말하니까 뱀은 다시 하얀색으로 나와서 마주 보고, 혀를 날름거렸다 한다. 여인은 남편한테 꿈 얘기를 했다.

"남편 말은 아버지 첫 장가 든 새색시가 공산당한테 잡혀가서 총 맞아 죽었대요."

여인은 시누이 기도를 마치고 시아버지 본처를 위한 '극락왕생 자시 기도'를 시작했다. 기도가 끝날 무렵 눈물이 자꾸 쏟아진다면서 시아버지 기도를 다시 시작했다.

한밤중 밥 제사 올리는데 갑자기 터진 울음은 통곡으로 변했다. 여인 입에서 말이 나오기를 "부처님 잘못했습니다. 용서하세요."하는데, 남편이 "당장 멈추라."며 야단쳤다고 한다. 여인은 다시 "아버님 울음 멈추게 해 주세요" 하니까 멈추었다고 말한다.

그 후 여인은 시아버지와 자신과의 특별함을 알고 싶다고 했다. 여인은 '본인의 전생 영가 옷'과 '시아버지 전생 옷'을 준비하고, 두 사람의 '살풀이 발원문'을 자시에 읽으며 기도를 시작하였다.

얼마 후 여인은 전생을 알게 되었다. 시아버지는 주장자를 잡고 법상(法床)에 높이 앉아 설법하는 큰스님이라 한다. 젊은 비구니가 찻잔을 올리는데 본인이더라고 한다. 그 앳된 비구니는 밤이면 큰스님 품에서 관계를 즐겼다고 한다.

여인은 새색시 때 시아버지 모시고 신혼살림을 시작했다. 시아버지 방에는 금강경이라든지 불교책이 많았다고 한다.

여인이 첫아기 출산 후 몸살처럼 병이 들어 보름 동안 몹시 앓았다. 병원 약 처방에도 온몸을 쑤시는 아픔은 멈추지 않았다.

그러던 중 비몽사몽간에 '사람들이 돌을 던지며 웅성거리는 모습'을 보고 사람들을 헤치며 파고들었다. 놀랍게도 사람들은 젊은 여인을 향해서 돌을 던지고 있었다. 젊은 여자는 쪼그리고 앉아 무릎 사이에 얼굴을 파묻고, 알몸으로 사람들이 던지는 돌을 맞고 있었다.

여인은 쪼그리고 앉아 있는 젊은 여자 앞을 가로막아 섰다. 그러고 소리쳤다.

"돌 던지지 마라! 이제 그만!"

여인은 자신의 고함치는 소리에 놀라 잠에서 깨어났다. 온몸에 땀으로 옷이 흠뻑 젖어 있었다. 여인은 수건으로 흥건한 땀을 닦으며 몸이 가벼워졌음을 알게 되었다.

당시는 알몸으로 쪼그려 앉아 사람들로부터 돌팔매를 맞아야 하는 상황을 그냥 꿈이려니 흘려버리고 지냈다. 첫 아이가 대학 갈 나이가 되었으니 근 이십 년이 지난 셈이라고 말한다.

여인은 남매를 낳아 키우면서 늘 경제적 압박감에 불안했다. 서울로 와서는 제품 일을 하면서 집안 경제를 맡았다. 남편은 특수 건축업에 종사하지만 늘 쪼들리는 생활이었다. 여인은 가녀린 몸매와 지적인 이미지를 풍긴다.

아이들이 초등학교 다닐 때 이사 한 집 방 안에 강도가 들어왔다. 칼을 든 강도는 남편 손을 묶고 이불을 덮어씌웠다. 여인도 뒤로 손이 묶인 채 성폭행을 당했다.

그런 다음부터 남편은 퇴근길에 폭음하고, 부엌살림을 집어 던지며 행패 부림이 잦았다고 말한다. 아내를 강도로부터 지켜주지 못한 자괴감을 술로 풀면서, 남편은 현장에서 잠자고 가정에 등한시하였다. 강도 사건 다음부터 부부는 한 지붕 아래서 남남처럼 살았다고 한다.

여인은 '주장자 든 큰스님과의 전생 애정행각'이 이번 생(生)에 형벌로 다가온 것인지 물었다. 첫아기 출산하고 산후병 앓으면서 비몽사몽간에 보여진 사람들의 돌팔매를 맞아야 했던 모습은 주장자 큰스님을 유혹했다는 죄목으로 신도들로부터 옷이 찢겨지고 발가벗겨지는 수모를 당한 것인가…….

시아버지는 남편 퇴근 시간까지 새 며느리 방에서 막걸리를 마셨다 한다. "담배 연기 자욱한 방에 하루 종일 색시는 지겹지도 않냐?"는 동네 아낙의 나무람이 있었다고 한다.

"전생을 알고 나니 지난 세월의 이유를 알 것 같다"고 여인은 말했다.

13. 중양절(重陽節) 위령제(慰靈祭)

중양절은 음력 9월 9일을 말한다. 오래전 '한국일보 토막상식'란에 중양절 전설을 읽은 적이 있다.

옛날 옛적 중국 어느 마을 '함경'이라는 사람을 찾아온 도인이 있었다.

"자네 집은 9월 9일 날 큰일이 일어날 터이니, 가솔들 손목에 각각 '산수유 주머니'를 걸고 높은 산에 올라가 하룻밤 묵고 오면 재난을 면할 수 있다네."

도인이 시키는 대로 식구들 데리고 뒷산에서 하룻밤 묵은 함경은, 다음 날 집으로 돌아와서 깜짝 놀라지 않을 수 없었다. 집에는 키우던 가축 모두가 죽어 있었다. 그다음부터 전설처럼 9월 9일에는 추수한 곡식으로 성묘나 차례를 올리는 명절로 기렸다고 한다.

본래 중일(重日) 명절이라 하여 음력으로 1월 1일 설날, 음력 3월 3일 삼짇날, 음력 5월 5일 단오날, 7월 7일 칠석날, 9월 9일 중양절로 특별히 기렸다고 한다.

한탄강 상류 사단 병력이 한국전쟁으로 밀고 밀리며 희생당했다는 곳, 3천여 평 공동묘지를 도자로 밀고 '별장식 수련원'을 지었다.

건강검진 중 사장은 망자가 되어 한탄강이 내려다보이는 수련원 모서리에 묻혔다. 외아들은 유학길에 정신 혼란이 와서 급히 귀국하였고, 어머니는 나를 찾았다.

수련원에서 승용차를 타고 숲길을 한참 지나면 살림집 있는 마을이다. 저택처럼 커다란 건물 속에 또 하나의 화장실 딸린 방이 있는 것으로 보아 철저한 방음이 목표인 것 같았다. 주택 건물 벽을 복도 외벽으로 에워싼 큼직한 방은 '비밀 회담 장소' 목적인 거 같았다.

외아들 정신을 맑게 되찾아 주는 것이 엄마의 간절함인 것 같다. 급사 당한 사장도 생전에 나름대로 큰 꿈이 있었을 터인데……. 뜻하지 않게 졸지에 저승길에 들어서고 보니 당황하였을 것 같다.

사장은 도움을 외아들한테 청했나 보다. 사장의 넋을 달래주며 살아생전 하고자 했던 계획의 끈을 포기하고 죽음을 인식하게 해 주어야 할 것 같았다.

모를 일은 '생전 행위'에 어떤 걸림이 있었는지 알 수 없기 때문이다. 안식처를 잃은 공동묘지 주인들이 삼천 평 너른 들판을 서성이며 울부짖고 있지는 않을까.

21벌의 속옷과 양말을 포함한 옥양목 바지저고리와 치마저고리를 준비하였다. 21벌 옷섶에 333명의 이름을 나누어 올렸다. 광명진언 경탑에도 333명씩을 두 곳에 올렸다. 엄마는 무서움으로 소름 끼친다면서 집에 간다고 말했다.

천 명 넘는 불명을 나누어 쓰는데 인력을 부탁했지만 면사무소에 아는 분도, 내가 부탁한 사람도 '갑자기 급한 일'이 생겼다며 인건비를 준다고 했는데도 불참하였다. 외아들은 수련원 유리문을 밖으로 잠그고 엄마와 함께 가 버렸다.

수련원 18개 방마다 불이 켜지고 수련원 밖에도 훤하게 밝혀졌다. 들판 쪽에 펼쳐진 가을 들풀이 을씨년스럽기까지 했다. 속수무책인 나는 현관 다용도실 탁자 위에 방앗간에서 온 밥 '3말 3되 3홉'에 333개의 수저를 꼽기 시작했다.

지난밤 꿈에는 기차를 탔는데 군인들이 앉고 서고 하여 비좁은 틈으로 겨우 들어섰는데, 동그란 의자를 놓으며 앳된 군인이 앉으라고 했다. 한탄강 상류라 전쟁터 사단 병력 영혼이 나를 예우하는 것으로 보면, 공동묘지 터에서 해침은 당하지 않을 거란 생각에 마음이 놓였다.

텅 빈 삼천 평 공동묘지 터 너른 들판 한탄강이 내려다보이는 언덕, 불빛이 환한 수련원 안에 나는 홀로 있었다. 반야심경 독송과 광명진언 독송을 하면서 333명 혼령들을 청했다. 옷으로 경탑으로 영가 이름을 불명(佛名)으로 초대하고 술잔을 돌렸다.

갑자기 화답처럼 울음 터트리듯 찌르르르……. 삼천 평 너른 들판 푸른 곡소리……. 나는 모골이 송연해지는 공포로 등골이 서늘해지고 간이 움츠려 들었다.

자리 잃은 공동묘지 혼령인양 요란스러웠다. 머리끝이 쭈뼛거리는 무서움이 몰려왔다. 난감하지 않을 수 없다. 나는 무서움에 벌벌 떨며 부처님을 불렀다.

"부처님 제가 내생에 수행길 가겠다는 것, 도인의 길 가겠다는 것, 모두 거짓이네요……. 이토록 무서운 거 보면요."

나는 달리 방법이 없어 부처님께 하소연했다. 그때였다.

"찌르르르."

아주 큰 천둥소리만큼이나 왕초 쓰르라미 외침이 들려왔다. 순간 온갖 목청으로 제각기 짖어대는 풀벌레 소리를 제압시켰다. 나는 무서움이 한방에 날려 보내졌음을 알았다.

외아들과 엄마는 날이 밝은 다음 아침에 왔다. 아들은 대형 고무 들통에 술과 나물, 밥, 물을 섞어서, 삼천 평 너른 들에 자루 달린 바가지로 골고루 뿌렸다.

3부

잎새 편

1. 한호 석봉(韓濩 石峰)

태초 신선 노닐던 나라
단군은 하얀 오지랖에
억조창생 보듬고
바다에 뿌리내려
대륙을 포효(咆哮)하시네

숱한 외침 시련 다가설 때
목이 메는 허기 껴안고
어린 아들 절간으로 내쫓는
어머니 정부인(貞夫人) 백씨(白氏)
겨레 일꾼 가르치는 소리
온 나라 백성 귓전 울리네

개성 송악산 정기로
호쾌웅건(豪快雄建)한 석봉체 서풍(書風)
스물다섯 앳된 나이

삼십 년 벼슬길 장원급제 올라
율곡. 송강. 월사. 임진란 특사 길
명나라 신하 앞다투어 글씨 받으려 하네

선조임금 가득한 사랑
양나라 주흥사 천자문 풀이
나라 교육 뼈대 삼으시니
한석봉 천자문 도산서원 성서(聖書)
고을마다 유묵(遺墨)으로 알리네

황포돛대 일엽편주(一葉片舟)
마포나루 송파나루 삼회리 지나
가평 넘나들던 고을 수령
비경(祕境) 풍류(風流) 짚방석에
박주산채(薄酒山菜) 잔 기울이네

보물 같은 원님 기린 백성들
우뚝 솟은 우산(牛山)
보납산(寶納山)이라 불러대는데
금강산 흡곡 새로운 벼슬길
다녀가신 지 460여 년
북한강 맑은 물결 다시 솟구치네

청묘 석봉이여!
성필(聖筆) 높이 쳐들고

서울 연적(硯滴) 찰랑대는

한가람 쪽빛 듬뿍 찍어

큰 한 획 그으소서

홀연히 깨어나 사랑채 오르소서.

-석봉한호선생기념사업회에 부치는 글

('청묘淸妙 석봉石峯' 전문, 1995)

한석봉(韓石峰-1543.11.15~1605.7.1) 선생은 우봉현(황해도 금선군)에서 삼화(三和) 한 씨(韓氏) 집안 4형제의 차남(次男)으로 태어났다. 조부께서 호조정랑을 지내셨다는 역사적 사료(史料)는, 석봉실기(石峯實記 2004년 가평문화원 발간) 한문 원고 문장정리를 하게 되면서부터 알게 되었다.

석봉한호선생기념사업회는 강원도지사를 연임한 박경원(朴敬遠) 장군을 이사장으로, 1985년 11월 발족하였다.

박경원(朴敬遠-1921~) 장군은 육사(6기)를 졸업한 6·25전쟁 참전용사(육군 제3사단 백골부대장)이다. 육군 제50사단장(1960)을 거쳐 경상북도 도지사(1961)를 지내고, 강원도 도지사(1963) 시절 무지개송어알을 미국 캘리포니아에서 군 수송기로 최초로 도입하였다. 후일 무지개송어알 부화 성장에 참여한 평창군 직원은, 부화된 치어들이 먹이가 모자라 죽어갈 때 파닥거리는 몸부림이 눈에 선하다고 했다.

사단법인 국제 피플 투 피플(PTP) 한국본부 창설 및 초대 회장을 지낸 박 장군은 아이젠하워 평화상(1972)을 수상하였다.

사단법인 '석봉한호선생기념사업회'는 한석봉 선생의 위훈을 재조명하고, 그 어머니 백인당의 교육이념을 널리 알리기 위하여 설립된 '비영리 사단법인'이다. 2004년 11월, 서울특별시 교육청으로부터 가평 이

현직 군수를 부회장으로 정식 법인 인가 설립된 단체이다.

　무지개 빛깔로
　몸매 반짝이는 나는
　북미 켈리포니아에서 태어났습니다

　청자빛 하늘과 흡사한
　태평양 건너
　태양 솟구쳐 오르는
　동방의 나라 연민 하였습니다

　수천 년 외세침략으로
　흰옷 입은 백성
　보릿고개 허덕인다기에
　삼팔선 뒤안길로
　연합군 가마에 올랐습니다

　귀머거리 삼년 벙어리 삼년
　숱한 시집살이
　내 몸은 남아나지 않았습니다

　이제 삼십 년
　임의 나라에서
　문익점의 목화씨 마냥
　산천 누비며 활개 치는 나는

당신 해촌(海村)의 조국입니다.

('송어' 전문, 해촌海村: 무지개송어 수입한 박경원 전 강원지사 호)

박경원 이사장 부탁으로 '석봉실기 한문 가본(假本)'을 살피다가, 한문 직역으로 난해한 토막글을 보고 문장 정리를 포기해야겠다 생각하고 잠자리에 들었다.

꿈속에서 박경원 장군과 측근 예닐곱 명이, 문경 문학 서실 남향 뜰에 두 줄로 포즈를 취하고 있었다.

작고한 청주한씨(韓氏) 어머니가 강경한 어조로 '함께 사진 찍으라'고 하였다. 잠결에 놀라 다시 불을 밝히고 '한문 가본'을 살피며 문장정리에 들어갔다. '석봉 실기 가본' 문장을 다듬으면서 모르고 있던 '한호 석봉' 선생의 자취를 살필 수 있었다.

임진왜란(1592.5.23~1598) 당시 한호 석봉 선생은 왕명(선조 1567~1608)을 받들고, 명필가(名筆家)로 시(詩)와 고문(古文)에 능통한 이정구, 최립, 차천로와 함께 평양에 머물고 있었다.

명나라 지원군 문제로 주지번(朱之蕃)이 사신으로 저녁나절에 도착했다. 주지번은 다음 날 아침까지 〈기도회고시 오율 백수〉를 지어 바치라 했다. 사신 영접 수석대표인 월사 이정구 선생이 당황하여 문사(文士)들과 의논 끝에 오산 차천로(1556~1615) 선생을 지목하였다.

오산 선생은 늦은 밤까지 술 수십 잔 들이킨 다음, 석봉 선생께 글씨를 받으라며 시(詩)를 연거푸 불러 대었다고 한다. 닭 울기 전에 오언율시(五言律詩) 100수를 마치고 자리에 쓰러져 코를 곯았다고 한다. 한석봉 선생도 글자 하나 흐트러짐 없이 받아 적었다고 한다.

주지번은 잠자다가 100수 완성 통보를 받고 일어났다. 기도회고시(箕都懷古詩) 100수에 흥이 나서 부채로 장단을 치며 무릎을 두들겼다

한다. 명나라 사신 주지번이 오언율시(五言律詩) 절반도 읽기 전에 부채가 너덜너덜해졌다고 한다.

아침을 맞은 사신(使臣) 주지번은 〈오산 선생 시〉에 탄복하였다.

"수용풍발(水湧風發), 물이 용솟음치고 바람이 이는 것 같다"며 칭찬을 아끼지 않았다. 지원군도 승낙했다고 한다. 오산 선생의 〈기도회고시 5언율시 100수〉로 인해, 석봉 선생 필체(筆體)가 더욱 유명해졌다고 한다.

'석봉한호선생기념사업회 박경원 이사장' 사무실 얘기로는 〈오산 차천로 문집-기도회고시 5언율시 100수〉가 차씨 문중에 전해지고 있다고 말한다.

간이 최립(1539~1612) 선생은 석봉 선생과는 외가로 8촌 간이다. 가난한 집안 살림으로 어려서부터 서로 친숙하였다고 한다. 간이 최립 선생은 주로 중국의 외교문서를 작성하여 임진왜란 때 문장으로 크게 알려졌다.

당시 조정에 한석봉과 최립과 차천로는 〈송도 학자(學者) 3절(三絶)〉로 알려졌다. 예인(藝人)으로 서화담(서경덕 1489~1546), 박연폭포, 황진이는 〈송도 예악 3절〉이라 하였다. 사람들은 '유독 송도만 다절(多絶)인가'라는 낭설도 있었다 한다.

허난설헌(초희-楚姬, 1563 명종 18년~1589 선조 22년)은 5살에 한석봉 선생으로부터 글을 배웠다. 허난설헌(許蘭雪軒)은 8살(1570)에 선계(仙界) 백옥루(白屋樓) 주인의 의뢰(依賴)로, 신선(神仙)을 초대하기 위하여 광한전(廣寒殿)을 짓게 된, 배경을 묘사하는 〈광한전백옥루상량문(廣寒殿白玉樓上梁文)〉을 상상으로 썼다.

난설헌이 선계로 떠난 지 16년이 지나서 한석봉 선생은 허균(許筠 1569~1618)의 부임지(任地)로 초대를 받았다. 난설헌의 〈광한전백옥루상량문〉 글씨는 허균 부탁으로, 충천각에서 한석봉 선생 필체(1605.5.15)로 다시 태어났다.

한석봉 선생의 오묘한 서체(書體)로 다시 태어난 〈광한전백옥루상량문〉을, 백옥루 주인이 살피시고 신선들께 안내하려고, 선생을 급히 불러올렸을까.

한석봉 선생은 그 후 허균의 배웅을 받으며 평상시 모습으로, 〈우봉촌사〉 집에 돌아오자마자 병을 얻어 7월 1일 세상을 떠났다.(1605.7.1.) 한석봉 선생의 부음을 들은 허균은 통곡하며 제문을 썼다.

"(전략)통곡하니 천지가 놀라고 슬픔에 일월도 시름 하노라.(후략)"

한석봉 선생 자당(慈堂)께서 대가(大家)로부터 글씨 받는 꿈을 두 번씩이나 꾸고, 서도(書道)의 명가(名家)를 찾아 스승으로 삼으라는 조언을 들었다. 송도(松都) 송악산 계곡 옆 명문가를 찾아 부탁하였다. 한석봉 선생은 스승의 잔심부름이며 궂은일을 도우며 필법(筆法)을 익혀, 5년이 지난 다음 집으로 갔지만 쫓겨났다.

그 후 3년이 지나 스승으로부터 칭찬을 듣고 집으로 갔다. 모친은 등불을 끈 채 글씨 반듯하게 쓰기와 떡 썰기 내기를 하였다. 어머니가 썬 떡은 가지런하였으나 선생의 글씨는 삐뚤빼뚤하여 다시 스승한테 가서 공부를 하였다. 계곡 바위와 나뭇잎에 붓글씨 연습을 하였고, 소나기가 오면 계곡물이 먹물로 흐려져서 묵적(墨跡)골이라 불렸다고 한다.

한문(漢文)은 BC 14세기경 중국 은나라 은허(殷墟) 문자가 기원을 이루었다. 우리나라에는 춘추전국시대 이후 들어 와, 4세기경 향교에서 우리 고유한 문학으로 발전하였다고 한다. 상류 지배 계층에서 한문을 사용하였기에 학문의 첫걸음으로 익혀야 함은 출세의 기본이었다.

백제 아직기(阿知吉師), 왕인(王仁)박사들이 일본에 한학을 전파(346~383)하여 일본 아스카 문화의 원동력이 되었다. 우리나라 훈민정

음이 창안(1443) 되었지만, 현재까지도 한문이 일상어로 쓰이고 있다.

천자문은 502년경 중국 양(梁)나라 무제(武帝 464~549) 명으로, 주흥사(周興嗣 470추정~521)가 4언절구(四言絶句) 250구(句) 장편 시, 1000자(字)를 모은 것이라 한다.

양나라 무제는 왕희지(王羲之 307~365)가 쓴 천자문을 차운(次韻)하여, 새로운 천자문을 지으라고 명(命)한 것이다. (참고-천자문, 주흥사 지음, 이민수 옮김)

한석봉 선생은 중국 양나라 무제가 주흥사에 명하여 쓴(502년 경) 한문 사언고시(四言古詩)를 국민적 교서(敎書)로 삼기 위하여, 1583년에 해서(楷書)로 쓰고 초서(草書) 천자문(1599)을 완성하였다.

선조 임금(1552~1608)이 왕명으로 해서 천자문을 쓴 18년 후에 목판간행(木版刊行)을 하여 전국에 배포 글씨 교본으로 삼았다.

선조 대왕은 선생을 가평군수(종4품)로 보내며 "억지로 쓰지 말며 게을리 하지도, 서두르지도 마라"고 격려하였다. 선생은 북한강에 배를 띄워 가평 임지로 향하며 시(詩)를 읊었다.

유리알같이 맑은 물결 넘실대는데
난간에 기대어 창랑가(滄浪歌)를 부른다
갈대 우거진 언덕에 서풍이 불면
수많은 돛단배 석양 싣고 내닫네.

('서강을 뒤로하고' 전문, 한석봉 지음)

한호 석봉 선생이 선계로 떠난 다음 조선 4대 문장가이신 월사 이정구(李廷龜, 1564~1635) 선생께서 "석봉묘갈명"을 썼다.

(전략)

오! 석봉이여!

그대를 썩게 하지 않는 것은 그 이름이요

그대 이름으로 하여

내가 쓴 글도 빛날 것이다

(중략)

세상에 태어나

임금의 총애와 광영을 입으니

그 귀함이 어찌 벼슬뿐이겠는가

(후략)

'석봉한호선생기념사업회'를 이끄는 이사장 해촌(海村) 박경원 장군은, 한석봉 백일장(2001~2005, 가평문화원)을 열었고, '한석봉 서화 전람회 (2017.7.5.) 개최와 한석봉 전국 서화대전을 기획하면서, 석봉 선생을 기념하기 위한 행사가 해마다 이어지고 있다. (참고: 석봉실기石峯實記, 가평 문화원, 2004)

2. 현석동(玄石洞) 예학(禮學)

햇살 맑은 봄
예학(禮學) 우러른
배산임수 현석동
학자 터

경인(庚寅)년 음력 사월 열하루
저녁 새참 때
청룡을 탄 흰 호랑이 띠
밤톨 같은 아기가 왔네

삼각산 들썩이고
연주대 우쭐대고
큰 가람 요람에선
밤섬이 덩더쿵이네.

('예학동 아기' 전문, 2010. 5)

예(禮)란 사람에게 인(仁), 의(義) 다음으로 갖추어져야 할 기본 틀이나 다름없다. 내 선친(先親)께서는 예(禮)에 앞서 인(仁)을 주장하셨다. 무릇 사람은 근본이 어질어야 한다. 근본이 어진 사람은 패륜을 저지르지 않는다고……

의(義) 또한 사람을 올곧게 세우는 버팀목이 아닐까 한다. 의로움을 잃는다면 모멸감으로 스스로 자책하기 때문이다. 양심적으로 떳떳하지 못하면 매사에 용기를 잃게 마련이다.

사람과 사람이 끊임없이 만나고 헤어지는 바쁜 생활 속에서 지혜를 발굴해야 한다. 지혜를 짜내려면 마음속 양심에 한 점 거리낌도 없어야 한다. 맑디맑은 명경 같은 청량함 속에서 지혜의 샘물이 솟아나기 때문이다.

상대를 향해 저주하거나 진노하는 악하고 그릇 된 마음이, 똬리를 틀고 양심의 밑바닥을 차지한다면, 지혜의 샘물은 메마르게 되고 범죄 현상이 자꾸만 되살아난다.

인(仁)과 의(義)가 내면적 심리 상태라면 예(禮)는 마음을 표현하는 몸짓이므로 상대편한테 긍정적인 좋은 모습으로 비추어진다. 상대에게 좋은 인상을 주고 긍정적 관계를 유지한다면 다툼이 일어날 이유도 없을 것이다.

깃털보다 더 가볍다는 마음은 변화무쌍하여, 수시로 인(仁)과 의(義)와 예(禮)를 저울질하게 한다. 잘못 저울질 된 마음을 선택하여 실천에 옮기면 수신(修身)을 역행하는 낭패의 시작이 된다. 승려 법정의 가르침이 있다.

"필요에 의한 선택을 하라."

"욕망에 의한 선택은 불행을 초래한다."

태백산에서 십수 년 수행한 유체이탈(遺體離脫) 경지 도인의 말이다.

"절에 30년 다니며 부처한테 매달려도 교회에 30년 다니며 성호를 긋더라도 마음에 올곧음이 없다면 죽으면 바로 지옥행이더라."

"유교, 불교, 기독교를 따르지 않아도, 선량한 마음(仁), 올곧은 마음(義)으로 행동이 도덕적 예(禮)를 갖추면 죽으면 곧바로 천당이라."

상대와의 경쟁의식으로 모함하고 밟으며 출세하는 마음은 불안하고 초조하다. 상대를 의식하지 않고 소신껏 내가 해야 할 일들을 지금(NOW), 몸과 마음 전력을 다해 쏟다 보면, 바로 성취감이고 발전이고 성공의 길이다.

조선 후기 숙종 때 우의정, 좌의정을 지낸 박세채(朴世采, 1631~1695)는, 예학(禮學)의 대가로서 사회 규범인 예(禮)를 일으켰다.

어느 시대든 '젊은것들'은 늙은이들 눈에 못마땅함이 있어서 예(禮)를 주창했을 수도 있겠지만, 그 젊은것들이 인(仁), 의(義), 예(禮)로 뼈대를 갖추었다면 '요새 젊은것들'이란 홀대를 받지 않아도 될 것이다.

유학자 박세채 어르신이 머물던 집터, 멀리 관악이 치맛자락을 펄럭이듯 주름을 이룬 능선이 여의도로 흘러내린다. 선생은 여의도와 더불어 큰 가람 속에서 어린양 부리듯 출렁이는, 밤섬의 고즈넉함과 마포나루의 분주한 일상을 보며 자연의 질서를 찾았을 것이다.

선생의 터전을 선생의 아호를 따서 현석동(玄石洞)이라 지칭함은, 오늘날 예학(禮學)의 부재를 안타까이 생각했음이라.

나는 아들아이 집 베란다에서 멀리 관악을 본다. 여의도 초고층 빌딩들에서 젊은이들 경쟁을 보는 듯하다. 오늘따라 밤섬을 안은 가람의 쪽빛이 유별나다.

현석동에서 아들 내외가 초롱초롱 한 아기를 얻었다. 현석동 아기가 '우열의 메마름'을 벗어나 선생의 큰 뜻처럼 일상 속에서 예학(禮學)의 지표가 되었으면 한다.

소풍을 가요

햇살 따스히

내리쬐는

골목길 께

예학동

어린 소녀와 함께

맛있는 집으로

주먹 소고기 밥이랑

치즈 라면이랑

아기 소녀랑

신 난 소풍 놀이 집.

('소풍놀이' 전문, 2019. 2)

3. 등록금

"으악!"

"왜, 왜 그러니."

잠결에 외마디 비명을 듣고 나는 어둠 속에서 스위치부터 찾았다. 옆에서 자던 큰 딸애가 부스스한 얼굴로 일어나 앉으며 손등을 문지르고 있다. 잠자던 나머지 식구들도 일어나며 의아해 한다.

두 평 남짓한 방 안에는 비키니 옷장과 다섯 칸짜리 서랍장이 나란히 놓여있고 4식구가 자는 머리맡으로 책장이 한쪽 벽면을 가득 메우고 있다.

1987년경 현저동 산동네 50만 원 보증금에 월세 5만 원 사글셋방이다. 낡은 기와로 빗물이 들어와 얼룩진 천장 가운데는 마치 자루같이 기다란 비닐 주머니 한쪽을 천장에 납작하게 대고 테이프로 삥 둘러가며 부착시키고 한쪽은 창문틀에다가 걸쳐지게 하여 천장으로 떨어지는 빗물이 창문 밖으로 흘러나가게끔 인공 계곡이 만들어져 있다.

"앗! 지네다!"

쪽마루로 통하는 미닫이문 옆에 잠자던 곳을 살피던 큰 애가 두 번째 비명을 질렀다.

"어디? 어디야!"

나는 온몸에 소름끼침을 느끼며 아이가 손가락질하는 카펫 주변에 쌓인 책과 신문을 추슬러 보았다.

"저기! 저기다!"

둘째 딸애가 가리키는 카펫과 신문지가 겹쳐진 틈바구니를 굵고 기다란 지네가 특유의 숱한 발들을 잽싸게 움직이며 꼬리를 감추고 있다. 얼른 보기에도 검붉으면서도 녹색 빛이 도는 것을 보면 꽤나 오래 묵은 놈인 것 같았다. 나는 놀라 다리까지 후들거렸다.

"엄마, 신문으로 싸."

막내 아들애가 신문을 주며 방법을 제시하였다. (남자가 다르긴 하구나. 딸애들은 놀라기만 하는데.) 나는 신문을 활짝 펴들고 엉거주춤 서서 지네 덮칠 자세를 취하였다.

"엄마, 내가 신문지와 카펫을 치울게. 지네 나오면 덮어."

둘째 딸애가 격앙된 말투로 외쳐댔다.

"그래. 해 보자."

나는 지네 사냥에 대비하여 방문을 활짝 열어젖혔다.

"엄마, 준비다. 시─작!"

둘째 아이가 말과 동시에 카펫을 제쳤다.

지네가 보이지 않았다.

"어디 갔지?"

"신문지 속에 있을 거야."

"자, 시─작!"

"저기다!"

신문을 갑자기 들추니 엎드려 가만히 있던 지네가 순간 재빠르게 숨을 곳을 찾아 꿈틀거린다. 손가락만큼이나 굵은 검붉고 푸르스름한 지네가 쏜살같이 움직이며 달아난다.

"엄마! 빨리빨리!"

나는 부들부들 떨고 있다가 아이들 성화에 무서움도 잊은 채 지네를 향해 신문지로 덮쳤다.

"들어갔지?"

"응, 됐어! 빨리 싸, 엄마!"

나는 지네를 덮은 신문지를 양 손가락을 펴서 주무르며 둥그렇게 가운데로 압축시켜 갔다. 신문지는 불룩하게 부풀어 오르고, 그 공간에서 지네는 부스럭거리며 빠져나가려고 요동치고 있었다. 나는 신문을 뭉뚱그려 양손으로 잡고 쪽마루를 거쳐 마당으로 내려섰다. 방 안 형광등이 마당을 비추고 저만치 만득이 눈동자가 어둠 속에서 파란 광기를 흘리고 있다.

만득이는 집주인이 붙여 준 개 이름이다. 어린 강아지로 이 집에 왔을 때는 어미 생각으로 몇 날 몇 밤을 끙끙거려 밤잠을 설치게 하였다. 토실토실하고 연한 갈색 털을 가진 만득이는 허리도 길쭉하고 주둥이가 짧아 여느 개보다 준수하게 생겼다고 예뻐해 주었다.

스물 댓 평 되는 한옥 마당 가운데 수도가 있고, 대문과 화장실이 붙어 있는 앞에 만득이 판잣집이 있다. 판잣집 옆으로 두 계단 오르면 빨래를 널 수 있는 뒤꼍이 있다.

금화 터널을 들어가는 두 개의 굴이 인접한 산에는 울창한 숲이 이어졌다. 집 앞 공터에 배추며 상추가 자라고, 포플러 훌쩍 큰 나무가 터널 진입로를 따라 무수한 잎을 달고 수비대처럼 즐비하게 서 있다.

상큼한 밤공기를 피부로 느끼며 지네가 들어가 부스럭거리는 신문지를 들고 마당 한가운데 쪼그리고 앉았다.

"어서 성냥을 가져와라."

조금 전까지만 해도 공포에 질려 있던 나는 개선장군마냥 지네를 포획한 만족감으로 또 다른 떨림을 감지하였다. 언제나 조금 야멸차고 빈틈이 없는 둘째가 성냥을 찾아들고 나왔다.

"엄마, 잡고 있어. 내가 불을 켤게."

"응, 그래."

성냥 끝에서 유황 꽃을 튀기며 성냥개비 키만큼 불꽃이 타 올랐다. 어둠이 물러나고 만득이 몸이 희미하게 드러니 보였다. 나는 지네를 화장시킬 양으로 신문뭉치를 불꽃에 들이댔다.

갇혀 있던 커다란 지네는 더 크게 요동쳤다. 포위되어있는 지네는 자신이 원하지 않는 죽음의 그림자에서 벗어나려고 필사의 탈출을 시도하였다.

나는 신문을 생활수단 정보지로 활용하고 있었다. 장충동에서의 복덕방 소개업을 그만둔 뒤부터, 신문 광고란에 다양한 정보를 이용하였다. 등거리 판매 영업으로 수입원을 마련하기 때문에 '일간지 신문'은 구독 필수 조건이다.

만득이가 타오르는 불꽃을 보고 낑낑거리며 판잣집으로 들어가 눕는다. 만득이는 주인 이상으로 내게 또 다른 시집살이를 시켰다. 쪽마루에 가스레인지를 놓고 취사를 하는데 기름 튀는 소리만 '쏵' 나면 코를 벌름거리며 끙끙거린다.

얼굴이 유난히 얽어 마마 자국이 심한 주인댁은 흘끔흘끔 쳐다보며 할 일없이 마당에서 대문간으로 왔다 갔다 한다. 그럴 때는 하는 수 없이 간도 맞추기 전에 만득이한테 먼저 '고시래'를 해야만 한다. 만득이는 커가면서 질투도 심해졌다. 주인댁이 내게 말을 걸어 무슨 이야기를 할라치면 더 크게 멍멍 짖는다.

요새는 주인댁이 방을 비우라고 성화다. 비가 새고 지네가 방 안에 들어오고 만득이가 반찬 참견을 하고 해도 이 집에서 움직일 수 없는 이유가 있다. 보증금까지도 사글세로 까 들어갔고 지금은 방세를 한 달 치씩 미리 선불로 주는 형편이기 때문이다.

또 하나 이 집에 머물고 싶은 바람이 있다. 도심 같지 않게 여기서는 아침이면 뻐꾸기 소리를 듣게 된다. 인왕산과 안산 숲을 오가며 목청을 돋우는 밤 두견의 맑은 우짖음도 좋다.

휘영청 달 밝은 밤이면 대문 밖으로 나가 언덕에 서 본다. 포플러 모난 잎새들이 하늘거리며 바람을 일으키는 여름밤도 좋다. 저만치 건너편 무악동 골짜기로 불빛들이 밤하늘의 별 만큼이나 무리 져 깜박인다. 집 없는 나는 그래도 공기 맑고 새 소리 들리는 이 동네를 산장이라 부르며 애증으로 산다.

검은 덩어리로 지네는 임종을 고하고, 조금 전까지만 해도 부스럭거리던 소리며 활활 타들어 가던 불꽃은 이미 과거로 흘러가 버렸다. 나는 집게로 숯덩이를 조심스레 부스러뜨리기 시작하였다. 미미한 소리로 부서지는 숯검정 속에 작고 꼬부라진 지네가 반항을 잃고 초라하게 죽음을 받아들이고 있다. 삶과 죽음은 과정은 지루하여도 그 경계는 순간인 것을, 인간은 질긴 목숨이라 한다.

"엄마, 이사 가자."

"야, 지금 돈이 어디 있니?"

구겨진 이부자리를 펴는 나에게 아이들은 당연한 소리를 한다.

"큰누나 등록금부터 해결하고 보자."

나는 막내를 달랬다.

"엄마, 이것 좀 봐. 손등이 부어올랐어."

큰애는 눈물을 글썽거리며 오른쪽 손등을 어루만지고 있다.

"약쑥을 태워 보자."

나는 약쑥을 비벼 지네가 물었던 부위에 쑥 연기를 쐬게 하였다.

"반지 계 오십만 원 타고 조금 더 보태면 등록금 되니까 걱정마라."

"엄마, 내 등록금은?"

여름방학 전에 마감했어야 하는 고3인 둘째 딸애가 등록금 걱정을 한다.

"그래, 언니 것은 목돈이니까 먼저 해 주고 보자."

쑥 연기로 지네 독이 빠진 큰딸아이 손등을 보고 나는 자리에 누웠다.

맑은 초가을 햇살은 장독대 위로 솟아오르며 장관을 이루고 쭉쭉 뻗은 포플러 잎새 사이로 햇살이 부챗살처럼 퍼져 반짝이고 있었다. 나는 채 썬 감자를 프라이팬에 볶으며 고개를 갸우뚱거리고 쩍쩍 입맛을 다시는 만득이한테 듬뿍 한 국자 퍼 주며 인심을 썼다. 산기슭에서 흘러나오는 공기가 한층 더 상쾌하였다.

큰아이 대학 가을학기 등록금 마지막 납기일에, 반지 계주 김 여사가 마련해 준 40만 원 가계수표로 겨우 마감했다. 중2와 고3인 두 아이 등록금도 마련해야겠기에, 지난여름 김 여사가 권하는 반지 계를 들었다.

가계수표로 큰애 등록금 마감한 다음 날은 토요일이었다. 새벽 4시 반에 일어나 고3인 둘째 딸애를 깨워 도시락 두 개를 안겨 학교에 보내고, 큰애와 막내아들 녀석마저 등교시킨 직후였다. 가계수표 부도를 알리는 계주 김 여사 전화였다. 월요일 은행 문 열리기를 기다려 문의 전화를 했다.

"가계수표는 부도를 내도 시말서 정도일 뿐 형사 입건은 아닙니다. 그리고 이미 해당 학교로 넘어갔으니 은행과는 상관이 없습니다."라고 한다.

가계수표 부도를 막아야 한다며 돈 40만 원 가져오라 재촉하던 김 여사는 은행직원 통화 얘기를 듣고 수표를 찾아오라고 말했다.

나는 큰애가 다니는 대학을 찾았다. 휘경동 외대 경리과 직원은 학번과 이름을 밝히며 자초지종을 말하는 내게 친절하였다.

"그러잖아도 싸인이 되어 있지 않아서 수천 명을 일일이 가려낼 수도 없고 난감하던 차에 잘 오셨습니다. 연기하여 드리죠."

경리과에서 실무를 보던 조 선생이 쾌히 승낙해 주었다. 현금 40만 원 가져와서 수표를 찾아가라고 한다. 그러나 1차 연기를 2차 연기까지 하게 되었다. 계주 김 여사는 아침저녁으로 수표 가져오라는 전화를 했다. 김 여사 전화 독촉은 밤 12시든 1시든 가리지 않았고, 잠자던 아이들은 평정을 잃고 투덜대기 시작하였다.

아이들은 질서를 잃고 반지 계를 시도한 김 여사 저의가 의심스럽다고 하였다. 아침이면 으레 웃음으로 시작하던 하루는 질서를 잃어갔다. 수표 가져오라고 빗발치듯 재촉하는 김 여사한테 미움을 갖기 시작했다.

그 무렵 둘째 아이는 등록금 지원책으로 다른 동네 사는 아버지를 찾았다 한다. 헤어지는 조건으로 엄마가 1,200만 원을 아버지에게 건네준 것을 아는 아이는, 아버지로부터 등록금은커녕 뺨까지 얻어 맞고 왔노라고 동생한테 기대하지 말라고 했다. "우리만 가난으로 몰아넣는다"고 세상을 원망하는 말까지 서슴지 않았다.

아이들이 다른 집 아이들과 비교를 하면,

"육이오 전쟁 때는 이런 방도 없어 노숙을 했단다. 우리도 지금은 피난 생활이라고 생각하며 지내자."

"전쟁도 없는데 무슨 피난살이야."

성격이 강직한 둘째는 언제나 불만이 많다. 정릉 대일 외고 친구들은 자가용으로 등교한다며 부러워하는 아이다.

"네 친구들 자가용 등교하고 잘 사는 것은 그 아이들 인생이 아니야. 너는 지금 엄마의 가난에 묻혀 살 뿐이야. 너는 지금 가난을 떨쳐버리기 위한 지혜를 배우고 있는 거야. 지금 네가 얼마만큼 현실에 충실하고 최선을 다하느냐에 따라서 10년, 20년 후 너의 인생과 네 친구의 인생 판도가 달라질 수 있는 거다."

수험생인 둘째 딸애 사기가 위축될까 싶어 달래 보기도 한다. 평소보다 귀가 시간이 늦은 큰 아이는 저녁밥도 먹기 싫다며 돌아앉는다. (어려운 살림에 대학을 보냈으면 열심히 공부나 하여 장학금도 탈 것이지……)

남의 집 아이들과 다른 면모를 보여 주기 바랐는데, 큰애는 참관할 것 안 할 것 다 하며 현실과 이상의 괴리감으로 자주 고뇌에 빠져들곤 하였다. 타이르고 나무라는 것도 지쳐서 밥상을 치우며 저러다가 자겠거니 생각하고 나는 잠자리에 들었다.

곤하게 자는 두 동생 옆에 고개 떨구고 앉아 있던 큰애가 말문을 열었다.

"엄마, 사람은 왜 살아."

느닷없이 던지는 물음에 나는 할 말을 잃고 바라보았다.

"지금 죽으나 늙어 죽으나 죽음은 피할 수 없잖아."

외대 영어과 3년생인 딸애 말투 시작부터가, 심상찮게 느껴져 마을 공원으로 데리고 갔다. 공원 옆 가게에서는 일과를 마치며 문단속하는 소리가 떠들썩하였다. 맥주 2병과 땅콩 봉지를 사 들고 공원 의자에 아이를 앉혔다.

"그래, 사람은 왜 사는가. 더 오래 사는 것은 어떤 의미가 있는가."

소싯적에 나도 갈등 속에 수없이 반문해 본 말들이다. 현실이 썩 마음에 들지 않아도 지금의 자신이 생각조차 하기 싫어도, 죽음을 눈앞에 그려 보다가 고달픈 생(生)이지만 끊을 수 없다는 결론이 나오기에 여태껏 살아온 것이다.

질긴 인연의 끈이 붙어 있는 주변 상황이, 죽음의 유혹을 떨쳐 버릴 수 있게 하였다.

"엄마는 왜 살아? 엄마가 당하는 걸 보면 산다는 게 두려워. 이렇게 힘든 세상을 사느니 일찌감치 끊고 잊어버리는 것이 현명하지 않을까? 살아가는 데 자신 없어. 나는 엄마처럼 못 살 것 같아."

아이는 울먹이며 말끝을 흐렸다. 아이는 많이 지쳐있는 듯했다. 맏이로 태어난 딸애는 가정도 사회도 불평등함을 고스란히 몸으로 체험하고 있었다. 온실처럼 감싸주고 보호해야 할 집은 어려서부터 암흑이었다.

'엄마, 아빠 이혼한다'고 좋아서 소공동 법원 복도를 동생과 웃으며 뛰어다닌 아이다. '85 고법 항소' 오라비 재판 끝나고 잠시 애비 집에서 대학 다니던 아이는 명동 순두부집에서 만났을 때 밥 안 먹은 지 13일이나 되었다고 말했다. 86학번인 큰애는 데모 학생들과 한 몸이듯 몸살을 앓고 있었다. 부모도 아이들도 힘든 세월이었다.

큰애를 데려 나오기 위해서 나는 두 아이를 데리고, 큰애가 있는 애비집으로 짐을 옮겼다. 1,200만 원 주고 수형생활(受刑生活) 같은 동거를 법적으로 정리했지만, 큰애를 포기할 수는 없었다. 다시 사글세방을 얻어 세 아이를 데리고 애비집을 나왔다.

학생데모는 나날이 더 심했다. 종로대로는 매캐한 최루탄 냄새와 길에 여기저기 운동화 짝들이 흐트러지고, 행인들은 바삐 셔터 문 닫으려는 가게 안으로 뛰어들었다. 종로에 갔다가 나도 가게 안에서 콧물 눈물을 빼고 연거푸 기침을 토악질하듯 했다.

나는 숲속 벤치에서 가로등 불빛을 등지고 딸애와 맥주 두 병을 비웠다. 희끄무레한 불빛 속으로 밤안개가 뿌옇게 흐르고 있었다. 여름밤

을 하얗게 지새우며 촉촉이 젖어드는 한기를 느끼면서 나는 아이가 고
민하는 실마리를 찾아 생각을 가다듬었다.

자신의 등록금 문제로 허둥대는 엄마를 보고 얼마나 많은 번민에 휩
싸였을까? 생각하면 오히려 측은한 마음이 앞선다.

청소년은 주변 환경에 민감하여 수시로 감정의 변화를 유발한다. 나
도 젊은 시절 수없이 많은 갈등을 반복하였기에 딸애 마음을 헤아릴
수 있었다.

"엄마가 그렇게 애써도 세상이 더럽잖아. 김 여사도 봐. 도움 주는
척 반지 계 들라고 해 놓고 엄마를 이용하는 거잖아."

틈을 주지 않고 조여오는 불길한 어떤 징조를 느낀 듯 훌쩍거리며
말한다.

"아니지. 오히려 전화위복이다. 역으로 생각을 해 봐. 그렇게라도 되
었으니 망정이지, 지금까지 등록금을 미룰 수는 없었을 것 아니냐. 김
여사 가짜 가계수표 때문에 경리과에서 연장날짜 얻은 거야."

나는 '새옹지마' 옛 이야기를 들려주며 타이르기 시작하였다. 딸아이
는 교우관계며 데모 사건이랑 노사분규, 위장 취업, 사회, 정치까지를
끄집어내서, 마치 나를 원흉 대하듯 공격적 항변을 해 왔다.

"노사분규는 경영자 입장에서 보면 노동자 편만 들 수 없지. 경영자
는 거래처 오다도 따야 하고, 그런 와중에 로비 활동하자면 교제비도
들겠지. 회사 유지비도 있어야 할 것 아니냐. 또 경영자가 옷차림이 허
술하면 상대방이 업신여기므로 정장 차림 하는 것이지. 노동자 앞에
과시하기 위한 낭비가 아니다."

"또 노동자는 경쟁자를 앞지를 수 있는 고차원적 지혜와 능력을 발
휘할 수 있냐 하면 그렇지 못하잖니. 경영자는 수많은 경쟁자를 물리칠
지식을 가지고 있지만 노동자는, 경영자의 지시에 따라 움직일 수밖에

없는 무지가 있는 점이 다르다고 생각지 않니?"

"데모를 생각해 보렴. 야당 인사가 왜 하필이면 대학가에 가서 하소연을 하니? 국회에 가서 부딪치고 따져야 할 것 아니냐."

"힘이 없으니까 그렇겠지."

"그래, 네 말대로 힘이 없어서 학생들을 필요로 했다면 끝까지 공존해야 할 것 아니냐. 학생들이 데모하다가 구속되었을 때, 영하의 감방에 있는 귀한 집 자녀들이 굶주림에 허덕일 때 사식을 넣어주데?"

"돈이 없으니까 못 주겠지 뭐."

"모금을 하지. 학생들 상대로든 거리에 서든 떳떳이 왜 못 나서니? '우리 어린 학생들이 기성 정치인들이 못하는 일하다가, 구속되어 굶주리니 밥값이나 동상 걸리지 않을 두툼한 옷을 넣어주게 동참합시다'라고 왜 못하니? 나라면 모금하겠다. 말을 꺼냈으면 뒤에 따르는 불행에도 책임을 지겠다. 왜 도망을 가니? 전경이 무서워서? 최루탄이 무서워서? 감방이 무서워서? 고문이 무서워서? 정말 나라를 위하는 길이면 무엇이 두렵니? 3·1운동 때 보렴. 유관순은 왜 죽었는데?"

"길을 막고 최루탄을 쏘니까 도망 가지. 길을 막지 말고 4차선 도로면 1차선이나 인도로 가도록 내버려도 봐. 왜 화염병을 던지겠어. 길을 막고 최루탄을 던지니까 화염병이 날아가지."

"그래, 네 말대로 길을 터주면 어디까지 갈래?"

"시청이나 청와대로 가겠지 뭐."

"가서 어쩔 거야. 그 많은 사람이 흥분해서 자칫하면 군중심리로 폭도로 변할지도 모를 텐데. 여당도 나쁘지만 야당도 문제가 있는 거야. 아침마다 신문 사설을 읽어 보렴. 정치란을 읽어 보면 옳고 그름을 짐작할 수 있어. 네가 정치에 불만 있으면 전공을 정치학으로 바꾸고 박순천 여사 같이 나서라고……. 우선 알아야 할 것 아니냐? 정치에 그토록 관심 깊으면 우선 5대 일간지 사설과 정치면 기자 수첩까지 읽어 보렴. 이조 500년 동안도 정치가 그러했고 바지저고리 입을 때도 불량배는 있었어. 사람 사는 곳은 어디든지 그 집단에서 파생되는 시끄러움이 있기 마련이야."

나는 일간지 사설을 인용하면서 새벽이 뿌옇게 밝아 올 무렵까지, 밤안개에 옷깃을 적시며 아이와 공방전을 펼쳤다.

"행복은 자신이 찾아야 하고, 가치관은 자신 속에서 스스로 찾아야지. 누구 때문에 불행하다는 말은 자기 도피야. 사건이 일어났을 때 대응할 수 있는 슬기를 가져야지. 그러자면 실력을 쌓아야 하지. 엄마가 늘그막에 호강하고 싶어 너를 대학 보내는 게 아니다. 네가 사회적으로 괜찮은 위치에서 넉넉히 살고 있으면 나는 바라보는 것만으로도 즐거워. 주정뱅이 남편한테 매 맞으며 얼굴에 퍼런 멍 자국 생기고, 파출부로 다니는 딸과 하다못해 학원 강사라도 나가서 자신을 가꾸며 살아가는 딸을 비교해 보렴. 무슨 일이든 처리할 수 있는 실력이 있고 그 실력을 발휘할 수 있는 주변 여건이 갖추어지면, 성취의 희열을 만끽할 것이고 자연 대가도 오겠지. 마음 맞는 좋아할 수 있는 친구나 사랑할 수 있는 사람이 옆에 있으면, 인간으로서 행복의 최대치가 아닐까?"

"엄마 말을 들으면 그런 것 같아."

그 무렵 큰 애 책가방 속에 수십 장 복사 뭉치를 발견하였다. 신문에서만 읽던 광주사태 이모저모가 적나라하게 사진과 함께 '성공회'라는 이름으로 절박함을 알리고 있었다. 입으로 옮길 수 없을 참혹한 실상들이 소름을 돋게 하였다.

큰애가 데모꾼으로 잡힌다면, 이 복사 뭉치를 집에 두었다가 군부에 발각이라도 된다면 밑에 아이들 앞날도 결단 나는 것이다.

나는 복사 뭉치를 큰애 몰래 쓰레기통에 넣었다. 한밤중 가끔 걸려오는 이름 모를 남학생 전화도 금지하려고 전화번호도 바꾸었다.

명동 성당 안쪽에 데모꾼 학생들 틈을 향해 새벽 1시, 2시까지도 경찰과 대치하고 있는 학생들 틈새로 큰애 이름을 부르며 찾아 나서기도 하였다. 중부 경찰서와 종로경찰서로 학번과 이름을 대며 구속되어 있나 확인하기도 했다. 부적 할머니 집에서 받은 100장의 부적을, 동트는 새벽 태양을 향해 소지 올리듯, 날마다 날마다 큰애 무사고 백일기도를 올렸다.

큰애는 외대 교정에서 다리에 최루탄을 맞는 불상사를 당하면서 불발되는 바람에 다리를 다치지는 않았다. 격변하는 시대 흐름에서 큰애는 정신적 혼란을 겪는 것 같았다.

"그러니 너는 불행하다고 생각하지 말고, 행복의 첫 단계인 실력을 쌓는 데 최선을 다해라. 공장에서는 기술을, 너는 외국어 전공이니 그쪽으로 실력을 쌓아야 하겠지."

"응, 엄마. 공부 열심히 할게."

아이는 날밤을 새우며 어둑한 고뇌 늪에서 빠져나와 피곤한 나를 일으켜 주었다. 맥주병과 땅콩껍질이 간밤에 한 젊은이가 토해 낸 고뇌와 뒤섞여 의자 밑에 널려 있었다.

달포가 지나서야 펑크 난 가계수표를 메울 수 있었다. 경리과에 낼 칠십여만 원을 수금 장부 갈피에 끼워 가방에 넣고 버스정류장으로 향했다. 한 달 가까이 어렵사리 만들어진 등록금인지라 홀가분한 걸음이었다.

마침 버스가 왔기에 지갑에서 토큰을 꺼내 들고 차문으로 다가섰다. 쥐색 양복 입은 곱슬머리 젊은이가 건장한 몸집으로 새치기하며 내 앞에 먼저 올라섰다. 내 뒤로 젊은 청년과 몇몇 사람이 몰려들었다.

먼저 버스에 오른 젊은이는 양팔을 벌려 운전대 옆 손잡이를 잡고 종로 가는가, 동대문 가는가를 물으며 머뭇거렸다. 지루함을 느낀 나는 뒷걸음으로 차에서 내리려고 하였다. 바로 뒤로 바짝 다가선 젊은이는 가방을 칼로 긋고 수금 장부 책 3권을 양손으로 움켜잡고 쏜살같이 뛰어가고 있었다. 운전대 옆에서 지루하게 말을 붙이던 둥글둥글한 체격의 젊은이도 금방 날아가듯 뒤따르고 있었다.

"소매치기다!"

나는 휘청거리는 몸으로 공원 파출소를 향했다. 파출소 소장은 대학 경리과에 소매치기 당한 상황을 알렸다. 또다시 등록금 납기일을 한 달 연장해 주었다. 그날 아침에도 김 여사는 전화를 걸어 내 동선을 알고자 하였다. 그 다음날도 김 여사는 전화를 걸어 소매치기당한 후 일정에 관심이 많았다. 나는 소매치기와 김 여사가 같은 패거리임을 짐작하기 시작하였다.

큰아이 등록금이 백지상태로 사라지고 나는 실의에 빠져 아무 일도 할 수 없었다. 행운은 마치 내가 한 걸음 다가서려고 하면 두 걸음 물러섰다. 운명의 신은 원심을 쥐고 이미 예정된 불행을 시행착오 없이 돌리는 것 같았다.

아무리 버둥거려도 굴레에서 벗어날 수 없는 팽팽한 심지가 내 목을 조이는 듯하였다. 내가 없는 집을 생각해 보았다. 소년, 소녀 가장을 생각해 보았다.

큰딸애는 아르바이트하며 동생들을 돌보겠지. 막내아들은 신문 배달 일 하며 학교 다닐까? 아냐, 너무나 슬픈 충격으로 아이들은 오히려 평온을 찾을지도 몰라. 사는 것은 무엇인가? 존재하는 것은 어떤 의미가 있는가? 큰애 말처럼 결국 없어질 몸 아닌가.

나는 동네 가게에서 약주 한 병 사 들고 집 앞 금화터널이 보이는 포플러 언덕에 올랐다. 약주는 막걸리처럼 텁텁하지 않을 뿐 아니라 달작

지근한 맛이 구미를 당긴다.

철책이 더 이상의 행보를 통제하고 포플러 수십 그루가 사열하듯 금화터널을 굽어보고 있다. 보름달 같은 가로등이 군데군데서 나무 그림자를 흘리고 있다.

나는 철책을 한 손으로 잡고 상체를 기대며 꺼이꺼이 목 놓아 울었다. 중년이 되도록 살아오며 쌓이고 쌓인 삶의 찌꺼기가 용해되어, 가슴 속 서린 한을 풀어내듯 섧게 울었다.

터널 속을 들어가고 나오는 차들의 소음은 통곡 소리를 삼켜 버렸다. 불빛이 빤히 보이는 방 안에서 아이들이 수군거리고 있었다.

"엄마가 왜 안 오지?"

"전화도 없었어?"

자석에 끌려가듯 스르르 내 발걸음은 어느새 아이들을 향하고 있었다. 순간 몸은 중심을 잃고 언덕 아래로 나뒹굴었다. 의식은 몽롱하고 다리는 휘청거렸다.

'십 미터, 오 미터, 조금만 더 대문만 들어서면 쓰러져도 되는데……'

나는 기를 쓰며 아이들 있는 곳을 향했다.

"엄마!"

아이들은 저마다 놀라며 팔과 몸을 잡아당긴다. 쪽마루에 한 발을 올려놓으면서 방 안에 쓰러지듯 누웠다.

"엄마, 싸웠어? 바바리 찢어졌어!"

나는 심한 구토를 의식하며 손바닥으로 입을 막았다.

"대야, 대야 가져와."

세숫대야가 방 안에 들어오기 전에 나는 손가락 사이로 넘쳐흐르는 뜨뜻미지근한 내용물을 보았다. 매번 구토증을 일으키던 세상살이……. 나는 꾸역꾸역 구역질을 하였다.

"엄마, 흔들리지 마. 내가 있잖아, 응?"

중학생인 막내아들이 물그릇을 받쳐 주며 등을 두드려 준다.

"그래, 미안 미안. 다시는 안 먹을게."

"엄마, 힘들지. 참아, 엄마."

"우리는 피난살이잖아."

나는 국민체조하듯 팔을 벌려 기지개를 켜 본다. 상쾌한 기분이 전신을 감돈다. 지난밤 천책을 잡고 하소연한 대가로 생활 체증은 말끔히 달아 난 것이다.

생활수단으로 쓰던 전화를 전화국에 반납하고 삼십만 원 받았다. 이런저런 돈을 모아 큰애 등록금을 정리하였을 때는 11월 초였다. 둘째 딸아이 4분기 공납금을 겨우 마감시키고, 중학교 다니는 막내 공납금도 밀려서 사과문을 학교로 보내던 때다.

"엄마, 내 대학 등록금 없지?"

둘째 딸아이가 대학을 포기하겠다고 나선다.

"아니다. 등록금은 엄마가 준비할 테니 너는 공부만 해. 걱정하지 말고."

"전화도 없으면서……."

둘째는 끝말을 흐리면서 눈치를 살핀다.

"엄마, 사실 그렇잖아. 등록금이 어딨어. 아르바이트 잡으면 되겠는데……."

큰애가 현실을 내세운다. 그 무렵 둘째 대학 입학금 마련을 고민하다가 막내를 데리고 등록금 구걸에 나섰다. 몇 년 전 1,200만 원 현금 통장을 주었으니 그중 100만 원쯤 둘째 대학 보낼 자금을 요청하러 갔다. 아이 아비는 동거 여인과 몇몇 남자들을 옆에 앉혀놓고 비아냥거리며 커피잔을 던지려 하였다.

나는 막내를 데리고 다방 마담이 안내하는 뒷문으로 빠져나왔다. 전화가 없으니 모든 연락이 두절되었다.

"엄마, 어디 아파?"

눈치만 보고 있던 둘째가 찡그리는 얼굴을 보았는지 걱정스러워한다. 둘째 대학 입학등록금 얘기만 나오면 심장박동이 빨라지고 배가 살살 아프기 시작한다.

"아니, 괜찮아."

학력고사를 치르는 날이 다가왔다. 아침에 대학을 포기하겠다는 아이를 달래서 지하철을 탔다. 지하철 의자에 앉아 있던 중년 신사가 둘째를 보자마자 얼른 자리에서 일어난다. 과묵해 보이는 중년 남자의 부드러운 몸짓에서 아이는 부정(父情)을 느꼈는지 훌쩍훌쩍 울고 있었다.

둘째가 시험 치는 교실로 들어간 다음에도 배는 여전히 살살 아파왔다. 학력고사를 치른 아이는 자신감이 넘치듯 명랑하였고, 오히려 나는 배앓이로 얼굴을 찡그리며 지냈다. 아마 등록금 걱정이 잠재되어 신경성 질환을 일으킨듯했다.

"엄마, 등록금은 어떻게 하지?"

아이들이 물어올 때는 번번이 얼굴을 외면하며 신경성 배앓이로 쩔쩔매고 있었다.

"걱정하지 말고 합격이나 해."하며 웃는 나와는 다르게 또 하나의 내가 가슴 밑바닥에서 오장을 움켜쥐고 허세 부림을 나무람 하는 뒤틀림이 시작되곤 하였다.

좌충우돌하며 사회관습 속에서 곡예 하듯 외톨로 살아온 내 주관은, 오로지 배움뿐이 삶을 승화시키는 지름길이라고 여겼기 때문이다. 아이들을 진학시키고자 한 것은 곧 내 생활철학이자 삶의 버팀목이었다.

그런데 그 신념이 무너지듯 배앓이가 시작되었다. 남자들 경쟁을 어떻게 뚫을 거냐고 말려도 막무가내로 무역학을 지망한 둘째의 합격자 발표 날이 다가왔다.

방학 때인지라 막내랑 큰아이를 앞세우고 네 식구가 총출동하여 경희대 발표장으로 향했다. 집을 나설 때부터인가, 아침밥 먹기 전부터인가, 창자를 내리훑듯 아픈 배를 움켜쥐고 많은 인파에 묻혀 떠밀리듯 발표장 안으로 들어갔다.

무역학 합격자 발표장 앞에는 어깨너머로도 보이지 않을 만큼 키 큰 남자아이들로 꽉 막혀 있었다. 비디오카메라를 맨 기자가 높은 계단 위에서 '합격생의 순간 포착'을 위한 포즈를 취하고 있었다.

"엄마, 내가 들어가 볼게."

큰애가 사람들 틈을 비집고 들어갔다. 스트레스성 심장통 증세가 있는 나는, 겨울이면 늘 왼쪽 손바닥을 오른편 겨드랑이에 대고, 온도 상승으로 통증을 완화시키곤 했는데 배까지 사르르 아프기 시작했다.

남학생 허리춤으로 큰딸애가 얼굴을 내밀었다.

"없어. 떨어졌나봐."

속삭이듯 말했다. 순간 식도를 타고 무언가 수욱 내려가고 있음을 느꼈다. 배도 언제 아팠냐는 듯 말끔히 사라지고 있었다.

"엄마, 미안해."

둘째 딸애는 고개를 떨구었다. 등록금이 없는 줄 아는 둘째는 이미 낙방을 예상했는지도 모른다. 어느새 눈물을 머금고 있었다. 나는 둘째의 물기 어린 시선을 피하며 애써 측은한 척하였다.

"아니야, 다시 하자. 칠전팔기란 옛말이 있잖니."

"엄마, 고마워."

아이 손을 잡고 집으로 오면서, 나는 안도의 숨을 내쉬었다.

4. 잘 먹이길 했어, 잘 입히길 했어

바로 엊그제 일이다. 올여름은 유례없는 살인적 더위가 기승을 부린다. 북한 핵사찰을 두고 정부와 미국이 공방전을 부리는 와중에 전쟁설과 함께 북한의 김일성 사망설(1994.7)이 현실로 접해졌다.

나라 안 경제 사정은 좋지 않은 기류를 타고 혼란스러워 한 치 앞을 예측할 수 없었다. 어느 업종을 막론하고 현금이 숨바꼭질하듯 돌지 않는다고들 한다.

나는 비상 가족회의를 소집하였다. 대학 다니는 두 아이를 향해 거래처 장부를 펼쳤다. 각 사찰 매점에서 수금해야 할 자금이 돌지 않으니, 염주 공장에 갚아야 할 물건값도 문제다.

몇몇 사찰에 특수 불교용품을 행상처럼 납품하면서 두 아이 대학 학자금을 마련하던 중이다. 뿌리가 흔들리는 자금난에 나는 심한 두통을 앓고 있었다.

2학기 등록금에 심각성을 알리면서 휴학을 권했다. 일의 심각성을 파악한 막내는 자청하여 휴학계 내고 군에 지원하겠다고 "걱정하지 마세요." 하며 위로를 한다. 둘째 딸아이를 바라보았다.

"쟤는 2학년이니까 휴학해도 되지만 나는 3학년이니까……. 장학금

30만 원 나오니까 분할 등록하기로 하고 엄마는 용돈만 도와주세요."

둘째는 대학 졸업하고 강사직으로 있는 큰딸애한테 도움을 청하다가 울음을 삼키며 문을 박차고 나갔다. 비상 가족회의는 용두사미로 끝나고 집안 분위기는 무거워졌다.

그다음부터 둘째 딸애는 집에서 밥조차 먹지 않고 다녔다. 자정 가까운 시간에 들어온 둘째는 거나하게 취한 듯 비틀거리며 중얼거렸다.

"잘 먹이길 했어. 잘 입히길 했어. 흥! 너네들 나한테 뭘 해줬어?"

반사적으로 일어난 나는 세탁소에서 딸려 온 철사 옷걸이 두 개를 꽈배기처럼 비틀며 둘째 방으로 가려고 했다.

"어머니, 참으세요, 절 보고 참으세요."

막내아들 녀석이 미처 일어나지 못한 채 다리를 끌어안고 만류한다.

"놔, 이 녀석아! 놔!"

이성을 잃고 흥분한 나는 막내를 밀쳤다.

"어머니, 저도 포기했잖아요. 저도 저 기집애 안 봐요. 어머니. 그렇지만 지금 술 먹었어요. 소용없어요, 어머니. 참으세요."

"아냐. 오늘 작살을 낼 거야. 놔! 놔!"

막내는 어느 틈에 일어나서 내 허리를 껴안고 울면서 통사정을 한다.

"어머니, 어머니 병나세요. 저 기집애 때리면 어머니 병나세요. 진정하세요. 앉으세요."

눈물범벅인 막내 얼굴을 보고 나는 애써 분을 가라앉히며 주저앉았다. 막내 말대로 때린들 무엇하랴, 때릴수록 나는 점점 이성을 잃을 것이고 분풀이하는 동안 더더욱 비참한 생각이 들 것이다.

둘째는 내게 생명을 넣은 아이다. 35킬로그램 체중으로, '신경성 위염, 위무력증, 위하수 위산과다증, 십이지장궤양 등등', 담당 의사는 '저것도 사내라고? 죽어 구천의 원귀가 되지 말고 살아서 버리라' 했다. 내가 사내를 버리기 위해서는 우선 살아야 했다. 살게끔 일으켜 세운 아이가 둘째다.

둘째가 초등 2년, 열 살 때쯤 폐결핵에 걸렸다. 멈출 줄 모르는 기침으로 고통스러워하는 둘째를 데리고 종로 '학교 보건진흥원'으로 갔다. 아이 한쪽 폐는 물이 가득 차 있고, 다른 한쪽 폐는 납작해져 기능을 잃었다.

담당 의사는 포기하라고 말했다. 워낙 위중한 아이라서 인지 원장님까지 병실로 왔다. 가망이 없다고 말했다. 입원시키면 어떠냐고 물을 때 "98% 사망입니다."라고 말했다. 나는 간절히 부탁했다.

"제게 조언을 주신다면, 원장님 따님이라면 어떤 조치를 하실 수 있나요?"

원장은 지시하듯 처방을 내렸다. 처방을 내리면서도 살릴 수 없다고 했다. 결핵약 중에도 고농도 약 복용과 엉덩이 근육 주사였다. 1980년경 사글세방 살림에 냉장고가 없다고 말했다.

"항아리에 물을 채우고 그릇을 넣고, 그릇 안에 주사약을 넣어 적정온도 유지할 것, 시간 맞춰 약 복용과 근육주사 놓고, 24시간 누워 있을 것, 2달 후 검사 할 것."

결핵약과 주사약, 주사기와 몸 보호할 고급 영양제를 신당동 약국에서 샀다. 근육주사 방법을 약사한테 배우고 아이 엉덩이에 주사기를 던지듯 하며 주사를 놓았다. 아이가 주사 맞지 않겠다고 하면 떡볶이 사줄게 하며 달랬다.

두 달 후 학교보건 진흥원으로 가서 폐 사진 검사를 했다. 담당 의사도 원장님도 참석하고 놀라워했다. 한쪽 폐는 물이 빠졌고 다른 한쪽 폐는 찌부러졌지만, 살아가는 데는 괜찮다고 말하며 활동하는 결핵균이 없다고 했다.

같은 처방으로 두 달 연장 치료를 해 보자고 했다. 둘째를 치료하기 위해서 막내는 문경 외가에 맡겨졌다.

다시 두 달이 지났다. 찌부러진 한쪽 폐가 약간 부풀어 올랐다고 말하며 진흥원 의사들은 반가워했다.

폐를 앓고 난 뒤 학교서 달리기를 한다는 둘째 말을 듣고 안심하였다. 병치레 때문인지 둘째는 늘 예민하였다. 대일외고 고3 때도 공납금이 밀려서 서무실에 매번 불려 다니며 꾸지람을 당하고도 내색 않던 아이다.

대학을 포기한 듯 직장 생활을 하면서 봄과 여름을 보냈다. 가을로 접어들면서 둘째는 예금 통장을 내밀었다. 70만 원을 주며 '지금부터 대학 입시 공부하겠다'고 모자라는 것은 엄마가 보태달라는 부탁이었다. 독서실과 단과 학원을 전전하면서 입시공부에 열중하였다.

둘째 대학 입시 발원을 위한 백일기도를 올렸지만 전기 대학에 낙방하였다. 나는 아이를 다독거리며 한 번 더 해보자고 위안을 하였다.

나는 다시 사찰에 들러 2차 백일기도를 시작하였다. 거래처에 정신없이 다니다가도 자정이 임박해지면 조계사로 달려갔다. 절 마당을 들어서면 엄동설한의 찬바람이 휙 가로지른다. 법당문은 잠겼지만 부처님 사리가 안치된 칠 층 석탑을 향한다. 탑 옆에 염주 보따리를 놓아둔 채 장갑을 벗고 촛불을 켜고 향을 피운다.

정신을 가다듬고 합장하며 머리 숙이고 허리를 굽힌다. 주소와 생년월일과 이름을 밝힌다. 하는 일을 낱낱이 고한다. 세 아이 중 둘째 대학 입학 발원을 한다. 탑을 돌고 기도를 마치면 영하 15도의 혹한은 열 손가락에 얼어터지는 아픔을 준다.

후기 대학 입시 예정일이 시험지 도난 사고로 한 달 연기 되었다. 둘째는 총 점검을 하며 시험에 대비하였다. 나는 거래처를 점검하며 날마다 날마다 조계사 백일기도에 몰입하였다. 둘째 대학 입시 시험을 앞두고 나는 기이한 꿈을 꾸었다.

계곡이 내려다보이는 바위에 올라앉아 소피를 보고 있었다. 줄기가 물뿌리개로 뿌려지듯 이슬처럼 흩어져 포물선으로 흘렀다. 기이한 생각에 포물선 아래를 내려다보았다. 비둘기만 한 새 한 마리가 포물선 소피 방울을 맞으며, 목줄처럼 하양, 빨강, 남색 띠를 두르고 좌우를 바삐 살피고 있었다.

스님들은 '벼슬 꿈'이라 했다. 기이한 꿈을 꾼 날에도 평상시처럼 일과를 마친 다음 조계사 마당 7층 탑을 돌며 기도하였다.

후기대학 합격자 발표 날이 왔다. 우리는 전화로 수험번호를 눌렀다.

"합격을 축하합니다."

무역학과 낙방 이래 도전하고 또 도전한 보람이었다. 둘째는 서둘러 입학금을 내고 열심히 학교에 다녔다. 막내도 이듬해 외대 들어가고 등록금 걱정 없이 지냈다.

'걸프전쟁' 후 불경기 기미가 보였고 실명제 이후부터 사찰 매점에도 금이 가기 시작했다. 둘째 아이 술 취한 푸념을 듣고 나는 몇 날 며칠을 처절한 비애에 잠겨 있었다. 나는 조계사 큰 법당에 엎드렸다.

"돈이 없어 자식한테 수모를 당하고 있습니다."

"흥! 잘 먹이길 했어. 잘 입히길 했어."

"그래 내 뭐랬수, 아줌마."

십여 년 전 재혼하라고 당부하던 전직 등기소 소장 충고가 되살아났다.

"세 놈 중에 한 놈은 지애비 닮수. 그때 가서 피눈물 빼지 말고, 전부를 희생하지 마슈. 자식 복 없다고 하지 마슈."

등기소에 근무하며 재산관리 하다 보니, 부모 자식 사이 온갖 백태가 눈에 띄더라고……. 충고하던 분이 옆에서 핀잔을 주는 듯했다. 아이들한테 먼 훗날 호강스럽게 대접받으려는 건 아닌데……. 책임을 다할 뿐인데…….

둘째는 집에서 한 달 가까이 밥을 먹지 않았다. 막내는 해군에 지원 입대하고 집을 떠났다. 둘째는 눈자위가 검게 변색 되고 탈진하기 시작했다. 자식한테 의지할 생각은 추호도 없지만, 제대로 성장시키고 그들로부터 떠나리라 다짐하였다.

둘째 딸이 좋아할 꽃게 여남은 마리를 사서 통째로 찜을 하였다. 도토리묵과 깻잎에 참기름을 듬뿍 넣고 버무렸다. 현관문 들어서면 집 안이 온통 신선한 음식 냄새로 식욕을 돋구게 하였다. 주방에 음식상을 차려 놓고 둘째가 들어오기만 기다렸다. 나는 귀를 나팔 통처럼 골목을 주시하고 있었다.

밤 11시가 넘었다. 둘째가 현관을 들어섰다. 나는 온통 신경을 열고 방 안에서 말했다.

"꽃게찜이다. 먹어라."

"음, 맛있는 냄새."

음식 냄비뚜껑을 열어보는 소리가 들린다.

"웬일이야? 맛있는 게 많네."

"언니 것만 남기고 너 다 먹어라."

나는 애써 태연한 척 아무 일 없었던 것처럼 부드럽게 주방을 향해 말했다.

"네, 잘 먹겠습니다."

얼마쯤 시간이 꽤 흘렀다. 나는 잠자리 들어서도 둘째 딸 거동에 관심을 두었다.

"아— 잘 먹었다."

아이가 방에서 음식 그릇을 내오는 소리가 들렸다.

"잘 먹었습니다. 엄마."

"음, 그래."

음식 작전에 둘째가 걸려들었다. 한 달 동안 듣지 못했던 둘째 딸의 공손한 말투였다. 다음 날도 둘째는 아침밥을 먹고 학교로 갔다.

5. 나의 문학수업

글짓기에 관심을 두게 된 것은 중학교 일 학년 국어시간이었다. 그 당시 나는 '장날'이라는 제목의 작문을 썼다.

"닷새 장이 열리는 날이다. 나는 어머니를 기다리며, 모를 심은 파란 들판 사이 산자락을 돌아 휘어진 하얀 길을 바라보며 사 오실 물건을 상상해 보았다. 어머니는 살림에 필요한 물건뿐 아니라 나를 위한 옷감도 사 오셨다. 광목으로 만든 옷을 입던 나는 비단 옷감을 보고 너무나 황홀하였다. 옷감의 색깔도 마음에 꼭 드는 미색이었다."라는 내용이었다.

유난히 턱에 수염이 많은 북한에 고향을 둔 선생님은 작문 시간에 나를 세워 놓고 칭찬을 아끼지 않았다. 그 뒤 나는 고등학교에서 문예부 활동을 하며 교내 백일장 장원을 도맡았다. 그러는 동안 나의 희망은 어느 사이 소설가가 되는 것이었고 학우들이나 선생님들까지도 그러려니 하였다.

그러나 나는 대학에 진학할 형편이 아니었고, 문학에 대한 꿈이 꺾이는 슬픔을 주체하지 못하고, 독백처럼 백지에 글을 쓰기 시작하였다. 당시 써둔 백여 편의 시가 사백 자 원고지와 함께 가랑잎처럼 부서지려고 한다.

1967년 한국일보 신춘문예에 장편 천이백 매로 응모했었지만 낙방하였다. 1983년에야 겨우 생활의 굴레에서 빠져나오며 위경련도 멎어 다시금 문학에 몰입하게 되었다.

여성 문예원, YWCA 문학교실 등을 전전하면서 문학 특강을 받던 중, 1988년 6월 한강 유람선 카페 범서 전시장에서, 한 승려의 배려로 이십사 년 만에 시상을 다시 떠올리게 되었다.

난생처음 가슴 떨리는 희열을 느끼며 시 한 편을 완성하였다. 아마 내가 살아 숨 쉬는 동안 잊을 수 없는 한순간이리라. 시상을 다시 잡으면서 젊은 시절의 편린들을 모아 시집을 준비하던 나는 1989년 이른 봄 현대문학사에서 문예대학을 운영한다는 기사를 보게 되었다.

그동안 동숭동 한국문협 문학 강좌 등 여기저기 기웃대며 문단의 원로선생님들로부터 십여 년 가까이 시와 수필, 소설 특강을 듣던 중이다. 나름대로 나의 작품세계를 점검해 보고 싶은 충동을 느꼈다.

문예대학의 밤 반 시 작법 지도는 현대문학사 편집 주간이자 문학박사인 감태준 선생이 맡았다. 나이와 이름 명시하기를 원칙으로 한 선생은 내가 처음 내놓은 작품 〈령〉을 읽으며 평을 해나갔다. 나는 가슴 졸이며 귀를 기울였다.

"'얼마나 많은 날 많은 시간'은 리듬 처리가 되었지요. '나는 슬퍼하노니/내 의식 속에 자리한/지고한 너의 의식 속으로/내가 자리할 수 없음을/그 본질의 시차를/슬퍼하노니' 이러한 표현은 쉽게 나올 수 있는 게 아니죠. 살아온 경륜과 사유 속에서만 있을 수 있지요."

선생은 대체적으로 기분을 살려주는 편으로 풀이를 해나갔다. 나는 설레는 마음으로 다음 시간 시상을 찾았다.

기초반을 마치고 시 연구반으로 들어갔다. 연구반에서부터 선생은 삼각산 호랑이만큼이나 무서워졌다. 한 치의 여분도 주지 않는 선생의 그물에 나도 걸려 들고야 말았다.

"나는/내가 아니고 싶어/잊히고 싶습니다/마음은 구름 같아도/날지 못하는 지금이기에/바람 소리로/잊히고 싶습니다/문명이 덕지덕지 붙어/서 있을 수밖에 없는 이 자리……"

'망각'의 복사 용지를 읽어 내려가던 선생은 화를 냈다.

"이성남 씨, 이것도 시라고 썼어요? 고리타분한 이런 시를 읽겠어요? 도저히 안 되겠으니 다른 선생을 찾아가세요."

화가 난 선생은 담배를 입술에 물고 불을 당긴다. 목숨인 양 붙들고 시름을 달래던 시편들이다. 내게는 필연의 존재인 그들을 버리고 살아갈 수 있을까 하는 의구심이 씁쓸하게 목구멍을 타고 흘렀다. 선생이 안 된다면 형편없는 시들이다. 문학에 대한 그리움이 애잔한 설움으로 가슴을 저미기 시작하였다.

"선생님, 제가 고쳐 보겠습니다."

"고쳐도 안돼요. 이미 굳어서 도저히 현대시를 쓸 수 없어요. 다음 시간에 나오지 마세요."

나로 인하여 밤 강좌는 분위기를 망쳤다. 우리는 강의가 끝나면 전철이 끊어질 직전까지 늘 포장마차에서 선생을 모시고 현대시 작법 2차 강의를 논하였다. 그날은 선생도 몹시 기분이 언짢았는지 참석을 하지 않았다.

나는 더욱 무거워진 발걸음을 옮기며 나의 문학세계를 점검해 보았다. 아무리 생각하여도 문학을 특히 시를 떠나서는 못 견딜 것 같았다. 그 많은 그리움은 어떡하고……. 나는 밤잠을 잃고 새벽을 맞으며 고민하였다. 문학수업의 중단을 골똘히 생각하다보니 닷새나 밤잠을 설치고 끼니를 걸렀다.

한 번 더 머리 숙여 보자는 각오를 하고 현대문학 부설 문예대학을 찾았다. 문우들은 전 시간의 사건을 기억하는지 반갑게 맞이하였다. 나는 선생님과 멀찌감치 떨어진 귀퉁이 자리에 앉아 시간을 기다렸다.

"아니, 이성남 선생님 오셨군요. 안녕하세요."

감태준 선생의 반기는 말투가 너무나 뜻밖이라 나는 깜짝 놀라 쳐다보았다.

"선생님 때문에 저는 삼 일이나 고민했습니다."

"죄송합니다. 고쳐 보겠습니다."

"아니요, 선생님 작품을 친구가 왔길래 보였더니 다르게 평가를 해서…… 제가 생각을 바꾸었지요. 나오세요. 이성남 선생은 절에 다니시더니 도가 통했는지 노여움도 안 타시니…… 나오세요."

선생은 거듭 나오라는 말을 강조한다. 나는 새로운 시상을 잡은 만큼이나 가슴 설렘을 느끼며 나의 시들을 향해 박수를 보냈다.

현대문학사 문예대학에서 감태준, 성춘복, 전상국, 이철호, 윤재천 선생, 여성문예원에서 최인호, 허세욱, 김해성, 김용구 선생과 한국문협 문예대학에서 황금찬, 조병화, 홍윤기, 윤모촌 선생과 YWCA의 이순 선생 등 여러 선생님을 모시고 십여 년 동안 문학수업을 쌓았지만, 감태준 선생과의 호된 진통이 있었기에 그나마 지금의 문단에 발을 들여 놓게 되었는가 보다. 두고두고 되새길 추억들이다.

6. 짝짓기 희열

납품 관계로 조계종 총무원에 들려 평소에 면이 있던 하 실장을 만났다. "마침 전시장에 범서를 전시하려는 스님이 있으니 연결시켜 주마"고 말한다.

이런저런 이야기를 주고받는 사이 전시회를 개최할 스님이 나타냈다. 장신의 체구에 비하면 작은 두상을 지녔고 유별스레 검고 기다란 수염까지 기른 동안의 모습이다.

하 실장의 설명을 들은 스님은 "그거야, 보살 마음이지." 한다. 천진스러움마저 느끼게 하는 스님의 말투가 오히려 웃음을 자아내게 한다.

전시장에는 해인사문에서 득도하였다는 이 도원 스님이 사십여 년간 범서(梵書) 연구로 갈고 닦은 유품들이 있다. 범서란 옛날 인도에서 쓰던 글로 산스크리트(Sanskrit-BC 4세기)라고도 한다. 글자 모양이 특이하여 머리는 새와 같고 몸통은 물고기를 닮아 배가 불룩 튀어나왔고, 꼬리는 뱀의 형상으로 기다란 형체를 갖춘 상형문자(像形文字)이다.

유품은 경면주사(鏡面朱砂)를 참기름에 섞어서 붓글씨로 각종 불교경전과 다라니를 썼고 병풍과 액자를 만들었다. 경전의 모양이 한문이 아닌 석가모니 나라의 고대글자 모습을 갖추고, 불가사의한 힘을 발휘

한다는 명면주사로 썼으니, 소장하는 이는 가정에 복을 불러올 뿐 아니라 액운도 소멸하게 된다는 하 실장의 설명이다.

"성스러운 범서 전시장에 탐욕으로 가득 찬 일반 상품을 동시에 진열시키는 것은 성전에 욕됨이 아닐까요?"

"일체유심조(一切唯心造)라, 마음이 있으면 참여하는 게지……. 오는 자 거절하지 아니하고 가는 자 또한 잡지 않는 것이 불가의 뜻이 아니던가……."

"그러면 전시 비용이 들어가니까 판매액의 얼마 정도는 시주하겠습니다."

"그 또한 보살 마음이지. 주고 싶으면 주고 마음대로 하시고……. 열심히 나 하시오."

스님은 기다란 장삼 자락을 펄럭이며 전시장을 돌아보고 내가 판매할 상품의 판매대를 손수 마련까지 해주신다. 보름 남짓한 일정이 잡혀지자 나는 아침 아홉 시부터 저녁 아홉 시까지 전시장에서 자석으로 만들어진 단주며 목걸이 등을 판매하게 되었다.

장중하게 내리깔리는 법당의 전시 분위기가 속가에서 상처투성이로 살던 마음을 쓸어 주었다. 더욱이 스님의 말과 행동은 나로 하여 새롭게 태어나는 계기가 되게 하였다.

어떤 날에는 내 쪽 판매대에만 사람들이 몰려 장사진을 이루는 바람에, 미안함을 금치 못하여 안절부절못하면 "괜찮소. 인연대로 하시오." 하며 미소를 머금는 스님의 탈속세적인 모습에서 점차로 위안 받는 나를 엿보게 되었다. 눈물이 나도록 포근한 스님의 마음 씀씀이에서, 먼 세월 속에 버려두었던 정서가 살아 꿈틀거림을 느끼게 되었다.

조계사 총무원 전시가 끝나고 스님을 따라, 잠실 고수부지 유람선 선착장 전시를 돕게 되었다. 매주 토요일과 일요일에 열리는 '가곡의 밤

무대'는 고객마다 악보를 나누어 주고 함께 노래를 부르게 한다. 때로는 고객들의 즉흥적인 출연으로 신선 감을 주고 순식간에 연회장을 방불케 하는 분위기가 만들어진다. 그 속에서 나도 함께 가곡을 부른다.

맑은 하늘 아래 수많은 조각으로 반짝이며 흐르는 강 물결 주변을 자동차들은 물 흐르듯 달리고 있다. 이미 영원함 속에 한 점으로 유명을 달리한 도원 스님의 작품 전시장 주변에 매료되어 있었다.

그러한 나에게 스님은 빙그레 미소 지으며 "소싯적에 썼다는 시를 한번 써 보시지."하며 부추기곤 하였다. 나는 스님의 권유에 시상을 떠올려 보았다.

이십세기 문명 속에
영겁의 순간이 끼어든 이즈 녘
오지랖 넓은 스님은
가사를 펄럭이며
윤회를 왼다

태고 속으로
빨려들어 간
숭고한 영혼
가사는 순간에 묻혀
영원을 치닫는다

세월에 흐트러진 고뇌
발돋움으로 이어 온 정염
다시 또

문명 속에 담 그어진 고결함

영겁을 이어
가사는 펄럭이며
순간에 머문다.

('범서 전시장에서' 전문, 1988)

　내면의 밑바닥에서 용솟음쳐 오르는 나의 욕구를 한달음에 분출시키며 메모를 하였다. 다시 한 번 음미하며 읽어 보는 곁에 스님은 고개를 끄덕이며 들여다본다. 습작처럼 쓴 글을 손에 들고 천천히 걸으며 낭독하는 스님의 목소리를 듣는다.

　나는 전신에 퍼져나가는 희열을 감지하였다. 발끝에서 손끝까지 작은 떨림이 일기 시작하였다. 마음 또한 한없이 설레는 것을 감지하였다. 비로소 내가 존재하고 있음을 확인한 셈이다. 스님과 범서전시장으로 인하여 나는 다시 태어난 것이다.

　나는 스물네 살 때 실연의 아픔을 독백처럼 쓴 '님에게'를 마지막으로 수십 년 동안 시상을 접었다. 운명적인 소용돌이에 휩쓸리면서 살이 터지고 피가 터지는 절망의 수렁을 헤매며 너무나 다급하여 시상을 잡을 엄두도 못 냈다.

　그로부터 스물네 해째 되는 오늘 다시 시상을 잡았다. 이제 스님과의 인연으로 갈기갈기 찢겼던 상처가 아물고 새 살이 돋아 기력을 찾으니 시상(詩想)이 다가서는가 보다. 내가 살아있음을 의식하게 하고 시심을 마주하는 설렘으로 전신이 떨려오는 것을 확인하게 되니, 영원한 동반자 '시상의 짝짓기'가 나에게 다시 이뤄진 셈이다.

7. 신록에 마음을 씻고

광화학 스모그로 휩싸인 도시는 시야마저 잿빛으로 흐릿하고, 줄기만 남은 나무들은 겨울을 벗어났는데도 아직 칙칙하다. 두어 번 비가 내리는가 싶더니 멀리서부터 수양버들이 파릇이 몸을 휘감고 있다.

장독대 옆으로 훤칠하게 자란 이웃집 단풍나무 잔가지에, 참새들이 소란을 피우면 방문을 열고 새벽 기운을 마신다. 가랑잎 하나 달랑 매달고 겨우내 빈 가지로 있던 나무가 봄을 맞으면 절로 가슴이 설렌다.

잔가지 늘어뜨린 수양버들 가지에 봄 아지랑이 깃들면 진달래, 개나리 꽃잎 벙글고 산과 들 여기저기에 푸르름이 돋보인다. 느린 걸음마로 오던 새싹들이 꽃을 피운 자리에 폭죽 터지듯 파란 잎을 피운다.

도심 공원에는 얽어 매인 소나무가 바위틈이 그리워 송화 피우며 귀양살이를 한다. 시커멓게 변색 되어 가던 측백나무며 도장나무가 연녹색으로 탈바꿈하고 아가의 손처럼 앙증맞던 은행잎도 몸 매무새를 갖추었다.

껍질 벗기며 겨울을 나던 플라타너스가 잎을 피우고, 오동나무는 보랏빛 꽃술 터트리며 하늘로 날아오르는데 유독 붉은 단풍나무가 반란군처럼 눈에 거슬린다. 대자연의 위력은 대단하여서 지난해 낙엽 진 자리에 한 치 오차도 없이 제각기 특성을 달리한 꽃과 잎을 피우고 있다.

쥐똥나무는 쥐똥나무 위치를 알기에 포플러를 흉내 내지 않으려 한다. 잡초는 잡초대로 장미 흉내를 내지 않고 그들 방식대로 꽃망울을 피우고 있다.

나도 거래처를 찾아 산사로 향했다. 나무는 우주다. 바다가 수분을 승화시켜 구름을 만들고 비를 내리듯 나무는 장마 때 흠뻑 마신 물을 조금씩 조금씩 뱉어내며 골짜기를 적시고 산짐승 목을 축이게 배려한다.

산사로 가는 도봉산 골짜기는 엊그제 내린 비로 물이 넘쳐흐르고 나무들은 더욱 싱그런 잎을 피우고 있다. 산새들 날개 짓 분주스럽고 물소리 또한 새소리만큼이나 맑다. 바위틈에 비스듬 서 있는 소나무도 한결 의젓해 보이고 수목 사이로 얼비치는 햇살은 생명만큼이나 찬란하다.

나는 도시 소음으로 찌든 귀를 계곡 물소리로 씻어본다. 산등성이 빼곡히 들어선 신록에 공해로 찌든 눈을 씻는다. 근심으로 뒤덮은 마음까지 씻으니 산사로 가는 걸음걸이가 한결 가벼워지는 듯하다.

8. 금강산 통일 유람기

하얀 옷고름으로 가슴 여미고

유유히 흐르는 민족의 맥 앞에

숙연히 고개 숙인다

어느 때인가

백두에서 한라까지

바다에 뿌리 내려

신비로운 사계절의 국토

단군은 마니산 참성단에 향 사르고

천지신명 앞에 정기 모았다

산 구릉 돌아들면

저수지마다 계곡마다

억조창생 젖줄이

산계(山系)를 돌아

갈대숲을 적신다

집시 무리로 흐르던 정겨운 민족

하얀 오지랖에

인(仁), 의(義), 예(禮) 보듬고

태산자락에 앉아

이마를 맞댄다

시새움 부리며 훼방 놀던 이웃 나라

혈맥 자른 세월 36년

전쟁으로 찢겨 광란하는 민족

방황의 길로 맥은 끊어지고

태양(太陽)과 태음(太陰)의 소용돌이에 휘말려

순하기만 하던 성품

초근목피 연명하던 시절 다 잊어버리고

우리 것 모두 팽개치고

남의 것 몸단장으로 치닫는

혼란스러운 정신

인(仁), 의(義), 예(禮) 흐트러진다

지구촌에는

양(陽)의 붉은 무리 스러지고

음(陰)의 푸른 정기 지천태(地天泰)운세

민주화 길 열리니

단군이시여!

천지신명이시여!

광란하는 이 민족 이루어

녹 슬은 혼 사그라들기 전

겨레의 핵(核)을 건지게 하소서

거듭 생멸(生滅)하는 순치(純致) 따르게 하고

거드름 버릴 줄 아는 참사랑이게 하소서

산마루 피어오른 햇살 늘 싱싱하고

풀잎에 스민 이슬도 푸르러

민족을 일군 땅

이 산하 억조창생의 무리

천지인(天地人) 알고

인(仁), 의(義), 예(禮) 되찾으면

기필코

해 돋음 하리니.

('겨레의 서시' 전문, 1992. 11)

설레는 마음으로 밤잠을 설쳤다. 실로 52년 만의 귀향이다. 나를 태어나게 하고 일곱 살까지 잔뼈를 키워준 곳이기도 하다.

백두산 문학회가 주선하는 대로 여행절차를 완료하고 동해항에서 북으로 향하는 금강호에 오른 것은 1999년 3월 하순이었다. 아직은 겨울 나목이 잎을 피우지 못하고 가지만 우쭐거리며 물오름을 시도하는 계절이다.

승선을 위해 점검을 받을 무렵 작은 몸매에 거무스름한 살빛 청년이 다가와 여행용 가방을 들어주며 미소를 보낸다. 내게 지정된 방은 4인용으로 위층 침대였다. 바다가 보이는 창가 방이긴 하지만 구명보트가 뱃전에 매달려 있어서 정작 바다는 보이지 않았다.

나는 저녁 만찬 시간 전에 금강호 선상을 담기 위해 카메라를 들고 밖으로 나갔다. 갑판에는 몇몇 낯익은 문인들이 사진을 찍고 있다.

동해항은 검푸른 빛깔로 하루를 마감하고 있었다. 바다도, 원근의 산도 점차 어둠 속으로 사라지기 시작하였다. 금강호에는 휘황찬란한 등불이 대낮같이 켜지고, 만찬 이후에는 쇼가 열렸다. 칠 층 라운지에서 문인협회 이사장 성춘복 시인의 '통일 문학으로 가는 뱃길'이란 주제로 문학 강연과 시 낭송이 백두산 문학회에 의해 진행되었다. 금강호는 밤새껏 북한을 향해 물길을 달렸다.

내가 태어난 곳은 함경남도 장진군 장진면 신하리다. 사촌들이 사는 탑동리는 함흥에서 삼십 리 들어간 궁궐터가 있는 함주군 조양면이다. 예부터 말이 넘어갔다 하여 마녀미라 불리는 산자락에 할아버지 큰아버지 종갓집 일가들이 부락을 이루고 있다 한다.

내가 태어난 장진 신하리는 겨울이 빨리 온다. 부엌을 중심으로 대여섯 칸의 방이 일렬로 나란히 있다. 아궁이 앞쪽에는 겨우내 땔 나뭇단이 부엌 천정까지 차곡차곡 쌓이고, 나뭇단 밑으로 감자랑 무랑 겨울 양식을 저장한 커다란 지하실이 있다.

나뭇단 쌓인 곳을 한참 지나면 외양간에 황소가 매여져 있고 그 너머에는 잿간이 있다. 겨우내 아궁이에서 퍼낸 재를 모아두고 변을 보면 재로 덮어 암모니아 냄새를 제거한다.

가을인가 하면 금세 함박눈이 지붕을 덮는다. 마루문을 열면 온통 눈 벽이 추녀까지 쌓인다. 어머니는 화로에서 화 젓가락으로 불씨를 꺼내 아궁이에 불을 지피고 우리는 함지박을 들고 하얀 눈을 퍼 담아 가마솥에 붓는다.

이웃끼리 눈 터널을 뚫으며 밤새 무사함을 반긴다. 어머니는 눈을 녹인 물로 감자밥을 짓는다. 마당 한쪽에 지붕보다 높은 눈 더미가 쌓이고 우리는 그 위로 기어올라가 대나무 스키로 미끄럼을 탄다. 아이들은 스키를 타다가 다리를 부러뜨리기도 한다.

1945년 8월 15일 해방되면서 함흥에 살았다. 함흥에는 한강처럼 성천강이 흐른다. 강둑에 아름드리 수양버들이 늘어져 있다. 어머니가 강물에 빨래할 때 나는 아이들과 수양버들 나무뿌리에 매달려 물장구치며 놀았다. 성천강을 가로지른 다리 난간에서 강물을 들여다보면 소용돌이치는 물거품이 장관을 이룬다.

공산당이 실권을 잡으면서 반대운동을 벌이던 장손 집이 풍비박산되었다. 장손 집 언니는 끌려가서 42일간 손가락, 발가락뼈가 보이도록 주리를 트는 고문을 당하였다고 말했다. 숨어 다니던 아버지는 먼저 남쪽으로 탈출하고, 상인 편에 사진 3장으로 소식을 알려 왔다.

삼십 대 초반인 어머니를 따라 함흥을 탈출한 것은 내가 7살 되던 해인 1947년 12월 하순이다. 강 얼음 속에 발가벗겨진 시신들이 가마니에 덮여 있었다. 햇살이 퍼지자 골짜기 아래서 고약한 냄새가 올라왔다. 어머니는 송장 썩는 냄새라 했다.

나는 그렇게 그 땅을 도망치다시피 팽개치고 왔다. 그 땅을 못내 그리워하다가 어머니는 수년 전에 세상을 떠났다. 나는 어머니의 혼령과 더불어 북녘을 가고 있다.

하염없이
고향 소식이
쏟아져 내린다

솜덩이같이 하야니
추녀 끝으로
쌓여 올라간 눈

어머니는 아궁이에 불을 지피고
우리는 신나게
함지박에 눈 퍼 담아
가마솥에 녹였지

앞집 돌이네
옆집 순이네
눈 터널이 뚫린다
내가 태어난
장진군 장진면 신하리

하얀 눈덩이가
초가지붕 위로 모여지고
대나무 스키에 오르면
눈 더미는 미끄럼 태우며
나를 키웠지

고향을 팽개친 나
고향은
함박눈 보내서
나를 찾는데

추위에 얼어붙은 천둥
열지 못하는 울음보
아- 하염없이

고향 소식이 쏟아져 내리네.

('고향 소식' 전문)

주민들은 떠나고 텅 빈 마을은 군사기지로 보초병들이 보였다. 나는 긴장된 마음으로 북한 땅을 밟았다. 청명한 파란 빛깔 하늘은 눈에 익어 정답게 다가왔다. 금강산 관광중에 승인도장을 받기 위해 나는 일행과 함께 차례를 기다렸다.

"시인입니까?"

북한 관원이 빤히 쳐다보며 말을 던졌다. 나는 무심히 대답하였다.

"네."

"시는 언제부터 썼습니까?"

나는 빙긋이 웃었다. 지난 세월 속에서 문학도이던 여고 시절이 생각났다.

"고등학교 시절부터."

그는 나를 바라보다가 금세 태도를 바꾼 듯 도장을 소리가 나도록 찍었다.

"참 보기 좋습니다."

그는 환하게 웃었다.

"고맙습니다."

나도 그의 웃음에 끌리듯 활짝 웃었다.

이미 반세기 전

내가

버리고 온 땅

이틀 말미로
나들이 삼아
북한 땅에 발 디민다

그네가 빙그레 웃는다
'관광증'에
도장 찍으며

"시인입니까?"
"시는 언제부터 썼습니까?"
"고등학교 때"
"참 보기 좋습니다"

그네가 활짝 웃는다
덩달아 나도 웃는다
오누이처럼
우리는 정다웠어라.

(금강산 길섶' 전문)

　　만물상으로 가는 대열에서 버스를 기다리며 사방을 두리번거렸다.
누군가 앞을 바라보라고 한다.
　　"아– 군복 차림의 소년이다."
　　마른 풀잎과 몇 그루의 소나무가 듬성듬성 서 있는 산 중턱에 둥근
모자를 눌러 쓴 초병이 서 있다. 소매 밖으로 내비친 손등은 잿빛으로
살색이 죽어 있었다. 누군가 또 나지막하게 한마디 하였다.

"손도 얼굴도 부어 있군."

혹독한 추위로 인해서였을까. 가난 때문에 장비를 미처 갖추지 못해서일까. 아직은 앳된 티가 흐르는 초병은 간격을 두고 인형처럼 여기저기 서 있다.

우리 일행은 조장으로부터 금강산에서의 주의사항을 들으며 버스에 올랐다. 해안을 벗어나자 기차 철로가 나란히 옆으로 다가왔다. 철길 따라 조약돌도 새롭게 단장한 듯 비교적 깨끗하였다.

온정리 마을로 들어서면서 길 양쪽에 철조망이 둘러쳐 있다. 소년병들이 간격을 두고 부동자세로 사열하듯 우리를 맞이하고 있다. 논두렁과 밭두렁 옆 마을로 이어지는 길 위에는 주민인 듯한 사람들이 손을 흔들어 준다. 버스 안에서 우리는 손을 흔들며 화답하였다.

조장들이 처음 금강산을 오가며 교육을 받을 때 아이들은 돌을 던졌다. 계속 손을 흔들어 주었더니 아이들은 돌팔매 대신 외면을 하였다 한다. 그래도 웃음을 보냈더니 이제는 저렇게 손을 흔들며 응답한다고 했다.

그날 오후 돌아오는 길에 아이들이 달려오는 모습을 볼 수 있었다. 왁자지껄 환호 소리가 들리는 듯하여 우리는 손을 흔들어 주었다. 아주 작은 개구쟁이도 보였다.

산은 바위가 많고 모양도 기이하였다. 이른 봄이라 산은 알몸 전체를 드러내고 우릴 맞이하였다. 적송은 특유의 붉은 몸매를 곁가지 없이 곧추 세운 채 군락을 이루었다. 우리는 마치 사열하듯 서 있는 미송(美松)의 아름다움에 매혹되었다. 전혀 문명에 오염되지 않은 자연미에 그저 숙연해질 뿐이다.

우리는 만물상으로 오르는 입구 '만상정' 주차장에서 산을 오르기 위한 준비로 부산을 떨었다. 계곡을 끼고 경사진 만상정 계곡을 오르다 보니 하늘을 찌를 듯 뾰족한 커다란 바위가 앞을 가로막았다. 삼선암(三仙岩)이다. 워낙 기기묘묘한 형상이라 신선 이름을 붙였나 보다.

거대한 삼선암에서 북녘 안내원을 만났다. 처음 가까이서 보는 동포였다. 화장기 없는 얼굴이며 뒤로 동여맨 머리의 여인은 산골 처녀 같았다. 조금 마른 체격의 남자 안내원에게 일부러 접근하여 사진 찍어달라고 했다. 관광증 이름표 난에 적혀 있는 시인이란 글자를 소리 내서 읽었다. 자기네끼리 무어라 말을 주고받으며, 삼선암을 배경으로 취하는 나의 포즈를 고쳐 주기도 하였다.

삼선암(三仙岩) 옆에 험상궂게 찌그러진 얼굴 모양의 커다란 바위가 외톨로 서 있다. 귀면암(鬼面岩)이라 한다. 귀면암을 지나면 천선대로 오르는 오솔길이 이어진다.

만상정 계곡이 만물상 형상을 반주하듯 졸졸 소리 내며 흐르고 있다. 상상을 초월한 절묘한 산세가 이어졌다. 어느 것은 동물 모양으로 다양한 모습을 나타내는가 하면, 도끼로 찍어 내린 듯 기이한 형상을 갖추기도 하였다.

누르스름한 색채를 띤 바위들이 석탑인 양, 가로세로 금 그어져 있는가 하면 직사각형 삼각형으로, 형체가 질서정연한 듯하면서도 무질서하게 조화를 이루었다. 어찌 보면 수많은 석탑을 인위적으로 차곡차곡 쌓아 올린 것 같기도 하고, 어찌 보면 수수 찰시루떡을 켜켜이 올려놓은 것 같기도 하다.

멀리 벼랑 위에서 작은 돌들이 부서져 조금씩 속삭이듯 소리 내서 흘려 내리곤 하였다. 누르스름한 색채의 돌은 석영(石英-이산화규소)으로, 차돌에 섞인 유화철이 산화되면서 불그스름한 색깔로 구멍이 생겨 부서져 내린 것이라 한다.

천선대 오르는 길은 가파로워 숨이 턱에 닿도록 가쁘다. 나이 지긋한 관광객을 붙들고 실랑이하는 북녘 안내원을 만났다. 아직 바람 끝이 쌀쌀한데다가 가파르게 오르는 길이다.

붙잡힌 남자는 엄지손가락을 코에 대고 팽하니 코를 풀어댄 것이 북녘 사람 눈에 띈 것이다. 북녘 안내원은 한 시간이 지나도록 붙들고 놓아주지 않았다 한다. "금강산이 코를 풀어 댈 정도로 더러운 데 왜 왔느냐?"고 다그쳤다.

천선대로 오르기 위한 마지막 길에는 철 계단이 놓여 있다. 사람이 겨우 빠져나갈 정도의 바위 구멍이 뚫어져 있는 하늘 문(천일문-금강 제일문)을 통과하면 둥글고 기다란 기둥바위 네 개가 있다. 옛날 하늘 여인들이 내려왔다 하여 천선대(天仙臺-969m)라 한다. 백두대간 줄기 하나인 오봉산 천주봉(1263.7m)이 뚝 끊어져 절벽을 이룬 곳이다.

금강산은 백두대간의 배꼽에 해당된다고 한다. 네 개의 기둥바위에는 쇠사슬 연결고리가 달려있어서 천선대에 올라선 사람들을 보호해준다. 천선대에 올라 사방을 둘러보다가 나는 깜짝 놀라지 않을 수 없었다. 지금까지 가파른 길을 오르며 눈요기로 보아 온 만물상은, 거대한 돌조각이 부챗살 펼친 것처럼 장관을 이루고 있었다. 그야말로 개골(皆骨山)산이다. 구름 한 점 없는 청명한 날씨인데다가 잎이 없는 겨울 산이라, 바위 하나하나 기교스러움이란 그야말로 형언하기 어려운 비경이다.

만물상 석벽 전체가 성큼 다가와 손을 내밀면 만져질 듯이 한눈에 안겨왔다. 탄성이 저절로 나오지 않을 수 없다. 어떤 신이 이토록 완벽한 장치를 할수 있을까. 신은 만물상을 만들어 사람들로 하여금 무상(無常)에 얽매이는 어리석음을 일깨우려 했는지도 모른다. '인간이 그 알량한 지식으로 아무리 신기루에 도전할지라도 이토록 절묘한 장치를 할 수는 없느니'라고 신은 장담하였을 것이다.

나는 서너 판 사진을 찍고 절벽을 이룬 쪽의 기둥바위에 말 잔등을 타듯 걸터앉았다. 낭떠러지 쪽이라 사람들에게 걸리적거리지 않을뿐더러 산신제를 올린다하더라도, 비좁은 데서 분주히 오가며 기념촬영하기에 여념이 없는 사람들은 내게 신경 쓸 겨를도 없을 것이다.

아래를 내려다보면 천 길 낭떠러지이지만, 쇠사슬이 보호대 역할을 하므로 마음 놓고 준비했던 제물을 펼칠 수 있었다. 밥 대신 백미를 올리고 소주 석 잔에 포를 올렸다. 절벽 밑에서 밀어 올리는 바람도 거세려니와 위험한듯하여 촛불과 향불은 켜지 않고 세워만 놓았다.

명태포 특유의 신선한 향이 강렬하였다. 소주 향도 그 못지않았다. 아마 맑고 청정한 곳이라 향이 더욱 짙었으리라. 아니, 금강산 산신께서 흡족하게 맛을 음미하심이리라.

나는 양손을 모아 합장을 하고 "반야심경" 독송을 하였다. 반야심경은 공(空)사상이니 근본으로 들어가면 산신께서도 거슬릴 이유는 없을 것이란 생각에서였다. 고향을 등진 지 반세기 지나 신께 선처를 구하였다.

오봉산 골짜기 저만치 아래 살고 있을 동포들과 함께 어우러질 것을 갈구하였다.

태초에
뜻한 바 있어
하늘 문 열리고
흰 옷 입은 한 쌍
백두산 천지에 나리시니
우리의 조상이요
인류의 어버이시네

동서양 흩어져

토착민으로 몽고반점 간직하더니

조판기(肇判記), 태시기(太始記), 단군기(檀君記)

조대기(朝代記), 청평산인(人)의 진역유기(震域遺記)

북애자(北崖者)의 규원사화(揆園史話) 옛글과

홍산문화 유적지 고증으로

천부경(天符輕) 뿌리임을 알리네

하늘에는 오존층 파열

땅에는 지구 종말설로

도(道)가 무너지는데

다시 무릎 꿇어

민족의 산머리에서

하늘 기운 돋우어

기틀 세우니

흰 옷 깃발같이 날리는 이여!

단군이시여!

삼천리 강토 몇갑 절 더 늘려

인류 어루는

한민족이게 하소서

세계 다스리는

종주국이게 하소서.

('한민족 대서사시' 전문)

9. 봄과 더불어

꽃이 만개하여 활짝 열린 봄보다도 이제 막 열리는 봄이 좋다. 마주쳐 오는 햇살로 지열은 서서히 달아오르고, 그 열기에 시야가 마구 흐려진다.

겨우내 찬 기운에 웅크리고 있던 만물이 포근한 대기에 서서히 기력을 찾으며 활보하기 시작한다. 바위틈에서 솜틀을 내미는 어린 쑥이 있는가 하면 개나리는 벌써 꽃잎으로 봄을 열고 있다. 그리고 보니 엊그제 천둥 치며 난데없이 퍼붓던 눈은 봄을 한 걸음 재촉하기 위한 으름장이었나 보다.

겨우내 목마름으로 빈 가지만 잡고 몸부림치던 가랑잎도 움터 오는 새싹의 출발을 위해 버팀을 주저하고, 노란 덮개로 뿌리 감싸던 잔디도 새순이 돋아나게 틈새를 비운다. 나무마다 빈 가지에 봄기운이 서리고 망울을 틔우는가 하면, 빈 가지를 어르듯 새들도 모여들어 잔칫집처럼 소란스럽다.

천안역에서 택시로 산길을 달려 깊숙이 들어가면 내가 벽조목(霹棗木) 염주를 납품하는 사찰이 있다. 하루 두 시간 반 취침을 한다는 주지 스님은 깡마른 체격에 범상치 않아 보이는 동안(童眼)의 모습이다.

바라보기만 하여도 공(空) 사상을 일깨워주는 듯한 스님 표정은 한결같아 늘 마음을 정제시키듯 가라앉혀준다.

하늘 어디를 둘러보아도 구름 한 점 없는 맑은 날씨다. 불현듯 봄을 만져보고 싶은 충동이 일어났다. 평소 같으면 대기시키던 택시를 돌려보내고 홀로 산길을 걸었다.

골짜기를 흐르는 물소리와 버들강아지 꽃눈 틔우며 종일 걸어오는 봄의 소리가 눈을 번쩍 뜨게 한다. 겨우내 그 많던 눈은 어디로 가고 봄은 산골짜기 응달진 계곡에도 씨를 뿌린다.

하얀 얼음덩이가 제 살 녹이며 흐르는 옹달샘 가에 다람쥐 한 마리가 먹이를 찾아든다. 지난해 멀쑥하게 자라 말라버린 쑥부쟁이 틈새로 작은 새 두어 마리가 날갯짓으로 드나든다.

보명사를 지나는 길섶 연못에는 어느새 하늘빛이 가득 담기고 물결은 끊임없는 파문을 일으키고 있다. 물 녘에 뿌리내린 억새 풀은 하얀 깃털 다 날려 보내고 성긴 자락만 남아 고갯짓을 하고 있다.

낚싯대를 길게 늘어뜨리고 모자를 푹 눌러 쓴 강태공처럼 그 옆에서 나도 물녘을 들여다본다. 말간 하늘이 물속에 내려와 내 얼굴을 씻어주고 있다. 겨우내 쩔은 얼굴 말끔히 씻고 봄을 맞으려나 보다. 햇살도 함께 들어와서 송사리 떼를 따라붙는다.

따스한 바람이 귀밑을 간지럽힌다. 머리칼 한 올이 갈대처럼 하늘 속에서 한들거린다.

아, 이 평온함! 이대로가 좋다. 이대로 봄과 더불어 물속에 안겨들고 싶다.

종다리가 저만치서 하늘 높이 날아오른다. 사람들은 들판에 봄을 지피고, 여기저기서 검불이 타오른다. 연기는 하늘로 치솟아 구름처럼 흐르고, 매캐한 내음이 봄을 마시게 한다.

연못가에 앉아있는 나에게 봄볕이 졸리움을 준다. 과거로 자꾸만 먹히듯 들어가는 미래가 아쉽다. 연못 둔덕에 파란 싹이 뻬죽이 나오고 있다.

현재는 파란 새싹처럼 미래에서 과거로 지나갈 뿐 존재하지 않는다. 나도 존재함이 없이 과거로 밀려나고 있다. 그러나 나의 집착은 현재를 물고 버둥거린다.

봄 아지랑이가 집착을 가리고 나를 자꾸만 졸리게 한다.

마주쳐 오는 햇살
달아오르는 지열

얼굴 가리는
부끄러움으로 봄이 열린다

보명사 가는 길
빈 낚시터
잔물결 나부끼고

길섶 쑥부쟁이 틈 사이
작은 새 두어 마리
둥지 만든다

마주쳐 오는 햇살
지열은 달아오르고.

('정사情事' 전문, 1993)

10. 영금정 유혹

구슬땀 흘리며 복중(伏中)에 강릉과 속초로 범서(梵書) 전시회를 따라 나섰다. 고매하신 스님 한 분이 인도 고대어 산스크리스트(Sanskrit)어를 재현하여 경면주사(鏡面朱砂)로 다라니(陀羅尼, Dharani)를 썼다. 병풍과 액자 등 작품을 만들어 조계사에서 범서 전시회를 가진 후였다.

시낭송회를 가끔 가진다고 하는 사십여 평의 찻집을 빌리기로 하였다. 찻집에는 종일 가곡이 흐르고 주방에는 서른 살 안팎 두 젊은이가 차를 끓이기도 나르기도 한다. 전시회는 찻집 손님들과 조화가 잘 어울렸다.

열흘 남짓한 전시도 무사히 끝나고 일행은 속초 영금정을 보러 가자고 했다. 오징어 말리는 넓은 공터에 비릿한 바다 내음이 코를 자극한다.

끝없이 펼쳐진 바다로부터 파도가 밀려든다. 크고 작은 기암괴석에 부딪치는 소리가 마치 함성 같다. 하얀 물거품이 허공에 용트림하듯 솟아오른다. 천둥소리같이 꾸루 릉 꽝! 바위를 으깰 듯 요동을 친다. 작은 바위에 부딪쳐 거품을 물고 슬쩍 넘으며 찰싹거리는 파도 소리도 들린다.

영금정이란 신령이 거문고를 타고 놀았다는 정자 이름이다. 달빛과

한데 어우러지는 흰 물거품의 잔치에, 신령도 거문고를 들고 푸른 서기가 감도는 우렁차고 오묘한, 밤바다에 취하였다 하여 영금정으로 이름 지었다 한다.

저만치 바위 키보다 더 높이 솟아오르는 파도가 보였다. 해안 암석이 어우러진 틈새로 포효하듯 장엄한 몸짓으로 파도가 달려오고 있다. 오는가 하면 홀린 듯 바다 가운데로 잔잔히 되돌아서는 파란 연옥색의 물결이 하얀 거품을 물고 움찔거린다.

나는 물결 속으로 들어가 뒤섞여지고 싶은 충동을 느꼈다. 물결 속에는 저 숱한 사람들의 비정함도 시샘도 모략질도 없으리라.

나는 평화로운 맘으로 한 발자국씩 파도 기슭을 찾아 바위를 타고 내려갔다. 머릿속에는 흰 거품을 문 파란 옥색 물결만이 절대적 상락향(常樂鄉)으로 보였다.

내 옷깃을 잡고 고함치는 이가 있었다. 하마터면 고운 물결 속으로 시름을 담글 뻔했다. 자살이라는, 죽음을 아름답게 승화시킬 수 있는 또 하나의 실체가 영금정(靈琴亭)의 유혹임을 본다.

11. 기다림의 연모(戀慕)

가만히 오는 비가 낙수 져서 소리 나니
오마지 않는 임이 일도 없이 기다려져
열린 듯 닫힌 문으로 눈이 자주 가더라

1961년, 여고 고문 시간에 국어 선생님이 읊조렸다. 나이 지긋한 고문(古文) 선생님은 옛시조 향수 속으로 우리를 이끌어 주었다.

고문 선생님은 작자 미상이라 했다. 극히 마음에 연모를 담은 것이라 했다. 공공연히 드러낼 수 없는 남녀 간 그리움일 수도 있다. 일상적 만남에서 그리움을 주체할 수 없을 때 마음이라 했다. 나는 고시조를 읊조리며 보고 싶은 한(恨)을 달래 본다.

내게는 아픈 상처가 있다. 평생을 가까이서 지켜 줄 것만 같던 아이를 잃었다. 조금 가녀린 모습, 예절이 반듯해서 더 예뻤다. 그 아이 손과 마음을 거쳐 내게로 온 사물들을 볼 때면 울컥 그리움이 솟구친다. 하여 휴대폰, 카톡이나 문자 소리만 울려도 혹여나 하고 그 아이를 기대한다. 지하철이나 길거리에서조차 그 아이를 찾는 나를 발견하곤 한다.

"이토록 보고 싶을 수가…… 보고 싶을 수가……."

크게 잘한 것, 잘못한 것 언행들을 되돌아보면서 마음을 달래기도 한다. 너무 아끼던 아이였기에…….

반듯하기를 바라는 주장에 자존감이 상한 것일까? 내 강한 나무람이 그 아이 마음을 다치게 했나 보다.

어느 승려 명상 코너가 있다.

명상에 들어간다 ― 눈을 지그시 감는다

① 심호흡을 한다. ― 편안해지고 싶다고 말한다.

② 사건을 끄집어낸다. ―다투던 원인을 끄집어낸다.

③ 그 아이 마음을 생각한다. ― 그럴 수 있겠구나. 섭섭했으면 용서해라.

④ 숲속 저만치 멀리 있는 나무처럼 그 아이를 멀리 놓고 생각한다.

　　― 사랑한다고 말한다.

⑤ 오십 년, 백 년, 천 년 전에도 있었을 섭섭함에 대하여도 용서해라.

　　― 잘못했다고 말한다.

⑥ 삼십 년, 삼백 년, 삼천 년 후에도 갈등 없이 살고 싶다.

　　― 편안해지고 싶다.

⑦ 심호흡을 한다.

⑧ 양손 비벼 얼굴을 감싼다.

12. 휴가

아들아이 새아기랑
아가들 거느리고
이웃 나라 떠나고

국회 방송 각종 TV로
세계 일주 눈요기만 하다가
3박 코스로 큰딸 운전대 잡았다

1963년 가을 청춘 서러움에
승려 되고자 떼쓰며
한 이불 속 밤새운 비구 스님 찾았다

영덕 보문사 야트막한 산사
연등도 불전함도 없는 법당
대웅전 앞 날카로운 석탑

물 흘러가듯 마음 보내기 수행 가르침

장사 해수욕장 거친 파도에

노스님 마음을 씻는다.

('휴가' 전문, 2017. 8)

큰딸애가 운전대 잡고 3박 4일간 봉사하겠다면서 가보고 싶은 곳을 선택하란다. 문득 휴정스님 생각이 났다. 1963년 스님은 문경 봉암사 큰 절 주지였다. 문경여고 시절 가은에서 점촌으로 기차 통학을 하면서 안면 튼 비구 스님이다.

여고 졸업 후 어머니와의 갈등과 오라비들의 폭력으로 가족에 대한 환멸과 삶에 회의를 느끼게 되었다. 칠흑 같은 어둠 속에 삼십 여리 골짜기 길을 걸어서 자정 가까운 시간에 절 마당에 들어섰다.

잠자리에 들었던 스님은 인기척에 놀라면서 나를 방 안으로 들였다.

백련암 행자 시절을 마치고 삭발식 도중 흐르는 눈물로 인해 승려 길마저 거부당하고 다시 환속하게 되었다. 속가에서 겪게 된 일상들은 마음속에 울화가 엉키고 한(恨)이 맺혔다.

시간이 지나면서 오히려 또렷해지고 떠올릴 때마다 몸서리쳐지는 기억들이었다. 체중 35킬로그램의 허약한 몸은 급기야는 국립의료원에서 위암 판정까지 받았다.

봉암사 행자 때 삭발 도중 기회 놓친 것을 늘 아쉬워했고 주지 스님께 죄스러운 마음이었다.

내가 절과 처음 인연 된 것은 고3 여름방학 때였다. 아버지가 준 쌀 3말 값으로 문경읍 주흘산 중턱 혜국사에서 여름방학을 보내면서이다. 주지 스님은 쌀 한 말은 절에서 자는 방세, 한 말은 먹는 밥값, 한 말은 반찬값이라 했다. 후에 주지 스님은 간첩을 잡고 혜국사를 떠났다는 소식을 접했다.

두 번째 인연된 절은 봉암사 백련암 행자 시절이었다.

세 번째 절 인연은 위암 판정 후 백일기도를 올리면 비켜갈 수 있겠다고 권한 세검정 작은 암자 절이다. 위암은 비켜갔지만 고달픈 일상 속에 응어리로 뭉친 마음의 병은 자살 유혹으로 다가왔다.

높은 산골짝 위에 올라서면 발아래 활엽수의 뭉글뭉글한 부드러움이 상혼(傷魂)을 아물게 할 것 같았다. 강물에 내려앉은 비단결 같은 수면이 나를 살포시 안아 줄 것처럼 보였다. 자살 후 구천을 떠돌 혼백을 생각하면, 그 또한 스스로 학대하게 되는 것이다.

생을 포기한대서 마음속에 엉킨 울화가 풀어지거나 없어지는 것이 아니리라. 매듭으로 자리 잡은 한(恨)은 임종(臨終) 시점에 고정되어 고통으로 머물게 된다고 한다.

네 번째 인연 된 절은 종로 견지동 조계사다. 큰 법당 법상에 앉은 스님은 호령하듯 고함을 쳤다.

"정신을 똑바로 차리고 정확한 목표를 세워 봐! 목표를 향해서 목숨을 내놓고 죽을힘을 다 해 봐! 그것도 못 하겠으면 이 자리에서 당장 죽어삐리!"

내가 할 수 있는 것은 죽을힘을 다해 백일기도 올리는 것이다. 날마다 날마다 복덕방 일을 마치면 조계사 큰 법당에 들려 108배 올리며 서러움을 고했다. 100일 동안 세 아이한테 고기 한 점도 멸치도 계란도 먹이지 않고 도시락까지 식물성으로 대치하였다.

100일 후 자석 염주 인연이 들어왔다. 1980년 중반이었다. 이어서 벽조목(霹棗木) 염주인연이 들어왔다. 여유자금으로 옛집을 매입하였다.

중국에서 벽조목 염주가 들어오기 시작했다. 무량사 주지 스님은 수입품과 섞이면 혼란이 온다고 생산을 중단시켰다.

거래처 노스님은 백일기도 올리면 두 달쯤 후 새로운 인연이 생긴다고 했다. 2차 백일기도 중 도실(桃實) 염주 전국 총판을 맡으면서, 전국 3백여 곳 절 주지 스님들과 거래를 하였다.

IMF가 터지고 공장이 문을 닫았다. 내가 할 수 있는 것은 백일기도뿐이다.

3차 백일기도를 올리면서 '원효대사의 광명진언(光明眞言)'이 인연되었다. 나는 주지 스님들의 경륜을 높게 받들고 참고하면서, 20년 가까이 '원효대사'의 '광명진언' 가르침을 전하고 있다.

1990년 초, 도실 염주 가방을 들고 포항에 휴정스님 절을 찾은 일이 있다. 30여 년 만에 만난 스님은 10만 원 수표 한 장을 주며 승용차로 바닷가 모텔까지 안내하였다. "절에는 모든 것이 불편하니 바닷가에서 편안하게 쉬고 가라"고 했다. 스님은 내가 준 첫 시집을 잘 읽겠노라 하였다.

그 후 25년이 지났다. 조계종 총무원에 문의를 했다. 오후 늦게 영덕 보문사 전화번호를 받았다. 몇 번을 전화해도 나이 든 할머니 음성으로 전화가 안 들린다면서 일방적으로 끊어버린다. 일단 찾아가기로 했다.

강릉 경포대 근처에서 1박을 하고 아침에 추암 해수욕장을 거쳐서 오후에 영덕 보문사를 찾기로 했다. 보문사 절 일주문 옆에 봉고차 한 대와 승용차가 보였다. 절 마당은 회색 돌조각이 깔려 말끔하였고, 석탑의 날카로운 모서리가 인상적이다.

전화를 걸어도 할머니는 역시 안 들린다면서 끊어버린다. 법당 안에 들어가 예를 갖추었다. 법당 안에 불전함이 없다.

절 마당을 서성이다가 게시판을 발견했다. 신도 전화번호로 연락을 취했다. 나이 든 남자 목소리다. "전화 받는 할머니는 귀먹어서 통화가 안 되고, 차 두 대 있으면 큰스님도 경내에 계신다"고 한다.

신도가 알려 준 대로 법당 건물 옆에 작은 기와집을 찾았다. 댓돌에 하얀 고무신이 보였다. 조심스레 스님을 불렀다. 문이 열리고 노장(老莊) 스님이 나타났다. 휴정 스님이다. 큰딸애와 나는 반가움에 웃으며 선 채로 반배를 올렸다.

스님을 따라 방으로 안내되었다. 절간이 다 그렇듯 정갈한 방 가운데 탁자가 놓여 있고, 벽면에 불경 전집인 듯 긴 책장이 놓여 있다.

나는 무릎 꿇고 1배를 올렸다. 25년 만이다. 그 사이 절다운 건축물이 들어섰고 규모는 작아 보여도 대체로 안정적이다.

나는 '자전적 시집'을 건네며 행자 생활 당시 사연을 썼노라고 했다. '광명진언' 100장 한 뭉치와 명함을 올리며, 신도들한테 '광명진언 기도법'을 전하고 판매도 한다고 말했다.

스님은 빙그레 웃었다. "광명진언 자체가 어려움을 해결해 주는 게 아니다. 다만 광명진언을 읽는 진정한 마음이 해결하는 것"이라고 말한다.

나는 나름대로의 자시(子時)기도 방법들을 스님께 설명하였다.

이십 년 가까이 신도들에게 권하고 신도들은, 당면한 어려움이 해결되더라는 과정을 설명하였다. 자시(子時) 조상기도법 이야기 때 스님은 웃었다.

"요즘 대부분 절 90프로 이상은 보살이 하는 방법을 쓴다. 틀린 것도 아니고 잘못된 것도 아니다. 보살은 지금껏 하던 대로 하면 된다. 나는 아니다. 나는 법당에 불전함을 두지 않는다. 연등도 달지 않는다. 오로지 마음이다. 물 흘러가듯이 모든 것을 흘려보내는 게 내 수행법이다."

스님은 몇 번이고 나를 이해시키듯 같은 말을 반복하였다. "보살 가는 길이 아주 틀린 것은 아니다. 잘못된 것도 아니다. 나와 다를 뿐이다. '광명진언'은 받겠노라."고 말했다.

나는 스님과 대화하면서 탁자 아래 25년 전 얻어갔던 10만 원 봉투를 몰래 밀어 넣었다. 인사를 올리고 나올 때 스님은 '잠깐' 하고 봉투를 주었다. 일주문에서 봉투를 열어 보았다. 50만 원이 들어 있었다. 나는 다시 법당에 들어가서 목탁 옆에 봉투를 올리고 예를 갖추었다.

바닷가 펜션에서 밤을 보내고 상큼한 아침을 맞았다. 스님한테서 전화가 걸려 왔다.

"보살, 어디 있노."

"예, 스님 장사 해수욕장 근처 펜션에 있어요."

"음, 그래. 가까운 데 있구나. 그런데 보살, 스님 마음을 거절하면 되나. 스님은 어떡하라고. 밥 한 끼도 못 먹여주고 하룻밤 잠도 재워 주지 못해서 안타까움에 스님 마음 담았는데 거절하면 이 스님은 어떡하라고."

스님의 나지막한 음성에 인자함이 묻어난다.

"스님, 너무 큰돈이에요. 요즘 경기도 어렵고요. 신도들도 어려운데 절에 무슨 돈이 있습니까. 저 그렇게 가난하지 않아요. 스님. 그렇다고 부자는 아니지만 어려움은 없어요. 괜찮아요."

"그래도 그렇지 스님 마음은 어떻하라고."하신다.

"스님. 그러면요, 몇 년 후에 다시 올게요. 그때 조금만 주세요. 그러면 받을게요."

"하하하."

스님은 웃음으로 통화를 멈추었다.

장사 해수욕장 해안 가 불볕 모래사장은, 때마침 불어 닥친 태풍으로 산책하는 피서객도 없었다. 나는 해안가에서 하얗게 포말을 일으키는 거친 파도 가장자리를 밟으며 애써 휴정 스님 목소리를 파도에 실었다.

13. 삿갓방의 모의

    문예대학을 다닐 무렵에는 의무적으로 한 주일에 한 편씩 시나 수필을 써야만 했다. 나는 바쁜 일상에 젖어 글쓰기를 게을리 하고 있었다.

    "따르릉······"

    "네, 안녕하세요. 야− 이거 우리 얼마만이예요? 일 년 넘었죠? 반갑네요. 그동안 잘 지내셨고요?"

    문예대학 강의실에서 얼굴 붉히며 동문수학하던 문우로부터 연락이 왔다. 보고 싶으니 몇몇 사람끼리 만나잔다. 기왕이면 지도하여 주던 교수님도 모시자고 뜻을 모았다고 한다.

    문예대학 교수님 십여 명 중 맨 나중 습작 지도를 해 준 동촌 선생님은 선비 같은 인상을 풍긴다. 선생이 습작 지도를 그만두었다는 소식들은 지도 꽤 오래되었다.

    어떻게들 지내는지 모습들은 여전한지 불현듯 문우들이 그리워진다. 나이 먹어도 보고 싶은 감정으로 치닫는 연유는 어디에서 오는 걸까. 하얀 목련이 꽃잎을 하나둘 떨어뜨리는 것을 지켜보며, 그들과 만나는 날을 손꼽아 기다렸다.

    개나리는 노란 물감으로 가지를 감싼 지 이미 오래이고, 먼 산에는 진달래와 산 복숭아꽃이 발가니 옷을 갈아입고 있다. 아직 싹 트지 않은 가지에 발그럼 물이 오르고 청솔 잎은 더욱 싱그럽게 푸르름을 자랑하고 있다. 수양버들도 헝클어진 잔가지를 곱게 늘어뜨리고 연두색 아지랑이로 미풍에 살랑거리고 있다.

남한산성으로 가는 산길로 접어들면 계곡은 겨우내 얼음 살 훌훌 벗어버리고, 속살 드러낸 채 거품을 물고 졸졸 영롱한 소리까지 낸다.

산성으로 오르는 길목에는 음식점들이 즐비하다. 우리 일행은 큰길을 비켜선 여염집 같은 곳으로 들어갔다. 넓은 마당을 가운데 두고 찬간이며 세면장이며 크고 작은 방들이 가지런히 모여 있다. 큰방, 작은방, 안방, 사랑방, 삿갓방…… 방마다 문을 활짝 열어놓고 객을 기다린다.

삿갓방은 철쭉으로 반쯤 가려진 둔덕 옆 두어 계단 오르막에 있다. 산성까지 오른 방랑 끼가 삿갓방으로 마음이 당겨졌다. 장작불 지피는 방이라 아랫목에는 종이 장판이 검붉게 변해 있었다.

선생님을 상석에 안내하였다. "남자는 바람을 타야 한다."며 한사코 출입문을 마주한 쪽문 옆에 앉으신다.

흰 앞치마 두른 아낙들 오가는 모습이 정겨워 보인다. 우리는 이 집에 식객으로 주안상 기다리는 객이 되었다. 잠시 뒤 두 여인이 커다란 음식상을 맞잡고 조심조심 들어왔다. 큰 상에 한가득 차려진 많은 반찬이 시장기를 돌게 한다.

동촌선생은 술이 없을 수 없다며 맥주 한 잔씩을 권하였다. 빈속에 들어간 술이 금세 취기가 돈다.

여덟 사람이 모처럼 성찬을 나누며 정겨운 이야기로 웃음이 끊이질 않는다. 누군가 제의를 하였다.

"이대로 헤어지지 말고 또 만나요."

모두들 그 말에 찬성하고, 아예 동인을 만들자고 입을 모았다. 동촌(東村) 선생도 좋은 생각이라며 "산성(山城)수필" 동인회라 이름 지어 주었다. 나아(奈娥), 순미(順媄), 수진(秀珍), 서윤(瑞允), 아라(雅羅), 사강(思江), 청설(靑雪-汐棄) 일곱 명이 창립회원이다. 어버이같이 인자하고 근엄한 선생님을 모시게 되어 동인들은 더더욱 의기충천하였다.

우리는 그제야 바깥 분위기를 알고 싶었다. 삿갓방에서 일을 산성에서는 어떻게 받아들이는지를 가늠해 보고 싶어서일까.

삿갓방 뒤로 숲길이 나 있다. 가파르지 않고 진흙으로 다져진 오솔길은 여덟 명이 나란히 손잡고 걸어도 넉넉하다. 바람이 잔잔하고 따스한 기운이 감도는 봄날이었다. 성곽이 보이는 산정 빈터에 커피를 파는 노점상이 일행을 반긴다.

성벽을 따라 커다란 나무들이 하늘을 가린다. 상수리나무, 떡갈나무, 굴참나무, 갈참나무, 졸참나무, 같은 참나무과에 속하면서도 이름이 제각기 다르듯 잎이 피는 시기도 다르다.

나뭇가지 사이로 서울이 보인다. 수백 년 전, 비운의 임금이 도성을 적군에게 넘겨주고 허겁지겁 쫓겨 와서 장안을 바라보며 눈물 삼켰을 자리……. 지금은 허물어진 성곽 옆에 세월을 증명하듯 아름드리 노송이 군데군데 버티고 마을을 굽어본다.

작은 풀꽃이 꽃잎을 활짝 펼치고 어리광을 부린다. 산새 두어 마리가 화답하듯 알아듣지 못할 소리로 지절댄다. 우리를 따라오듯, 앞질러 가듯, 이쪽인가 싶어 귀를 기울이면 저만치 앞에서 마주 오며 지절댄다. 그들에게 우리는 생소해서일까 아니면 "산성수필 동우회"라고 자기들과 동화될 것을 바라고 따라 드는 것일까.

14. 평양 나들이

2005년 10월 6일 평양 나들이 비용으로 110만 원을 계좌 이체하였다. 10만 원은 개별용돈으로, 달러로 바꿨다.

'민족공동진영 총연합회' 약칭 〈민족연합〉이 남북한에서 동시 발족되었다. 우리 민족끼리 '자주평화 통일을 이룩하자'고 광복 60주년 기념으로 개천절 공동행사를 하였다.

문학회 이사로 적을 두고 있던 나는 '상임 공동준비 위원장'을 맡은 이 교수 안내로, 뜻밖에 '평양 참관단' 일원으로 가게 된 것이다.

아버지는 내가 '평양 간다'고 하니까 많이 놀라신다. '함흥 쪽으로 길이 열리면 갈 수 있는가' 알아본다고 말씀드렸다.

문학회 모임에서 이 교수가 평양 이야기를 꺼냈을 때 신청을 했는데, 돈 생각을 하니 무모한 짓인 것 같아 아침에 일어나면 취소해야겠다고 마음먹었다.

꿈속이었다. 흰옷 입은 사람을 좋아서 쫓아다녔는데, 길가 상인에 기웃거리다가 길옆에서 차를 기다리는데, 갑자기 커다란 사무실 책상이 발 옆에 꽝! 하고 요란한 소리와 함께 뚝 떨어져서 소스라치게 놀랐다. 꿈속에서도 책상을 날려 보낸 이는 도술을 부린 것 같았다. 나는 정신을 가다듬고 평양을 가기로 결심하였다.

출발 전날 밤에도 이상스러운 꿈을 꾸었다. 여러 사람을 대신해서 내가 행사를 주관할 때, 방문한 사람이 나하고 악수 나누며 엄지손가락으로 손도장 찍는데 빛이 번쩍였다.

인천국제공항에서 북한 고려항공기를 탔다. 우리 항공기들에 비하면 낡은 것이 완연하였다.

1시간 10분 만에 평양 순안비행장에 안착하였다. 공항 건물 바깥에서 한복 입은 북한 여인들이 진열된 상품을 설명하였다. 리무진이 왔다. 앞뒤로 문이 있는 버스는 일본산이라 한다. 경찰차가 일행이 탄 버스 앞에서 길 안내를 하고 낡은 승용차가 뒤따랐다. 내 옆에 앉은 서울대 교수였다는 승객은 낡은 차 흠을 잡으며 북녘 안내원을 힐책하였다.

교수였다는 그는 그다음에도 자꾸만 "비행기 트랩도 몇 푼 안 가는데, 비 올 때 어쩌려고 설치 안했느냐?"는 등 시비가 많았다.

야트막한 산등성이에 밭이랑이 길게 다듬어져 있고, 여인이 커다란 등짐을 지고 길을 가고 있다. 가끔 보이는 사람들의 얼굴은 생기 대신 몹시 지쳐 보였다. 거리 교통정리 하는 여성보다 남자 교통순경은 얼굴이 검게 탔다.

번화가로 들어가면서 넓은 도로가 나타났다. 아파트 벽면은 페인트칠이 안 되고 낡은 재개발 아파트 같은 인상이었다. 반면 공공건물은 손색없어 보인다.

대동강 복판에 큰 호텔을 두었다. 88층 높이 양각도 호텔이다. 호텔 식당에서 뷔페식 점심을 먹었다. 식재료가 신선하였다.

나는 38층 21호 실에 안내되었다. 두 명씩 사용하는 객실에 짝이 된 처녀아이는 부모 곁으로 갔다. 저녁 식사 후 우리 일행은 리무진에 올라 '아리랑 축전'을 보러 오월 광장(일명-메이데이 스타디움)으로 갔다.

'오월 광장' 역시 대동강 복판에 지어져 있다. 6만 명이 무대에서 단체 체전을 벌이는데, 공연에 따라 한 사람이 두세 번 나오는 것으로 본다면 연인원 10만 명이 동원된 것이라 한다.

우리는 150불 되는 특등석에 안내되었다. 카드 섹션 구호 외침과 일사불란한 움직임이 경이로웠다. 수만 명의 단체 카드 섹션 움직임이 우리를 놀라게 하였다.

1시간 20분 동안 나는 그네가 보여 준 동작 하나하나에 넋이 나간 듯 몰입되어 있었다. 무서울 정도로 대단한 저력이었다. 길에서 본 행인이나 아이들 모습과는 완연한 차이가 있었다. 우리를 안내한 젊은이들은 가난해 보이지도, 굶주려 보이지도 않았다.

퇴근 시간 때라서 사람들은 거리에 더 많이 보였지만, 택시는 여전히 없었고 가로등도 보이지 않았다.

호텔로 돌아온 나는 객실을 홀로 사용하면서, 준비해 온 쌀과 북어포, 소주를 꺼내 놓고 촛불을 켜고 향을 피우며 제사를 지냈다. 안내여인에게 양해를 구하며 달라 10불을 주었다.

'함흥차사'를 해결한 공조판서 이백(李伯) 할배가 북녘 땅에 강제 입북(入北) 당한 지 6백여 년이 넘었다. 그 많은 세월 조상님이 살았던 곳에서 반야심경 독경으로 명복을 빌었다.

호텔 객실 창문 밖으로 가로등 없는 평양 밤 풍경이 은은하게 펼쳐진다. 객실 아래 대동강 푸른 물빛이 침묵하며 도도히 흐르고 있다.

다음날 '개선문' 앞에서 평양 거리 표시가 된 지도를 샀다. 영문 표기였다. 양각도 호텔 기념품점에서 한반도 지도를 샀다. 황해도는 남북도로 나누어지고, 내가 모르는 자강도 양강도가 다시 생겼다. 산수갑산(山水甲山-함경남도)이 있는 양강도에서 채취했다는 도라지와 고비 말린 것을 샀다.

만경대는 김 주석(김일성)의 생가였다. 단군 능은 5천 년 된 고고학적 자료를 근거하여 복원하였다고 한다.

광개토대왕 당시(392년) 건립되었다는 사찰 광법사에 들렀다. 나옹화상과 김시습이 머문 흔적이 있다고 기록되어 있다. 한국전쟁으로 초토화된 것을 오래된 절터라 다시 복원되었다고 한다. 철 불에는 금의(金衣 —금색 칠)도 칠하지 않았거니와 개안(開眼—눈동자 표시)도 하지 않은 듯하다. 삭발하지 않은 두 분 스님이 노랫가락처럼 '반야심경'을 독송하였다. 가는 곳마다 화장실 완비가 되어 있지 않아 불편하였다.

민족 식당에서 점심을 먹었다. 소고기와 오리고기를 양념하여 요리한 불고기는 나무랄 데 없는 맛이었다. 북한 여인들은 식당 무대에서 가무를 보여주며 우리를 환대해 주었다. 점심 식사 후 우리는 순안비행장에서 고려 비행기를 타고 한국으로 돌아왔다.

나는 평양 나들이에서 돌아온 날 밤에 꿈을 꾸었다. 청실홍실 노리개가 보였다. 신부 가마가 문경 아버지 집 앞으로 들어섰다.

막내 아들아이가 여자 친구와 이듬해 결혼식을 올렸다. 스님은 조상님이 평양 호텔 제사의 답례로 혼인을 맺어준 것이라 한다. 나는 '큰딸부터 해야 하는데요'라는 말에 "아들이니까 먼저 선물 준 게지요."했다.

이레 동안이나
물 한 모금까지도 거부한
칼로 저미듯 아픈 속앓이
국립의료원에서는 위암이라 판정했지
세검정 비탈진 골짜기 작은 암자 절에
백일기도 입제 하고
너와의 인연이 시작되었지

아들아
네가 오면서 내 몸에 있던 암세포는
어디인가로 가버리더구나
허름한 단칸 사글셋방살이
두 누나 대학등록금에 치여
주지 못한 너의 대학등록금
너는 쾌히 해군 자원입대했지

학군 관계로 세 식구라 속이고
이사 간 현저동 주인아줌마
조선 땅 앉으면 늘어난다고
홀어미 살림을 다독여 주었지
큰 누나 등록금 소매치기당하고
날마다 날마다 백일 동안을
조계사 큰 법당 부처님께 기원했지

아들아
그때 너는 대신고등학교 들어가고
어미는 염주장사 인연 되었지
이제 다시 백일기도 시작하여
회향을 앞두고
너는 어여쁜 색시 얻어
장가드는구나

아들아

어미한테 사는 까닭이던 너

어려웠던 지난날 되돌아보지 말고

겸허히 앞만 보렴

그리고 활개를 치렴

그리고 또

아리따운 신부와 부자 되렴

아들아

가난은 어미의 몫

가난은 수치도 죄도 아니란다

결손가정에서

보란 듯 밝게 자라 준 너

이제 너와 나는

별개 씨앗으로 돌아서는구나

아들아

이 광활한 법계(法界)에서

우리는

한 톨의 씨앗으로

또 다른

사는 까닭을

찾아야겠지.

('사는 까닭 2' 전문, 2007)

낙엽 편

1. 사는 까닭

'백설이 어지럽게 날리니 매화가 필 동 말 동 하다'는 옛 선비의 글귀처럼 개나리는 꽃망울을 준비하였는데, 비바람을 동반한 날씨는 좀 채로 풀릴 것 같지 않다. 날씨가 어설프다고 꽃이 피지 않을 리 없지만 을씨년스러운 날씨를 보면 꽃이 쉬이 필 것 같지 않다.

오늘은 둘째 딸아이 스물한 번째 맞는 생일이다. 아이는 달력 첫 장을 열 때부터 음력 이월 열이틀은, 공자 맹자 다음으로 성인인 자신의 생일날이라고 붉은 매직으로 둥글게 줄을 그어 놓았다.

집안 형편이 가장 어려울 때 고등학교를 졸업한 아이는 제과점에 들어가서 궂은일을 하였다. 대학등록금이 모자라면 보태달라며 통장을 맡기고 다시 공부하던 아이는 지난 학기에 보기 좋게 전, 후기 모두 낙방을 하였다.

속이 깊은 데가 있다가도 성깔이 있는 아이라서 혹여나 나쁜 길로 빠질까 봐 하루도 마음 놓을 수가 없어 눈치를 살핀다. 거슬리는 일이 있어 나무랄라치면 숫제 토라져서 말도 꺼내지 못하게 막무가내다. 그런 딸아이를 보고 막내아들 녀석은 "엄마 대신 멋지게 한 대 때려 주겠다."고 나서기도 한다.

아이가 성깔을 부릴 때는 환멸스럽기도 하다. 그러나 셋 중 어느 하나라도 잘못된 인생을 산다면 불행스러운 삶을 바라보는 것 또한 형벌인 것이다. 지난 세월이야 기왕에 갔지만 오는 세월까지 고통이 따른다면 주변을 정리하고 마지막 길을 택하고 싶은 충동이 앞선다.

"사람은 왜 사는가?"

큰딸아이도 몇 년 전에 물어오더니 둘째 딸아이도 요즈음 물어온다. 나 역시 자신에게 수없이 물어오던 말이다.

"포기할 수 없어서……."

물음에 답하며 살아온 말이다.

살아가다 보면 삶 자체를 중단하고 싶은 충동을 느낄 때가 한두 번이 아니다. 앞이 보이지 않으니 한 발자국도 나아갈 수가 없다. 마지못하여 뒷거름이라도 치려니 이미 길은 끊어져 있다.

뛰어보려고 발을 움직여보지만 뛰어 옮길 자리도 없다. 허우적이며 무엇이라도 붙잡아 보려고 안간힘을 썼지만 주위에는 아무런 줄이 없다.

춥고 배고프고 맥이 빠진다. 그럴 때는 "왜 사는가? 무엇 때문에?"라는 물음이 온다.

산상에 오르면 저만치 골짜기를 이루는 숲의 포근함이 뛰어내리라고 유혹한다. 강물을 들여다보면 잔잔한 옥색 물결이 어서 들어오라고 손짓한다. 힘들고 아픈 마음을 포근히 감싸 줄 것 같다.

그러나 다음을 생각하면 실행할 수가 없다. 생명을 포기하였을 때 어떤 방법을 택하더라도, 시신은 타인의 눈에 비쳤을 때 당당한 죽음이 아니기 때문이다. 흐트러진 몸 매무새를 자신의 영혼이 들여다 볼 때, 수치와 모멸감으로 또 얼마나 슬퍼할 것인가.

내가 힘들 때 스님이 들려준 말이 있다.

"무슨 일을 할 것인가. 목표를 정확히 세워라. 목표를 달성하기 위해서 목숨을 내 놓고 죽을힘을 다해 노력해라. 죽을 힘 속에는 자존심도 버리고 희생정신만 가져라. 그것도 못하겠으면 당장에 죽어 버려!"

나의 목표는 "내 앞에 있는 세 아이의 인생"이다. 그 아이들이 "떳떳한 생활인으로 행세하게끔 다듬어 주는 것"이다.

큰딸아이는 별 까다로움 없이 자라주었는데 아래로 두 아이가 가끔 마음고생을 시키곤 한다.

막내아들 녀석이 6학년 때 일이다. 현실에 최선을 다하면서도 노력만큼의 대가가 없을 때도 허다하다. 스스로 방향을 틀리게 설정할 때도 있다.

아침에 아이들을 등교시키고 밤늦은 시각까지, 끼니를 거르면서 뛰어다니다가 지친 몸으로 귀가를 하였다. 초등생인 막내는 학교에서 돌아온 후, 텅 빈 방 안에서 비상금 상자에 손을 넣었다. 그리고 청계천 세운상가로 가서 전자 오락기를 샀다.

십일월의 싸늘한 날씨는 찬바람을 동반하고 있었다. 당시 우리는 3층 옥상 방에 살았다. 나는 수도꼭지에 기다란 호스를 끼워 옥상 마당으로 물줄기를 끌어냈다. 커다란 양동이에 물을 가득 채웠다.

열두 살 된 막내아들 보고 옷을 홀딱 벗으라고 말했다. 아이 몸에는 금방 닭살이 돋아나고 두려움과 찬 밤공기로 떨기 시작하였다. 아이를 양동이 물속에 앉히고 찬물을 바가지로 떠서 맨살인 어깨와 등허리, 머리 위에 쏟아 부었다. 물속에 웅크리고 앉아있던 아이는 와들와들 떨기 시작하였다.

나는 호스를 두 가닥으로 겹쳐 움켜쥐고 힘껏 아이 등허리를 후려갈겼다. 물기 젖은 보드라운 살은 호수를 휘감으며 순간 부풀어 올랐다.

두 번, 세 번…… 수없이 물을 끼얹고 매질을 하였다. "네가 매 맞는 이유를 아느냐?"고 물었다. 아이는 용서를 빌었다. "일생을 살아가면서

이처럼 아프고 춥고 두려울 때가 또 있기를 원한다면 돈을 훔쳐라."고
말하였다.

아이의 팔과 다리, 가슴, 등, 허리, 엉덩이, 어디고 호스로 휘감긴 자
국이 없는 곳이 없었다. 아이의 얼굴은 파랗게 질리고 무서움에 울음
소리조차 내지 못하였다. 나는 두 번 세 번 다짐을 받았다.

"물건을 보고 탐내는 것은 정상이다. 내 물건이 아닐 때는 갖고 싶다
는 충동을 억눌러라. 참지 못하고 남의 것을 훔쳤을 때 너는 지금보다
도 더 무섭고 추운 세상을 살게 된다."

아이의 마음을 확인한 다음 나는 마른 수건으로 아이의 몸을 말아
품에 껴안고 아랫목에 눕혔다. 상처 난 살갗에 약을 바르고 팔다리를
비벼주며 아이의 몸에 체온을 올려주었다.

"네가 훔치고 싶은 마음을 참고 정당하게 살면 지금처럼 포근하고
따스한 인생을 사는 거란다."

아이는 어둠속에서 떨던 추위와 아픔과 두려움을 벗어난 안도감에
서인지 뉘우침에서인지 흐느끼며 울었다. 나는 아이가 울음을 다 울
때까지 팔베개를 해주고 머리며 등허리를 어루만져주며 다독거렸다. 막
내는 그때의 충격으로 큰돈, 작은돈이 책꽂이 앞에 널려 있어도 손대
는 일이 없었다.

집주인의 요청으로 집을 비우게 되었다. 복덕방 사장은 아이 셋은 많
으니까 방을 구할 수 없다고 둘로 속이라 했다. 일단 속이고 계약을 하
였다.

이사 갈 날은 가까워지고 불안하여 이실직고하기로 했다.

"계집은 품 안에 들어야 맛이고, 조선 땅은 앉으면 늘어난다는
데……. 식구 많아 비좁은 건 그 댁 사정이니 걱정 말고 이사나 오셔."

집주인은 홀로 삼 남매를 키운 아주머니였다. 그 집에서 두 딸아이를

대학에 보내고 막내는 대신고등학교에 입학시켰다. 나도 그 집에서 늦깎이 '시 등단'을 하였다.

둘째는 지금 함부로 매를 댈 수 없는 나이다. 미운 마음 같아서는 포기하고 싶기도 하다. 생일을 차려주고 싶지가 않다. 그러나 버려둘 수만은 없다. 나의 몸 세포로 탄생시켰기에 책임과 의무가 따른다.

내가 어릴 때 아버지께서는 "강한 것은 부러져도 유한 것은 휘어진다"고 말씀하셨다. 나는 아버님 생각이 나서 둘째에게 유한 정책을 펴기로 하였다.

생일날 아침은 하루의 출발로 바쁘기에 식탁을 평소처럼 차리고 집을 나섰다. 둘째 딸아이가 막 나가려는데 품에 찰싹 안기며 '성인 생일' 하며 소리친다. 나는 퍼런 지폐 한 장을 아이 손에 쥐어주었다. 아이는 심드렁한 표정을 지었다.

"불고기도 안 해 주고……."

아이는 가족 중에서 유달리 육류를 좋아한다. 통닭 한 마리쯤은 앉은 자리에서 먹어치운다. 육류를 즐겨 먹어서 성격이 난폭하다고 한 달동안 금육령을 내리고 채식으로 식단을 꾸리기도 했다.

저녁에 일을 대충 끝내고 갈비를 맛있게 만드는 식당에서 양념이며 갈비를 넉넉하게 사고 케이크를 꽤 큰 것으로 샀다. 촛불을 나이대로 스물한 개를 마련하였다. 둘째 딸아이는 눈이 휘둥그레지면서 갈비와 케이크를 맛있게 먹었다. 아이 앞에 동해, 남해로 여행을 다녀오라고 봉투를 내밀었다.

"와! 울 엄마 최고다."

아이는 감격에 탄성을 올린다.

'야, 임마, 미운 놈한테 떡 하나 더 주는 거다.'

나는 속으로 웅얼거리며 아이를 따라 웃었다. 어느 한 아이도 포기할 수가 없는 것이 사는 까닭이다.

나는
가진 것 없어도
슬퍼하지 않습니다

내게
청 노루 눈빛을 한
소년이 자라고 있기에

낭패하지 않습니다
내게
싸리꽃 웃음 주는
소녀 둘 자라고 있기에

불행하지 않습니다
내게
마음 쉬게 하는 그네들

오늘은
재개발지구의 낡은 기와로
겨울 빗물이 잠결에 젖어들고

황량한 바람소리
살 속을

파고 들어도

젖은 뺨인 채
대순같이 자라는 그네들
내 가슴 속에서
우산을 접어주기에

나는
가진 것 없어도
슬퍼하지 않습니다.

('사는 까닭' 전문, 1987)

2. 술 도락(道樂)

스트레스를 푸는 습관이 있다. 마음의 갈등이 고조되고 주변 상황이 내 의지로 더 이상 버틸 수 없다고 판단되면 일 년에 네댓 차례 연례행사처럼 치르게 된다.

일과를 마친 후 귀가 시간을 이용하여 집을 서너 정거장 남겨 두고 밤 열 시경 버스에서 내린다. 비교적 깔끔하지 않고 너절한 생맥주집으로 들어간다. 주인이 같은 또래 여인이면 더욱 좋다. 왠지 마음이 놓이기 때문이다.

구석자리를 찾아 주머니 사정을 본다. 사정이 좋을 때는 통닭 반쪽이라도 주문하지만, 그나마 여의치 못할 때는 기본 안주면 족하다.

맥주 500cc를 시켜 먼저 맛을 본다. 스트레스가 몹시 쌓였을 때 술맛이 달다. 술로 몸을 절이고 싶도록 마시고 싶은 날이 있다. 그런 날은 두 잔, 석 잔을 연거푸 마신다.

서른 살 전후 지독한 위궤양, 십이지장궤양을 앓은 병력이 있다. 때문에 세포 조직에 알코올 기운은 금방 전달이 된다. 그런 약점 때문에 소주는 감히 직행시킬 엄두도 못 낸다. 젓가락으로 소주 한 방울을 콕 찍어, 맛만 보아도 발끝 손끝 말초신경에 금방 기별이 가기 때문이다.

꼭 소주를 마셔야 할 자리면, 아예 주모한테 부탁하여 물 한 주전자를 준비해 둔다. 소주잔에 입술만 적시고 물은 두세 모금 마셔야 소주가 넘어간다. 그래도 소주 두 잔쯤은 희석시켜 넘길 수 있다. 석 잔을 마시면 갈 지(之) 자 걸음이 나오기 때문에 두 잔 이상은 금기로 신조를 세웠다.

혼자일 때는 으레 생맥주 집에 들른다. 병맥주보다 마시기가 수월하다. 또 흠뻑 취해보고 싶을 때는 혼자가 좋다.

빈속에 500cc 석 잔을 붓 듯이 들이키고 나면, 정신이 몽롱해지는 것은 금방이다. 그 아리송한 기분 때문에 나는 술을 즐긴다. 물론 옆자리의 분위기 따위는 아랑곳하지 않는다.

석 잔 후부터는 취기를 음미한다. 목소리를 낮추고 한 잔 더 청한다. 네 번째 술잔이 탁자에 놓인다. 마지막 잔을 천천히 비우며, 일어났던 하루의 일들을 하나씩 들추어낸다. 그날의 일이 있기까지는 그 전날 일이 있었고 또 전 전날 일이 있었음을 알 수 있다.

공연히 슬퍼진다. 취중에는 느낌이 가중되나 보다. 지금이 있기까지의 내가 괜스레 불쌍해진다. 어떻게 하다가 이 지경이 되었나 하고 자책을 한다.

소용없는 일이지만 지난 세월 속에서 나를 끄집어내고 맞은편에 앉힌다. 앞에 앉은 내가 가여워서 그냥 있을 수가 없다.

술잔 속에 떨어지는 눈물을 내버려 둔다. 그 속에는 동질의 씁쓸한 맛이 있다.

술잔을 들여다보며 양손으로 이마를 짚는다. 한 방울 두 방울 흐르던 눈물은 흐느낌으로 변하고 울음에 비례하여 안정되는 자신을 발견한다.

옆자리에서 기고만장하여 떠들던 사람들이 목소리를 줄이고, 조용한 술렁거림은 이내 내게로 전달된다. 그들을 의식할 무렵이면 술 마실 기분은 싹 가셔져 버린다.

이미 눈물깨나 쏟아 놓았지만 멀쩡한 척 남은 술잔을 마저 비우고 조용히 몸을 일으킨다. 중심을 잃을 정도인가를 가늠하면서 반듯이 걸으려고 애쓰지만 휘청거리는 것이 예사이다. 애써 나의 시선을 피하는 안주인 손에 거스름돈을 남겨둔 채 점잖게 걷는다.

길 복판에 나를 세운다. 나는 거리낌 없이 인도를 활보한다. 나를 향해 마주 오는 사람, 옆을 스치고 지나가는 사람, 등 뒤에서 이야기를 나누며 점점 멀어져 가는 사람들의 다정한 목소리가 가슴을 파고든다.

고독이 엄습해 오는 것을 감지한다. 하늘을 쳐다본다. 땅을 본다. 거리를 본다. 나뭇잎이 질주하는 자동차를 따라 세찬 바람을 일으키며, 거리를 쓸고 지나간다. 가랑잎 구르는 소리가 들린다. 나뭇잎의 발자국 소리를 들으며 노래를 흥얼거린다.

이미 자정이 지난 밤거리다. 차들의 엔진 소리가 쏴– 하고 파도처럼 들린다. 목소리를 조금 높여도 행인들은 들을 수 없을 것이다.

"나는 내가 아니고 싶어, 흘러간 시절 얼룩에 찌들었기에 마음은 구름 같아도 날지 못하는 지금이라 문명이 덕지덕지 붙어 서 있을 수밖에 없는 이 자리."

볼을 타고 흐르는 눈물은 입술을 적시고 옷깃으로 길바닥으로 떨어진다.

한 정거장, 두 정거장 묵묵히 걸음을 옮기다 보면 가슴속 응어리도 풀려나가고 눈물의 짠맛이 정신을 들게 한다. 그제야 밤거리를 헤매고 다녀야 했던 사정들을 뜯어내고 분석해 본다.

어느 정도 정립이 되면 "바보야, 뭘 고민하냐, 이건 이렇게 하면 되잖니, 저건 저렇게 하고 안 되는 걸 뭘 고민 하냐, 인연대로 살지, 천년만

년 살 것 같으냐?"

자문자답하다 보면 "이상 무, 내일 일에 무리가 없겠음."하는 답이 나온다.

시계를 본다. 아이들에게 전화를 걸어 금방 들어간다고 또박또박 말을 한다. 시장 길목에서 김을 산다. 좌판을 거두는 골목 시장을 지나 마른 김을 한 장 두 장 씹으며 걷는 걸음은 어제의 걸음이 아니다. 시간과 함께 내일이 와 있고 새로운 계획으로 또 하루를 출발시키는 첫 걸음을 걷는다.

아이들은 걱정스레 눈을 마주 보려 하지만 나는 외면하고 세수를 한다. 도시의 찌꺼기를 말끔히 씻으며 그동안 덕지덕지 붙었던 스트레스가 풀렸음을 알게 된다.

"역시 술은 생활의 윤활유야."

나는 아이들에게 등을 돌리고 일과를 마감하는 스위치를 내린다.

고독이 못살게 굴면
허름한 술집 구석자리
웅크리고
허기진 창자에
세척제로 술을 붓는다

살아온 세월만큼
피곤이 짓누르면
지나간 시간 뒤척여
눈앞에 되돌려 앉히고
필연인 오늘과 대작한다

휘두를 주먹도 없는데
세월은
온종일
나를 구타한다

가슴팍 치밀던 설움덩이
콧잔등 타고
술잔에 맴돌면
헹굼질 하던 하루
주섬주섬 건져 들고

비틀 뒤뚱 갈 지(之) 자 걸음
내가 아니고 싶어
거리 어둠에
나를 버린다.

('술 도락' 전문, 1989)

3. 복수극

아이들을 학교에 다 보내고 나면 마치 썰물이 지나간 듯 적막이 온다. 적막감을 한두 시간 즐기는 것 또한 빼놓을 수 없는 낙이다. 그러한 낙(樂)은 아이들이 방학을 시작하면서부터 깡그리 없어져 버렸다.

산을 접하고 있어서 낮이면 매미소리가 요란하고 도심 같지 않게 뻐꾸기 소리도 가끔 들리긴 하지만, 좁은 방 안에 말만한 아이들 셋을 들여앉히니 숨이 막힐 것만 같다.

방학 후 며칠은 아이들도 홀가분한 마음으로 여가를 즐기더니, 시일이 경과됨에 따라 서로 충돌이 잦고 짜증을 부리기 일쑤다.

마침 칠석이 다가오기에 하룻밤 묵어 올 예정으로 아이들을 데리고, 북한산성 깊숙이 자리 잡은 상운사를 찾았다. 커다란 나무들이 어우러진 산길을 지나 펑퍼짐한 주차장을 거쳐서 왼쪽으로 한없이 이어지는 계단을 올랐다. 숨이 턱에 닿을 듯이 가빠왔지만 오르면 오를수록 저만치 까마득한 산 아래 웅장한 산세에 매혹되어 걸었다.

석벽으로 이루어진 두 개의 커다란 봉우리를 마주한 산허리에, 깎아지른 절벽과 하늘을 찌를 듯한 암벽 사이로 절묘한 경관을 끼고 있는 상운사는 신라 의상대사가 세웠다 한다. 약사여래가 있는 석굴은 청정한 생수가 넘쳐흐르고 아래 깊은 골짜기로 메아리가 끝없이 퍼져 울리기도 한다.

주지 스님을 만나 축원문을 쓰고 법당과 칠성각에 들려 예불을 올렸다.

석양이 지고 땅거미가 산사를 덮을 때 초엿새 상현달이 소쩍새 울음을 동반하고 산등성이 위로 얼굴을 내밀었다. 산세가 너무 높아서인지 모기도 별로 없었고 무수한 풀벌레가 요란을 떨었다.

상운사에는 부전스님이 데리고 있는 여섯 살 된 동자승이 있다. 통통하고 동그스름한 얼굴에 까만 눈동자를 가진 동자승은, 또래의 친구가 없는 산사에서 중학교 1학년인 막내를 유난히 따랐다.

막내가 가지고 있는 전자시계를 만지작거리고 들여다보곤 하여 선물로 주기로 하였다. 엄마 얼굴도 모르는 동자승은 고아원에서 데려 왔다고 말한다.

밤이 깊어 동자승도 스님 곁으로 잠자러 가고 할머니들의 두런거리는 말소리만 간간이 들려왔다. 아이들은 모처럼 넓은 방 안에서 다리를 펴고 서로의 눈을 맞추며 씨익 웃곤 한다.

옷가지며 가방으로 베개를 삼고 잠을 청하려 할 때, 말쑥한 차림새를 한 할머니가 옆으로 다가오며 말을 붙였다.

"속가를 벗어나 절에서 하룻밤 묵는 것도 인연이니 밤새워 이야기나 나누자."고 말한다.

아이들 셋을 나란히 뉘어놓고 자리에서 일어나 할머니와 마주 앉아 덕담을 나누기로 하였다. "살아가는 데 참고가 될지도 모른다."면서 할머니는 말문을 연다.

어느 사찰 큰스님이 몸소 겪은 일이다. 스님 절에 다니는 신도 중에 노신사가 있는데 수영장 개장을 앞두고 불공을 청하였다. 불공이 끝난 다음 노신사의 아들이 다이빙대에 올라가서 물속으로 다이빙을 하였는데 잠시 후 시체로 떠올랐다. 작은 돌 하나가 왼쪽 가슴에 박혀 있었다.

주지 스님은 난감하여 서둘러 산사로 돌아왔고 노신사는 죽은 아들의 49재를 그 절에 의뢰하였다. 스님은 죄라도 지은 듯이 열과 성을 다하여 49재를 지냈는데 마지막 회향하는 날 뜻밖의 일이 벌어졌다.

아들의 왕생극락을 빌던 노신사가 갑자기 욕설을 퍼부으며, 뻘게진 얼굴로 입에 거품까지 물고 향로와 촛대를 영전에 던졌다. 심지어는 스님 목탁까지 빼앗아 던졌다. 주변에 있던 친지들은 노신사가 외아들 잃는 슬픔으로 정신 이상을 일으킨 줄 생각하고 급히 하산하였다.

며칠 지난 다음 "스님을 정중히 모시고 싶다."라는 노신사의 전갈이 왔다. "한 집안의 불상사도 예측하지 못한 미욱한 중"이라며 자책하던 주지 스님은 망신당할 것을 짐작하며 하산하였다. 스님을 상석에 앉힌 노신사는 눈물을 흘리며 세 번이나 절을 하고 자신의 과거를 털어놓았다.

6·25전쟁 때 대위였던 노신사는 적진의 정보 탐지를 위하여 유격대를 보내야만 하였다. 적진으로 보낸 유격대 지휘관인 상사가 다음날 새벽 부대로 되돌아왔다. 어린 유격대원들이 적진에서 잠든 사이 몰래 빠져 나온 상사를 향하여 세 발의 총탄을 쏘았다.

상사는 심장에 피를 쏟으면서 살고 싶다고 소리쳤고 원한을 갚겠다고 울부짖었다. 노신사는 아들의 영정에서 상사를 보았다.

전쟁터에서 명령 불복종 즉결 처분으로 죽은 상사가 왼쪽 가슴에 피를 흘리며 군복 입은 모습으로 나타났다.

"나의 죽음이 원통하여 구천을 헤매다가 너의 아들로 태어났다. 노후를 의지하려 할 때, 내가 죽으니 너의 괴로움이 어떠하냐. 내 부모도 너와 같은 고통으로 여생을 의지할 곳 없이 지냈노라. 나는 원한을 갚은 것인데 어리석게도 너는 내 영혼을 천도시켜 주니 기쁘기 그지없다. 나는 원한을 풀고 너의 덕으로 좋은 곳으로 간다."

대위는 낄낄대고 웃으며 춤까지 추더라는 이야기였다.

"아들의 죽음만을 애통하게 생각한 이 늙은이의 죄를 깨우쳐 주신 스님의 법력에 감복합니다."라고 말하며 노신사는 눈물을 흘렸다고 한다.

할머니는 얘기를 마치고 잠들어 있는 세 아이들을 돌아본다. "물 흐르듯 살아가고, 물결을 거슬러 오르려는 고통은 만들지 마라."고 말한다.

악연의 인연 고리로 가족이 되었는지도 모른다. 다만 분명한 것은 그 아이들과 더불어 사는 보람을 얻게 되니 모른 체 외면할 수는 없다.

4. 지리산 의신골

봄을 맞으면서 생활 리듬은 더욱 바빠졌다. 해마다 그랬듯이 금년에도 사월 초파일을 기하여 거래처 납품은 신통하지 않았다. 여독처럼 몸과 마음이 풀리지 않고 무거워 재충전의 돌파구를 찾던 중이다.

"지리산 가지 않을래? 문학 세미나가 있는데."

원로 여류 시인의 목소리다. 평소에 존경하는 이유가 있다. 재치와 멋으로 다정다감할 뿐 아니라 그림 솜씨 또한 아마추어 경지를 넘어섰으니, 이 시대 그녀를 능가하는 여류 시인은 없으리라.

나는 S 선배가 불러 주는 것도 고마웠지만, 무엇보다 지리산 품에서 1박을 할 수 있다는 일정에 마음이 동하였다.

지리산을 방문하는 것은 두 번째이다. 선유 폭포 근처에 기거하는 어느 선승이 들려준 얘기가 있다. 태초에 산이 생기고 그곳에 안주하는 주인이 정하여지려 할 때라 한다.

복희씨 시절 곤륜산 주(主) 산신은 측근에 두고 아끼던 마야 처녀를 천왕봉 산신으로 적임자라 생각하였다. 주 산신의 임명장을 받고 지리산으로 떠나게 되던 날 마야 처녀는 사랑하는 총각 반야와 이별의 눈물을 흘렸다.

"모년 모일 천왕봉으로 가마."

반야 총각과 군은 약속을 하고 발길을 돌린 마야 처녀는 천왕봉에서 기다림의 나날을 보냈다. 반야 총각은 곤륜산 주 산신 몰래 사랑하는 여인을 만나려고 길을 떠났다.

사랑스러운 마야를 찾아 노고단에 막 들어서려던 참이다. 주 산신의 노여운 호령 소리에 반야는 기절초풍할 듯 놀라 그만 석고상처럼 멈추어 반야봉이 되었다.

사정을 모른 마야는 계곡이 평지 되도록 발돋움으로 서성였고, 님을 기다리다가 기다리다가 제석봉 하 많은 나무를 손톱으로 할퀴며 몸부림친 히스테리가 오늘날 제석평전에 철쭉을 피운다고 한다. 사랑은 숭고한 것이다.

"산신이여, 지리산 천왕봉 여 산신이여, 반야봉 돌아온 구름자락에 애증을 접으소."

마야의 애절한 사랑에 들풀은 고개 숙이고 지리산은, 골짜기마다 눈물 떨구는 계곡 물소리로 실연을 달랜다.

날카로운 손톱에 희생된 껍질 벗겨진 제석봉 나무들을 생각하노라면 마야 처녀의 사랑 이야기가 가슴 시리도록 아프다. '뱀사골'이란 지명이 붙여지기 이전 일이다.

작은 암자에 몇몇 수도승이 있었다. 요즈음도 깊은 산 속 사찰에 가보면 바위틈이나 반석에 촛불 밝히며 자아(自我)를 찾으려는 선승(先僧)들의 모습을 쉽게 발견할 수 있다.

먼 옛적에도 선승들의 자취는 다르지 아니하여 계곡 주변에 좌선하고 밤을 새웠다. 기이한 것은 하룻밤을 지내면 좌선하던 선승이 하나씩 사라지는 것이다. 뱀 형상 이무기가 승려를 삼켜버린 것이다.

맨 나중에 남게 된 두 선승은 서로를 지켜보다가 괴물한테 희생당하는 동료를 확인하고 궁리 끝에 옷섶에 비상을 몰래 간직하고 좌선에 들어갔다. 이튿날 새벽에 선승을 반쯤 삼키던 이무기가 죽어 있었다 한다. 이렇듯 지리산은 치마폭 인양 구석구석에 전설을 안고 있다.

낯선 의신골로 진입하는 버스에서 나는 설렘을 감지하며 천왕봉 여산신을 향해 목례를 보낸다. 하얀 거품을 일으키며 옥같이 흐르는 풍만한 계곡은 인간계를 넘어선 듯하다.

의신골은 두어 채 산장과 서너 채 점포를 둘러싸고 몇몇 인가가 마을을 형성하고 있다. 산촌마을 학동들을 길러냈던 분교가 폐허처럼 잡초로 뒤덮이고, 재래식 나무문 화장실은 아이들의 재잘거림이 배어 있는 듯하다.

빨치산과 국군의 마지막 격전지였다는 의신골, 다람쥐조차 자리를 비웠을 숲속에는, 총상을 입고 죽어가는 빨치산의 신음과 살 썩는 냄새로 가득 했을 것이다. 계곡은 핏물로 범벅이 되어 고유한 빛깔을 잃었을 것이다.

누가 그들을 이단자로 몰았는가. 무엇이 그들로 하여 부모 형제를 버리고 춥고 칙칙한 산골짝에서 통나무처럼 맥없이 죽어가게 했을까. 그들은 지금 어디로 갔으며, 그들이 마지막까지 절규하며 죽어간, 이 깊고 높은 골짜기에 문학을 빙자하고 온 나는 그들의 누구인가.

같은 말과 같은 풍속으로 생활하던 사람들끼리, 사고(思考)의 차이로 죽이고 죽임을 당해야 했던 당시, 지리산 품 안에서 수천만 년 살아온 짐승들은 인간을 어떤 시각으로 보았을까.

그 청렴한 나무등걸과 계곡은 더러운 진물과 악취를 뿜어낸 사람들을 보고 얼마나 진저리를 쳤을까.

모두를 보듬어 안은 지리산, 그 산의 주인을 생각하노라면 나도 모르게 숙연해진다. 그 산 계곡에 옥 빛깔로 달음질치듯 구르며 흐르는 물살을 본다. 의신골은 옛 아픔을 씻어 내듯 어제도 오늘도 내일도 상처를 어루만지는 작업을 그만두지 않으리라.

거품을 물고 하얗게 콸콸 소리 내며 흐르는 골짜기 위로 거슬러 오르다보니 작은 암자가 보였다. 스님은 사문 앞에서 싸리비로 부지런히 새벽을 쓸고 있다. 법당에는 의신골에 걸맞는 '지장전'이 나그네를 맞이한다.

우주법계에 작은 한 점인 지구, 그 속에 티끌같이 또 한 점인 지리산 의신골, 그 속에 수없이 죽어 간 많은 영령들……. 딱 부러지게 무어라 지칭할 수 없는 무형(無形)을 고집하다가, 구천을 헤매는 떠돌이 유정이 되어버린 그들…….

망령들을 잠재우기 위한 지장전이 20년을 자리 지키고 있었다 하니, 중년을 넘어 선 스님의 풍모에서 또 한 번 지리산의 위대함을 본다.

5. 꽃상여 암시

내가 죽는 날
나는 꽃상여 타겠지
행복하여라

내 사랑하는 두 아들
목을 길게 늘어뜨리고
때로는 훌쩍이기도 하겠지

인생의 동반자인 그 사람
어떻게 하고 있을까
구린내 나는 정랑에서
희죽 희죽 웃기도 하겠지

나를 사랑하던 어머니
슬퍼 마세요
비록 먼저 떠나지만

정말 정말 행복했던 생애입니다.

현대문학 부설 문예대학 시 강의시간에 발표된 조 선생의 습작 시이다. 1989년 이른 봄 한국 최고의 문예지로 자랑하는 현대문학이, 부설로 문예대학을 열고 국문학과 교수들을 초빙하여 시, 수필, 소설 강의를 시작하였다.

나는 이십 세 전후 쓴 100여 편 시편을 문예대학에서 점검해 보고 싶어 수강생이 되었다. 전국 사찰로 염주 납품업이 생업인 나로서는 야간을 이용하여 수강 신청을 할 수밖에 없었다.

저녁 일곱 시부터 아홉 시까지 직장인들로 구성된, 두 시간짜리 시 강의 수강생은 20여 명이 넘었다. 삼십 대 전후부터 오십 대까지 중년 남녀로서 법대 교수, 수출업 사업가, 건설회사 중역, 주부, 평사원, 대학생 등으로 경남에서 비행기를 타고 강의를 받으러 오는 열성분자도 있다. 고교 시절 문학도였던 소년, 소녀들이 생활 속에 파묻혀 정신없이 살다가, 중년 나이에 자기 모습을 되찾고자 문학의 길로 되돌아온 것이다.

밤반 시 강의를 맡은 교수는 현대문학 편집부장을 겸하고 있었다. 희끗 한 반 곱슬머리의 멋진 웨이브는 조각품처럼 창백한 얼굴빛과 대조적이어서 우리는 '로마시인'이라 불렀다.

감태준 교수의 순수함에 매료된 우리는 근처 포장마차에 매번 초대하여, 술잔을 나누며 또 다른 각도의 시작법 특강을 듣는다. 시 구성의 기, 승, 전, 결과 은유와 비유와 이미지 처리를 예를 들어가며 상세하게 특별강의를 해 준다.

우리는 밤 열한 시가 넘어야 얼큰하게 취한 몸을 일으키며 "지하철 끊어진다, 지하철."하면서 헤어지곤 하였다.

'꽃상여' 시를 보고 감태준 교수는 정색을 하며 나무랐다.

"조 선생님, 다시는 그런 시 쓰지 마세요."

감 교수는 포장마차에서까지 조 선생을 향하여 다짐을 받았다.

"숙제 때문에 고민하다가 잠결에 벌떡 일어나서 불도 켜지 않고 생각 나는 대로 썼어요."

"글쎄, 앞으로는 절대로 그런 글 쓰지 마세요."

감 교수는 새삼스레 정색하며 다짐을 받곤 하였다.

저녁반 시 강의는 여름이 지나고 가을이 깊을 때까지 이어졌다. 만추의 계절이었다. 낙엽은 무리 져 뒹굴고 바람은 휑하니 길을 쓸고 다녔다. 시작법에 굶주린 우리에게 절대적 선망의 대상이던 감 교수는 석 달만 강사를 교체하자고 제의하였다.

교수가 교체된 첫 번째 강의 날이었다. '로마시인'은 우리의 풀기 없는 표정에 연민을 느꼈는지 밤 9시까지 퇴근을 않고 기다려 주었다. 우리는 늘 그랬듯이 그를 에워싸고 현대문학사 앞에 있는 주홍색 포장마차에 들어갔다.

제법 싸늘한 가을바람이 피부를 스쳤고 밤하늘 중천에 둥근달이 을씨년스럽게 떠 있었다. 플라타너스 커다란 잎새가 둔탁한 소리로 하나씩 둘씩 떨어지고 있었다.

포장마차에 술꾼이 많아서 우리는 평상을 깔고 술자리를 마련하였다. 석 달 동안의 석별을 아쉬워하며 술잔을 건네는 우리들의 모습은 달빛 속에 진지하기까지 하였다.

봄에 '꽃상여' 시를 발표한 뒤 야단을 맞은 조 선생은 그날따라 유별나게 마음이 들떠 있었다. 새로 온 성춘복 교수가 시의 실체를 알려 주어서 시를 쓸 수 있을 것 같다고 말하였다.

각종 단체를 돌며 레크리에이션을 지도하는 그녀는 '기타리스트'이다.

때로는 동료들과 어울림에 몰입되어 새벽 1시 넘어 귀가하면, 화가 난 남편은 그녀의 옷을 몽땅 베란다에 내팽개친다고 말하며 깔깔 웃는다.

그녀에게는 아들 형제가 있는데 어찌나 착한지 이번 추석 무렵에도, 기제사가 세 번 있었고 추석 명절 제사까지 있었지만, 파출부 하나 부르지 않고 아들들과 함께 준비하였다고 말했다. "나 참 장한 주부죠?" 하며 자신을 과시하기도 하였다.

그녀는 입술 사이로 담배 연기를 뿜어내며 행복하다고 말하였다. 두꺼운 안경 너머로 그녀의 눈빛은 그날따라 생기가 넘친 듯 보였다.

우리는 각자의 관심사를 쫓아 시간 가는 줄 모르고 분위기를 즐겼다. 우리의 느슨해진 의식을 고무줄처럼 팽팽하게 당기는, 단말마의 금속성 소리가 공기를 찢었다.

자연 반사적으로 소리의 근원지를 향해 시선을 돌렸을 때, 횡단보도 중앙차선에 급정차한 승용차 보닛 위로, 흰 바지 차림 사람이 허수아비 마냥 공중에서 떨어지고 있었다. 그가 들었던 사각 검정 가방도 반대쪽 허공에 설 자리를 잃고 있었다.

나는 조 선생과 양손을 꼭 잡고 소스라치게 놀라며 비명을 질렀다. 너무나 놀란 나머지 우리는 가슴을 진정할 겨를도 없이 밤 11시가 훨씬 넘은 길 위에서 흩어지기 시작하였다.

"길 조심하세요."

그날 우리가 주고받을 수 있었던 당부의 말이었다. 그녀는 손을 흔들며 갔다.

일주일이 지난 강의시간에 우리는 그날 밤 그녀가 교통사고로 유명을 달리한 사실을 알게 되었다. 그녀의 남동생인 중년 남자가 '누님의 마지막 족적을 더듬으려 왔노라.'고 말하며 눈시울을 붉혔다. 그녀는 반년 전에 그녀가 지은 시 '꽃상여'에서처럼 행복하다고 말하던 날 비명에 갔다.

　가을이 가고 겨울이 가고 봄을 보내며, 여름이 시작되어 시 연구반을 수료할 때까지, 포장마차에 들려 상석에 그녀의 술잔을 놓았다.

　"이 잔은 조 선생님 잔입니다."

　누군가 먼저 말하며 술잔을 채우면 "담배도 여기 있습니다."하고 담배에 불을 당겨 소주잔 위에 걸쳐 놓는다.

　자정이 가까워 헤어질 때까지, 담배는 모두 타서 재가 되어도 술잔 속에 떨어지지 않고 이어져 있다. 아마 조 선생은 담배를 피우며 술잔을 물고 우리들 이야기를 귀담아 듣는가 보다.

　"조 선생님, 이제 그만 가십시오. 우리도 갑니다."

　일행 중에 술을 버리고 담뱃재를 버리는 날도 있지만 그냥 둘 때도 있다.

　조 선생님이 비몽사몽간에 자신의 운명을 예시한 글을 썼듯이, 사람은 누구나 자기의 운명을 감지하는가 보다. 조 선생과 함께 보내던 가을이 다시 왔기에 선생을 생각하며, 그날처럼 밝게 하늘나라에서 행복하시리라 믿으며 이 글을 선생의 영전에 올린다.

6. 한강의 로렐라이 언덕

　한강에 로렐라이 언덕 무동도(舞童島)는 성수대교 부근이다. 삼성동 동쪽 한강 가운데 춤추는 아이 모양 바위가 있던 모래섬은 1970년대 한강 변 개발로 사라졌다.

　한강 개발 전까지만 하여도 슬픈 전설 제공자인 송씨 부인의 혼령을 위로하던 부근당(付根當-마을 수호신 신당)이 근처 강변에 있었다 한다.

　무동도란 어린아이같이 생긴 바위라 하여 이름 지어졌다고 송파구청에서 펴낸 '송파문화(松坡文化) 창간호(1994. 10. 발행) 민속 편에서 전한다.

　안개가 낀 날이나 어두컴컴해 질 무렵이면, 나룻배를 타고 쌀섬 여울을 지나는 뱃사공들을 공포로 몰아넣는 징크스가 있었다 한다. 머리를 풀어헤친 여인의 모습과 곡성에 사공들이 흘려 넋을 잃다 보면, 삼성동 앞 어린애같이 생긴 바위 무동도에 부딪혀 파선하게 되고 곧 죽음에 이르곤 하였다 한다.

　쌀섬 여울이란 삼성동 앞 한강을 말하며 남한산성과 얼크러진 오래된 이야기가 전해진다. 남한산성은 신라 문무왕이 주장성을 쌓으면서 성의 면모를 갖추게 되었다고 하니 지금으로부터 천삼백여 년이 흘렀음을 짐작할 수 있겠다.

그 후 조선 광해군 13년(1621)에 '천계(天啓─명나라 熹宗 天啓帝의 연호, 1627년까지 쓰였다 함) 원년'을 정하고 군사적 필요성을 느끼며 다시 축성하였다.

이러한 추측은 정조 3년(1997)에 옛 성을 보수하면서 인부로부터 발견된 두 개의 바위에 〈천계월일(天啓月日)〉이라 새겨진 글귀였다고 옛 문헌은 전한다.

인조(1623~1649)는 옛터를 기반으로 하여 다시 축성할 것을 결정하고 이회(李晦) 장군에게 남한산성 축성을 명령하였다.

인조 2년(1624) 7월 산성 축조를 시작하면서 쌀섬 여울의 슬프디 슬픈 사건은 비롯되었다. 둘레가 이십여 리나 족히 되는 성곽에는 외곽을 살펴보기 위한 네 개의 관망대를 두었다. 지대가 비교적 높고 한양이 보이는 서쪽 서장대를 수어장대(守禦將臺)로 정하였다.

왕명을 받은 장군은 공사를 양쪽으로 나누었다. 성남 지역으로 향하는 남문 쪽과 거여동 마천동 지역으로 향하는 서문 쪽을 이회 장군에게 일임되었다.

동북쪽 축성을 맡은 승려 벽암대사(碧岩大師)는 두 개의 기존 사찰에서 아홉 개의 군막 사찰(장경사, 국청사, 개원사, 한흥사, 천주사, 동림사, 남단사─7개 사찰)로 더 늘려 징집된 승군의 숙식과 훈련에 만점을 기하였다.

이회는 일반 백성의 공역으로 밤낮을 가리지 않고 축성에 노력하였고, 모자라는 품삯은 재산을 털어 보태면서까지 정성을 기울였다. 성품이 정직한 장군은 축성 쌓기에 한 치의 허술함도 없게끔, 완벽을 기하다 보니 경비는 늘 부족하였고, 공사 기간은 늦어지게 마련이었다.

동북쪽을 맡은 벽암대사는 기일 안에 공사를 준공시켰으며 관에서 지급된 건축비를 반납까지 하였다. 이회 장군의 부인 송씨는 공사비가 모자라 애태우는 남편을 보다 못하여 축성 보조비 모금을 다녔다. 삼남 지방(충청도, 전라도, 경상도)으로 간 부인이 돌아오기만 기다리던 장군은 졸지에 누명을 쓰게 되었다.

이회 장군은 주색에 빠져 공사 감독에 소홀하였다 하여 서장대에 설치된 사형대에서 참수 당하였다. 이회 장군은 "언제인가는 내 뜻을 알 것이오."라는 말을 남겼다. 놀랍게도 목을 베인 자리에서 한 마리 매가 날아올라 근처 바위에 앉아 주위를 살피다가 홀연히 사라졌다 한다.

이와 같은 사실을 현장에서 본 사람들은 축성한 곳을 살펴보며 비교하였다. 벽암대사가 축성한 곳보다 이회 장군이 쌓은 곳이 훨씬 더 탄탄하고 빈틈없이 정성을 기울였음을 알 수 있었다.

관에서는 서장대 옆에 청량당(淸凉堂)이란 사당을 지어 장군의 영혼을 위로하게 하였다. 그 후 부인은 모금한 쌀을 배에 가득 싣고 서해로 한강을 거슬러 올라왔다.

부인은 삼전도(三田渡-삼밭 나루)에 이르러서야 남편이 처형된 소식을 접하였다. 송씨 부인은 쌀가마니를 잡고 오래도록 몸부림치고 통곡하다가 모금한 쌀을 모두 강물에 던지고 몸을 날려 남편의 뒤를 따랐다. 사람들은 훗날 이곳을 쌀섬 여울(미석탄-米石灘)이라 불렀다.

그로부터 안개가 자욱한 날이나 해저물녘 사공들이 쌀섬 여울을 지날 때, 여인의 곡하는 소리와 머리를 풀어헤친 모습을 볼 수 있었다 한다. 사공들은 혼비백산하여 무동도에 뱃머리를 부딪치고 물귀신이 되는 예가 허다하였다.

삼전리 사람들은 불의의 사고가 잦아지므로 보다 못하여, 쌀섬 여울 동쪽 강변 백여 미터 지점에 '부근당(付根堂)'을 세우고 부인의 영혼을 위로하기에 이르렀다. 그다음부터 이상스럽게도 여인의 곡소리도, 모습도 찾아볼 수 없었다고 전한다.

부근당의 정확한 소재지는 강동 등기소가 위치한 잠실동 313-1(구

삼전리 66)번지에 1971년까지 있었는데, 홍수가 나도 유실되는 일이 없었다고 전한다. 참으로 불가사의한 것은 사람의 일이다.

이회(李晦) 장군 목이 베인 자리에서 한 마리의 매가 날아올랐음은, 누명을 받아들일 수 없다는 평소 장군의 강직한 성격의 표출이었으리라. 부창부수라 송씨 부인 역시 당시 아낙으로서는 납득하기 어려운 모금 운동을 펼칠 정도이니, 무동도가 '로렐라이 언덕'이 되고도 남음이다.

사람의 인연은 돌고 도는 것인가. 병자호란 때 남한산성에서 인조가 피난처로 45일간 머물다가, 하필이면 이회가 지은 서문을 통과하여 중국 청나라 청태종에게 삼배구고두례(三拜九叩頭禮) 항복의 예를 한 것도 돌고 도는 인연법일까.

일본으로부터 침략당한 임진왜란(壬辰倭亂-1592.5.23~1598)이 끝난 후, 청나라가 병자호란(丙子胡亂-1636, 인조14)을 일으켰다. 청태종은 12만의 병력을 이끌고 출정 12일만에 압록강을 건넜다 한다.

세자빈과 원손은 강화로 인조는 남한산성으로 난을 피했다. 왕과 함께 이동한 것은 1만3천의 군사와 양곡 1만4천3백 석인 50여 일의 군량미였다 한다.

각 도에서 지원군이 도착하기도 전에 청군은 산성을 에워쌌다. 남한산성으로 진입하던 지원군은 청나라 대군에 의해 섬멸되고, 강화도가 함락되었다는 보고가 성 안에 이르렀다.

성 안에서 화(和) 전(戰) 양론이 분분하던 신하들도 화친으로 결정하고 청의 조건을 수용하기에 이르렀다.

40여 일간 산성을 포위당한 인조는 왕세자와 함께, 삼전도 나룻가에 설치된 수항단(受降壇)에 항복 예(1637.2.24-정축년 정월 30일)를 올리게 된다.

인조는 곤룡포 대신 군복을 입고 5천 군졸을 거느리고 출성(出城)하였다. 청태종은 삼전도 남쪽에 9층 계단을 쌓고 청군 수만 명을 네모지게 진영을 성대히 치게 하였다.

인조는 3공 6경을 인솔하고 '삼궤구고두례(三跪九叩頭禮 또는 삼배구고두례一三拜九叩頭禮)로, 돈피(豚皮) 갑옷을 입고 굴욕적인 예를 올렸는데 이마에 피가 흘렀다고 한다.

삼전도(三田渡) 위치는 서울 송파구 삼전동 부근 하중도 나루터였다. 이 사건을 적어 둔 비석 '삼전도비'는 원래 있던 곳인 롯데월드 석촌호수 근처에 당시 국치를 알리고 있다.

나는 이회 장군 영정이 있는 청량당(清涼堂)을 들렀다. 또 장군이 노심초사하였을 성가퀴를 돌아보며, 서문 밖으로 인조가 내려갔을 비탈진 오솔길을 내려다본다. 이회(李晦)와 송씨 부인의 혼령이 인조의 뒷모습을 이렇게 내려다보고 있었을까.

7. 눈 속에 피는 메밀꽃

몇몇 일간지에 행사계획이 보도되었으니 '이효석 생가'를 잘 아는 분께 연락을 취해 달라는 전화가 걸려 왔다. 얼마 전 간접적으로 '작가 이효석 생가' 이야기가 나온 것을 약삭빠른 주최 측에서 계획을 세운 모양이다. 일방적인 통보에 이행할 수 없는 이유를 설명하였지만 막무가내다.

고심하던 끝에 '생가'와 연이 닿는 원로께 전화를 걸었다. 군에서 장성으로 오랜 세월을 지내고 십여 년간 경북, 강원지방지사시절 '신라문화제'와 '강릉 오죽헌'과 '신사임당 사당'을 건립한 장군 박경원 선생이다.

선생은 최근에 선조 때 한학자인 '한석봉(1543~1605) 기념촌'을 세워 이 시대 망가져 가는 어머니상을 재정립시키겠다며 하나씩 준비 중이다. 어른의 뜻이 시대적 부름인 것 같아 동참하기로 마음먹고 조심스레 대하던 참이다. 자초지종을 얘기하였더니 쾌히 승낙하며 친절하게도 현지에 안내할 공무원까지 대기 중이라 한다.

예년에 없던 불경기 탓인지 민속 세밑답지 않게 한산한 일요일 아침은 밤새 쌓인 눈으로 하여 더욱 한적한 분위기다. 일간지 문화 소식란을 보고 모여든 사람들은 모두 삼십여 명 남짓하다.

서울은 하염없이 눈이 내리고 있었다. 버스는 구리시를 벗어나 강변을 나란히 옆에 끼고 달린다. 갈대숲은 노란 몸매를 흰 눈발 사이로 멈칫멈칫 자랑한다.

청평댐 팔각정에서 원로 일행을 태우고 봉평으로 향하였다. 나중에 합류한 김 시인이 남한강 상류를 거스르는 차 안에서 마이크를 잡았다. 언덕배기 별장들을 가리키며 우스갯소리를 섞어 소개한다. 눈길에 스노우타이어가 미끄러워 다시 쇠사슬로 바퀴를 감으며 달렸다.

봉평면 사무소에 도착한 것은 오후 세 시가 거의 된 다음이다. 한적한 농촌 마을은 황보한 면장과 총무계장과 승용차 기사까지 대동하고 우리를 맞이하였다.

메밀꽃을 배경으로 단편소설을 발표(1936)한 가산 이효석은, 세월이 꽤 흐른 오늘날에도 첩첩 준령에 둘러싸인 오지를, 우리 모두의 고향처럼 향수를 불러일으키게 한다.

달빛이 은은히 스민 작품 속의 메밀밭 정취를 도시인들이 만끽하도록 생가 주변에 메밀을 많이 심을 뿐 아니라, 제반 문제점을 현실화할 계획이라고 관계자는 설명하고 있다.

평창군에는 국립공원인 오대산과 월정사와 이승복 기념관과 대관령 목장과 스키장이 있으며, 고냉지대 농작물 시범재배와 성장작목 시범단지와 우리나라 최초 송어 양식장이 있다.

무지갯빛 송어는 북미 캘리포니아에서 군용기로 알을 도입하여 물이 깨끗한 강원도 평창에서 박경원 장군이 강원지사 시절 시험사육을 거친 것이라 한다.

각종 산채와 메밀가루로 빚은 음식을 선보일 채비를 하는 봉평의 교통편은, 서울에서 장평까지 두 시간 십 분이며 장평서 평창이 삼십 분이라 한다. 당시(1936년)의 장터와 유사한 듯 산골 특유의 허름한 시장에 건어물 전이 펼쳐졌고 나지막한 식당들이 주막인양 객을 기다린다.

무명필과 주단을 펼친 얼금뱅이 허 생원이 어물장수, 땜장수, 엿장수, 생강장수 틈을 비집고, 조 선달과 아들인 듯한 동이를 데리고 충주댁 객주를 찾을 법도 하다.

우리는 메밀국수로 늦은 점심을 마치고 '가산의 생가'를 찾아 장터를 벗어났다. 허 생원이 성 서방네 처녀와 인연을 맺은 물레방아가 보이는 공원에 나란히 서서 기념 촬영을 하였다.

주변에는 메밀꽃인양 온통 하얀 눈이 언덕을 이루며 작가의 생가로 이어졌다. 냇가를 건너고 소달구지가 보일 것 같은 비탈진 산 밑을 돌면 두서너 채 웅크리고 있는 촌락이 보인다.

발목을 덮은 눈이 석양을 재촉하는 마을길에서 사방을 둘러보았다. 뒷산이며 앞 산이며 옆 산이 둥그스름하니 커다란 봉분처럼 튀어나온 모습은 여느 산세와 다른 것 같다.

'생가'는 초가지붕에서 동란 후 다시 개조되었지만 도시 주택에 비교하면 낡고 보잘것없다. 그러나 오히려 그 허름한 모습에서 작가가 보았을 앞산 능선에, 소금을 뿌린 듯 눈이 내린 메밀밭을 연상해 본다.

'작가'는 보이지 않으나 그의 정령이 깃든 듯한 '생가'에는 문중도 아닌 타성의 남이 살고 있지만, 관에서 생가를 인수하려는 움직임에 촌로는 마음 병인 듯 입원하였다고 한다.

'작가 이효석'은 이 집에서 달빛에 젖은 여름밤 메밀밭 길을 걸어 물레방아까지 가본 적이 있을까. 작품 속 허 생원 이야기는 허구였을까. 아니면 우리네 인생살이에 있을 법한 실존 인물이었을까. 나름대로 상상을 펼치며 이야기를 나누다가 차에 올랐을 때는 땅거미가 막 내려앉은 어스름 녘이었다.

이효석(1907~1942)은 강원도 평창 봉평면 창동리에서 1남 3녀의 맏이로 태어나 평양 숭실전문대 교수로 부임하였다. 선생이 문단에 발을 들여놓게 된 것은 경성제국대학 예과에 입학하면서 동인지 '문우'와 학생 지 '청량'에 시를 발표할 무렵부터이다.

단편 '주리면'과 '청년'을 발표하면서 유진오 등과 동반 작가 지칭을 받았다 한다. 대표작이라 일컬어지는 '메밀꽃 필 무렵'은 세련되고 우아한 소설문체가 예나 지금이나 모범 격이라 한다.

〈대화까지는 팔십 리의 밤길, 고개를 둘이나 넘고 개울을 하나 건너고 벌판과 산길을 건너야 한다. 길은 지금 산허리에 걸려 있다.

밤중을 지난 무렵인지 죽은 듯이 고요한 속에서 짐승 같은 달의 숨소리가 손에 잡힐 듯이 들리며 콩 포기와 옥수수 잎새가 한층 달에 푸르게 젖었다.

산허리는 온통 메밀밭이어서 피기 시작한 꽃이 소금을 뿌린 듯이 흐뭇한 달빛에 숨이 막힐 지경이다.

붉은 대궁이 향기같이 애잔하고 나귀들의 걸음도 시원하다. 길이 좁은 까닭에 세 사람은 나귀를 타고 외줄로 늘어섰다. 방울 소리가 시원스럽게 딸랑딸랑 메밀밭께로 흘러간다.〉는 대목들은 본 작품의 절정을 이루는 문체라 한다.

다른 단편소설에서도 〈돌을 집어 던지면 깨금알 같이 오드득 깨어질 듯한 맑은 하늘……. 높게 뜬 조각구름 떼가 햇볕에 뿌려진 조개껍질 같다.─작품 '산'〉 등의 비유법이 놀라울 뿐 아니라 또 하나 특색은 성(性)의 미학이라 한다.

허 생원이 당나귀 발정상태를 보고 자신의 젊은 날을 회상하며, 성서방네 처녀와의 추억을 더듬는 것 같은, 단순하고 질박한 원초적 인간의 욕정을 부상시키는 것은, 인간 삶의 원시적 단면을 추구하여 자연에 대입시키려는 것일까.

문학에서 모색하는 반도덕은 낡은 것을 허물어뜨리고 새로운 질서를 구축하는 것이라 한다. 대개 작가들은 이 대목에서 '새로운 질서를 구축'하는 작업에 두려움을 가진다. 작품은 작가의 사상과 경험이 녹아들기 마련이므로 고민하는 것이다.

그러한 의미로 본다면 '작가 이효석'은 자신을 지키기에 몰두한 작가인 것 같다. 인간의 다양한 삶 속에 벌어지는 예측하지 못한 사건들에서, 원시적 욕정으로 시대성을 표현시켜 끈끈한 핏줄을 주장하려 함인가 보다.

8. 의료사고

어머니가 오늘을 넘길 것 같지 않다는 아버지 전화다. 평소에 혈압이 높아 혈압약을 복용하던 어머니가 한의원에서 침을 맞고 침상에 누워 있을 때 이웃집에서 텃밭 배추 한 포기 달라는 요청이 있었다.

나른한 몸을 일으켜 울 밖 텃밭에서 배추 뽑던 어머니는 쓰러졌다. 고혈압에 대한 상식이 전무 하던 때라 어머니는 어지럽다면서도 혈압 약을 거르고 있었다.

어머니가 입원한 문경병원 사무장은 큰오라비 친구라 했다. 병원 수간호사한테 전화했을 때 중풍인 내과적 치료는 않고 허리 다친 외과적 치료만 한다고 말했다.

병원 침대 모서리에 두 팔과 두 다리가 동여매져 있는 것을 보았다. 큰오라비한테 내과병원으로 옮겨 중풍부터 치료하자고 말했을 때 "네가 의사냐?"고 핀잔주던 큰오라비다.

침상 옆에 의자를 놓고 밤새울 양으로 어머니 팔과 다리에 묶여진 줄을 모두 풀었다. 큰일 날 것처럼 야단쳤지만 나는 큰오라비 말 따위는 무시해 버렸다.

새벽녘이었다. 어머니가 벌떡 일어나 앉았다.

"엄마, 괜찮아요? 허리 안 아파요?"

"아니다. 여기서는 치료가 안 되니 집에 가서 침으로 다스리자."

"걱정 말아요. 아침에 큰오빠 오면 집으로 모실게요."

아침에 어머니 말을 전하면서 퇴원시키자고 하였다. 큰오라비는 어림없는 소리 말라고 소리쳤다. 나도 음성을 높이며 달려들었다. 아버지는 나를 달랬다.

"너는 서울 가거라. 장사해야지. 어마이는 큰오빠와 상의해서 퇴원시키마."

세 아이 양육비 관계로 일상에 쫓기면서 간호사한테 전화하여 어머니 상태를 물었을 때 "상태가 나쁘기는 하지만 이삼일 내 세상 뜰 것 같지는 않다."고 했었다.

아버지 전화를 받고 불안한 마음으로 나는 고속버스를 탔다. 4시간이면 병원에 도착할 수 있다. 하늘에는 짙은 구름이 비를 뿌리고 있었다. 두어 시간 달리던 버스가 용원 휴게소에 들렀을 때 세찬 빗줄기가 용원저수지를 뒤덮고 있었다. 갈대숲을 지나는 바람은 사나운 빗줄기와 한 통이 되어 저수지를 휩쓸었다.

나는 휴게소 난간에 서서 한없이 퍼붓는 빗줄기를 바라보았다. 새 한 마리가 폭풍우 속에서 날개를 퍼덕이며 비상하고 있었다. 새는 폭풍우를 비껴갈 생각을 않고 수직으로 수면 가까이 곤두박질쳤다가 다시 부리를 하늘로 치켜들고 양 날개를 접은 채 솟구치듯 하늘로 날아오르기를 되풀이한다. 휘몰아치는 폭풍우 속 새의 모습이 어머니 생명줄 같아서 안타까웠다.

질펀한 아스팔트 위를 달리다 보니 비는 어느새 그치고 안개가 시야를 가리기 시작하였다. 군데군데 트럭이 논두렁에 걸터앉았는가 하면 버스 앞을 횡단하던 농민이 사고를 당하고 있었다.

문경새재를 오르는 길은 라이트를 켜도, 마주 오는 자동차가 보이지 않을 만큼 짙은 안개로 뒤덮여 있었다. 운전석 차창 밖으로 부서진 사고 차량들이 많이 보였다.

어머니 의식이 안개처럼 혼미한가, 아니면 파란만장한 일생을 살아온, 최후의 날을 암시하는가 싶어 더욱 불안하였다.

"왜 이제 오느냐?"

아버지의 나무람을 뒤로 흘리며 어머니 병실에 들어섰다. 수동 호흡기를 입에 댄 어머니는 머리를 좌우로 흔들고 있었다. 나는 큰오라비 눈치를 살피며 수동 호흡기를 떼었다.

"왜 머리를 휘저으세요?"

어머니의 손등을 어루만지며 두어 번 토닥거렸다.

"죽어요, 죽어요."

어머니는 힘을 다해 소리쳤다. 수동 호흡기 구멍이 큰오라비 손바닥에 의해 막혀있었나 보다. 어머니는 숨이 차서 머리를 흔들었나 보다. 가파르던 어머니 숨결도 웬만큼 순조로워졌다.

"이봐요, 닝겔이 들어가지 않잖아요?"

둘째 오라비가 간호사를 쳐다보며 나무라듯 소리쳤다. 어머니 발목 혈관에 꽂혀있던 수액은 흐름을 멈추었다. 간호사는 급히 의사를 찾았다.

어머니 가슴 부위에 얹은 심전도 줄 같은 것을 걷어 내던 의사가 말했다.

"모두들 나가세요. 가족들 모두."

나는 침대 난간 아래로 머리를 숙이고 상황을 살폈다. 간호사 몇몇이 둘러서서 의사의 처치를 보고 있었다. 의사는 어머니 젖가슴 왼쪽 부위 피부를 칼로 절개하였다. 가느다란 플라스틱 대롱을 절개 피부 속으로 빠르게 꽂았다.

나는 수간호사와 마주한 채 어머니 옆에 있었다. 20여 센티미터 대롱 위로 새빨간 피가 솟구쳐 올랐다. 의사는 혓바닥을 길게 빼 물었다. 의사는 신속히 대롱을 빼고 절개 부위에 약솜을 얹었다. 금세 빨간 피가 약솜 위로 번져 올랐다.

"어렵겠죠?"

나는 의사의 말을 유도시키며 표정을 살폈다.

"환자를 대구로 가도록 퇴원 수속해요."

의사는 간호사를 향해 지시하고 병실을 나갔다. 어머니 젖가슴 위로 약솜을 적신 피가 어깨너머로 눈물처럼 흘렀다. 수간호사 투덜거리는 소리가 들렸다. 둘째 오라비가 항의하며 소란을 피웠다.

어머니 발과 손이 새하얗게 변하며 잘못되고 있음을 암시하고 있었다. 의사는 자신의 과실을 사과하였고 큰오라비는 받아들였다. 그렇게 1992년 풍우(風雨) 속을 헤매던 새처럼, 안갯속을 헤매던 계절처럼 어머니는 떠났다.

어스름 달밤에 개고리 우는 소리
시집 못 간 저 처녀가 안달이 났구나
히야노야 노 야 히야노야 노 어기 여차
뱃놀이 가잔다

개야 개야 얼룩 동정 수캐야
이밥 조밥 누룽지 박박 긁어 줄게
도둑놈이 오면 아주나 캉캉 짖고
우리 님이 오며는 꼬리나 슬슬 둘러라

함경도 특유 억양으로 어머니는 함흥민요를 불렀다.

9. 화엄 사랑

소백산 병풍 두르고
연화봉 옥석 다듬어
희망 폭포 세월 헹구네

당나라 무르익은
화엄 사랑
봉황산 부석사
싸리나무 기둥 여전한데

안양루 석가래
얼비치는 부처
신라통일 기념한
삼층석탑 보초 섰네

외톨로 사모하던
의상 스님 따라

바다에 몸 던져
용으로 변한
선묘 낭자

봉황산에 날아와
공중으로 바위 들어
이교도 몰아내고
화엄 종찰 짓게 하더니

부석사 범종은
두 님 간 곳 몰라
소리로 자취 더듬네.

영풍군은 경북의 최 북서에 위치하여 소백산이 병풍처럼 둘러싸이고
죽계, 남원 내성천이 낙동강의 근원을 이루고 있다. 조선조부터 불러오
던 영주군과 풍기군의 머리글자를 따서 영풍군이라 한다.

군 내는 신라 문무왕이 의상대사를 시켜 창건한 화엄 종찰 부석사가
고즈넉이 옛 모습을 간직하고 있다. 의상대사가 당나라에서 화엄 학자
로 크게 성공하고 귀국할 당시 선묘 낭자와의 사랑 이야기가 전해진다.

화엄(華嚴)이란 불교 용어로서 우주의 본체가 평등한 진리로 존재함
을 뜻한다. 석가세존은 도(道)를 이룬 뒤 27일 만에 〈법계(法界) 평등을
증오(證悟)〉 즉 법계가 평등한 원칙에 있음을 증득하여 깨달았다.

화엄 사상은 중국에서 한때 선(禪)과도 가까워졌지만, 우리나라에서
는 신라 문무왕 때 원효(元曉)를 초조(初祖)로 한 해동종(海東宗)과 당나
라에서 종통(宗統)을 전하여 온 의상(義湘)을 초조로 한 부석종(浮石宗)

이 있다. 화엄 사상의 골격은 넷으로 나누어진다.

첫째는 사법계(事法界)로 현상계(現象界)를 말한다.

둘째는 이법계(理法界)로 근본 원리를 말한다.

셋째는 이사무애법계(理事無礙法界)로 현상과 근본 원리인 본체는, 독립된 관계가 서로 융통하여 걸림이 없는 것이다.

넷째는 사사무애법계(事事無碍法界)로 현상과 본체가 상즉(相卽)할 뿐 아니라, 평행하는 여러 선이 서로 평행하는 것과 같이 현상과 현상도 또한 상즉(相卽)하여, 무애(無礙)함 즉, 걸림 없음을 말한다.

화엄종 수행인은 현상계를 제외한 3가지 관법(觀法)을 닦아서 〈사사무애법계(事事無碍法界)〉의 경계까지 들어감을 극칙(極則)으로 삼는다.

화엄 사상에 존재하는 세 분의 성인은 우주 근본 불(佛)인 〈비로자나불〉과 지혜를 증득하게 하는 문수(文殊)와 덕행을 관하는 보현(普賢)을 협사(脇士) 보살로 좌우(左右)에 둔다. (불교 대사전 참고)

지금의 범어사가 있는 금정산 기슭에서 임금의 명을 받은 의상(義湘)이, 화엄(華嚴) 기도를 하여 왜구들로 하여 금정산 일대가 병력으로 가득 찬 것처럼 보이게 함으로써 난을 물리쳤다는 속설이 있다.

선묘 낭자는 현실과 법계가 무관치 않음을 알았을까? 참사랑은 본시 상대의 의중과는 무관하게 일방적으로 주기만 하는 것이기에 선묘의 희생적인 사랑이 물질을 앞세우는 요즈음 신선한 자극을 준다.

선묘는 의상이 배를 타고 이미 고국을 향하였다는 소식을 접하고 용으로 변신할 것을 소원하며 자결하였다 한다. 용으로 변신한 선묘는 의상이 탄 배를 풍랑으로부터 보호하였다.

의상이 임금의 명을 받고 봉황산에 절을 지으려 할 때였다. 이미 봉황산에는 이교도들로 가득 차 있었고 그들은 절 짓는 것을 반대하였다. 선묘는 집채만큼 커다란 바위를 세 번씩이나 들어 올리며, 이교도들을 위협하여 몰아내고 절 짓는 데 결정적 도움을 주었다 한다.

티 없이 맑은 사랑 이야기를 접하면서 물질로 퇴색되어가는 이기적인 지금의 우리네 사랑을 돌아본다.

선묘가 들어 올렸던 커다란 바위 이야기는 조선조 숙종 때 이중환의 〈택리지〉에 기록되고 있다 한다. 부석사(浮石寺)란 바위 아래위 사이에 명주실을 넣어 잡아당겨 보았더니, 걸림이 없어 공중에 뜬 돌(浮石)이라 상징하여 부석사로 절 이름을 지었다고 한다.

그 후에도 선묘 낭자는 부석사를 지키기 위해 석룡(石龍)으로 변신하고 무량수전 뜰 아래 묻혔다고 전한다.

10. 아버지 임종

　94살인 아버지는 백 살까지 문제없을 줄 알았다. 건강이 썩 좋지는 않지만 그렇다고 지병이 있는 것도 아니다. 등뼈가 휘어져 구부정한 허리로 다소 걸음이 불편하기는 해도 자전거도 타시고 하루 세 끼 식사 준비도 손수 하신다.

　세탁기를 돌려 옷가지를 널어 말리는 일이며, 300여 평 울 안팎 텃밭 가꾸는 일은 오히려 근력을 키워 건강을 유지시키는 운동으로 여기고 있다.

　여름 뙤약볕에서 텃밭 잡풀을 뽑으며 종일을 소일하는 걸 걱정하면 "일을 해서 몸을 고달프게 해야만 밤에 잡생각 없이 잠을 달게 잘 수 있다."고 한다.

　초저녁부터 곤한 잠에 들었다가 새벽 두세 시경 잠에서 깨면, 묵은 신문을 펼치고 글자 없는 빈 공간에 한문 필사를 하거나, 반야심경 한문 사경이나 광명진언 독경을 한다. 마을 사람들은 강한 정신력에 감탄하고 존경하는 마음을 가졌다.

　가은 석탄광업소 자리에 카지노가 들어온다고 여론 조사를 할 때 마을 사람들이 모두 찬성했지만, 아버지 홀로 반대 의견을 냈다. 반대 이유를 물었을 때 아버지는 말했다.

"자의로 노력은 않고 공짜로 남의 돈에 눈독을 들이니 도둑놈 심보가 아니냐. 마을에 도둑놈들이 들어오면 좋을 게 하나 없다."

아버지는 홀로 살고 있었다. 아버지가 정신을 잃게 된 것은 새로 뽑힌 이장 취임식 날이다. 마을회관에 동민이 모두 모인다고 어르신도 가시자고 노인회장의 간곡한 권유가 있었다 한다. 아버지는 뒤이어 마을회관을 가다가 변을 당했다.

높은 산봉우리가 겹겹이 싸여 골짜기 마을로 몰아치는 겨울바람은 대단하다. 수수 백 년 자라난 아름드리 느티나무 가지가 윙윙 소리치며 바람과 씨름할라치면 사람쯤이야 걸음을 떼지 않아도 세찬 바람에 밀려날 정도이다.

영하의 추운 날씨에 바람까지 광풍처럼 휘몰아치는 국도변을 아버지는 지팡이에 몸을 의지하고 걸었다 한다. 힘이 부쳐 담벼락 밑에 쪼그리고 앉아 거친 숨을 돌리고, 다시 걷기를 반복하였다.

마을회관에 도착한 후 권하는 막걸리를 마시면서 의식을 잃었다. 그날따라 아버지는 모자도 귀마개도 목도리도 하지 않은 채 방 안에서 회관으로 향한 것이다.

곧바로 119에 실려 병원으로 옮겨졌고, 추위에 노출된 뇌경색 진단이 나왔다. 얼마 후 아버지는 퇴원하였지만 아버지를 부양할 자식들은 서로 미루고 눈치를 살폈다.

"병원에 가라 그래. 나도 가야 되고……. 형도 내일 올라간데."

둘째 오라비가 큰소리로 아버지 들으란 듯 나를 향해 말했다. 마당 귀퉁이에서 아버지는 지팡이로 땅만 후벼 파고 있었다. 아버지 병은 점점 더 깊어 갔다.

뇌경색 맞은 이후 몇 달 가지 않아서 치매 초기 증세로 돌아섰다. 아버지는 병원 입원을 몹시 꺼려 했다. 아버지는 기저귀를 차고 있었다. 맨 처음 병원 입원했을 때 옆 침대에 기저귀를 찬 노인환자를 보고 흉 보듯 웃으며 손가락으로 지적하던 아버지였다.

병세가 위중해져서 오라비들이 모였다. 아버지 용변 기저귀를 갈아 끼우다가 고관절 부위에 욕창을 발견하였다. 노랗게 잡힌 동전만 한 욕창이 양쪽 고관절 부위에 있었다.

"오빠 빨리 와 봐! 욕창이 생겼어. 양쪽 다야, 오빠."

"생겼는데 어쩌라고."

둘째 오라비의 못마땅해 하는 거친 말투였다.

"너 보고 어쩌래?"

큰오라비가 부엌에서 설거지하다가 나오며 말을 되받아쳤다. 큰오라비는 아버지를 일으켜 앉게 하였다. 거울로 욕창을 비추어 아버지가 볼 수 있게 도왔다.

"아버지한테 보여드려."

아버지는 물끄러미 거울 속에 비춰진 동전만한 노란 욕창을 바라보았다.

"아버지, 병원에 입원하셔야 해요."

아버지는 그러마고 했다. 점촌 제일병원에 입원한 아버지 팔과 다리가 침대 기둥에 동여매져 있었다. 간호 도우미는 한 사람이 환자 14명을 돌보기 때문에 어쩔 수 없다고 말한다. 노인환자가 잘못 몸을 움직여 골절상을 당할 수 있기 때문이라 했다.

"나를 집에 데려다주지 않으려면 찾아오지도 마라."고 하신다. 저혈압 40까지 내려갔던 아버지는 퇴원할 수도 없었다.

치매로 인해 보청기 관리가 되지 않았다. 마침 시력은 잃지 않아서 필답으로 소통하였다. 스케치북에 매직 글자를 써서 대화하였다.

택시기사 팔에 안겨 집 안 마루에 내려진 아버지는, 양팔로 마룻바닥을 짚고 일어서려고 안간힘을 썼다. 몸을 지탱할 근육을 상실한 것이다.

아버지는 앉은뱅이걸음으로 방 안에 들어갔고, 대소변까지 기저귀로 받아 냈다.

큰오라비는 병세 위중함을 감지하고 아버지가 농사 짓던 밭둑에 산소 준비를 하였다. 아버지는 둘째 오라비한테 맡겼던 400만 원을 보내라고 전화를 했다. "벌어서 갚는다더라." 말하며 아버지는 웃었다.

둘째 오라비는 아버지 집에 발을 끊은 지 오래다.

"나한테 전화도 하지 마! 너들끼리 알아서 해. 십 원도 못 줘!"

"아버지가 오빠 보고 싶어 해."

아버지는 밤에 자다가도 벌떡 일어나서 둘째 오라비 집에 간다고 문을 나서려고 했다. 큰오라비는 치매로 이성을 잃은 아버지 시중을 들며 산소 준비를 마쳤다.

"어젯밤 꿈에는 지관(地官) 문서를 어떤 사람이 가지고 나갔다."

아버지는 정신이 흐려짐을 느끼는지 병원에 간다고 말했다.

"병원 싫어했잖아요. 아들딸이 없어도 괜찮아요?"

스케치북에 글자를 써 보였다.

"그럼, 내 이름표만 달면 된다."

문경 요양병원으로 아버지 입원을 신청했다. 요양병원은 1실 환자 5명이며, 간병인 1명이 주 1회 목욕으로 쾌적한 편이다.

아버지가 1948년에 정착한 마을을 2008년 12월에 떠날 채비를 하였다. 아버지가 60년 동안 살아온 마을을 등지는 마지막 밤이었다. 큰오라비는 아래채 방에 임시로 거처하였다.

밤에도 몇 번씩 아버지가 있는 안채 방을 기웃거리며 살폈다 한다.

밤새 문고리를 잡고 밖으로 나가고 싶어 하는 아버지를 발견하였다 한다. 치매 환자의 병증이라 했다. 나는 아버지가 정착하면서 처음 마련했던 옛집을 매입하고 문학서실로 개축하였다.

날이 밝았다. 아버지가 자청하여 병원으로 가는 날이다. 큰오라비는 부엌에서 밥을 짓고 있었다. 아버지는 잠자리에서 일어나 앉아 있었다.

"산소는 정한대로 하고 나머지는 식구끼리 수이해서 해라."

아버지는 두세 번 같은 말을 반복하였다.

"예, 아버지. 봉분 흙이랑 모두 다 갖추어져 있어요. 마음을 편안히 가지시고요. 염려 놓으세요."

나는 아버지와 마지막 필답을 하였다. 아버지는 다시 내 얼굴을 바라보며,

"산소는 정한대로 하고 나머지는 식구끼리 수이해서 해라."

아버지는 어린아이한테 이르듯이 차근차근 두 번씩이나 반복하였다. 큰오라비가 아침 밥상을 들여왔다. 나는 나물국에 밥을 말아서 한 숟가락씩 아버지 입속으로 천천히 넣었다. 아버지가 직접 밥 수저를 들면 밥이 반은 입 밖으로 흘러나온다. 혀가 굳어 가는지 말투도 더듬더듬 무디어졌다.

큰오라비가 아침상을 물리려 할 때 아버지는 손짓으로 불러 앉혔다.

"산소는 정한대로 하고 나머지는 식구끼리 수이해서 해라."

"산소는 정한대로 하고 나머지는 식구끼리 수이해서 해라."

아버지는 또 두 번씩 반복하였다. 아버지가 요양병원에 입원하고 한 달쯤 지났을 때 아버지 피부 가려움증과 욕창은 말끔히 나았다.

"부친이 죽어요. 부친이……."

현관문을 발로 걸어차는 꿈을 꾸었다. 아버지 임종 3일 전 요양병원을 찾았다.

"네가 웬일로 왔냐."

아버지는 해님같이 해맑은 웃음으로 반겼다. 살이 빠진 얼굴은 온통 주름투성이다.

"아버지, 가은 가서 자고 내일 아침에 올게요."

다음 날 아침 요양병원에 들렀다.

"판서공 할아버지가 어젯밤에 오셨다. 팔이랑 어깨랑 몸을 쓰다듬어 주더라."

아버지는 생전에 흠모했던 〈함흥차사 해결한 이백(李伯) 판서공 할아 버지〉 손길을 잡고 저승길을 향했다.

아버지는 판서공 할아버지 18세손이다.

11. 봉암사 행자 시절을 아쉬워하며

모든 초목이 대자연의 이치대로 되돌아가기에 분주할 무렵이면, 나도 구름처럼 훌쩍 떠나고 싶어진다.

벌써 30여 년 전의 일이다. 실의에 빠져 어쩔 줄 모르던 나는 캄캄한 산길을 걸어서 늦은 밤에 봉암사를 찾았다. 평소 다정하시던 주지 스님은 "어인 일이냐?"며 "혹여나 스님을 사모하는 마음 주체하지 못하여 왔는가?"고 밤을 새우며 말을 시켰다. "인생살이에 회의를 느꼈다."며 나는 한사코 머리 깎기를 고집하였고 다음날 주지 스님을 따라 암자로 갔다.

백련암에는 비구니 스님 세 분이 있었다. 오십 대 중반의 비구니 스님은 성품이 둥글고 온화하여 어머니 같았다. 삼십 대의 비구니 스님은 산사 생활에 잘 적응하도록 배려해 주었고, 이십 대 스님은 친구 같았다. 아들만을 선호하는 매서운 성품의 어머니 슬하에 자라온 내게 세 분 비구니 스님은 혈육보다 더 진한 정을 느끼게 하였다.

강보에 싸인 아기같이 포근한 행자 생활이었다. 새벽 3시에 일어나면 물통을 들고 저만치 떨어진 옹달샘으로 간다. 쌓인 눈이 희끄무레 외길을 일러주고 나는 옹달샘 얼음 속에서 바가지로 양동이에 물을 퍼

담는다.

비누 없이 세 분 비구니 스님 세수를 거들고 난 후 법당으로 들어간다. 원주스님은 커다란 목탁을 양손에 나뉘어 들고 "똑 또그르르"하고 적막을 깬다.

스님의 독경이 시작하면 나는 다른 스님들과 더불어 백팔 번 절을하며 예불을 올린다. 무릎 뼈가 아프다 못하여 나중에는 감각이 없다.

불공이 끝나면 스님들과 나란히 앉아 아침 7시까지 참선(參禪)공부를한다. 죽을 끓여서 아침 끼니를 때우고 빨래도 하고 청소도 한다.

지게를 지고 산에 올라가 땔감을 준비하기도 한다. 고목으로 쓰러진나무를 낫으로 찍고 톱으로 잘라서 지게에 얹는다. 때로는 갈퀴로 소나무 아래 쌓인 갈비(솔잎)를 지게 바소고리에 담아 어깨에 메면, 내리막길에 중심을 잃고 뒤뚱거리기도 한다.

사시(巳時) 마지를 올린 후 점심을 먹고, 저녁 식사는 일곱 시에 마친다. 저녁예불을 올리며 다시 백팔 번 참회(懺悔) 절을 한다. 예불이 끝나면 가부좌를 틀고 정신을 통일시키는 선(禪)에 들어간다. 온갖 망상이 머릿속을 혼란하게 한다.

이듬해 초여름 삭발하기 위한 준비로 스님 앞에 앉았다. 큰 절(석남사)로 가는 스님들을 따라, 강원(대학)에 가려던 참이다.

가죽 띠에 면도칼을 쓱쓱 문질러 날을 세운 원주스님은 스님들 머리를 밀었다.

세 분 스님 백호를 밀고 나면 나도 긴 머리카락이 잘리고 반지르르한 두상을 갖게 된다. 반들거리는 스님들 두상을 보며 생각에 잠겼다. 승려 되려고 결심했던 당시 주변 상황들이 주마등같이 떠올랐다.

새삼스레 떠오른 어머니 학대 서러움에 나는 하염없이 눈물을 쏟았다. 그것은 아마 세세생생 먼 과거의 두터운 업장을 녹여야 한다는 암시의 눈물이었나 보다.

"어인 눈물인고?"

"인연이 덜됐는고?"

"누가 보고 싶은고?"

아버지 유별난 정으로 자라난 나는 "아버지를 뵙고 바로 올 수 있겠느냐?"고 묻는 스님께 어리석게도 "예."하는 대답을 남기고 하산하였다.

나는 승려가 되지 못하였고 산사에 있을 때보다 더 큰 아픔을 겪으며 속가에서 살았다. '차라리 그때 삭발을 했더라면, 이토록 길고 먼 인고의 세월을, 이제껏 시장바닥처럼 헤집고 다니지는 않았을 것을……'하는 아쉬움이 있다.

삼십여 년이 지난 지금 희양산은 변함없는데 지증대사 적조비 앞에 대웅보전을 짓는 망치 소리와 목수들의 몸놀림이 분주하다.

초가을 하늘가에 피어오르다 만 구름이 빗자루 자국처럼 성글게 번져 있다. 마치 그날의 복잡했던 내 마음 쓸어 주듯이……. (1994. 9)

1. 유산(有産)

1991년 가을 유년시절의 추억이 배어 있던 허름한 옛집을 인수한 것은, 불가(佛家) 인연과 더불어 삼 남매 대학 졸업시킨 것만큼이나 잘한 일이라 생각된다.

'근린생활 시설물'인 개인 서실로 등기 이전을 마치고 지붕을 고치고 페인트칠을 하고 기름보일러를 설치하였다. 육이오 전쟁 무렵 흙으로 벽돌을 빚어 지은 초가삼간(草家三間)이라 허름하기가 이루 말할 수 없다.

벽지를 바르고 시집, 수필집, 월간 문예지들을 대충 정리해 본다. 방 두 칸의 벽면을 가득 메운 문학지들은 시대를 증명하기 위하여 도열한다.

서실의 명칭을 앙친정사(仰親情舍)라 정하고 아버지 필체를 받았다. 조상님 지혜를 우러러 존중한다는 뜻이다. 나의 출생지는 함경남도 장진군 장진면 신하리이다.

'영천'을 본관으로 둔 조상님은 본래 원시 신라에서 여섯 촌을 통합하여 서라벌을 세울 때(기원전 57년), 여섯 촌장 중 한 분인 알천 양산촌 촌장인 알평공을, 고시조로 하는 경주이씨에 근원을 둔다.

후손으로 고려조에 평장사(平章事) 벼슬을 한 이문한(李文漢)공을 시조로 세우면서, 같은 고려조에서 영양군(永陽君)에 봉해진 이대영(李大榮)공을 중시조(中始祖)로 모시고 있다. (한국문화연구소, 편찬 한갑수, 대한민국 5천년사 참고)

아버지가 함경도에 뿌리를 둔 것은 조선조 초기 함흥차사를 해결한 공조판서 이백(李伯) 할배가 함경도로 좌천되었기 때문이다. 중시조로부터 7세에 해당하는 조상님은 '함흥차사(咸興差使–임시직) 사신(使臣)'으로 태종의 명을 받고 태조 이성계를 만났다.

太祖避位於沛邑本宮公以 太宗使臣乘馹北來與諸從臣 出諷蹴
(태조피위어패읍본궁공이 태종사신승일북래여제종신 출풍유)
태조가 용흥(패읍)본궁에 있을 때 태종사신으로 따르던 신하들과 역마 말 타고 북으로 가다가

回戀之策縶將駒之馬 於宮墻內使之不見 其駒則母馬 騧顧而悲鳴
(회연지책집장구지마어 궁장내사지불견 기구즉모마 국원이비명)
계책을 내어 어미 말을 궁장(궁 담장) 안에 매어놓고 망아지를 못 보게 했더니 망아지 염려에 어미말 뒤돌아보며 울부짖었다.

上指馬曰 彼鳴何意
(상지마왈 피명하의)
상왕은 말을 가리키며 우는 뜻을 물었다.

公對曰 母子之馬 分在兩處 故戀基子 而 鳴也
(공대왈 모자지마 분재양처 고연기자 이 명야)
공이 대답하기를 말의 모자(母子)를 양쪽으로 나눠 둔 연고로 그 새끼를

염려하여 운다.

上卽悟 返駕干漢陽
(상즉오 반가간한양)
상왕은 즉시 깨달은 바가 있어 어가를 한양으로 돌렸다.
이후 함흥차사는 종지부를 찍었지만 조상님은 '감히 상왕을 미물(짐승)
에 비유한 죄목'으로 대신들 상소가 빗발쳤다.

聖祖開國初 原從功臣工曹判書兼 都提調公 諱伯 沿盈入咸 咸州是豊沛
(성조개국초 원종공신공조판서겸 도제조공 휘백 연영입함 함주시풍패
龍興之地也
용흥지지야)
태조 개국 초 원종공신이며 공조판서 겸 도제조 공휘백은 영덕에서 함
경도 용흥(풍패읍)으로 토지를 하사받고 쫓기듯 들어갔다.

아버지가 소장하신 족보(天, 地, 人) 천(天)에 기록된 글이다. 할아버지
의 아버지는 중시조인 영양군 22세손으로 관종(寬鐘)이란 함자를 쓴다
했다. 셋째 아드님인 할아버지는 태기(苔基-國根)라고, 족보 관북 조양
파(함흥근처 조양면)에 기록을 두고 있다.
영주 순흥 조상님들은 단종 복위에 연루되어 노비로 전락되면서 중
시조 무덤을 잃어버렸다. 머슴살이하면서 조선조 말엽에 선영을 다시
찾게 된 연유를 기록한 〈영양군(永陽君) 심묘록(尋墓錄)〉 책을 발간하였다
한다. (참고: 영천이씨유적총람 2009, 영천이씨대종회 발행)
1945년 해방되면서 김일성 체제를 반대하는 단체를 이끌던, 장손 집
은 거덜 나고 서른한 살 아버지는 숨어 지내다가 북한을 탈출(1946년

봄)하였다. 어머니는 함흥에 살던 집을 버리고 아버지를 찾아 초행길을 나섰다.(1947. 12)

세 번째 시도한 탈출로 미군이 운영하는 의정부 피난민 수용소에서 1948년도 양력설을 맞이하였다. 태산준령처럼 가파른 산세에 둘러싸인 문경 가은에 정착하게 된 것은 1948년 이른 봄이었다. 강물이 산자락을 적시며 커다란 아름드리 느티나무를 언덕에 키우며 마을을 품고 흐르는 곳이다.

양산천 둑에 커다란 느티나무가 듬성듬성 있는 길 가 초가삼간(9평)을, 아버지는 육이오 전쟁 무렵 이천 환 주고 사들였다. 나는 그 집에서 유년을 보냈다.

소쩍새가 온갖 풀벌레와 더불어 소란을 피우는 날이면, 대낮같이 밝은 달빛을 밟고 개울 물 소리 귀 기울이며 사립문을 나서곤 하였다. 먼 동 트기가 무섭게 새벽잠을 깨우는 아버지 성화에 느티나무 동아줄 그네에 앉아 잠을 쫓던 어린 시절도 있다. 어머니는 맷돌에 메주콩을 갈아 청솔 잎으로 아궁이에 불을 지피고 두부를 만들었다.

열일곱 살 때까지 내가 살던 집이다. 매번 꿈속에 나타나 나를 시무룩하게 하던 옛집이다. 어머니와 오라비들의 협박성 만류를 무릅쓰고, 흙벽이 부서져 내리는 낡은 옛집을 헐값에 인수하여 개축하였다.

뒷집 폐가를 둘째 아이와 공동으로 사들이고 불교용품 판매로, 이십 평 남짓 별채를 신축하여 '근린생활시설물' 문학서실 별채로 등록을 마쳤다. 영덕에서 함경도로 강제 추방당한 백(伯)할아버님을 기점으로 한다면 육백여 년 만의 귀향이다.

2007년 음력 3월 10일 영천 오미동 〈영천이씨 시조공 제단소〉를 아버지와 함께 찾았다. 47년간이나 무덤 찾기 소송으로 되찾았다는 중시조(中始祖) 영양군(永陽君) 산소에 가서 예(禮)를 갖추었다.

아버지는 강조하신다.

"우리는 이북을 탈출한 것이 아니라 할아버님 고향인 경상도로 귀향한 것이다."

늘 같은 말을 반복하셨다.

입북 할아버님의 18세손인 아버지가 늘 말씀하신 대로 마음을 모았다. 할아버님 지혜를 닮고 흠모하고자 함이다.

나는 이곳에 아버지의 뜻을 세운다. 나의 고향으로 아버지께서 개척하신 고향 집으로 오래도록 기억하기 위하여 아이들을 동참시켜 공동명의로 등기를 마쳤다.

망아지 모자를 함흥궁궐 안과 담장 밖에 나눠 놓고, 새끼와 어미가 슬피 울게 하여 '함흥차사'를 마무리 지은 지혜로움을 높이 사려고 함이다. 대대손손 후손들이 저버리지 말고 기리라는 것이다.

함흥차사 마침표!
입북 시조 영천이씨 백(伯) 할아버님 정신 귀착지!

살아가면서 어려움의 고비를 조상님들처럼, 지혜롭게 뛰어넘으라는 가훈(家訓)을 남기고자 함이다

육이오 전쟁 무렵
실향민 아버지 처음 마련한
초가삼간 문경 황토집
벽조목(霹棗木) 염주 팔아 사들인 옛집

둘째 아이 보탬으로 산 별채 땅
불교 '광명진언' 경탑장사로 지은
사방 통유리 벽
스무 평 기와집

먼먼 세월 속 영덕 살던
'함흥차사' 해결한 판서공 할아버지
아버지 누누이 강조하신 지혜 닮고픈
도리실 '앙친정사(仰親精舍) 문학 서실'

아름드리 느티나무 예닐곱
강둑에 사열하고
소쩍새 가끔 마실 오는 개여울 옆집
얘들아 두고두고 지켜 주렴.

('유산' 전문)

2. 족적(足跡)

1971. 여름　서울 장충동 이사(식당 운영)

1974. 봄　　위암 진단(서울 국립의료원)

1974. 봄　　백일기도(서울 세검정암자–한복 바느질 전환)

1975. 봄　　셋째 출산

1980. 가을　동거 생활 정리(부동산 중개업 전환)

1983. 봄　　서울 여성문예원 3기 등록(10여 년 간 문학수업 시작)

1984. 8　　동거 정리 법적 절차(소공동 법원–세 아이 양육 조건)

1985. 여름　'85 고법 항소재판 주관(둘째 오라비 누명 사건)

1987. 여름　조계사 큰법당 100일기도(불교용품 판매 전환)

1987. 10　　1200만 원 현금 통장 인계, 동거 법적 정리 조건 이행

1988. 여름　시상 확보(절필 24년 후)

1990. 봄　　시대문학 시 신인상 등단(성춘복 발행 – 현재 문학시대)

1991. 2　　상패(제6회 신인상–성춘복)

1991. 2　　시집: 1집 새벽창가에 서다(혜화당 발행)

1991. 3　　기념패(큰수레 글나눔회–문혜관 스님)

1991. 6　　기념패(시대시인회 일동)

1991. 8　　1차 시낭송회(시대시인회–문경가은하괴리 마을회관)

1991. 여름　문경서실 본체 매입(도리실길 56–6)

1992. 봄　　현대문학부설 문예대학 시연구반 수료(10여 년 문학수업
　　　　　　마무리)

1993. 7　　시집: 2집 길을 열어라 바람아(백두문화)

1993. 7　　기념패(한국농민문학가협회장–이창환)

1993. 가을　1회 출판기념회(서울 공평동 고대교우회관)

1994. 가을　송파문화원 창간호 편집 참여(서울 송파구청 발행)

1995. 3　　불교교육대학 졸업(포교사 과정)

1996. 11	한맥문학 우수상 수상(겨레의 서시-김영선)
1997. 12	덕토노인 문학상(단편-노인의 초상-이병수)
1998. 2	불교문협상 수상(시-삼독-임영창)
1999. 3	금강산 탐방(백두산문학회-금강산 산제)
2000. 4	백두산 탐방(동방문학-백두산 산제)
2000. 8	문경서실 본체 개축(근린생활시설물)
2000. 11	문경 앙친정사 개원식(문학서실 등록)
2001. 6	서실별채 신축-준공 10월 서실 등록
2002. 6	시집: 3집 비몽(한국문화사)
2002. 여름	금강산 2차 탐방(금강산 상팔담 산제)
2004. 10	2회 비몽출판기념회(앙친문학서실-서울시인들)
2005. 5	2차 시낭송회(앙친문학서실-시대시인회)
2005. 10	평양 나들이(민족공동진영 총연합회, 약칭 민족연합)
2005. 11	담낭 제거 수술
2006. 4	공로패(글사냥문학회장-황봉학)
2007. 8	시집: 4집 사는 까닭(청어)
2012. 7	시집: 5집 천형의 비밀통로(월간문학사)
2012. 12	서대문문학상 본상(서문협-서성택)
2013. 1	농민문학 작가상(농민문학-이동희)
2013. 8	3차 5집 출판기념회(앙친 문학서실-서문협 회원)
2014. 12	제37회 백화문학상(한국문협 문경지부-이만유)
2016. 3	서실별채 보수공사 시작
2016. 12	감사패(문경시장-고윤환)
2018. 11	서실 별채 보수공사 완료
2019. 4	시집: 6집 귀촌일기(등단30년기념-경북기획)

2019. 4	4차 6집 출판기념회(앙친문학서실–문경지부 고성환)
2019. 8	기념패(문경 국학연구회–신후식)
2019. 8	도리실문학제: 〈문경선언〉(농민문학회–이동희)
2019. 12	2회 서대문문협상(서문협–김진중)
2020. 7	시 등단 30주년 기념 에세이: 사는 까닭(청어)
2020. 8	함흥차사 해결한 이백(李伯)할배 강좌: (사)국학연구회– 신후식

사는 까닭

이성남 지음

발 행 처 · 도서출판 **청어**
발 행 인 · 이영철
영   업 · 이동호
홍   보 · 천성래
기   획 · 남기환
편   집 · 방세화
디 자 인 · 이수빈 | 김영은
제작이사 · 공병한
인   쇄 · 두리터

등   록 · 1999년 5월 3일
(제321-3210000251001999000063호)

1판 1쇄 발행 · 2020년 7월 30일

주   소 · 서울특별시 서초구 남부순환로 364길 8-15 동일빌딩 2층
대표전화 · 02-586-0477
팩시밀리 · 0303-0942-0478

홈페이지 · www.chungeobook.com
E-mail · ppi20@hanmail.net
I S B N · 979-11-5860-868-2(03810)

이 도서의 국립중앙도서관 출판시도서목록(CIP)은 서지정보유통지원시스템 홈페이지
(http://seoji.nl.go.kr)와 국가자료공동목록시스템(http://www.nl.go.kr/kolisnet)에서 이용
하실 수 있습니다.(CIP제어번호: CIP2020027543)